楚清 / 著

锦绣江山

凤长歌

上

重庆出版集团 重庆出版社

图书在版编目（CIP）数据

凤长歌：锦绣江山 / 楚清著 . – 重庆：重庆出版社，2015.5

ISBN 978-7-229-09051-7

Ⅰ.①凤… Ⅱ.①楚… Ⅲ.①长篇小说–中国–当代 Ⅳ.①I247.5

中国版本图书馆 CIP 数据核字 (2014) 第 293041 号

凤长歌：锦绣江山
FENGCHANGGE: JINXIU JIANGSHAN

楚 清 著

出 版 人：罗小卫
责任编辑：罗玉平
责任校对：杨　婧
装帧设计：九一设计

重庆出版集团　出版
重 庆 出 版 社

重庆市南岸区南滨路 162 号 1 幢　邮政编码：400061　http://www.cqph.com
自贡兴华印务有限公司印刷
重庆出版集团图书发行有限公司发行
E-MAIL:fxchu@cqph.com　邮购电话：023-61520646
重庆出版社天猫旗舰店
cqcbs.tmall.com

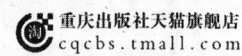

全国新华书店经销
开本：700mm×1000mm　1/16　印张：40　字数：863 千
2015 年 5 月第 1 版　2015 年 5 月第 1 版第 1 次印刷
ISBN 978-7-229-09051-7
定价：58.00 元

如有印装质量问题，请向本集团图书发行有限公司调换：023-61520678

版权所有　侵权必究

目 录

楔子　长生殿，生辰夜家国如梦 ······ 1
第一章　涅槃重生 ······ 4
第二章　旧都相逢 ······ 24
第三章　勇拦御驾 ······ 41
第四章　君为故人 ······ 57
第五章　力求武考 ······ 73
第六章　身陷大牢 ······ 90
第七章　帝王亲救 ······ 105
第八章　以计取胜 ······ 123
第九章　校场中毒 ······ 137
第十章　黄雀在后 ······ 154
第十一章　天下扬名 ······ 172
第十二章　挥泪断情 ······ 192
第十三章　藏身羽林 ······ 209
第十四章　为爱入局 ······ 226
第十五章　触怒帝王 ······ 240
第十六章　女身暴露 ······ 254
第十七章　离宫养伤 ······ 268
第十八章　同床共枕 ······ 282
第十九章　追忆当年 ······ 299

楔子　长生殿，生辰夜家国如梦

　　雪夜，我行走在寂静的宫道上，听着雪落枝丫的细微声响，看着宫灯燃亮的前方，我知道，我正在一步步地走向复仇的深渊。有钟声传来，宫殿顶端的金色琉璃瓦，在白雪中露出尖尖的一角，在冷月倾洒而下的银晖中，折射出清冷的白光。

　　我恍惚看到，那尖角上，有位白衣的少年郎，正用温柔眷恋的目光望着我，我朝他伸出手，转瞬间，他却消失不见。我手心徒留一瓣雪花，渐化成水，渗入指缝。

　　白衣白光，融汇成雪，皑皑夺目，浸冷人心。

　　我知道，那个少年郎，终有一天会离我而去。

　　我转身，望向来时路，一串串脚印，被薄雪覆盖，仿佛那段路我从不曾走过。

　　踏进皇宫的那一刻起，我以为我布了很大很大的一个局，我让自己徘徊在局外，却从不知道，在我国破家亡的那夜，我已成为了别人掌中的棋子。

——凤长歌

凤氏王朝，宏武帝末年，冬。

敌军破城的那夜，恰是凤氏王朝长生公主的三岁生辰。

游牧民族溯谟国的铁蹄，四年前踏进草原边境，迂回曲折，终跨过长江中下游地区长驱直入，至今日，大半中原失守，腐朽的凤氏王朝，早已无力回天。

京城内火光滔天，与东宫相邻的长生殿里，此时，却人潮涌动，丝竹管弦，歌舞升平。

"父皇，长歌想要那个寿桃！"

小女孩儿欢快的声音，脆响入耳，身着龙袍的宏武皇帝，满目爱怜地点头含笑，"好，父皇拿给你。"

"父皇，这个寿桃献给您！长歌恭祝父皇寿比南山！"

粉雕玉琢的长生小公主，转身却跪下，将贡品寿桃高高举过头顶，她明媚如春的笑靥，璀璨如月，她动听悦耳的音色，比宫廷乐声更加美妙，令人心头暖意洋洋。

宏武帝大喜，将他的宝贝公主高高抱起，用下颌冒出青楂的短胡须扎小长生的俏鼻："长歌，今天是你的生辰哦，不是父皇寿辰呢！"

长歌"咯咯"地笑，偏开小脸躲着宏武帝，撒娇地欢叫："父皇，好痒哦，长歌怕痒痒！长歌想让父皇长命百岁嘛！"

宏武帝龙颜大悦："朕的孝顺小公主，真是朕的开心果啊！哈哈……"

"报——"

"皇上，敌军已攻进京都，皇城快要守不住了！"

突然，两道急报由殿外传来，转瞬间，皇城守将已跪在了帝驾前，整个长生殿内，霎时死寂，长歌趴在宏武帝怀中，懵懂地眨着眼睫毛，明眸中满是惊惶。

宏武帝僵硬着神色，一动不动，只是将怀中的女儿抱得更紧了些，他试图说点什么，可嘴唇在翕张，竟是一个音也没有发出来。

"皇上，快逃吧，再不走就来不及了！"

守将重重抱拳，铿锵有力地道："臣等就是拼尽最后一滴血，也要誓死保护皇上逃出去，只要皇上不倒，总有一天我凤氏王朝就能东山再起！"

大殿里，各种惊慌哭泣声，由低到高，慢慢扩散开来，嘈杂之音，充斥了宏武帝的耳膜，他忽然开口，龙威犹在："吵闹者，斩！"

一声令下，大内侍卫立刻抓了几名太监和舞姬朝殿外拖去，在一片哭号声中，宏武帝俯身，单手扶起了皇城守将，语气万分凝重地下了最后一道圣旨："李将军，朕命你保护长生公主出逃，务必为我凤氏皇族留下长生这一条血脉！朕，在九泉之下，也就瞑目了！"

守将惊呼："皇上！不能……"

"朕是天子，这城中全是朕的子民，朕不能走，朕誓与皇城共存亡！"宏武帝将长歌交到守将手中，凄然道，"况且，朕也逃不掉，如若朕留下，拖住敌军，长生还有一线逃生的可能，若朕走，她……必死！"

"皇上！"

满殿的人全部"扑通"跪下，哭作一团……

长歌才三岁，听不太懂大人的话，但她敏感地察觉到了什么，忽然伸手探向宏武帝，

楔子　长生殿，生辰夜家国如梦

哭着说："父皇抱抱，父皇……"

"长歌，父皇不能长命百岁了，以后长歌要好好活着，知道么？"宏武帝眷恋地摸着长歌的小脸，眼中浮起润泽的氤氲水光。

长歌哭闹得更加凶了，奋力扑向宏武帝："父皇，我要父皇，父皇不要死……"

"李将军，带公主快走！"宏武帝决然退后一步，厉声吼道。

"臣……"守将悲怆地叩头，"遵旨！"

"父皇！"

"父皇！"

长歌拼命地哭喊，可宏武帝的身影却越来越远，她被守将抱着飞奔出了长生殿，往黑暗中不知名的地方快速而去……

长生殿，专为长生公主而建，她是父皇唯一宠爱的公主，可是今夜，她的生辰礼夜，竟是她国破家亡的诀别。

马蹄在奔跑，冬夜的风，刺骨沁肌，如刀割一般迎面袭来。

皇城在身后，一寸寸远离，那冲天而起的火光，映亮了整个天幕，犹如火烧云的绚丽，妖娆绽放在天际，而耳边接连不断的喊杀声，哪怕不用回头，也可知道，有千军万马在追赶。

长歌被禁锢在守将怀中，风太大，无法睁开眼睛的她，全身抖动着，小脸冻得青紫，可她不再哭泣，她是凤氏王朝的公主，父皇曾说过，皇家的人，就是死也要死得有尊严，绝对不能软弱！

快马奔至护城河边，敌军终是追了上来，守将带着手下百余人奋力厮杀，无论场面有多么血腥惨烈，他始终将长歌护于臂下，只是，终究寡不敌众，战到他最后一人，肩部中刀，腹背重伤，长歌被迫飞离出去——

"公主！"

守将凄厉嘶喊了一声，缓缓倒在了地上，而诡异的是，与此同时，无数颗烟雾弹竟突然炸响在了四周，白烟似雾霾，刹那间笼罩了这一方天地，令溯谟军无法辨清方向，持刀乱挥乱砍中，自相残杀，误死了无数溯谟士兵！

待白烟渐渐散去，满地尸体，血流成河，却再寻不到凤氏王朝长生公主凤长歌的踪影。

须臾，京城外的羊肠小道上，十二骑汗血宝马队列整齐地如疾风骤雨般狂奔向前，为首的青年男子，神色冷峻，一双浓得化不开的深眸，与这寒夜的黑，融为一体，令人无法分辨。

长歌在剧烈的颠簸中苏醒，头顶一道声音，冷漠沉缓："凤长歌，你的命是我救的，从今以后，我就是你的义父，你的名字改为——孟长歌！"

这一夜，凤氏王朝，在熊熊大火中，灰飞烟灭。

亡国公主凤长歌的命运，亦在这一夜，被全部改写。

第一章　涅槃重生

十五年后。

大楚。京都。

二月二，龙抬头的吉日。

隆冬刚过，微微春风吹，莫道回暖，寒露初春时。

午时的月桥，春光笼罩，恰是暖洋正当，遇到今日大吉，桥上桥下，人声鼎沸，热闹非凡。

尤其昨夜一场春雨，万物复苏，江水边的几株梨树杏树，开出了或白或粉的花朵，混和着柳树嫩叶的清新，丝丝入鼻，不免心旷神怡。

这一带，是京都名流贵胄、才子佳人们最喜欢去的地方，可以散心、春游、娱乐、谈情说爱。

所以今日，放眼周遭，尽是美景、美人，景与人，相得益彰，像是一幅幅美丽的画卷，令人不忍亵渎。

然而，桥底江边，却偏偏有一处景致，破坏了和谐，过往的人群瞧到，无不嗟叹，却又无可奈何。

只见一位银衫垢面的少年，斜倚着身后的柳树，毫无礼法地躺坐在草坪上，跷起的二郎腿一抖一抖的，嘴巴里还叼着一根细小的柳枝，他狭长的凤眸，微微半眯，悠闲地享受着午日的好时光。

左右青石板小路上，有胭脂粉黛的妩媚俏丽女子从旁经过，香飘入鼻，少年皱眉，自言自语地嘟哝了句："林花著雨胭脂湿，水荇牵风翠带长。"

第一章　涅槃重生

　　话语方落，柳枝突然被人夺去，少年嘴中没了东西，他惆怅地发出叹音，懒洋洋地开口道："离岸，小爷我饿得三天没吃饭了，就指着那根柳枝充饥呢，你若是没攒够棺材钱，就暂先……"他睁开眼，指指身侧忽然冒出来的青年男子手中折断的柳枝，绯色的唇边，勾起戏谑的笑痕。

　　"天葬省钱又省力，买棺材岂不是浪费？"离岸眼角眉梢都是冷意，将柳枝随手一扔，弯腰扣住少年的手臂，微微使力，扯起少年，迎上少年想揍他的眼神，挑唇道，"你再不回靖王府，怕是连剩饭馊饭也没你份了！"

　　少年眉目骤聚："哼，他不来找我，我就不回去！"

　　"靖王宫中有宴，能抽得开身么？"离岸敛眸，语气稍软。

　　少年拂袖，转身就走。

　　离岸瞧少年往月桥上而去，并非有回靖王府的打算，眸色一闪，他突然追上去："长歌，靖王其实已回府，但……"

　　余下的话未及说，银衫少年已消失不见，一骑通体雪白的马，载着他飞奔远去……

　　离岸矗立在原地，久久抿唇，出神而望。

　　"吁——"

　　长歌的马，在靖王府的红漆大门前停下，他利索地翻身下马，守卫迎过来，恭敬地行了一礼："小公子！"

　　"把你们王爷的白驹牵进去，然后把我的黑蛋儿牵出来。"长歌双手环胸，下巴高抬，凤眸紧盯着大门，冷冷淡淡地说道。

　　"小公子，靖王有令，若您归来，便即刻去见王爷。如若您不去……"守卫表情很难看地指了指大门外连同他在内的四名守卫，哭丧着脸接下去，"奴才们就自己砍下自己的头，送给小公子当球踢！"

　　长歌唇角一掀，似笑非笑："咦？那不是正好么，我正想做几个藤球玩玩儿呢，没想到靖王爷这么有心，那就多谢了！"

　　"小公子……"

　　四名守卫"扑通"一声就跪下，欲哭无泪，为何每次小公子跟靖王赌气，倒霉的都是他们啊……

　　长歌无视，扭头迈出大步，瘦小的身板，挺得僵直。

　　"你已经十八岁了，还要胡闹到几时？"

　　一道严厉的叱声，突然从背后响起，长歌步子一滞，转身望向来人，目光倔强而坚定，他道："我以前或许在胡闹，可这一次……我是认真的！"

　　朱漆门内，三十出头的男子拂袖而立，深色的锦衣缎带，昂藏的七尺身躯，身材伟岸，肤色古铜，立体的五官深邃俊朗，经过岁月沉淀的洗礼，他浑身散发着成熟内敛的韵味，一双狭长的墨色瞳孔中，闪动着精锐的光芒，给人深不可测的冷寒之感。

守卫行礼，识相地悄然退下，垂首静默。

长歌不屈地梗着脖子，凤眸微睁，灰头土脸的他，完全不在乎他满身的脏乱是否会污了对方的眼，就这么目不转睛地凝视着那个抚养了他十五年的男子，重复着他的坚定："我是认真的，我可以为我的决定负起责任！"

男子墨眸转深，阴冷的气息，隔着不远的距离，冲击向长歌，他没有多余的话语，依旧给出两个字的笃定结论："胡闹！"

长歌怆然，他悲戚而笑，一跃上马，只是马缰未及握住，一只铁钳般的大手已扣在了他的腰侧，男子冷厉中略带无奈的低叹，扩散在他耳畔："你年纪不小了，怎么还闹离家出走的戏法？"

"孟萧岑，你都说我十八岁了，那你还把我当孩子看待？我……"

长歌羞恼的话，在被男子挟进大门后，自动中断，因为男子环抱着他而行，终没有再放开他，但也没有给他欢喜的机会，男子一盆凉水同时迎头浇下："长歌，我是你义父，再敢直呼我名讳，别怪我狠心惩罚你！"

孟萧岑的警告，语气是从未有过的狠辣，令长歌不禁打了个激灵，心下微微生起惧意，瘪了瘪嘴巴，一时再没敢放肆。

回到主院，孟萧岑松开了长歌，阔步迈进他的寝屋，冷冷地吩咐下人："备水，侍候小公子沐浴更衣！"

长歌低垂下脑袋，绯色的唇瓣，微翘了翘，突然间说道："义父，我想在你的内室沐浴，可以么？"

闻言，孟萧岑脸色寒了寒，但终究没拒绝，颔了下首，便往书房而去了。

长歌狡黠地勾了勾唇，大摇大摆地走向内室，并向下人挥手，"不用侍候我，准备点吃的给我就行了。"

孟萧岑的卧房，连通着一方地下温泉，是孟萧岑的专属，连他的妃子姬妾都不允许踏进一步的，长歌除外。

美美地泡了了温泉，洗去一身污垢后，长歌只穿着白色里衣，披散着乌亮的长发，便悠闲地坐在了孟萧岑的雕花床上，四下扫视一番，瞧到旁边案几上，有丫鬟给他备下的吃食，饥肠辘辘的他，大快朵颐地解决起了已过时的午膳。

等到吃饱喝足，长歌舒服地躺在了床上，餍足地打了个滚，吸闻着枕间属于孟萧岑的独特味道，他白玉般的双颊，渐染上羞涩的绯红，流露出些许女儿家的娇媚。

有半截明黄色的卷轴，自枕头下方伸出，长歌目光一动，随手将卷轴拿出，布帛背面的"圣旨"两个字，令他眼皮跳了跳，疑惑地缓缓展开："圣旨下……御赐左相长女为靖王妃，刻日成婚……"

长歌眼前一黑，险些失控地撕碎圣旨，他看了看颁旨日期，赫然就是今日！

第一章　涅槃重生

门外，有脚步声由远及近，长歌趴在床上，一动不动地瞅着手中的赐婚圣旨，心中似有血泪在流……

"搁下吧，毁坏圣旨是死罪。"

高大的身躯，矗立在床边，大片的阴影挡住了长歌的视线，他抬起眸来，仰望着那丰神俊朗，冷艳惊绝的男子，不敢置信地质问："这圣旨是你求来的，对不对？"

孟萧岑蹙眉，敛去眼底被牵动的情绪，冷淡地道："长歌，你记住，不论到何时，我都只能是你的义父！"

"我不要！"

长歌厉吼一声，忽然爬坐起来，猝不及防地抱住了孟萧岑的脖颈，他拼命地摇头："我不要你做我义父，我想嫁给你呀，我没有胡闹，我说的都是真的，你不要再当我是小孩子好不好？"

"丫头！"

很多年没有这么唤过长歌了，孟萧岑微眯了眯眼，如果不是长歌从十五岁起，就天真地说喜欢义父，想要嫁给义父做新娘子的话，他甚至已经忘了，长歌其实是个姑娘，而不是他一手抚养长大的小公子。

长歌是她，而非他。

"义父，你不要娶别人，我听你的话，以后再不任性了，我都听你的……"

"丫头！"

孟萧岑拿下长歌的手，深目端详着长歌沐浴后，明艳俏丽的美丽脸庞，他低低喟叹："真是傻丫头，我大你整整十五岁，在你三岁时，我已经像你现在这般大了，我把你从小女扮男装当男孩儿养，是为了助你复国，而不是让你恢复女儿身，做出乱伦的事，你明白么？"

"你不是我亲父亲，怎么会是乱伦呢？"长歌不懂，到底是左相的权力对他有吸引力，还是他不想被人耻笑，所以才拒绝她？

孟萧岑双目一沉，陡然凌厉地命令："跪下！"

长歌一凛，对这个男人，她心底还是害怕的，尤其是他发怒时，所以她忙下床，屈腿跪在地上，略带委屈地唤道："义父！"

孟萧岑言辞冰冷，字字如刀："孟长歌，本王与你只有父女之情，你若再敢胡思乱想，就滚出靖王府，永远不要再见本王！"

"是。"长歌咬住唇角，声音细如蚊蚁，眼底悄然氤氲。

孟萧岑道："大秦皇帝尹哈长子弑君篡位，尹哈崩，其子获罪，皇长孙尹简登基称帝，大赦天下，正广纳贤才，大秦皇室权力几分，倾轧争斗，极为严重。长歌，这是你复国报仇的好时机！"

长歌倏然一震，眼中水汽散去，浮起阴冷之色："义父，我具体该怎么做？"

"潜伏大秦，接近尹简，取得尹简信任，搅乱大秦政局，探询军情，想办法拿到大秦边防军事分布图！"

"是！"

"这几日你准备一下，与离岸一道前往大秦，你的身份问题，我已做了假资料，以后你就是大秦通州人氏。"孟萧岑从袖中抽出一份纸卷，递给长歌，"详细的情况，你回去后研读熟记。"

长歌接下："明白。"

"丫头，起来吧。"孟萧岑握住长歌白皙的小手，眸底深处浮起一抹极浅的温柔。

长歌起身，反握住义父的手，嘟了嘟小嘴，没有说话。

孟萧岑略感无奈，他不动声色地抽回手，走向卧室中央摆放的八角桌："长歌，此次你出门，义父其实是不太放心的，你过来，具体的细节我再嘱咐你一下。"

长歌跟过去，涉及复国的大事，她不敢再使小性子，仔细认真地聆听。

交谈了大约两个时辰，外面已经夕阳西下。

白色的纱帷，轻飘而动，橘色的霞光，从半开的窗户漫进来，染了半室胭脂红，朦胧而梦幻。

孟萧岑深邃的侧颜，亦被浸染成绯红，似与天一色。

长歌痴迷凝视，只觉烙在她心上如朱砂，他眼中开倾世桃花，却不知何时能回眸她一眼……

"暂时就说这么多，你先回去，明天我再接着给你讲。"孟萧岑眼神淡淡，并不显露过多的情绪。

"好。"长歌点点头，小心地敛藏好思绪，起身走向衣柜，从中取出一套少年白衣，当着他的面，穿戴整齐，对照镜子，她忽而咧唇："义父，你会绾发么？"

孟萧岑近前，宽厚的双掌，搭上她的肩，铜镜中，两人久久对视，彼此谁也不曾打破寂静。

有风悄然而入，长歌袍角飞扬，乌发飞舞，发梢扫过孟萧岑的双眼，他终是重瞳微动，抬手缓缓执起她的乌发，拿过桃木梳，为她绾发，他低沉的嗓音，有如暮鼓钟声："长歌，你记着，不要轻易对任何人动心，无欲则刚，无情则狠。"

"义父。"长歌绯唇轻启，目光迷惘，"我只对你动心，我可以对别人狠。那么，你会娶我么？"

孟萧岑为她戴好玉冠，看着镜中翩翩如玉的少年郎，他说："长歌，义父很快就要娶正妃了，你也该长大了。"

"你一定要娶左相女儿么？"

"对。"

"如果她死了呢？"

第一章　涅槃重生

"那么你我再无关系，我会另娶王妃。"

长歌转身，头也不回地离开。

靖王府外，离岸正在等她，长歌眯眸而望，远处巍峨的山峦，连绵不绝，群山在夕阳映照下，似被涂上了一层金黄色，显得格外瑰丽。

残阳如血，晚霞似火。

"离岸，陪小爷遛马去！"长歌豪言壮语，"哈哈"大笑，"策马天下，快意恩仇！"

话音落下，无人响应。

长歌怒视，离岸做出一副不想打击她，却又被逼无奈的样子："你这是遛驴吧？马和驴的价格可差得远，你拿驴冒充马，会被人用唾沫淹死的。"

长歌低头，看了看手里牵着的坐骑黑毛驴，突然张牙舞爪地扑过去："你会不会发挥一下想象力？别人都骑马，我也骑马，那不是很俗么？独特，咱们要独特，知道么？"

离岸张开双臂，将长歌抱了个满怀，无奈道："好吧，没文化真的很可怕，我会尽快恶补功课。"

"滚蛋！"长歌一脚踹飞他，"小爷我想喝酒了，离岸你请客！"

闻言，离岸眼神一紧，按住了腰间的荷包："靖王这个月还没给我发工钱呢！"

"你俗不俗？谈钱多伤感情啊！"长歌斜眼一横，豪爽地搭上离岸的肩，"走啦，大不了下回我请。"

"上回也是我请的。"

"那我下下回请。"

……

酒馆里，长歌醉得一塌糊涂。

离岸付了酒钱，背着她出门，沿着漆黑的冷清街道，步伐沉稳地前行。

午夜的更鼓声，穿透了空旷的天地，回音久久不绝。

"离岸……"

"嗯。"

"你说……我长得好看么？"

"跟我有什么关系？"

"你是纯正的爷们儿啊，用男人的眼光，你觉着我……我到底好不好看？"

"凑合。"

长歌失语，好半天都在心头琢磨，是该将背着她的男人狂骂到跪地求饶，或者啰唆到他泪流满面？

许久听不到长歌酒醉的嘟哝，离岸顺手拍了拍她的臀，嗓音微哑道："长歌，一个男人若是真心喜欢你，那么你不论美与丑，都没有任何关系，若他不喜欢，哪怕你是天仙，他

也依旧不喜欢。"

　　长歌黯然，昏沉的脑袋，令她眼皮几乎快撑不开，她抬眸望着前方好似没有尽头的路，双目渐呈迷离之色……

　　最终，她趴伏在离岸背上，沉睡过去。

　　大秦，本是凤氏王朝周边的游牧民族溯谟小国，凤氏皇帝一代代传下来，由于后世贪图享乐，不思进取，导致国力日渐衰败，而在几十年的发展中，溯谟却日益强大，逐步攻入中原，凤氏王朝一夕被灭国，溯谟入主中原，在凤氏王朝旧京城定都，改国号为大秦，大汗尹赤称帝，沿袭中原皇帝世袭制。七年后，尹赤年老驾崩，太子尹梨亦英年早逝，于是，二皇子尹哈继位称帝。

　　尹哈只做了八年皇帝，便被其子篡位谋害，皇位又回到了尹梨脉系手中，皇长孙尹简……长歌咀嚼着这个名字，脑海里竟然蹦出一个同音词来：淫贱！

　　手中毛笔"啪嗒"掉地，长歌黑线，接近一个"淫贱"的帝王，还要取得帝王的信任，她该用什么招数？

　　此时，已经是第二天下午，她从靖王府回到了郊外的固定居所茅草屋，离岸在外面烧饭，她则研究大秦资料。

　　百姓眼中的少年孟长歌，出身市井，混迹江湖，因为同姓国姓孟，所以是靖王府的食客，靖王对他多年宠爱有加，所以他横行京都，今天调戏了李家的姑娘，明天掀了张家的祖坟，后天又救了赵家的大黄狗等等，好事坏事做了个通透，却无人敢拿他怎么样。

　　明天就要出发了，长歌沉思中，忽然想到了一个人，她朝院里喊："离岸，明天记得把木鱼带上，到了大秦，兴许能遇到小锤子呢。"

　　离岸半晌没吭声，只将铁锅里的菜翻炒得噼里啪啦作响，许久，沉喝了声："开饭！"

　　长歌失笑，这人，还在记仇呢！

　　翌日。

　　春寒料峭，孟萧岑亲自送行。

　　京外的官道上，数匹骏马，扬蹄奔跑，两边杨树高大繁茂的枝丫，投下大片阴影，将人和马笼罩其中。

　　奔出十里，孟萧岑勒马招停："送君千里，终须一别。长歌，就在这儿分手吧。"

　　长歌跳下马，向前步行，神色恍惚。

　　孟萧岑淡蹙剑眉，须臾，脚尖轻点，一纵跃到长歌前面落下，转身冷厉道："长歌，你必须分得清楚，国仇家恨与儿女情长，孰轻孰重！"

　　"我明白。"长歌点头，怆然一笑，"像我这种背负血海深仇的人，是没有资格儿女情长的。"

第一章　涅槃重生

"长歌……"

"义父，我只问你一句，倘若我日后对别人动了心，你……会不会后悔？"

"不会！"

孟萧岑的答案，斩钉截铁，毫不犹豫，他神色肃冷一片，仿若长歌讲了一个天大的笑话。

长歌缓缓展颜，笑容虚缈："义父，谢谢你亲自送我，暂别，保重！"

语落，她回身上马，一扯马缰："离岸，我们走！"

两骑快马，从眼前飞掠而过，带起的劲风，吹乱了孟萧岑垂肩的发，他负手凝望，提气高喊："丫头，保重！"

春风拂面，冷暖自知。

孟萧岑矗立原地，如山般，许久一动不动。

眼底，却渐有湿意。

大秦，通州。

所谓兵家必争之地，有三个方面，一是历史名城；二是山水险阻，关隘要津；三是交通枢纽。

而通州的地理方位，在大秦极为特殊，不南不北，倚东朝西，大秦政治中心的分布在西、南、北三个地区，通州则恰巧处在连接这三个地区的中心点上，地势险峻，用兵可进可退。

所以，从古到今，这一块风水宝地，历来都饱受兵家争夺，可以说，通州是打开中原大秦的门户！

快马加鞭奔波十余日，长歌主仆二人，终于到达。

按照靖王孟萧岑的指示，长歌不必急于赶赴大秦京都汴京，伪造的假身份，需要进一步坐实。

若想后顾无忧，前提必须步步为营。

进入通州的第一天，长歌和离岸分开闲逛，将整个通州城大致熟悉了一遍，晚上住在客栈，两人交换了消息，然后长歌再研读有关通州的各种资料，比如人文历史、生活习俗、达官贵户、环境形貌等等。

第二日，离岸买通城中乞丐，悄悄放出了一个消息，那就是自小被人贩子偷走的孟郎中家的独子终于回来了！

孟郎中在多年前曾享誉通州，因为其医术高超，为人正直，又乐善好施，会经常接济一些穷人，遇到没钱看不起病的，他一律免费医治，所以在当地的口碑相当好。

但是，好人通常没有好报，孟郎中年近四十，才终于得一子，谁知刚刚生下，还在襁褓中的孩子，竟在一天深夜被人偷走，再也遍寻不见，孟郎中妻子忧伤过度，上吊而死，孟郎中遭此变故，生无可恋，竟也追随妻子而去。

从此，孟家中落，后继无人。

今日，听说孟郎中那个可怜的儿子回归了，百姓们凡知晓当年旧事的，纷纷奔走相告，大叹惊奇，亦大悲大喜。

长歌所住的顺福客栈，不到一个时辰，就被关注的百姓围了个水泄不通。

长歌立于中央，她穿戴虽俗，却翩若惊鸿，俊雅出尘，眉宇间自成一股气势，威严高贵。

"孟郎中的少爷长得好俊啊！"

"孟少爷，这十几年来，你住在哪儿呢？"

"那个该千刀万剐的人贩子呢？你是怎么逃回来的？"

"……"

面对百姓们争先恐后地发出各种疑问，长歌表情哀伤地启唇："实在一言难尽，养父前些日子离世时，才跟我讲了身世，我方才知晓我养父竟是那人贩子，可他已经死了……"

此言一出，周遭唏嘘一片，这可难办了，生是恩，养也是恩，功罪能不能相抵，本就是难以定论的，何况人已死，再追究罪责，也没了意思，只是可怜了孟郎中夫妇……

长歌安慰了大伙儿几句，便动身去城外为"亲生父母"扫墓上坟，百姓们纷纷赞赏长歌是孝子，让开道来，欢送于她。

主仆二人骑马出城，不想奔出百步，竟迎面撞上一队人马，对方一行六七人，其中多为扈从，只有两人特殊，一人虬髯棕袍，看起来凶神恶煞，另一人却生得出众，一袭绛紫色长袍，腰系玉带，气质优雅，端正得美艳无双。

道路并不宽，两方人马相遇，必然要有一方退让才能畅通前行。

路的两旁每间隔四五步，就种着一棵柳树，高大繁茂，枝叶满丫。

午时的日头，明媚高悬，阳光从树叶的缝隙中挤进来，洋洋洒洒落了一地，人马的影子纷乱交叠在一起，亦被点缀了一层耀眼的金光。

长歌缓缓勒马停下，顺手从头顶拽了根细柳枝叼在嘴里，唇角勾起一抹似有似无的笑意，这个虬髯大汉跟美艳男子挨在一起，画面感可真强烈！

"小子，笑什么笑？快让路！"虬髯大汉恼怒沉喝，很讨厌对面少年用那种眼神笑他相貌不如人。

离岸眉眼一沉，正待相斥，长歌已笑嘻嘻地接话："兄台，我哪里笑你啦？我分明是笑你身边那位长得太美了，如此美人当前，笑由心生嘛！"

长歌自小女扮男装，除了让人觉着她模样太过于俊秀外，其余感觉，与男子无异。

所以，若非她在对方人马眼中是个不折不扣的少年，任谁听了她这一番话，都会以为她是女淫贼，在调戏紫衣男子……

然而，被一个少年调戏，对于纯正的爷们儿来说，这似乎是件更让人晕菜的事……

第一章　涅槃重生

"大胆！"

虬髯大汉怒不可遏，生气的程度，比他自己被嘲笑还严重，他大手一挥："把这小子抓起来！"

扈从听令，数条人影，从马上一跃而起，赤手来抓长歌！

"哎呀，你们欺负人，开个玩笑嘛，这就恼羞成怒，以多欺少，恃强凌弱，恶贯满盈……"长歌凤眸一瞪，咬着柳枝双手抱头，状似惊吓地大喊，一连串的成语，从嘴巴里滑溜地蹦出来，一句比一句指控得严重！

离岸暗白她一眼，一人战数人，将她护在安全地带，任她玩闹。

虬髯大汉气得胡子根根翘起，喘气加粗："怪不得这小子敢狂妄，原来同伴是高手呢！"

"呵呵。"

一直沉默的紫袍男子闻言，忽而风轻云淡地笑了声，他好整以暇地观看着场中的打斗，眸光扫过那抱头咬柳枝的少年时，唇角缓缓勾起优雅的弧度，嗓音清润甘洌："宗禄，沉不住气者，大事难成！"

"是！"虬髯大汉立刻点头，怒气稍缓下来，言语神色间，对紫袍男子异常地恭敬。

离岸越打越心惊，这伙扈从竟不是普通保镖，武功个个不凡，他应付一时尚可，时间一久，便渐显不敌，心中略一计较，他跃回马上，抽了剑朝长歌快速低语："你先走！"

长歌抬起头来，惊诧在眸底一闪而逝，能令离岸说出此话，就说明事态严重，对方不俗，再玩笑不得！

但她神色一凛，道："我怎能丢下你？"

"你快……"

"美人，不打不相识啊，切磋一下，点到为止就好了嘛，咱们不如多聊聊天，怎么样啊？"长歌不理，竟无一分慌乱地朝对面美男子轻浮地喊了起来，那副痞痞的色样，简直令人发指！

离岸气晕，搭上这么个猪一样的队友，真是倒八辈子霉了，都这会儿了，还敢调戏男人！

虬髯宗禄刚沉下的气，又被勾了上来："臭小子，看老子不撕烂你的嘴！"语落，便要亲自上阵。

一只手却斜斜一挡，拦下了他，紫袍男子眼中多了抹玩味，他道："跟一个孩子计较什么？"

长歌虽然十八岁了，但女子身材和同龄男子相比，显得很娇小玲珑，所以在三十岁的紫袍男子眼光看来，她无疑是个顽劣的少年而已。

宗禄不甘道："这等狂妄小子，今日不知进退，他日指不定会杀人越货，此时给他点教训，倒是挽救他日后丢掉性命之苦！"

"若是如此，那也是他命中注定的，生死由天，怨不得人！"紫袍男子轻轻一笑，神态悠然，一双锐眸，却不离长歌半分。

宗禄只得作罢，安坐于马上，紧盯着离岸，以免紫袍男子受袭。

长歌见对方头目不搭理她的建议，心中略微焦急，忽然眉头一皱，一个主意在脑中形成，她又笑眯眯地开口道："美人，你当真要抓我么？有本事的话，你亲自上阵如何？"

"呵呵……"紫袍男子略觉好笑地扬了下眉，不紧不慢地回道，"我有手下人，干吗要亲自动手？打架这种活儿，实在太累了。"

长歌晕菜，这人竟然这么懒！

"算了，你改口叫我一声好听的，我就叫人住手。"紫袍男子忽然又说道。

长歌嘴角微抽，心说送你一把石灰，叫你石灰哥好了，但一时无法接近对方，计划不能变为现实，她只能先退一步，一双乌溜的凤眸转动，她状似思考着说："叫你什么能好听呢？美男？兄台？壮士？紫大叔？紫……"

"停！"

这番不着调的称呼，听得紫袍男子眉眼微沉："在下谈宣。"

"原来是谈大伯，久仰久仰！"长歌恍然大悟，连忙认真地抱拳作揖，脸上表情没有一丝玩笑。

宗禄已被气得似乎只剩出气，没有进气了，两只铜铃般的牛眼，死死瞪着长歌，恨不得在她身上瞪出两个洞来！

离岸斗得吃力，还要分神保护长歌，听得她这番悟论，默默搁了把泪，这个猪一样的队友，究竟要闹到哪时啊！

"住手！"

紫袍男子宁谈宣终于出声喊停，但目光冷冽，似已动怒，他一蹬马肚，策马上前。

打斗停止，离岸回身，仗剑护于长歌面前，以防不测，无温的冷眸不惧地盯着宁谈宣。

长歌摸了摸下巴，神情自得。

宁谈宣凝视着她，一步步靠近，这个少年相貌不错，明眸皓齿，是偏中性的美，哪怕平民穿戴，也掩盖不了她与生俱来的尊贵之气。

"你姓什么？"宁谈宣忽而笑问，清冷散去，恢复了先前的风轻云淡。

长歌勾唇，不羁地笑道："小爷免贵姓孟，大名孟长歌！"

宁谈宣微微颔首，并未计较她的态度，对扈从扬声道："我们走！"

离岸拉了下长歌的马缰，示意长歌让开路来，长歌耸耸肩，没再惹麻烦，策马让到了一边。

宁谈宣一干人离开，长歌和离岸也朝城外墓地疾奔而去。

但是长歌此时，绝不会想到，通州偶遇的这一段小插曲，竟为她日后带来了无尽的祸

第一章　涅槃重生

福……

天高云淡，风起萧瑟。

城外，方圆五里，多为山丘沟壑。

草长莺飞的季节，放眼望去，一座座坟墓错落分布，纸钱飘飞，哀歌凄楚。

长歌立于孟郎中夫妇的合葬墓前，紧盯着碑上的墓志铭，在心中默念了两遍，然后深深地三鞠躬。

离岸沿着坟头朝东方向走了五步，又朝南走三步，再向北走七步，双脚停下，自怀中取出一柄匕首，利刃在阳光的照射下，发出清冷的光芒。

"就是这个位置么？"长歌走过来，问道。

"差不多。"离岸言简意赅，弯下腰开始挖土，挖了三十多公分，一个牛皮纸包现出，他微喜："找到了。"

长歌轻叹了声："义父真是什么都算计安排到了。"

离岸打开一层层包裹严实的纸包，取出最里面的一张油纸递给长歌："你自己看。"

长歌接过，细读两遍后，眉毛微拧："信上说，通州守将黄权当年背叛凤氏王朝，大开关门，迎接大秦敌军入城，不战而降！如今，黄权任抚远大将军，驻守通州，此人生性多疑，诡计多端，义父交代，如能拉拢，则可用，反之，杀！"

离岸陷入沉思，许久未言。

"黄权黄权……"长歌咀嚼着那个人名，眸底有冷意浮现，"哼，如此逆臣贼子，迟早送他上黄泉路！"

离岸拍了拍她的肩："我们先离开这里，再从长计议。"

长歌点头，将脚下土坑填整好，离岸拿出火折子，烧毁了油信，方才安心。

临走时，长歌一扯离岸："你也给孟郎中上炷香吧。"

离岸扭头，看向墓碑，莫名心口堵得难受，他犹豫稍许，跨前一步跪地，一字未言，却磕了三个响头。

长歌诧异，眼睛眨了眨，唇边微微浮起丝笑容。

下午回城，两人直奔客栈，休养生息到晚上，又耐心等到夜深人静时，才换了夜行衣，飞出窗户，往将军府而去。

月黑风高夜，天地苍茫，浓云滚滚，墨蓝色的天空，如同一张看不见的大网罩在头顶，令人感到无比地压抑。

藏身在将军府的一处屋檐上，离岸格外不放心地低声警告："长歌，你记好自己的任务，除了接应我之外，什么也不许做！"

"哎呀，我知道啦，你自己小心就是了，我可没兴趣给你收尸。"长歌撇撇嘴，这人真啰唆，好像她会拖他后腿似的！

离岸脸黑了黑，不再理她，身形一闪，跃下房顶，往内院矮檐摸去。

长歌悠然地勾了勾唇，趴伏好，密切注视着四周的一切动静。

离岸有个特长，那就是方向感极好，只要他到过一次的地方，不论是多复杂的深宅大院，他也能凭记忆，画出一张完整准确的地形图。所以，他们先来探探风，踩踩点，顺便看看能不能捞到什么有价值的信息。

居高临下，可以将大半个将军府一览无遗，各院都有守卫士兵，火把照亮了这一方天地，气氛肃冷阴沉。

忽然，东院传来纷沓而至的脚步声，长歌一凛，明眸紧盯着院中明亮之处。

一伙人从回廊暗处走出，渐露在火把亮光之下，为首的男子，一袭紫袍玉带，美艳无双，他左手边是一虬髯大汉，右手边则是一年纪六十上下的戎装将军，三人低声交谈，身后随从十来人。

长歌美眸大睁，竟是白天碰到的那个谈美人！

风吹叶动，沙沙作响。

长歌不耐地拂开掉落在她脸上的树叶，聚精会神地盯着东院的紫袍男子，她心思快速转动，这个谈美人是何身份？那位上年纪的戎装将军应该就是黄权，那么谈美人和黄权的关系……

长歌细长的眉毛拧成了川字，她如果想对黄权下手，那么就不得不先考虑这个神秘的谈宣！

相隔较远，长歌无法听清那伙人在说什么，她正心中略纠结时，屋檐外的一棵大树上，突然有猫头鹰的叫声，诡异地穿透了她耳膜，她一惊，身体忍不住动了下，脚下瓦片竟有一块急速掉下去，落在地上时，发出"咚"的一声脆响，在较为安静的东院，显得尤为清晰！

"有人！"

"抓刺客！"

不知是谁惊喊了声，将军府士兵不等上头发令，便立刻训练有素地循声追来！

长歌气恼，那该死的猫头鹰，小爷非阉了你不可！

但是怒归怒，她现在首要的任务是逃跑，单打独斗她不怕，可等着与人群殴就是蠢货行为了！

长歌迅捷起身，以极快的速度，沿着屋顶奔跑，可惜她轻功是不错，但自小没方向感，少了离岸那个活人指南针，她跑着跑着就分不清东南西北了！

身后，追兵一大堆，院里、墙上、屋檐，陆续有人抄近路靠近了，好多院子都燃起了火把，无数杂乱的声音，淹没了长歌的耳朵，她在心里骂了句，离岸你死哪儿去了，倒是告诉小爷出口在哪儿啊！

宁谈宣负手抬眸，望着那抹在各个屋顶上蹿下跳的身影，他眼尾画出一丝笑痕，这个

第一章　涅槃重生

少年小子，是属猴子的吧！

几经抓不住的情况下，已有卫队长吩咐人拿了箭，搭弓上箭，准备射杀！

"黄将军，抓活的吧，死人可没趣了。"宁谈宣淡淡而道。

戎装将军黄权闻听，立刻喊了声："留活口！"

长歌压力顿时减轻，她再也不客气地突然一回身，手摸进胸口抓了把石灰粉朝后一扬，只听得"啊啊"数声惨叫入耳，几个士兵眼睛受袭，滚落下了屋顶！

"哈哈！"

长歌得意地大笑，都没怎么看清，便朝下一跳翻进了一个窗户，打算挟持个人质什么的相助她跑路！

谁知，她这一跳劲道太猛，竟将内室的窗户全线撞碎，屋里半盏烛火并不明亮，她来不及细看，亦来不及收势，只听"扑通"一声，似有水花溅起，她悲剧了！

"我操他大爷的……"

长歌奋力从水中探出头来，暴怒的话未完，便整个人呆住了，竟有一张男人的脸，与她咫尺相对！

摇曳的烛火，忽明忽暗，男子的脸庞，在火光中透着一股邪魅，剑眉星目，五官精致，俊美非凡，然，一双褐色的眸子，却矍铄清冷，深幽如潭。

"刺客就跑到这里不见的，全部分散开来，给我仔细搜！"

外面，追兵的脚步声纷沓而至，长歌心神一震，陡然清醒，她劈手就袭向了男子的面门——

男子头微微一偏，轻易就避开了长歌的袭击，冷冽甘醇的嗓音，低低沉沉地响起，"伤了我，你更加插翅难逃！"

长歌一击不中，遂换二招，可她身在水中，武功实难发挥，一掌竟打在了水面上，水花乱溅，喷了她一脸，这下莫说伤人，竟连自己的眼睛也睁不开了！

而男子见状，泠冷一笑，仅用两招，就将长歌手脚掣肘，令她丝毫动弹不得！

"流氓！快放开小爷！"长歌身体扭动间，似乎碰到了什么异样的东西，她一蒙之余，忽而臊红了脸……

幼时四岁，长歌不小心撞见过换裤子的离岸，不小心瞧见过离岸胯间的小鸟，所以她在不经意撞到男子的某物时，脑中自然地就把离岸的小鸟和男子联系起来，于是，这白皙的小脸，顿时红如晚霞，羞得几欲咬舌……

幸好，烛火昏暗，长歌的脸色变化，男子看得并不太清，但男子紧箍着她手脚，非但未松力道，反而加重了几分，只听他寒声问道："你夜闯将军府，意欲何为？"

"何为你大爷的！我……"

长歌咬牙切齿，可情况太仓促紧急，根本不给她交流的时间，门外窗外就同时响起了声音："刺客肯定在里面，上头有令要抓活的，大家小心搜！"

"遵命！"

士兵铿锵应答，长歌心悬在了嗓子眼儿，正欲破釜沉舟，却又听得下一瞬，一个浑厚的男中音斥责道——

"大胆！拓跋公子在沐浴，谁敢惊扰！"

闻听，长歌杏眼一瞪，险些叫出声来，她……她竟然掉进了对方的浴桶中？那么刚刚扭动时碰触到的物件儿果真是男人的小鸟……

嗷嗷，长歌一激动，真去咬舌了，她这是造了什么孽啊！

"都是男人，你羞涩什么？"在长歌贝齿刚咬到舌头上时，男子忽然低声质问，精锐的眸子深如幽潭，似鹰犀利。

长歌虎躯一震，嘴巴张大，是啊，她是男人啊，干吗要贞烈？她死了还怎么复国？真是太冲动了……

外面，领头的卫队长谦恭地低头："卑职知罪！但刺客如果伤了拓跋公子……"

"我请示一下。"男中音截断话茬，转头朝里拱手，扬声问："主子，里面可有情况？"

长歌心尖乱跳，只见对面男子眼梢轻挑，微勾下唇，不咸不淡地开口："尔等……"

然而，他话才出两个字，被桎梏住手脚动弹不得的长歌，竟然猛一扑过来，利用唯一自由的嘴巴，狠狠地堵住了男子的双唇，令他无法再喊人进来抓刺客！

这么惊悚的一幕，长歌完全是出于自救的下意识行为，而被她先吃豆腐后狠吻的男子，整个人一震，俊逸的脸庞，泛起了百年难得一见的红色……

房梁上，跷腿而坐，悠闲观看的青年侍卫莫麟，陡然一凛，目瞪口呆……

而长歌一击成功，见男子僵滞，手脚立刻挣扎，男子反应也迅捷，一晃回神，惊觉吻他的少年嘴唇柔软，气息甘甜，他大脑微微眩晕，体内似有火源在燃烧，他竟伸出舌舔上少年的唇，桎梏着少年的力道，随之一松……

长歌顿时羞愤，方才反应过来她又做了什么蠢事，是以，她手脚一旦自由，头立刻一偏，避开男子的反吻，同时一掌击向男子肩头！

莫麟被雷得七荤八素的脑子，终于元神回归，匆忙俯冲下来护主，长歌察觉不妙，腰间匕首一出，以电光石火般的速度抵在了男子颈侧，低喝道："别动！不然我杀了他！"

与此同时，外面不知谁突然喊了声："刺客在那边，往西院去了！"

紧接着，便听到"嗒嗒"的奔跑声，搜寻的士兵们，在卫队长的带领下，很快就离开了。

长歌微愣，但很快便明白过来，定是离岸那厮引开了士兵，制造机会让她脱身的。

不过，眼前这两个人怎么办？

"主子，您受惊了！"男中音在外面恭谨地说道。

莫麟情急，脱口道："良佑，主子被……"

第一章　涅槃重生

"我没事儿！"而被称为拓跋公子的男子拓跋简，压下隐隐作疼的欲望后，竟慵懒平静得出奇，端的是泰然若定。

"是，奴才就在外面守着，主子可随时召唤。"良佑躬身回道。

莫麟一口气血被噎在喉咙里，他虎视眈眈地盯着长歌，不明白他家主子这是要做什么！

长歌抵着人质的匕首，丝毫不敢放松一寸，既然离岸在外面接应，那么她得快些离开才好，是以，她微微一思索，低声道："我不是刺客，我也不想胡乱伤人，你们若是答应放我走，我就放了这个臭男人，若是不答应，我只好挟持人质离开这儿了！"

"我是臭男人？"拓跋简浮唇，眸底荡起一抹微冷的笑痕。

长歌嘴角一抽，不由自主地脸红结巴道："刚，刚才你……你流氓！"

"方才似乎是阁下你先流氓的吧？我不过是以牙还牙罢了！"男子不咸不淡地回敬她，依着微暗的烛火，不动声色的细细观察着这个胆敢亲他的少年，两男亲吻，没想到那感觉竟也不错。

长歌闻听，顿时大窘，她干咽了咽唾沫，双颊绯红地辩解："我，我是急中生智，是权宜之计，谁叫你抓住了我手脚，我也是没办法的办法……"

莫麟为他主子叫屈，举剑怒气冲天："这个臭小子，你还敢说，我一剑劈了你！"

"你敢动一下，我立马杀了他！"长歌眼一横，匕首又抵近了男子颈侧一分。

"莫麟，退下！"拓跋简淡淡一句，极具威严，面色如常，丝毫不见慌乱紧张。

"是！"莫麟死瞪着长歌，极不甘地退后两步，不忘警告道："你敢伤主子一分，诛你九族！"

长歌冷哼一声："诛你大爷的头！小爷家里就小爷一个人，现在你主子的命在我手里，你还嚣张个屁！"

莫麟一口气险些没上来："你……"

"行了，头疼。莫麟你出去，没我的命令，谁也不准进来！"拓跋简嫌吵，长指揉了揉太阳穴，声音依旧懒懒的。

"主子……"莫麟大惊，但很快便明白了什么，一低头拱手道，"奴才告退！"

语罢，转身掀帘离开。

长歌略有点奇怪，这臭男人居然这么镇定，面不改色？

拓跋简淡瞥了她一眼："你还不走？"

"哼，你的手下在外面埋伏，你表面放我走，我一出去保准落网，你当我傻呀？"长歌思绪急转，冷哼道，"我挟持你走！"

拓跋简眸中浮起嘲弄之色："呵，小人之心！"

"你少废话，跟我走！"

长歌怒，另一只手扣住拓跋简肩膀，便欲挟他跳出浴桶，男子却好整以暇地道了句：

"我赤身裸体，你不得先给我更衣么？"

男子不急不躁的一句话，呛得长歌几欲泪流满面，她握着匕首的手，忍不住抖颤："老兄，你干吗把衣服全脱了啊……"

搞得她现在一动不敢动，因为稍稍动一下，就会碰到他的小鸟，这是叫人多么忧伤羞愧的事啊！

"你穿着衣服洗澡？"拓跋简略微浮唇，眸底闪过一抹戏谑。

"呃……"长歌哑然，她干咽着唾沫，眼珠瞪了几瞪，才琢磨出一个折中的方法："你自己穿衣，我给你打下手。"

拓跋简表情没什么异样，只淡定地勾了下唇："好。"

长歌先跨出浴桶，小心地让自己的刀不要真割伤拓跋简的脖子，但浑身湿透的她，实在狼狈，依着烛火的光看去，竟隐隐勾勒出了几分曲线，还有裹胸布那里，也微微有些透视……

"身材不错。"

男子的声音，忽然在耳旁响起，长歌心神一凛，手中的匕首顿时失去平衡，眼看就要划破男子的肌肤时，诡异的事情出现——

拓跋简竟以迅雷不及掩耳的速度，一掌拍在了长歌执刀的手臂上，长歌受不住那力道，五指一松，匕首"咣当"掉地，长歌失去了人质，他则解除了危机！

长歌倒退了一步，不可思议地看着拓跋简，这人好厉害的武功谋略！

眨眼的工夫，如果不是提前计划准备，根本不可能不自损一分地脱险的！

拓跋简倚坐在浴桶中，仿佛刚刚瞬息万变的事情，根本就没有发生过，他神色如常，似笑非笑地从喉间轻溢出一句："小兄弟，你到底……是男是女？"

长歌大惊，她本能地瞟了眼胸部，往暗处退去，且气势地答道："废话，小爷当然是男人！"

"在下拓跋简，你叫什么名字？"拓跋简修长的手指，轻扣在浴桶边沿，幽暗的眸子沉淀着令人看不透的深沉。

"小爷孟长歌！"

长歌最不爱做乌龟，哪怕现在的形势表明，她可能成了对方的盘中菜，但她也不能输了阵势！

闻言，拓跋简十指倏然一紧，缓缓停止了动作，他褐色的重瞳，犀利地射在她脸上，仿佛能穿透黑暗，将她的五官纳入眼中！

长歌被他鹰一样的注视，弄得莫名其妙，这人怎么回事？难道她在大楚的名号，他们大秦人也知道？

"背过身去！"

拓跋简忽然发出命令，威严不容置辩！

第一章 涅槃重生

长歌愣愣地听令，转过了身子，反正她也不想看到他赤裸的上半身！

但是，她该怎么逃走呢？他的手下这会儿肯定四面埋伏，不论窗户，还是正门，都不安全，而这个人质，显然已经不是人质了，她十分怀疑，她能不能单打赢过他……

"你可以继续拿我当人质！"

思绪正乱时，拓跋简的声音，在背后淡淡的响起，长歌惊诧回身，只见拓跋简竟已穿戴整齐的站在了地上，他身材颀长，一袭雪白的锦袍，衬得他眉目如画，翩翩风雅，将那股由内而生的冷意，也抵消了几分，竟生出几许柔和温润。

"为什么？"长歌微失的神志缓慢回笼，她眼神戒备的盯着男子，试图看出他不轨的目的。

拓跋简浮唇一笑，言语轻松："因为你是第一个胆敢亲我的同性别少年！"

"从来都是我孟长歌调戏良家女子，今天竟然被你一个臭男人调戏，我真想把你灭口了！"

长歌脸红，义愤填膺地表示她的不满，事实上她确实生气，她真正想调戏的男人，只有孟萧岑一个人，可没想到，她的初吻，竟然糊里糊涂地被眼前这个男人糟蹋了，真是作孽呀！

"好吧，看来你不想走，那我叫人来抓你！"拓跋简转身就走，不留半点余地。

长歌见他来真的，忙脱口道："我答应！"

衣服里藏的石灰粉全湿了，暗器飞镖不适合近程攻击，她的剑又没带在身边，所以现在完全被动，没法拒绝！

拓跋简停步，回身看着她，面无表情："像刚才那样，从窗户出去！"

长歌会意，忙捡起匕首，重新抵在他脖颈，两人眼神交流了一下，长歌一手扣住他肩膀，纵身一跃，两人从破开的窗户飞身而出！

这一举动，自然引起了在外面搜寻至今，仍然一无所获的将军府士兵们的注意，见到雪袍男子被俘，人人大惊，喊叫声四起，且立刻多了一倍的人穷追不舍，就连黄权都脸色大变，急声朝宁谈宣说了句："我去看看！"然后不等回复，便急奔而去！

宁谈宣闲适一笑，一抹狠戾却在眸底暗藏，他侧头朝虬髯宗禄耳语两句，宗禄了然，转身离去。

长歌扣着拓跋简急速狂奔，在里三层外三层的将军府屋顶飞檐走壁，可绕了两圈，还是没绕出去，她不禁急得满头大汗，倒是拓跋简狐疑地问了句："你不认路？"

"是啊，我是路痴，找不到方向了。"长歌几乎要哭了，离岸那厮死哪去了啊，她要是逃错方向，就真死定了！

拓跋简无语，他指了指方向，不得不提醒她："右边是东，那边是南，剩下西北，你要去哪儿？"

正说着，北边突然燃起一道亮光，映得天际泛白，一抹黑影，几个纵跃，朝他们直奔而来，长歌一眼看清，油然欣喜，竟是离岸！

"走！"

离岸一捉长歌手臂，带着她往南方撤退，北方大亮，显得南方黑暗，追兵成群结队的往北追去，混乱不堪！

拓跋简本是跟着出逃，可长歌有了帮手，在身形隐入南方后，便收了匕首，朝他道："多谢你放我，再会！"

"等下！"离岸相拦，冷盯着拓跋简，"此人是谁？"

拓跋简淡声回道："黄权友人！"

闻言，长歌脸色倏冷，她早该想到的，拓跋简身在将军府，种种迹象都表明他身份非凡，那么他和黄权必然关系匪浅，可黄权是她叛国的仇人！

"不能放他！"

离岸出口的一瞬，已双掌翻飞，狠辣地攻向了拓跋简！

双方一场恶斗，拓跋简沉着应对，游刃有余，他瞅着间隙问出："你二人夜闯将军府，究竟是何目的！"

"关你屁事！"

离岸冷言相斥，同时手脚攻势不停，招招皆用全力，长歌立在一旁，看得心惊，她知离岸武功奇高，一般人在他手底根本走不下百招，但拓跋简竟毫不相差，两人难分胜负！

"我们是贼，能有什么目的？不过是来踩点偷东西的，谁知道这里竟然是将军府！"长歌神色严谨，沉沉吐出，须臾间，心思变化万端，耳朵微动，她忽然扭头，只见由北向南，大批追兵赶来，显然是发现上当，及时回撤！

此时，他们已身在将军府外的街巷里，那纷杂繁多的脚步声，震破了静谧的夜，好似千军万马，奔腾涌动！

"离岸，此人助我脱逃，有恩于我，不可伤他，快走！"长歌朝打斗的两人低喊，语气略急。

拓跋简听得"离岸"二字，重瞳一闪，果然如他所猜测！

然而，他欲退，离岸却紧缠不舍，他不想伤己伤人，便只守不攻，长歌看出门道，怒了声："离岸，这是命令！"

离岸无法，只得一掌对上，然后双双退开，他听令撤回，却脸沉如冰。

听着越来越近的杂乱嘶喊声，拓跋简俊颜沉凝，他突然压低了声音："孟长歌，你话虽说得漂亮，但我只放你这一次，若不想死的话，你二人立刻离开通州！"

"你……"

"接着！"

一枚物件扔了过来，离岸抢先接住，在掌心一捏，似是玉佩之类，凉意清透，他不解之时，拓跋简竟鬼魅靠近，将长歌肩膀一按，依着她耳畔低语了一句："凭此物可到汴京兵

第一章　涅槃重生

部尚书齐南天府中找我！"

　　长歌大惊，刚欲询问，却听得"嗖——"的一声，有箭矢之声，破空而来，两人听声辨位，身体同时向后一仰，箭矢从中穿过，离岸腰间软剑出，一剑劈落，将长歌护于身后！

　　拓跋简低喝了声："你们快走！"

　　"哎，你……"

　　长歌不及多说，离岸已挟着她，脚下一纵，往前方急速奔去，融入了茫茫夜色中，消失不见……

　　对方一击不中，数名黑衣杀手，持手中寒剑，淬着幽光，尽数朝拓跋简招呼过来，与此同时，五名玄衣侍卫从隐忍多时的暗处，一跃而出，带着肃杀之气，与黑衣杀手恶战在了一起！

　　他们正是良佑和莫麟等人！

　　拓跋简自雪袍中抽出一柄短剑，与刚才和离岸相斗时完全不同，他俊颜森寒，剑剑狠辣，有黑衣人迎面攻来，他身形一转，避开的同时，横扫一剑，对方被利刃割喉，血溅了他满袍，触目惊心，他面色不改，飞起一脚，踢飞了又一个杀手，眸底的嗜杀之意，愈发浓郁！

　　黄权带人赶到，见此情形，大惊失色："拓跋公子！"

　　"黄将军，刺客意在行刺于我，拿下刺客，记你一大功！"

　　拓跋简扬声而道，他语气虽淡，这恩威并施的话语，却令黄权倏然一震，优柔寡断多日的他，终于大喝一声："保护拓跋公子，捉拿刺客！"

　　身在暗中的宗禄，眼中迸出火光，没想到拓跋简手段如此高明，竟反将一军，城府深不可测。

第二章　旧都相逢

离岸带着长歌潜回客栈，取了行李，欲连夜出城，可城门已关，两人只好在城下窝了一晚，待黎明破晓时分，赶着城门一开，便骑了两匹快马出城，一路向北，朝大秦京都汴京而去。

其实很奇怪，昨夜发生那么大的事，按理通州该是全城戒严，搜查他们两人的，可始终风平浪静，甚至连城门都没有人盘查，让他们顺利地出了城。

午时，行到一片林子，两人下马休息，自包袱里取了干粮和水充饥。

长歌满腹疑虑，一边吃一边皱着秀眉思考，那个拓跋简究竟是什么人？一会儿是黄权友人，一会儿又和兵部尚书齐南天有关？而且他让她去找他是何意？

"离岸，把那东西给我。"长歌忽地记起，扭头道。

一枚玉佩递到长歌手中，离岸眼梢很冷，话语微酸："那人跟你关系不错？这玉佩可不是劣货。"

长歌皱眉，没有立刻答他，而是仔细地翻看手中的东西，这是一块纯白玉佩，通透无瑕，晶莹玉润，长歌虽不太懂玉，但只看质地，便知精贵，只见正面无字，反面刻着一个小篆体的"简"字，拿在手中，清凉渗体，心情微起波澜。

明显这是拓跋简的私物，而且是代表了他本人的一枚有重大意义的玉佩，可他把这么重要的东西给了她，他想干什么？

难道……他已经知道她是女子么？她亲了他，他反过来也亲了她，所以他这是想……私订终身？

凌乱地思索到这儿，长歌猛然通红了脸庞，手心的玉佩仿佛烫手山芋般，她惊吓得一

第二章　旧都相逢

把扔回给离岸："你，你拿着，替我保管。"

离岸用探究的眼神盯着她，语气微冷："什么意思？你还没交代昨晚是怎么回事。"

长歌惊悚地舔了舔唇，额头狂冒冷汗，她发誓，她再也不做龌龊的事了，她的心上人是孟萧岑啊，怎么能随便亲吻别的男人？以后绝对要把贞洁看得比小命重要啊！

"快说！"

离岸一声厉吼，震得长歌一抖，怒视道："死货，你反了啊？敢吼小爷！"

"你心虚！"离岸一针见血，倏然起身，一跃上马，将白玉佩嫌弃地丢回到长歌怀里，冷傲道，"我一介奴才，不敢过问，这就走人不碍你的眼！"

语落，他策马离去，一鞭子抽得马蹄飞扬，转眼就出了树林，看不见踪影了！

长歌呆了几秒，待反应过来，一跳起来冲着他绝尘而去的方向大喊："离岸，你给我死回来！你这个臭奴才，我没还你自由身，你就敢私逃，你……"

可惜，任凭她吼破了嗓子，离岸那厮也没回来，倒是累得她一屁股坐下，拿起水壶一口灌到底，气不顺地一个人自言自语："这小子怎么了啊？平时脾气没这么臭啊？我不就没交代掉进拓跋简浴桶，亲拓跋简的事么？再说就一枚玉佩，至于弃主潜逃么？真是怪了……"

捏着玉佩，长歌瞪了半天眼，最终怏怏地将玉佩揣入怀中，收拾了包袱，上马继续赶路。

不过寂寞的，就剩下了她一个人……

从通州到汴京，路途不算短，快马加鞭的话，得小半个月。

长歌不急，她一个人走得慢吞吞的，根本不像赶路，倒像是在游山玩水，走走停停，四处看看，过得惬意舒适。

白天上路，晚上住宿，她从来不担心安全问题，哪怕像今日，她时间把握不当，在城门关闭前没赶上进城，得露宿野外，她也是不慌不忙，不急不躁，悠然地从包袱里取了件衣衫铺在草丛上，就那么洒脱地往下一躺，然后跷起二郎腿呼呼大睡。

晚膳没用，肚子空空，长歌睡了会儿，忽然有肉香味儿入鼻，她懒洋洋地睁开眼，只见四下无人，身旁却放着一张牛皮纸，纸上则有一只烤熟的野鸡，味香十足，色泽可口，令饥肠辘辘的她，忍不住流口水。

长歌轻挑了下眉，泰然自若地坐起身，一件雪白厚裘披风从肩上滑落，她唇角微翘了下，一抹浅淡的笑意漾开，心暖如春。

一只不太大的野鸡，在长歌饿极的情况下，很快吃得连骨头都不剩，肚子终于填饱，她餍足地拭净小嘴，起身找了个隐蔽的地方解决了下生理问题，然后回来倒头继续睡。

长歌睡觉有个毛病，就是爱踢被子，现在没有被子，她就习惯性地踢披风，明明踢飞了，很快不知怎么又盖在了她身上，然后她像个顽皮的孩子，对方盖得快，她踢得快，似乎

还乐此不疲,然而,对方也有耐心,一晚上就在跟她较劲,直到她后半夜睡死了,踢不动了,方才罢了手。

黎明破晓时分,一轮红日从东方缓缓升起,大片的晨光从树叶的缝隙中倾洒下来,斑驳的影子,重重叠叠,金光闪烁,将野外的这座林子,完全沐浴在了光照中,明媚耀眼。

鸟儿响亮的啼叫声,将长歌从睡梦中唤醒,她伸了个懒腰打着哈欠坐起来,发现披风好好地盖在身上,旁边还有熄灭的柴火堆,她忍不住笑了声,怪不得夜里一点儿都没感觉到冷呢!

长歌心情很愉快,她拿出帕子沾水浸湿,简单地洗漱了一下,然后收拾了包袱继续上路。

转眼间,数日过去,三月初一,长歌到达了汴京城外三十里的小镇。

这一路行来,虽说她一个人,可她衣食住行样样不缺,处处安全,只可惜的是,盘缠几乎全在离岸身上,她只带了几两碎银,所以到此时,她已经身无分文,一件衣衫,也因多日前在林子里时,不小心被树枝划破,而看起来破旧褴褛。

这天,小镇正是集日,各种贩卖声不绝于耳,长歌看着不远处的驴马市,摸摸下巴,牵起她的马,大摇大摆地走了过去:"老板,我有一匹马想换你一头驴,你给我找差价,怎样啊?"

"行啊,我瞧瞧。"老板乐呵应声,沿着马走了一圈,拍了拍马头,道,"给你找五两银子,如何?"

长歌点头:"成交。不过,我要你那头小黑驴。"

生意做成,长歌顺着驴毛,笑眯眯地说:"以后啊,你的名字就叫做黑蛋儿,我孟长歌是你的主人,记下了么?"

三月三,繁华京城,有那么一个少年,踏歌而来。

"月亮走,我也走。我请月亮提花篓,一提提到园门口,打开园门摘石榴,石榴树上一坨油,姊妹三人共梳头。大姐梳个盘龙髻,二姐梳个凤凰头,只有三姐不会梳,梳个狮子扒绣球……"

清俊的少年郎斜坐在驴背上,嘴里哼着小调,手里打着节拍,半身风尘,一身褴褛,却悠然自得,潇洒豁达。

甬长的街道,一眼望不到头,两旁店肆林立,车水马龙,人流如织,午时明媚的阳光,倾洒在红砖绿瓦或者那色彩鲜艳的楼阁飞檐上,像是笼罩了一层金光,给眼前这一片繁盛的汴京城增添了几分春景如画的诗意。

来往的行人,听到少年的歌声,纷纷驻足而望,各种惊异、讶然的声音,油然发出,少年一笑而过,毫不计较。

前方几米远,一个酱香饼摊前,排了不少的人,香味儿随风飘来,少年的肚子"咕

第二章　旧都相逢

咕"叫了两声，他无奈一叹，好像又饿了呢。

"老板，来五张饼！"

一个清亮霸气的声音，从人群后方响起，人们陆续回头，只见驴背上的少年笑得欢快，他明眸皓齿，俊美飒爽，眉眼间一抹狡黠灵动，惹人注目。

"小兄弟，得先排队呢！"前头一个中年男人，笑语提醒。

"是啊，这位小哥，你看大家都在排队呢，王师傅的酱香饼可是京城最有名的饼，买的人很多呢！"

"就是，我们都排了好久了。"

"……"

队伍中的人们，纷纷附和起来，即便等了很久，大家也耐心地在等，其中不乏穿戴体面的贵族，可是气氛看起来却很和谐，没有人恶言恶语，怒气冲冲。

"可是……我好饿啊，三天没吃饭了。"

少年顿时垮下了小脸，作出惨兮兮的表情，心中却想，天子脚下，百姓安居乐业，治安良好，这大秦新帝尹简的治国本事不错呢！

此话一出，人们顿时惊呼，方才第一个说话的中年男人愕然道："啊……那你有钱么？"

其他的人，也都是这个意思，因为这少年穿得破破烂烂的，驴背上虽然驮着一个包袱一柄剑，但褴褛成这般，该是囊中羞涩了。

一顶豪华大轿子，沿街而来，轿中的男子隔着纱状小帘朝外而望，斜侧方涌动的人群，令他眸光微凝，这个王师傅的酱香饼究竟有多好吃？

骑驴的少年，背对着轿子，无奈摇头，很可怜地吐出两个字："没钱。"

人们唏嘘声四起，忽然前方做饼的中年师傅停下手里的活计，笑说道："小兄弟，你没钱的话，我送你一张饼吧，五张太多了，我会赔钱的。"

"真的啊，太好了，谢谢兄台！"少年闻听，欢喜异常，连连作揖答谢。

"到前面来取。"

"好咧！"

少年下驴，兴冲冲地跑上前去，王师傅包好一张饼放在他手里，然而，刚烙的饼太烫，少年一时没拿好，烫得本能地一甩手，酱香饼竟直直地飞了出去，好巧不巧地飞向了轿子……

"哎哟，我的大饼——"

少年惊呼喊叫，转身就朝飞速运行的酱香饼奔去，试图挽回他可怜的午膳！

可惜，老天太作弄他了，那饼竟直直的飞向了轿门，然后一个扈从打扮的男子高贵冷艳地手起刀落，瞬间挥砍成了碎饼，凄惨地片片如雨而下，掉落在地……

"你个天杀的，赔我的大饼！"

少年见状，哇地大叫一声，火冒三丈地点地而起，以绝妙的轻功，转瞬逼近，一把揪住了扈从领口，震天狂吼："我操你大爷的！刀是用来杀敌的，不是用来砍饼的！你个混尿，小爷废……"

"孟长歌！"

忽然，一道凌厉的呼唤，突兀地灌入耳中，破了少年的气场，使得他雄赳赳的话语，顿时卡在了喉咙口，他缓缓侧目，只见轿子已停下，轿帘被小厮掀起，而轿中端坐的男子，一袭蓝袍，美艳无双，正似笑非笑地盯着他。

长歌微怔，待看清那人相貌，心下一惊，失声道："谈……美人？"

"放肆！"

被揪了衣领挨骂的扈从，方才回过神来，迅猛地一掌拍开长歌的手，大刀一出，就抵在了长歌颈上："敢无礼，找死！"

长歌怒："混蛋，趁小爷分神，敢偷袭，小爷阉了你……"

然而，她话音未完，扈从却突然吃痛，手腕一松，大刀竟掉落在地，发出"咣当"的脆响，同时掉落的，还有一枚铜钱！

显然，是有人射了铜钱击在了扈从的手腕，属于偷袭中的偷袭！

"是谁！滚出来！"

一干扈从立刻戒备，朝四面八方大喝，且训练极为有素地打算分散抓捕，轿中的男子却沉声命令："回来！"

扈从停步，齐刷刷跪地，谦恭请罪："老爷受惊了！"

"无妨，都退下吧。"

"是！"

扈从各归各位，场中长歌双手环胸，懒洋洋地道："这么个大美人，被称老爷，可真难听哦！"

此言一出，百姓唏嘘，这破烂少年是外乡来的吧？竟然不识这位大人物么？真是胆量非凡啊！

而那些刚平静下来的扈从，立刻又激动了，人人做出拔刀的动作，随时准备听令剁了这个狂妄的小子！

"那你是小美人？"宁谈宣已习惯了长歌的调侃，唇角微翘起淡笑的弧度，倒也没生气。

长歌却羞恼，小脸一黑："小爷是男人！"

宁谈宣莞尔，眼梢微挑，竟起身下轿，步履沉稳地走过来，看着比他矮了一截的长歌，勾唇笑道："身材这么小，还真是小爷。不过……大爷我也是男人，你若称得小美人，那称我大美人也无妨！"

长歌没有立即接话，她眼珠狡黠地转了几转，忽然小手一摊，展在宁谈宣面前，鼓着

第二章　旧都相逢

腮帮子气呼呼地道："喊，懒得理你！快点赔我大饼！"

"呵呵。"宁谈宣轻笑，双手负立，淡淡地打量着她，"赔饼没问题，但你先告诉我，你怎么落魄成乞丐了？你的同伴呢？"

长歌深深一叹："哎，别提那厮了，他早就抛弃我，卷款私逃了，听说京城富贵，我就跑来占便宜，所以你多赔我几张饼吧。"

她寥寥几语，便掩盖了诸多疑点，宁谈宣心道，这少年倒是聪慧得很！

唇角勾起轻浅的笑痕，他若有所思片刻，负手走到饼摊前，淡声道："老板，做十张饼。"

"是！"王师傅连忙应承，别人可以排队等，这位大人物可不敢让等，他面露惶恐地加快了手中揉面的动作。

长歌邪佞地一笑，凤眸深处，蕴藏了几许精锐的光芒。

午时日头偏高，饼摊前又生着火，站久了热得很，宁谈宣转身回来："孟长歌，总归等饼无聊，不如你我一起喝酒罢。"

"咦？好啊，不过……"长歌歪着小脸瞧他，眼中泛起喜悦，却又带着抹狡黠，"嘿嘿，谁请客？"

宁谈宣气笑不得："真是个吃人不吐骨头的主儿！"

长歌似笑非笑："大美人，你这么富贵，好意思让我请客么？我可是身无分文哟，瞧瞧我这身烂衣裳，跟你同席喝酒，我还担心辱没了你呢！"

"所以呢？"宁谈宣笑意不减，心下却道，这少年夹枪带棒，话中有话，可真是只狡猾的小狐狸！

长歌傲娇地抬高下巴："所以就算你想请我，我还不愿赏脸呢！"

"呵呵。"

宁谈宣忍不住低笑开来，他一招手，扈从上前，他吩咐了句："你去成衣铺子买两套好衣裳，尺寸拿捏好，若大小不合适，当心这位小祖宗活剥了你！"

闻言，扈从的脸色，急剧变化，就跟吞了苍蝇似的难看，那恨不得将长歌剁成肉泥的眼神，隐忍不住地表现了出来，长歌"嘻嘻"一笑，忽然捉住宁谈宣手臂，故意把脸上的灰尘蹭在宁谈宣干净的袖摆上，佯装伤心地悲泣道："谈美人，你对我可真好，可是你的手下想杀我……"

"你……"扈从暴怒，宁谈宣一记冷眼瞥来："还不快去？"

扈从心惊，连忙低头，拱手道："是！"语罢，飞快离去。

"哈哈哈……"

长歌得意地笑歪了嘴角，头顶却被人敲了一记，她本能抱头，生气地瞪眼，宁谈宣不知打哪儿变出来一把铁扇子，指着她的脑袋，道："再胡闹，还敲你！"

宁谈宣年龄跟孟萧岑相仿，那同样的话语表情，竟恍惚像极了孟萧岑，长歌眼底忽而湿润，她大声吼叫："我没有胡闹，不要再说我是孩子，我已经长大了！"

音落，她转身就走。

别离一月，她好想义父，思念在这一刻，排山倒海地袭来，她无法压抑。

"孟长歌！"

宁谈宣一个大力拽住长歌手臂，俊脸阴沉："闹什么脾气？还说你不得？你也就是遇到我宽容你，今儿若换了别人，早将你拿下了！"

长歌鼓着脸，不惧地又吼："我知道你会宽容我，所以我才跟你玩儿，换了别人，我才懒得理！"

"得了，为这点事，至于哭么？"宁谈宣皱眉，凝视着长歌的黑眸不觉深了几分，稍顿，他道，"除了喝酒，再请你用午膳，如何？"

"哼，我才没哭！"长歌甩掉他的手，脾气不减，"我要吃汴京最贵的大餐！"

宁谈宣无奈点头，哭笑不得，这真是个任性的孩子！

富贵酒楼，在京城首屈一指，号称五最，即占地最大、装饰最豪华、菜品最齐全、味道最鲜美、价格也最贵。

所以，但凡能来得起这家酒楼的人，必然非富即贵。

可怜长歌不清楚门路，还一路高兴地跟在宁谈宣后面，结果一踏进酒楼，人家前者立马得到大堂无数人的恭维，而后者的她，却遭到了各方的鄙视，那一道道讥诮嘲讽的眼神，恨不得射穿她的破烂外衣，看看她里面的内衣是不是也褴褛不堪。

此时正是饭口，顾客特别多，诸多的窃窃私语声，不大不小地落入长歌耳中，她心中那个气啊，干脆一扯宁谈宣的袖子，冷哼道："我不去雅间，咱就在这大堂用膳！"

"呵，这是斗气哪？"宁谈宣没嫌她脏，回头好脾气地笑说道。

长歌伸手指向大堂的食客，挨个点过去控诉："那胖子说，你怎么带了个乞丐？那矮子说，敢情大人在扶贫？那瘦子说，红花起码绿叶配，整个烂草根侮辱了身价！还有……"

宁谈宣浮唇，淡淡地扫过大堂每个角落，不疾不徐地道："谁嚼舌根，今儿咱这顿饭钱，就由谁付，长歌你觉着怎样？"

众食客一惊，匆忙步出跪地磕头："草民等知罪！"

长歌欣然大笑："哈哈，那敢情好，不过别人付了，可不算谈美人你请客，改天你还得请我！"

"你这小子，真是猴精！"宁谈宣无奈，瞧着她璀璨的笑靥，心中竟升起一股怜惜的柔意，他忽然道："长歌，叫我谈大哥吧，谈美人让人听去笑话。"

长歌瞳珠微转，绯唇轻勾："呵呵，只要谈大哥不嫌弃我这小叫花子，改个称呼嘛，顺嘴的事儿，没问题！"

宁谈宣颔首，侧眸见掌柜已在旁候了多时，可他在掌柜刚动嘴皮想要说话时，眉目一

第二章　旧都相逢

沉，道："招牌菜全上，一个个管好自己的嘴头子，侍候好我这位小祖宗，谁再敢得罪他，富贵酒楼就准备关门吧！"

"是，小人谨记！"掌柜的面如土色，不免将长歌多看了几眼，震惊之色久久不散。

宁谈宣一拽长歌："上楼。"

"请这边走！"掌柜的点头哈腰，见长歌蹦跶得快，连忙道，"小祖宗，您千万慢点，地板打了蜡，有点滑。"

长歌状似顽劣，心头却盘旋着一个词，疑云愈发深浓。

草民！

民见官，才称草民，这谈宣……是朝官还是京官？

然而，不论他是什么官，看来她勾搭谈宣的这步棋，下对了！

欲在大秦京城立足，多个保护伞，可比什么都重要！

坐进雅间不多会儿，负责买衣衫的扈从便回来了，将一个大包袱呈上，人便退了出去。

宁谈宣唤掌柜的找了房间，准备洗漱水给长歌，赶她快点去拾掇自己，长歌扮了个鬼脸闪人了。

一刻钟后，一位翩翩如玉的少年郎出现在宁谈宣面前，他看着换了新衣，梳洗干净的长歌，眼眸里浮起赞叹："真是个俊小子！"

长歌撩袍落座，动作帅气优雅，她绯唇勾笑："谈大哥这是夸我还是贬我呢？有谈大哥这个大美人在场，我顶多就算是眉清目秀吧？"

"呵呵。"宁谈宣举杯浅笑，眼中兴味十足，"小美人，那你酒量如何？敢不敢跟谈大哥共饮几杯？"

"有何不敢？谈大哥又不是女色狼，总归不可能趁我喝醉，吃我豆腐的，对不对？"长歌笑得欢快，墨玉般晶亮的瞳珠，慧黠地转动，那坏痞的模样，实在惹人喜爱。

宁谈宣哭笑不得："你这张小嘴，口无遮拦，没个把门儿的，当心哪天真吃亏！"

"嘻嘻，有谈大哥罩我，我怕什么？"长歌凑近，眼睫毛扑闪扑闪的，看似心无城府，实则暗藏锋芒。

宁谈宣缓缓敛了笑，冷哂一声："哦？此话怎讲？我凭什么罩你？我又有何本事罩你？你可知道，这京畿重地，尽是权贵，稍有不慎，便会死无葬身之地！"

"谈大哥谦虚啦，我瞧你很厉害哟，有那么多的手下，好多人都怕你，对你恭恭敬敬的，所以你肯定有权有势又有财，对不对？"长歌一脚踩在旁边的长凳上，捏拳撑着脸，笑吟吟的，丝毫不惧地说笑。

宁谈宣精锐的眸子，深如幽潭，利如刀刃，他一字一句盯着她的眼睛："可你不怕我！"

长歌闻听，小脸一垮，委屈地说："哎呀，我在江湖瞎混惯了，没别的长处，就爱胡扯捣蛋，尤其喜欢调戏美人，所以在通州城外看到谈大哥这个美人，就忍不住玩玩儿嘛，谈大哥现在是生气了，跟我秋后算账么？"

"呵呵，你这小子，真是拿你没办法。"宁谈宣对着这样惹人怜爱的长歌，原本的冷然，再冷不起来，不禁又笑出了声，"那你是哪儿人？家里还有人么？"

"通州人氏，父母早亡。哎……"长歌状似伤心地低了声音，"我有个凄惨的身世，还是不说了罢，免得影响了谈大哥用膳的心情，改天再讲吧。"

宁谈宣若有所思地颔首，轻语道："好，不提伤心事，喝酒。"

"嗯，我们干一杯。"长歌端起面前的酒，与宁谈宣相碰，豪爽地一口灌进喉咙，"好酒啊！"

"长歌人长得小，喝酒倒是大气。"宁谈宣赞叹一句，提壶亲自给两人斟满酒，他淡笑着道，"你住哪里？改天谈大哥再找你喝酒。"

长歌答道："四海客栈，听说那家的客栈可以优惠，而且还可以赊欠三天，所以我打算去那里落脚。"

"嗯，好。"宁谈宣点点头，没再说什么。

长歌眼珠一转："对了谈大哥，你住哪儿啊？如果我想找你，该去哪儿找？"

"呵呵，你无须找我，我会找你的。"宁谈宣道。

长歌嘴角一撇："喊，谈大哥真不够朋友，我孤身一人到京城，托你罩我，你不理，连你家在哪儿都不说，真是看不起我这个小乞丐！"

"呵呵，生气了？"宁谈宣眼梢一挑，眸中的流光溢彩，遮掩了他眼底锐利的精光，他徐徐轻吐，"你若找我，可以到兵部尚书齐南天府邸！"

长歌暗暗一震，悄然握紧了酒杯……

长歌是被宁谈宣送到四海客栈的，因为她喝醉了。

大餐上来后，她抢着吃太湖醉鸡，吃了一口，连连说好吃，因此竟没给宁谈宣尝，贪心地把一整只鸡都吃进了肚子，然后又开始吃菜喝酒，结果呢，没喝几口酒，就把自己给放倒在了桌上，满面红潮，胡话连篇。

"长歌，酒楼对面就有客栈，你就在那儿歇，近点。"

"我才不呢，我就要去四海客栈，那里便宜……"

"得，我出银子给你开房，还不行么？"

"嘿嘿，不行……你，你包四海的房间给我，多余的银子也给我，我可以买饭吃……"

宁谈宣无语："你住对面客栈，我也多给你银子成么？"

"不成……你，你不让我去四海客栈，我就赖着你不、不走了……"

"哎，好吧，真是个会折腾人的小祖宗。"

第二章 旧都相逢

宁谈宣喟叹之余，只得架起长歌的手臂，带她离开酒楼，可这小子临出门时，忽地叫嚷起来："我的大饼呢？谈美人你、你，你把我的大饼也、也带上，不……不准偷吃！"

长歌醉得厉害，眼瞳迷离，双手乱舞，口齿不清，整个成了大舌头，对着宁谈宣说话，喷了他一口酒气，宁谈宣刚欲发作，却在长歌眼中看到了四个字：媚眼如丝。

他心神一晃，竟微有痴愣。

"咚咚！"

门外忽有敲门声响起："老爷，已经未时一刻了。"

宁谈宣须臾清醒，他轻咳了声："进来。"

扈从推门而进，只听宁谈宣吩咐："带上饼，轿子备好，到四海客栈。"

"是！"

"把他的黑驴也牵上。"

"是！"

宁谈宣亲自架着长歌出去，一步步迈下楼梯。

大堂无数惊诧的目光，令他嘴角微勾起丝冷笑，今日的一切，恐怕那个人，很快就会得知。他等着……看一场好戏。

豪华大轿，乘坐两个人，长歌扭身趴在轿榻上，像八爪鱼一样抠着轿子内壁，凤眸紧闭，昏昏欲睡。

宁谈宣侧头看她，戏谑一句："靠我身上，不是更安全？"

长歌嘟哝："我，我才没有龙阳之好……"

"哦，也对。"宁谈宣似有所悟地点点头，半眯了眸子瞧她，却再没说话。

长歌呼呼大睡，神态娇憨。

两刻钟后，轿子到达停下。

宁谈宣拍拍长歌的脸："醒一醒！"

长歌毫无反应，鼾声倒是四起。

宁谈宣只觉头痛，不得已拽起长歌手臂，将她拉扯出了轿子，可她软瘫得直往地上栽，他有心唤人背她，但想起那个人，便唇角凝了抹笑意，竟俯身将长歌背起，顺手伸到背后，拍了拍长歌的臀，温声笑语："趴好了，跌下来可不管。"

"唔……"长歌嘤咛了声，睡得依旧沉。

宁谈宣背长歌入得客栈，吩咐手下朝掌柜的丢了一锭金子，他神色平静，却目透凌厉："开间上房，侍候好我这位小祖宗，若惹他不快，自个儿滚去京兆府领罪！"

"是，小人明白，一定侍奉好这位小爷。"掌柜大惊，脸色煞白。

宁谈宣背长歌上楼，掌柜开了天字一号上等房，床铺极其干净柔软，长歌被放在床上时，舒服地咧开了小嘴："好爽呀……"

"臭小子，睡一觉醒醒酒。改天再见。"宁谈宣无奈地轻笑了声，转身离开。

房门闭合，屋里静谧无声。

须臾后，床上的人儿翻了个身，一双凤眸缓缓睁开，且看她眼瞳清明，哪有半分醉意？

凝神听了会儿，确定屋外没有人，长歌一翻下床，看到圆桌上的大饼，她唇角一勾，笑意泠泠，她可不信那个谈宣会莫名地娇宠她！

心下一番计量，长歌忽然一抱小腹，跌趴在床上，痛苦呻吟："好疼啊……"

话音方落，一道青影，从窗外一跃而进，如鬼魅般欺近床沿，急切地抱起长歌的头："是来月事了么？"

"滚开！"长歌负气地拍打来人，眼眶泛红，嗓音哽咽，"我就是疼死也不要你管！"

"长歌！"离岸心疼地抱紧她，极其柔和地耐心哄她，"你且稍等，我马上出去抓药给你，你……忍一忍。"

说出这个"忍"字，离岸心下极为难受，若他能代替她承受每月一次的腹痛，他连眼睛都不会眨，可惜，世上无人可替。

长歌却一翻而起，神色变化极快："我月事还没来，但我若不喊疼，你打算躲我到何时？"

"你……"离岸见她脸上再无痛苦之色，完全无事的样子，他不禁震怒，"你敢拿这种事骗我？"

语罢，他倏然起身，抬脚便走。

"你丢下我一次，我可以原谅，若有第二次，我们从此陌路，江湖不见！"长歌在他背后，冷冷地说道。

而她眼底，却染上伤感的悲戚之色。

这一生，她只有两个放在心尖上的人，一个是孟萧岑，另一个便是离岸。

她国破家亡，珍惜她的人，她也同等珍惜，他若不离，她便不弃。

离岸止步，缓缓回身，与她凝望数秒，终是返回到她身边，轻拧着眉说："我没丢下你，我就是死，也不会丢下你不管。"

"讨厌！"

长歌抬腿踢他一脚，恼火地控诉："潜在暗中跟了我一路，给我做牛做马，管我吃喝住行，护我安隅，就是死活不肯现身，这样很好玩么？我喝醉你都不管我，不怕我被男人非礼么？"

离岸沉默片刻，才闷声道了句："你既然知道我一直跟着你，为何不喊我出来？我了解你，跟陌生人喝酒，你是不可能让自己醉倒的，何况你没伤心事，你就喝不醉。"

"哼！"

长歌偏过脸："你倒是明白我，那你就该明白，我脸皮薄，才不会主动求你回来

第二章　旧都相逢

的！"

"所以就用骗的法子？"离岸讥讽她，生气依旧，"仅此一次，再敢骗我，我真会丢下你的。"

长歌不理他的警告，默了一瞬，正色道："四海客栈的钱掌柜，你接上头了么？"

离岸点头："嗯，我已打听过谈宣的来路，此人不凡，真名宁谈宣，乃大秦当朝太师，把持朝政，结党营私，手握重权，应该是大秦新帝的心腹大患！"

"什么？"长歌一震，眸中露出不可思议，"谈宣竟是太师宁谈宣？义父曾言，大秦权力几分，宁谈宣是大秦先帝尹哈最倚重的人物，新帝尹简羽翼未丰，动不得宁谈宣，两方明争暗斗，势同水火！我一路都在思考该怎么混进皇宫，接近尹简，没想到，竟误打误撞识得了宁谈宣，如此得来全不费功夫！"

"恐怕……"

离岸目光微澜，眸底浮起一抹幽深："那个拓跋简来路也不凡！"

"那是必然。"长歌神色严谨，"我今日与宁谈宣套近关系，原本想着他非富即贵，我们在京立足，能得些他的庇佑定然有利，可他那人，表面温润，城府却深，我百般试探，他竟拒不透露真实身份，就连他的属下，话里话外，也聪明地避开了对他真实的称谓，令我无法判断。"

离岸听此，语气微酸地插了句："我瞧着他比靖王还宠你，一口一个他的小祖宗，堂堂当朝太师，一人之下，万人之上，扶你搀你背你，他这是属意你？长歌，你可记清楚，男女授受不亲，你虽然扮成了男子，可你骨子里毕竟是……你自己须洁身自好！"

长歌羞恼："废话，我怎会不清楚？那宁谈宣是什么性子，通州那场偶遇，你就没看出来么？我若如一般小民谄媚于他，你以为他会多看我一眼？你以为我装醉是吃饱了撑的？我不那样做，他能昭告世人，给我撑腰么？何况……我这脾气你也了解，除了对他用计之外，我本也就是这性子。"

"对，我明白你必然有你的意图，所以我射了铜钱后，就没有再现身坏你的事，可是长歌，你错算了一点，宁谈宣今日之举，等于宣告了你是他的人，大秦新帝则定然有所耳闻，那么你觉着，你还能接近新帝，取得新帝信任么？恐怕新帝……会对你动杀机！"

离岸说到此处，只觉前路危机四伏，长歌计划未行，已陷死局，一招棋错，满盘皆输。

"言之有理。"长歌细眉紧拧，语气堪忧，"原本一步好棋，却没料到那谈宣竟姓宁，竟是帝王敌人，如今可真是陷入两难之地。"

离岸道："莫急，我们从长计议，其实反过来讲，若你真正成为帝王心腹，那么必然得罪宁谈宣，危险同样存在，结果就是，二虎相争，无论你归于谁，都利弊相衡。"

长歌沉思许久，伸手入怀，摸到那枚刻着篆体"简"字的纯白玉佩，她心思微动，"那晚拓跋简嘱咐我，日后寻他可到京城兵部尚书齐南天府邸，然而今日，宁谈宣竟也许我到同一处找他，这二人，都与齐南天有关系？这拓跋简，会是什么来历？"

离岸道："钱掌柜只识宁谈宣，对拓跋简闻所未闻，一时半刻，很难查出其身份。"

"这样，明日我们就到兵部尚书府找人，看看是否能探得蛛丝马迹。另外，得想法进入皇宫，无论如何，我也要见到新帝尹简，试上一试！"长歌思索须臾，暂时拿定了一个主意。

离岸缓缓点头，目中浮起几分坚毅："依你所言。你给靖王先写封信报平安，我弄点零吃给你。"

提起孟萧岑，长歌心神不禁恍惚："我走这么久，义父他……可否想起过我？"

"躺床上睡会儿，别东想西想的。"

离岸揉了揉长歌的发顶，转身而走，眸底却沉下一抹黯色。

翌日不巧，长歌竟真来了月事。

离岸的包袱里，带了厚厚一沓的卫生带，全是靖王吩咐专人给长歌连夜赶做的，对于长歌外出，靖王事事无忧，唯独担心她每月一次的来潮，是以极其上心，算着日子给离岸暗中嘱咐多遍，务必不可掉以轻心。

长歌自小体寒，十三岁来初潮，凶猛的痛经令她满床打滚，孟萧岑找大夫给她熬药缓解，她依然冷汗涔涔，痛哭不止，孟萧岑抛下公务，亲自用暖水袋给她敷腹，日夜守护她。

经期五六日，往往是长歌最痛苦的时分，却也是她最快乐的期盼，因为那几日，孟萧岑不论多忙，都会全心陪伴她，给予她最宠溺的疼爱，最无法无天的任性，她每每产生错觉……她的父皇没有死，她仍是父皇捧在掌心的小公主。

对于孟萧岑，她有着最复杂的感情，敬他如父，爱他如火。

十五岁，由于痛经，她咬破了嘴唇，她不平衡地问："义父，为何女孩子这么惨？义父和离岸为何不来月事呢？"

"因为我们是真男人，女人和男人的生理构造是不一样的，所以女人可以生孩子，男人不可以。"孟萧岑抚着她苍白的脸庞，话语温柔，眼底笑痕缱绻。

"好倒霉哦，那我想做男人，不想受疼了……"长歌可怜地噘着小嘴，但转瞬她想到了什么，又倔强地一抬下巴，"不行，我不做男人，我是女孩子才可以喜欢义父，才可以嫁给义父的！"

孟萧岑动作一滞，失神片刻，冷下脸道："再胡说八道，义父马上就走。"

此时，长歌蜷缩在厚被子里，身凉心凉，无尽的委屈令她紧咬住下唇，身体轻轻颤抖。

这是第一次，在她最虚弱无助的时刻，义父不曾陪伴在她身边……

离岸推门进来，将一碗乌漆的药端到床前，一贯冷冰的脸，分外柔和："长歌，起来喝药了。"

第二章　旧都相逢

长歌爬坐起来，脸色煞白，她浅尝了一口，皱眉："好苦。"

"有蜜饯呢，喝了药给你吃。"离岸软语哄着她，全然不似往日的粗糙，对长歌呵护备至。

长歌瘪了瘪嘴，硬着头皮"咕噜"一口气喝下大碗的苦药。

蜜饯正吃得欢时，耳尖的二人，忽听得外面似起了骚动，离岸眉心一紧，低声道："长歌，你且躺着，我出去瞧瞧。"

推门而出，离岸仔细关好了门闩，这才往楼下走去。

一楼大堂，罗列着五六名深衣劲装男子，一个十七八岁的少女，傲然立于前排，大朵牡丹翠绿烟纱碧霞罗，逶迤拖地粉色水仙散花绿叶裙，身披金丝薄烟翠绿纱，低垂鬓发斜插镶嵌珍珠碧玉簪子，花容月貌如出水芙蓉。

如此惊艳的女子，无疑是惹人注目的，然而，她睥睨的眼神扫过大堂，竟轻慢地道出一句："掌柜的，听说昨日你这客栈住了一位小祖宗？"

钱掌柜惊骇连连，慌忙跪下："回公主，您指的是……"

少女冷冷一笑："把人带出来，本宫倒想瞧瞧这小祖宗究竟是何方人物，竟令宁太师纡尊降贵，亲自背扶！"

离岸立在楼梯中央，冷眼瞧着那位嚣张跋扈的公主，她的话悉数入耳，他嘴角勾了勾，来得好快！

以免钱掌柜为难，思忖须臾，离岸沉稳地迈出步子，将木质楼梯踩得微微作响。

大秦三公主尹灵儿立时望了过来，柳眉一挑，尖锐地问道："来者何人？"

"小民见过公主！"离岸行了一礼，不卑不亢地答她，"小民离岸，乃孟长歌仆从。今日长歌身体抱恙，卧病在床，不知公主有何见教？"

尹灵儿嗤笑了声，神情鄙夷："昨日还是小祖宗，今儿个竟卧病，不知是本宫来得不巧，还是你主子福祸相倚呢！"

"回公主，生老病死，人之常情，小民以为，不足为奇。"离岸垂眸，恭谨作答。

尹灵儿却微变了脸色，她猛然从身旁劲装侍卫手中夺过一条马鞭，狠狠地朝着离岸挥去！

"住手！"

忽而楼上一道呵斥声及时响起，一件不知名的暗器，也随之精准地击向了尹灵儿的马鞭，那力道之强，竟震得马鞭不受主人控制地改变了方向，挥到了一旁的楼梯柱上，而掉落的暗器发生脆响，在地板上旋转了几圈后，方才停下。

大堂里，此时在场的所有人，心神俱震，不约而同地望去，只见那枚暗器，竟是一只沾满残渣的药碗！

一怔之余，劲装侍卫冷剑出鞘，朝楼上奔袭，而投暗器的少年，唇角一撇，勾起一抹讥诮的弧度，但见他不慌不忙，脚尖轻轻一点，便跳出了围栏，自大堂稳稳落下，眉目清俊，气息均匀，面色却苍白。

"以下犯上，找死！"尹灵儿片刻回神，怒极之下，马鞭又是一挥，甩向了少年如玉的脸庞，少年侧身一避，眼中亦现出戾色，在尹灵儿第二鞭挥来时，他陡然抬手，硬生生地接住了马鞭，沉喝道："大秦公主，就能草菅人命么？"

尹灵儿挣不开马鞭，怒红了双颊，言语更狠，"哪来的贱种，竟敢管本宫的闲事，本宫今日就菅了你，又如何？"

离岸十指一握，手背上青筋突起，他抬步立于长歌身边，如鹰的利眸，泠冷地盯着尹灵儿，一字一句重声道："谁是贱种？你胆敢再说一遍！"

劲装侍卫折而复返，剑指二人，双方剑拔弩张，肃杀之气，瞬间充斥了整个客栈！

大秦是马背上得的天下，凡皇室子孙，不论男女，全部以学武为荣，尹灵儿自恃武功不弱，但今日连番受挫，马鞭被长歌捏在掌心，竟像生了根，怎么也夺不回来，又被离岸犯上质问，她尊严全无，一时气得浑身发抖！

"公主，孟长歌不知何处得罪了公主，竟惹公主对我仆从出手，请公主谕下，我定当管教好仆从，再不敢冒犯公主！"长歌漠然开口，语落松手，对着尹灵儿躬身一揖，算是给足了对方颜面。

"你就是宁谈宣的小祖宗？"尹灵儿错愕扬声，忽而眸色一闪，厉声喝出两个字，"跪下！"

客栈里，人人跪倒在地，噤若寒蝉，自顾不暇之余，无人敢救场。

昨日宁太师当众宠爱这个少年，其意不言而喻，可今日三公主故意来找茬，明显就是挑衅，不将位高权重的宁太师放在眼里，众人不免心下暗自揣测，尹灵儿与宁谈宣可是有过节？

只是，不论怎样，今日这孟长歌主仆算是成炮灰了，哪怕公主杀了他二人，宁太师再生气，又能如何？天下谁人不知，这三公主乃当朝太后爱女，宁太师不看僧面看佛面，也只能罢了。

钱掌柜跪在一侧，思及此，垂头暗急，尹灵儿嚣张跋扈惯了，今日被驳了颜面，岂会轻易罢手？可长歌小公子心气儿高，身在大楚多年，也是位横着走的人物，若骨硬不折腰……他不禁眉头紧蹙，这该如何化解？

这时，尹灵儿又一声厉喝："孟长歌，你胆敢不跪？"

"长歌斗胆，敢问公主，宁谈宣是何人？我只识谈宣谈大哥，昨日他不过戏称我为小祖宗而已，不知触犯了哪条律法，烦劳公主前来兴师问罪？"长歌神色淡然，安之若素，心中却暗忖，这公主脾气臭，武功弱，不知脑子是否够用，是草包抑或是城府内敛？

尹灵儿娇颜染红，犹似被人踩着痛脚，语气酸嫉："哼，听这叫得多亲热，明明他是宁太师，你还敢狡辩？本宫提醒你，哪怕你没犯任何法，见到皇家公主不跪，就是死罪！"

长歌嗅出了丝不同寻常的味道，心下无语，原想靠宁谈宣庇佑，谁知，她却被他害死

第二章 旧都相逢

了！

但是……

一抹精光悄然爬上眸底，长歌目光如晦，一个绝妙的主意在脑中迅速形成，她佯装吃惊："什么？谈宣竟是宁太师？"继而又大怒，"这个骗子混蛋，我以为他就是个富贵商贾，凭江湖义气，才跟他喝酒的，可他竟然……哼，以后我跟他绝交了！"

这一番话，听似不知天高地厚，任性之极，实则极为精妙，一来可打消三公主的醋意；二来撇清她跟宁谈宣的关系，由三公主传话到帝王耳中，可减少帝王对她的猜忌；三来……就算宁谈宣日后生气，她尽可把原因推到三公主身上，名曰以保命为由，是以她一个小人物，什么话不敢说？

离岸不言不语，岿然不动。长歌智计千里，那一颗小脑袋，完全顶得上他高深的武功，所以，他毫不焦急。

然而，尹灵儿欣然之余，却又勃然大怒："孟长歌，你吃了狗胆么？竟敢辱骂宁太师！本宫今日要好好教训你，让你知道礼数二字该怎么写！"

长歌一惊："公主……"

"来人！给本宫拿下他二人，押至刑部，杖毙！"尹灵儿一声断喝，目露凶光，狠辣之极。

"遵命！"

劲装侍卫一揖手，便肃杀而来！

"快走！"

离岸一推长歌，然后赤手迎敌，未尽全力，只与侍卫周旋，他知长歌此时身体虚弱不堪，能撑到现在，已属不易，眼下唯有寻到宁谈宣，才有机会得一安隅。

长歌心头火起，正待离开，孰料门外却突然奔进来一个素面无须的男人，一袭蓝衫，手执拂尘，见此情景，嗓音又尖又细地叫嚷开来："哎哟，这是闹哪出啊？三公主，皇上传唤您呢，半天不见您回来，已经龙颜不悦了！"

这突发的状况，令所有人的目光，不觉纷纷转移到了来人脸上，继而皆惊，那人……明显是个太监！

而他口中的皇上……长歌清瞳微微一紧，是大秦新帝尹简！

情绪忽然间不受控制地激动起来，长歌十指紧握，攥得指骨发白，那人是她的仇人，凤氏王朝无数的亡灵，在尹简的祖父和父亲马蹄下诞生，凤氏皇族遭满门血洗，鸡犬不留，除了逃出一个她……

原本，她也贵为公主，是集荣耀与权力于一身的长生公主，受尽君父万千宠爱，可是一夜之间，她从高高的云端摔下来，隐姓埋名苟且偷生十五年，今日竟还被逼向尹氏仇人下跪……

打斗依然持续，尹灵儿听得新帝随侍太监高半山的话，顿时一惊，"皇兄生气啦？好

嘛好嘛，我这就回去。"

可她转身往外走时，却不忘吩咐侍卫："这两个贱坯子再敢反抗，就地正法！"

长歌眼中现了杀机，但这念头转瞬即逝，小不忍则乱大谋，她已隐忍十五年，大仇未报，复国大业未成，怎可冲动？

而高半山接下来的一句话，令长歌心弦一松，他说："公主，皇上有旨，祭祀之日，不得杀生，皇家出行，不得扰民！"

"你……什么意思？"尹灵儿步子一顿，脸色难看起来。

"公主，依奴才所见，您大人有大量，饶过这两个刁民吧，且不说皇上旨意在那里摆着，就是太后娘娘知道了，也会不高兴的，何况还有个宁太师的颜面呢。"高半山凑近一步，低声说道。

尹灵儿神色愈发阴郁，但考虑再三，只得一甩马鞭，扬声道："侍卫退下！孟长歌，今日暂且宽赦你主仆二人，如若再犯，本宫就把你们五马分尸！"

"谢公主。"长歌躬腰一揖，冷冷淡淡。

高半山侧睨长歌，眸底不着痕迹地浮起一抹意味深长，但仅仅一眼，便转身跟随尹灵儿趾高气扬地步出客栈，众侍卫也听令收剑离去。

长歌直起腰来，注视着门外一米阳光，须臾间，思绪百转千回，这是一个难得可以靠近尹简的好机会，她该怎么做？

离岸过来，扶住她的肩，轻声道："长歌，你怎么样？回房休息吧。"

"我出去一趟。"

长歌很快拿定了主意，那决然的眼神，刺到了离岸，他一把拽住她："我陪你，不论刀山火海。"

长歌点头，两人疾步外出。

第三章　勇拦御驾

宣华大道，是京城的主干道，繁华似锦，宽敞有余。

今日，是每月一次的太庙祭祀典礼，百官随同帝王出行，百姓避让，行至中途，帝王龙体不适，原地稍作休息，就在这当口，三公主尹灵儿偷跑出去，大闹了四海客栈。

此时归来，她小心翼翼地挪到帝驾前，行礼问安："参见皇兄。"

帝王坐于十六人抬的御辇上，黄色珠帘垂落，无法看清他的脸孔，只听得他嗓音清冷地淡然一句："三公主，你可知罪？"

"灵儿错了，求皇兄开恩！"尹灵儿脸色微变，急忙跪下磕头。

帝王沉沉吐息："来人，送三公主回宫！"

"是。"有侍卫立刻作答。

"皇兄……"

尹灵儿顿急，就在此时，羽林军警戒的外围，突然有个声音大喊："皇上！草民通州孟长歌求见！"

长歌的话语，借助内力而发，声若洪钟，震慑全场，整条宣华街上，隐隐听得回声不断！

离岸混在百姓堆里，为她捏了把汗，临到近前，她突然命他走，无论她成功与否，都不准他现身，她说，她自有办法平安，若多一个他，是她的累赘，因为这种场合，个人武功再高，也敌不过三千羽林军的群殴！

而长歌音落，不待任何人下令，数名红衣铠甲的羽林军已拔刀冲过来，里三层外三层地包围了长歌，肃冷肃杀，全面护驾！

百官震惊,百姓匆匆退避三舍,唯恐被牵连,性命不保,一时之间,风声鹤唳,形势紧张!

武将队伍中,虬髯宗禄虎目大睁,直射长歌,眼眸里浮起了冷沉的杀机,通州一事,他始终记恨在心,无奈宁谈宣不准他动那个狂妄的小子,他只能作罢,今日……倒是机会!

只是……宗禄下意识地看向宁谈宣,但见宁谈宣唇角含笑,悠然恬淡,好似无事人般,令他捉摸不透。

然而,宁谈宣不给明示,宗禄终究不敢起杀心,尤其昨日满城皆知孟长歌是宁谈宣的小祖宗。

尹灵儿万没想到长歌会这么大胆,她一惊之余,以为长歌想要告御状,她已惹尹简不快,若再闹出事来,尹简恐怕会惩戒她,是以她几步奔跑过去,以公主的姿态下令:"大胆刁民,敢惊扰皇上御驾,尔等快将此人就地正法!"

长歌孑然而立,听此她瞳珠一紧,遂撩袍跪地,扬声大喊:"大秦新帝一代明君,草民幸得皇上在三公主手中解救贱命,唯愿当面叩谢皇恩,求皇上明鉴!"

羽林军按兵不动,数柄钢刀架在长歌颈间,其中一队目朝尹灵儿拱手:"禀公主,君令未下,末将不敢从命!"

"你……"

尹灵儿气结,正待发作,一个声音,尖细传来,是高半山:"皇上口谕,即刻遣送三公主回宫,禁足半月,面壁思过,钦此!"

尹灵儿脸色陡然变白,她匆忙回身跪下:"灵儿知罪!"

一御前侍卫来到近前,躬身作揖:"三公主请!"

尹灵儿无奈,只得怀着将长歌千刀万剐的嫉恨,随来人先行返宫。

宁谈宣勾了勾唇角,眸底多了抹玩味的笑痕,他不动声色地朝帝王看去,但见帝王珠帘遮面,依旧看不清神色。

有了三公主为榜样,原想上奏帝王拿下乱民的官员,则暗暗噤了声,端看帝王如何处置,无人敢发一言。

御辇中,帝王尹简侧身倚在软背上,透过珠帘,遥望着跪在羽林军包围圈中的长歌,心思斗转。须臾,他敛去重瞳深处的微薄情绪,晦暗如深的褐眸,斜睨向百官之首的宁谈宣,淡淡而问:"太师,朕记得,大秦法制,民见官,跪爬十步,杖刑十五才可接见。那么民见君呢?太师可知晓?"

"回皇上,民见君,跪爬百步,杖刑五十。"宁谈宣侧身,一揖回道。

尹简慵懒一笑:"哦?那么以太师之见,朕要不要接见此人呢?"

宁谈宣低垂的墨眸,微微泛起冷意,这位年轻的帝王,心计城府可不简单!

只是,尹简单方式探他多不好玩儿,他们互相试探才有趣吧!

念及此,他唇角一勾,淡笑着回道:"不瞒皇上,臣与孟长歌这厮相识,是以臣不敢

第三章　勇拦御驾

发表愚见，以免有护短之嫌，皇上英明，自有决断！"

"呵，怪不得三公主胡闹，原来如此！"尹简似是了悟，一抹轻笑，从唇边荡漾开来。

宁谈宣不予置评，只温声提醒："皇上，时辰不早了，您若见孟长歌，还须及早，以免耽误了祭祀吉时。"

"传旨，宣通州孟长歌觐见！"尹简微微颔首，瞳中点点笑意，仿若珠玉光华，深邃无底。

高半山一甩拂尘，尖声高扬："宣孟长歌见驾！"

长歌在外围，不曾听到帝驾前方才种种交谈，闻声欣然，起身便欲前往，然则羽林军那头目厉喝一声："依律跪爬百步，杖刑五十若不死，方可觐见皇上！"

"什么？"长歌愕然，可此时她已无从选择，若想接近尹简，这是唯一的机会，何况就是她现在想退，也恐怕来不及了！

"趴下！受刑！"

"是！"

长歌应答，忍辱负重地伏身在地，牙龈一咬，做好挨打准备！

羽林军以刀代杖，手法熟练的一个大力，厚重的刀柄便拍打在了长歌臀部，她身体微微发抖，十指紧抠住地上青石的边缝，骨气硬得未吭一声！

宗禄大喜，心道这孟长歌今日不死也得半残了！

宁谈宣笑颜不变，广袖中的大掌，却倏然收拢，这尹简竟来真的！

他状似侧身看热闹，眼角的余光，却朝高半山投射，暗语示意，高半山顿悟，在长歌臀部挨了三下时，向帝王进言："皇上，奴才突然想到，您先前交代，祭祀之日，不得杀生，可五十杖刑下来，恐怕这身材孱弱的小子会受不住死掉啊！"

"唔，半山说得是，祭祀是国之大事，关乎江山社稷，若不吉利，定然不好。那就……停了吧，直接带上来。"尹简思忖须臾，面色凝重地道。

高半山立刻应允，疾步走到临时刑台前："杖刑停止，带孟长歌见驾！"

长歌长长地吐了口气，她脸色已然发白，一共挨了七大板，这个仇，她记下了，迟早要向尹简讨回来！

而且宁谈宣那个混蛋，答应了庇护她，竟然见死不救，她明明看到他那张欠揍的笑脸了！

长歌被两名羽林军拖到了帝驾前一丈处跪下，她忍着臀部火辣辣的疼痛，磕头道："草民叩见皇上！万岁万岁万万岁！"

头顶一道清冷甘冽的声音响起："当街拦驾，勇气可嘉。孟长歌，大秦以法治国，王子犯法，与民同罪，朕救的不单单是你一介草民，是我大秦所有百姓心中的天平秤，你可明白？"

长歌一凛，这人音质，好生熟悉，她似乎在哪里听过？

然而，天子问话，容不得她走神，她连忙收敛思绪，恭敬而道："回皇上，草民谨记！但草民仍谢皇上体恤百姓，仁德慈善，为报答皇上，草民愿为皇上做牛做马，侍奉左右，求皇上成全！"

黄色珠帘内，尹简漫不经心地凝视着长歌，抬起的食指，若有若无地扫过薄唇，褐色眸中深意渐浓，他略略浮唇："侍奉朕左右？朕的左右，只有两种人，一是太监，二是妃嫔。孟长歌，你能做哪种人？"

全场肃静，天子一番疑似戏谑的话语，震得百官心惊瞪目，纷纷神色各异地望向跪在地上的长歌，此人分明是个少年，天子何故连妃嫔都搬出来说笑？

然而，帝王之心，无人敢肆意揣度，也无人能猜中圣心，因为这位刚登基不久的大秦新帝，并非庸才。

宁谈宣眸子微微一眯，唇角勾起抹淡淡的笑痕，那道落在长歌头顶的目光，很是耐人寻味。

而长歌愣了稍许，一旦意识回笼，便倏然抬头，她嘴角抽搐道："皇上，请问有第三种选择么？太监和妃嫔……咳，明显不适合草民啊！"

"大胆！"

高半山声色俱厉，嗓音尖细地怒叱："孟长歌，直视天子，乃大不敬的死罪！"

长歌眉尖微蹙，她抖落一身鸡皮疙瘩后，很淡然自若地笑答："公公误会了，皇上救了草民，相当于草民的再生父母，草民对皇上的敬意，真可谓掏心挖肺都不足以表达，怎敢直视不敬呢？所以草民这是在仰视皇上，请公公明鉴！"

众人唏嘘，这少年不仅胆大，而且还奸猾得很，小聪明有余，大智慧倒不知如何。

高半山脸黑如炭，一时竟找不出反驳之语，尴尬在了原地。

"半山，退下！"

"是！"

黄色珠帘内，尹简沉沉低笑，也罢，总归隔得远，长歌未必看得清他，是以略一沉吟，道："孟长歌，朕时间有限，不与你废话。你究竟想做什么？"

长歌一笑，带着几许讨好的语气："皇上，长歌乃孟家几代单传，真不适合做太监断了香火，而侍君左右的人，除了太监，也可以是侍卫吧？"

"哦？你想做朕的御前侍卫？"尹简眉峰轻挑，眸底染上不明深意的笑。

长歌立刻点头："对啊，草民会些拳脚功夫，自认为还不错的，求皇上成全草民的赤子之心！"说完，她垂首叩头。

尹简深目凝视着她，许久未出声，无人知晓他在计量些什么。

这时，一人近前，拱手出声："禀皇上，孟长歌来历不明，御前侍卫身肩保护皇上的重责，需谨慎才好！"

第三章　勇拦御驾

"请皇上三思！"众臣紧接着跪下，齐声劝谏。

长歌抿唇，眼梢微抬，只见带头之人年纪二十上下，面如冠玉，神情谦恭，一袭绯色蟒袍，尤其耀眼，她不禁心下一紧，此人该是大秦尹氏皇族的王爷！

果然，尹简淡淡一笑："三弟且放心，朕不会糊涂的。众位爱卿，平身吧！"

"谢皇上！"

百官起身，长歌心头微凉，看来这条路不会通了！

尹简的眸光，移到长歌脸上，他唇角轻勾，不疾不徐道："孟长歌，御前侍卫你不够格，朕不能恩准。若你真有报国之心，十日之后，羽林军招募兵马，你可报名参加，进行武斗比试，以你实力来夺得羽林军资格！"

闻言，长歌绝望的心，瞬间复活，她笑逐颜开："谢皇上！草民一定不会辜负皇上厚恩！"

尹简微微一笑："退下吧！"

"草民告退！"

长歌一揖倒地，叩拜退离。

四海客栈。

长歌趴在床铺上，惨白着小脸，时不时地哼唧一声。

痛经的虚弱，加上臀部挨了七大板，在她勉强退出羽林军的警戒后，便再也撑不住软趴了身体，离岸飞扑过来，将她抱了个满怀，恶狠狠地叱她："孟长歌，你真有种！"

"小爷一直都有种，从未被超越。"长歌卸下伪装的坚强，咧嘴憨笑了声，一头栽在了离岸肩膀上。

"长歌！"

离岸脸色陡变，将她打横一抱，闪电般地往客栈而去。

长歌昏迷中，被灌了大半碗的黑药，她痛苦不堪地掀开眼皮："离岸，你作死啊！只给吃药，不给蜜饯，你想苦死小爷么？"

离岸甩了她一记刀子眼，然后一声不吭地就动手扒她裤子，长歌弹跳而起，怒目圆睁："臭离岸你，你干什么？敢狠琐小爷，你不怕长鸡眼儿？"

"你的屁股不用上药么？"离岸眉头深锁，掌心摊开一支白玉膏，他冷笑道："我再饥不择食，也不会对你下手的。放心，你不是我喜欢的类型。"

操你大爷的，要不要说得这么明白啊，忒打击人了！

长歌恼羞成怒，劈手夺过药膏，一张小脸青红交错，她咬牙切齿："我知道，你们男人都喜欢那种温柔贤淑娇嗲可人的女子，义父是这样，你也这样，都是些俗不可耐的货色！"

"孟长歌！"

离岸攥拳，他沉目盯着她，眸底万千情绪涌动，隐忍晦暗，许久才蹦出一句："重点不是我喜欢怎样的女子，是你不撞南墙不回头！"

"出去，我自己上药！"长歌喘息加重，她低垂的凤眸中，布满氤氲水雾。

离岸大步离开，将门板摔得震耳欲聋。

长歌缓缓趴在床上，把脸埋进枕头里，许久一动不动。

孟萧岑，那人是刻在她心上的一颗朱砂痣，抹不掉忘不了……

日薄西山，一大片橘色的光影，从窗外漫洒进来，昏睡着的长歌终于动了动身体，臀部传来的疼痛，终是提醒了她，扭头看去，白玉膏就躺在一边，她自嘲地勾笑了声，拿起药膏，褪了半边裤子，给自己胡乱涂抹了一通。

她在奢望什么呢？

孟萧岑此刻，恐怕美人在怀，又岂会想起她？

离岸敲门进来，那厮容易生气，也容易解气，摔门走时，那副恨不得搡死她的表情，还历历在目，此时却端来一大盘丰盛的晚膳，生怕她饿死，他冷着脸道："起来用膳。"

"呜呜……我起不来。"长歌撒娇，她最了解他，这一招对安抚他受伤的小心灵最管用。

离岸脸色一沉，出口却是："那你躺着，我喂你吃。"

果然，男人就喜欢女人弱不禁风，这样才能激起他们怜香惜玉的柔情，连离岸这厮也庸俗得很。

长歌自顾自地想着，索性更娇嗲地应他："离岸，你对我最好了，不如待会儿把衣服也帮我洗了吧。"

裤子上沾了血，穿着挺不舒服的。

离岸抖了身鸡皮疙瘩，他舀了一勺粥放在她嘴边，满脸黑线地轻斥道："你正常点说话行么？换洗的衣物给你整理好了，膳毕换下，我给你洗就行，不需要对我用招数。"

长歌怒："离岸你个死货，小爷难得温柔似水一回，你竟然敢说小爷不正常？"

离岸一勺粥灌进她嘴里，面庞阴冷，语带讥诮："孟长歌，你做样子给谁看？我可不是你心上的人！"

长歌凤眸一挑，当场就要掀桌，可惜离岸有先见之明地压住了她双手，他盯着她的眼睛，一字一句地说："长歌，他日你若事成，我会头也不回地离开你，你若失败，让我带你走，好么？"

"离岸，你……我宁愿在我成功时，你一如这多年来始终陪在我身边，在我失败后，你我陌路，相忘于江湖。"长歌一怔，继而鼻头发酸。

离岸闻言，却冷冷一笑："孟长歌，黄泉路上你一个人走，当心迷了路。"

"死都死了，我还怕不认路么？"长歌翻了个白眼儿，心中腹诽，这厮越来越矫情了！

第三章 勇拦御驾

离岸搁下粥碗,猛然将长歌抱住,那是种勒骨的痛,似要将她揉碎般,紧得令她呼吸短促,她刚想骂他发神经,他却在她耳畔轻喃:"长歌,你若死了,我就下黄泉找你,这世上,没有了凤长歌,离岸独活也没意义。"

长歌心神一震,只觉眸底氤氲,视线似乎渐渐模糊,她赧然一笑:"好,若我失败,你就带我走。"

离岸抬头,一贯寒凉无温的脸上,终于露出大雪初霁般的浅浅笑颜,他转身复又端起粥碗,温柔道出两个字:"喝吧。"

膳毕,长歌歇下,离岸收拾了碗筷,推门出去。

长歌合眼,昏昏欲睡时,突听得头顶瓦片有细微响动声,她凤眸倏然睁开,凝气于掌,屏气凝神,静观其变!

一张瓦片悄然被揭开,没有长歌预想中的暗器或者迷烟,竟是一封书信从顶上掉入房内,然后来人复又盖好瓦片,且迅速离开。

半分钟后,长歌卸下警戒,伸手探到地上,捡起那封黄皮书信。

孟长歌亲启。

封面上五个笔走龙蛇的大字,力透纸背,大气而不失清隽。

长歌心生疑窦,她小心翼翼地拆开书信,取出一张普通的白色信纸,可随之掉出的,还有一支散发着淡淡清香的药膏!

长歌微微一怔,她拿起药膏闻了闻,然后将目光凝向信纸,低声念出纸上的字:"此药日涂三次,药效奇佳。五日后痊愈,至齐南天府中寻我,见面再谈。拓跋留。"

长歌细长的秀眉轻轻拧起,不觉伸手入怀,取出那枚纯白玉佩,她盯着玉佩反面刻着的小篆体"简"字,心绪微感凌乱,写信的人,竟是拓跋简!

通州那夜,她掉入拓跋简的浴桶,撞到了他的裸身,为自保竟胡乱地亲吻了那个男子,但没想到拓跋简比她更下流,竟以其人之道还治其人之身,对她这个伪少年又舔又吻,简直变态啊!

后来,拓跋简算计了她,本已占据优势,却莫名其妙地又甘愿做她的人质,助她脱逃,再后来,他赠她玉佩,请她到汴京找他……

屋里,烛火摇曳,静谧无声。

橘色的柔光,笼罩着长歌如玉的脸庞,她单手撑头,侧身而躺。微垂的长睫,在眼睑下方,投下淡淡的剪影。

掌心的玉佩,亦被染成朦胧色,忽然之间,仿佛烫得拿捏不住,长歌松手,玉佩掉落在床畔。

心绪冗烦,她一时竟无法判断,这拓跋简究竟……是敌是友?

他是黄权友人,明知她夜闯将军府,必图谋不轨,竟反助于她;他们萍水相逢,他却赠她贵重之物;她遭新帝惩戒,他连夜送药相约,他待她的好,到底是真心抑或另有企图?

长歌轻呼口气，只觉太阳穴略疼，然而，下意识地抬指抚了抚唇瓣，她忽然感觉连肝肺都疼了，她的初吻啊，竟然给了拓跋简那个来历不明的下流坏子！

忆起那夜的丢脸事，长歌双颊莫名染红，她烦躁地猛踢被子，却不小心触动了臀部的伤，顿时疼得龇牙咧嘴，直抽冷气："这个杀千刀的淫贱，小爷君子报仇，十年不晚，你等着……"

然而，长歌脑中忽地闪过了什么，她陡然噤声，秀眉再度紧蹙，为何尹简的嗓音，她似曾听过呢？

长歌拍了拍脑袋，陷入深思，由于心神过度集中，竟连离岸的敲门声都不曾听到，离岸推门进来，见她专注的模样，不禁皱眉："在想什么？"

"啊……哦，我在想尹简。"长歌一惊回神，顺口回道。

离岸眸底快速掠过一抹冷光，他自床沿坐下，给长歌盖好蹬开的被子，低语一句："今天的仇，我迟早替你报回来！"

长歌一凛，声色俱厉："离岸，你别冲动，他可是皇帝！今天的事，是我自愿的，他不过依律而行！记住，小不忍……则乱大谋！"

离岸无奈点头，忽然道："哪儿来的信？那药膏哪儿来的？"说着，捡起那支药膏，神色凝重地细细检查。

长歌将方才的事告之，离岸听得火大，他读了一遍信纸内容，甩手就将药膏扔进了痰盂，眼神肃冷："此人居心叵测，他的东西不能用！"

"你怀疑药膏有毒？"长歌轻笑，她本来就没打算用的，好吗？义父孟萧岑给她备了无数外伤内服的药，皆是大楚国君御用药物，药效可想而知，所以她怎么可能用拓跋简的药呢？

离岸反问："你相信那人？"

"不全信。但他杀我，动机何在？他若真想杀我，通州那夜就可将我置于死地！"长歌敛笑，"离岸，那人武功，在我之上！"

离岸沉默，久久不言。

长歌拈起玉佩，一个小篆"简"字，令她脑中反复回想着两个人：一为拓跋简；二为尹简。

这两个人，名字相同，姓氏不同，尹简容貌不知，无法比较，但音色……长歌心下倏然一震，他们嗓音似乎相近！

然而，她只能说相近，因为对于拓跋简，她陌生得很，仅聊过只言片语，且已相隔月余，根本不能肯定，因为世间容貌、音色相似之人太多，或许只是巧合呢？

正思忖间，门板突然被人叩响，那敲门人格外嚣张地说："长歌小祖宗，大哥来安慰你受伤的小屁股了！"

第三章　勇拦御驾

月朗星稀，清晖掩映之下，一条青石小路，曲径通幽，绵延伸向远处的寿安宫。

金黄色的琉璃瓦重檐殿顶，折射出的斑斓晕光，在寂冷的夜色中，分外明亮。

一行人纷至沓来，两盏宫灯引路，中间一人身材颀长，相貌清隽，俊美无俦，一袭明黄龙袍，衬得他愈发气质尊贵，威严慑人。

稍许到达，经内监通报后，天子信步而入。

寝宫中，大秦惠安太后斜倚在贵妃榻上，闭目养神。

"儿臣给太后请安！"尹简近前，拱手一揖，神情恭敬。

惠安掀目，身旁女官扶她坐正，她笑容可掬地抬手："皇上不必多礼，快起！"

"谢太后。"尹简温文尔雅，笑语柔和，"今儿个罚了灵儿，朕心中着实愧对太后，特来向太后请罪。"

惠安摇头，眉目温和："皇上言重了，哀家已问过灵儿近身侍卫，实乃灵儿过错，皇上为君，治国为本，灵儿当罚。哀家怎会责怪皇上？"

"谢太后谅解。"尹简微笑，继而目中浮起淡淡忧虑，"不过今日之事，孟长歌一介草民，且为男子，灵儿实在不必吃醋，抛开皇家颜面不说，单是这份霸道，恐怕已惹宁谈宣不快。"

惠安笑意微敛，眸中一道刺冷划过，她掌心重拍在榻上，微怒："灵儿真是愚蠢，嫌隙一生，再怎得宁谈宣的心？"

"太后，以朕之见，明日不妨设宴，令灵儿当面给宁谈宣赔礼道歉，暂缓关系吧。"

"嗯，就按皇上所言。"惠安说完这句话，略一沉吟，忽然道，"皇上，孟长歌不能留，须杀之以绝后患！"

尹简身躯一震，褐眸微微眯起，一抹戾色暗隐于内，他唇角却噙笑道："太后多虑了，孟长歌乃顽劣少年，至多得宁谈宣交心为友，岂能威胁到灵儿？况且朕已许诺于他，十日之后，可参与羽林军选拔，若他死于非命，天下人都会以为是灵儿杀了他，毕竟四海客栈内，灵儿已经出手。那么，后果可想而知，请太后三思。"

惠安柳眉紧蹙，思忖之余，终是一挥手："罢了，先饶那贱民一命，日后再说。"

尹简一揖告退，撩袍而出。

寿安宫外，静候许久的高半山，移步上前，低声禀报："皇上，三王爷求见。"

"人呢？"

"在御书房候着。"

"摆驾！"

天子沉声一语，负手身后，阔步而行。

宫灯的光亮，映照着他清隽的侧颜，在忽明忽暗的闪烁中，将他眸底肃冷的佞杀之色，悉数遮掩。

与此同时，四海客栈。

长歌在听得门外那声后，沉静了数秒，而后突然抄起床头笤帚，猛力掷向门板，嘴里怒喊："宁谈宣，小爷跟你一刀两断！"

离岸冷着脸，将书信与玉佩飞快收起，连扔进痰盂的药膏，也一脚踢进床底，环顾一圈，见没什么异样了，这才拍了拍长歌的肩，点头示意。

门外的男子，听此也不恼，依旧笑得如沐春风："小祖宗，大哥带了好酒来探望你，消消火，别恼了啊，不然小心你屁股会更疼！"

"宁太师，请！"离岸开门，侧身礼让，不冷不热，脸上并无过多表情。

长歌趴在床上，双手抱着枕头，很有节奏感地哼哼唧唧，那副怨妇般的模样，惹人莞尔。

宁谈宣懒散入内，手中果然拎着一壶陈年佳酿，隔远都能闻到扑鼻的酒香味儿，他径自掀了帘子，往里走去，眼梢余光扫到跟进来的离岸，唇边噙起抹淡笑："本太师与长歌聊聊，你且退下吧。"

离岸步子一滞，脸色顿时沉冷，宁谈宣斜侧回身，笑痕不减："怎么，对本太师不放心么？呵呵，长歌是男子，本太师就是再喜欢他，也办不了他，不是么？"

"咳咳……"

长歌猛一通咳嗽，颊色泛红，她伸出一手，指着宁谈宣，气得狂喘："你……你狗嘴吐不出象牙！"

这般被人骂，还是破天荒头一遭，宁谈宣勾了勾唇，倒也没生气，只慵懒一笑："那你吐个象牙给我瞧瞧？或者……你吐出的其实是狗牙？"

长歌一头磕在床榻上，气血不足地闷声道："离岸，你出去给我买包蜜饯吧，中午喝的药，嘴里头还没散味儿，苦死小爷了！"

离岸一言未发，冷寒着脸转身离去。

宁谈宣撩袍在桌前坐下，拿出自带的酒杯亲自斟了两杯，一杯端来递给长歌："散散味儿。"

"喊，这酒里放砒霜了吧？"长歌白他一眼，没好气地道。

宁谈宣浮唇："砒霜多贵啊，本太师可不会糟踢闲钱。"说完，将自己的那杯酒一饮而尽，且翻了杯底给长歌看。

"哼，以小人之心，度小爷君子之腹！"长歌接过酒杯，仰头灌入喉咙，那负气的表情，落入宁谈宣眼中，惹得他不觉挑眉轻笑，略有疑惑地问道："长歌，你不怕我么？"

长歌凤眸一敛，偏头看他，一双瞳珠晶亮闪光："你希望我得知你是当朝手握重权的太师后，胆战心惊，忐忑不安，然后对你俯首叩头，求你饶我不敬之罪？"

"你会么？"

"你没看出来么？"

一问一答，宁谈宣沉静数秒，倏尔愉悦地笑了开来，他拍拍长歌的脑袋："你比我想

第三章　勇拦御驾

象的还要好玩儿！"

"去你的大头！"长歌头一偏，避开他的爪子，狠瞪他道，"我小命差点玩儿完，你这个薄情寡义的大哥，哼！"

嘴上这么说，她心中却是宽慰，他没相救于她，倒是可以解了帝王的猜忌，如此甚好。

宁谈宣笑着摇摇头，从袖中拿出一支药膏递到长歌面前："大哥不是给你送药来了么？"他说着，竟去掀长歌的被子。

长歌眸光落在那支药膏上，心头陡然一震："这药……哪儿来的？"

她询问的同时，眼角余光瞥向床底，拓跋简与宁谈宣前后送来的两支药膏竟然一模一样！

"宫中御药房。"宁谈宣倒也没瞒她，被子掀掉，便撩起长歌的外袍，动手解她的裤绳。

长歌恍惚的心神，猝然回笼，她本能地一翻而起，拽紧裤腰带，脸红地勃然大怒："你干什么？禽兽啊！"

"给你上药。"宁谈宣无奈地答她，且失笑地叹，"本太师也没有龙阳之好，不至于跟你断袖。"

长歌无比黑线，一天之内，她两次遭男人扒裤子，简直是……

宫中，御书房。

薄烟袅袅中，檀香味儿弥漫了一室。

尹琏见礼起身，神色略微凝重："皇兄，今日之事，您怎么看？孟长歌那厮留不得，以他和宁谈宣的关系，难道您真恩准他去考羽林军？"

"三弟，关于孟长歌，朕自有决断，你且莫急。"尹简弯唇一笑，轻推茶盏，端的淡然若定。

尹琏一怔，眸中现出几分残冷之色："皇兄打算除掉他么？"

"三弟，无朕旨意，谁也不许妄动孟长歌。"尹简声线温和，语气却不容置喙，"你把这话一并带给老四、老六，太后那边，朕已谈过，任何人都无须为灵儿出头。"

"是！"尹琏拱手，躬身退出。

尹简低头，呷口热茶，水汽浸润了眼睫，他思绪冗长，记忆翻越跳转，脑中的影像，渐渐与一张脸重合，心底某一处，莫名变得柔软。

"皇上，今晚您翻哪位娘娘的牌子？"高半山进来，恭请示下。

尹简抬眸，只淡淡三个字："朕独寝。"

四海客栈。

长歌严肃拒绝宁谈宣的好意："小爷虽不好龙阳，但男人的臀部，乃父母妻儿才可瞧，你……你算哪门子？"

"呵呵，本太师为官，既然是父母官……"宁谈宣不置可否地笑答，故意朝长歌挤了挤眼，"我勉强做一回你爹吧！"

"噗！"

长歌忍无可忍地喷了一口唾沫星子："你占小爷便宜！"

宁谈宣不幸中弹，美艳无双的脸上，沾了几滴长歌的口水，他顿时脸黑如焦炭，口中隐隐发出磨牙的声音："孟长歌，当心本太师强抢你做男宠！"

"哈哈哈……"长歌笑得打滚，"那小爷定然阉了你这个大美人！"

"你这张破嘴，迟早会惹得屁股再挨揍！"宁谈宣抬袖拂了下脸，冷声说完，转身就走。

身后，长歌愉快的笑声，几乎要掀翻屋顶，宁谈宣开门步出时，唇角微勾了勾，眸底染上一抹不明深意的笑痕。

离岸后脚进来，捂耳皱眉："笑太多小心你长皱纹！"

"喊，你嫉妒就明说！"长歌敛了笑，重新趴回在床上，又开始哼唧，"蜜饯买回来了么？好难受啊！"

离岸从怀中掏出一个纸包递给她，长歌接过，欣然一笑，忙打开取了一颗吃起来，离岸却笑得阴邪："晚上的药，也该喝了，钱掌柜很快就送来。"

长歌手一抖，小脸灰灰的："不，不用了吧……"

"你觉着呢？半夜疼时可别叫唤。"离岸轻松地反将一军。

长歌顿时蔫了，今儿才是月事第一天，按惯例得疼去半条小命的，她不吃药就等死吧！

"这药……我不是踢床底了么？"离岸忽然瞧到枕头角边的药膏，凝声道。

长歌眉尖轻蹙："这是宁谈宣给我的，说是来自宫中御药房，而拓跋简的药和他的一样，这说明了什么？"

离岸稍想了下，道："拓跋简要么是宫里人，要么是和宫里有关系的人！"

长歌点点头，心中却想到了另一个可能，而这个想法，令她的心，无端漫升起一种恐慌的感觉……

三月初八，是汴京城一季一度的茶花会，今儿个也恰是拓跋简相约的时日。

休养了几日，长歌总算又生龙活虎了。

此时，她大摇大摆地行走在街道上，手摇折扇，哼着小调，一袭绯色锦缎袍，颜色艳丽，衬得肌肤白皙，一副翩翩如玉少年郎的模样，惹来不少人的关注，尤其是闺中少女，不禁悄然羞赧，春怀心动。

第三章　勇拦御驾

　　离岸青色长衫，冷如寒霜，两人一前一后，一红一绿，神色又恰相反，使得先见着长歌的少女，心喜不过数秒，便陡然生骇，匆忙低头避开。

　　长歌打听到兵部尚书府址后，无意中回头，瞧到离岸的冷脸，不禁汗颜："我说大哥，你能不能稍微带点笑啊，你摆这副别人欠你一千万的样子，万一被齐府的人轰出来怎么办？"

　　"这叫冷酷，懂么？你见过哪个保镖笑得跟傻子似的？那能有震慑力么？"离岸不以为然，反倒理由充足。

　　长歌抚额，无力地哀叹："好吧，你继续低调，如果你被人打，千万别说跟我认识。"

　　离岸脸一黑，绕过长歌大步而行。

　　长歌摇摇头，单手负在身后，继续前进。

　　齐南天府邸坐落在安四街头，门禁森严，气派宏伟，守卫六名士兵，个个凶悍彪壮。

　　长歌主仆二人停下，不及问话，一人已横刀立马，声如洪钟："来者何人？"

　　见此情景，长歌不禁数落离岸："看看，你这样子引起误会了吧？"

　　"我一没偷，二没抢，我身正影正！"离岸不服气地辩驳，说完便虎目迎向士兵，声音比对方高出两个分贝，"我们是来找人的，请通报齐尚书，就说孟长歌应邀相见拓跋简！"

　　士兵闻言惊怔数秒，而后朝他们一拱手："二位请稍候！"语罢，转身立刻进门。

　　不多会儿，士兵去而复返，相请二人入内，迎至正厅，只见首位端坐一位三十开外的年轻男子，便服着装，长相周正，眉目精锐，给人一股无形的压迫之感。

　　长歌轻轻一笑，抱拳朗声道："草民孟长歌，见过齐大人！"

　　离岸跟着见礼，齐南天眼中一抹诧异稍纵即逝，他右手一展，淡笑道："请坐。"

　　丫鬟鱼贯进入奉茶，长歌道声谢，撩袍落座。

　　"孟公子，本官并未自报家门，你如何知晓本官乃齐南天？"齐南天不免疑惑询问，他刻意叮嘱士兵切勿多言的。

　　长歌轻笑："呵呵，齐大人长得就像武官呀，虎虎生威，面带号令三军之气势，所以长歌斗胆猜您就是兵部尚书大人了。"

　　齐南天频频颔首："眼力见儿不错，夸人的本事也不错，怪不得拓跋公子对你另眼相看呢。"

　　"齐大人见笑了，长歌虽然爱贫嘴，但夸大人的话，可出自真心，还望大人明鉴！"长歌笑意不减，丝毫不见慌张，她从怀中取出那枚纯白玉佩，"长歌凭借此信物来寻拓跋公子，请大人通传！"

　　齐南天走下来，从长歌手中接过玉佩，翻来覆去细看了两遍，眸底神色千变万化，最终微微一笑，道："孟公子稍候，本官这就派人去请拓跋公子过来。"

"多谢大人！"长歌拱手道谢。

齐南天一招手，便有侍卫近前，他附耳吩咐几句，侍卫领命而去。

长歌喝茶静等，谁知一盏茶的工夫，竟有人来通报："大人，宁太师来访！"

"噗！"

长歌一口茶喷出："我操他大爷的，这人阴魂不散啊！"

齐南天审视的眸光，缓缓掠过长歌的脸，泛起幽冷的寒冽之意，复杂且深沉。

长歌此时，是绝不想见到某人的，所以她立刻起身，一边抬袖随意擦拭着嘴角的茶渍，一边说道："大人，容我先回避……"

可惜，话口未完，一道声音，已自厅口传来："贸然来访，齐大人不会见怪吧？"

"宁太师折煞了，齐某欢迎之至！"齐南天八面玲珑，即刻换了笑颜，抱拳迎上。

长歌没敢转身，头一低，机灵地溜到椅子背后，拖了离岸打算悄悄遁走，可没逃出几步，竟听得宁谈宣那厮笑语嫣然地说了句："齐大人府上何时多了只老鼠，怎么见人就跑？"

长歌嘴角一抽，心中暗骂了声，抬起头来讪笑："太师大人真是火眼金睛哪，以免老鼠一不小心咬伤太师，我这就去抓老鼠，先走一步！"

宁谈宣身体一侧，挡住长歌的路，似笑非笑道："臭小子，你在我这里顽劣不堪没大没小，我睁只眼闭只眼就算了，今日竟敢跑到齐大人府中捣乱，此时我亲自来拎人，你还想跑么？"

闻言，齐南天眸底骤然一冷，不动声色地哼了声，宁谈宣的党羽，主上何必如此重视，竟邀约亲自来见？然而，想到那枚刻着"简"字的纯白玉佩，他暗暗攥拳，不禁多看了几眼长歌，此人……值得么？

长歌暗急，宁谈宣这是在隐喻她是他的人，且关系匪浅？这下齐南天肯定误会了，她就是跳到黄河也洗不清了啊！

见她着急，宁谈宣心情愉快了几分，他一揽长歌，笑意深邃："走吧，大哥带你去看茶花会。"

长歌一惊："啊？我……"

"乖，别闹了。"宁谈宣语气听似宠溺，然而那一记暗含杀机的眼神，却震得长歌陡然噤声，心中微微慌乱。宁谈宣侧眸看向齐南天，淡淡一笑："齐大人，打扰了，本太师这就告辞了！"

语罢，宁谈宣挟带着长歌，阔步而出，长歌急得冒汗，离岸面庞泛青，几欲动手，但长歌不许，投给他一个忍耐的暗示。

如今身处大秦的地盘，事事都要忍，敢意气用事，绝对出师未捷身先死！

齐南天眸色一沉，张嘴欲留人，身后却有一只手扯住了他衣袖，他心下会意，以身遮挡未动一步，只抱拳道："太师慢走！"

第三章　勇拦御驾

眼见着宁谈宣几人身影离去，齐南天迅速转身，看向来人："主上何意？"

良佑余光一瞥，齐南天视线逡巡，只见屏风珠帘后，一人负手伫立，一袭白袍，冷峻清隽，褐眸锐利寒凉，他淡淡而道："良禽择木而栖，不必相留。"

良佑忿忿不平："主子，这种人就不该留，凭他那晚敢劫持主子，就当杀了他！"

"无朕旨意，谁敢动他，以欺君之罪论处！"天子冷冷淡淡地抛下一句话，撩袍步下台阶，朝外而去，"回宫。"

良佑一凛，匆忙垂头跟上，心中骇然。

齐南天跪地恭送，眉头微蹙，如今的帝王，已愈发令他看不出深浅了！

长歌被挟带出府，怨气十足，小脸黑沉沉地道："宁大哥，你可以放开我了吧？"

"怎么，在生气？"宁谈宣松手，唇角的笑容似是而非，"有什么话，我们走远了再说罢。"

音落，他转身朝东而行，命令的语气："跟上！"

长歌拽住离岸衣角，语速飞快地低语："你给齐南天带个口信，说我会想法摆脱宁谈宣，来跟拓跋简见面的。"

离岸点头，几个起落，人已消失不见。

宁谈宣走出百步，忽然回身，意态慵懒，不咸不淡地开口："长歌，午时的茶花会最热闹，现在去还赶得及。"

"大哥！"

长歌奔近，坦然道："你怎知我在尚书府？你找我不单是为看茶花会吧？"

宁谈宣冷冷一笑，"我是否跟你说过，你若想见我，可到齐南天府中寻我？"

长歌一怔，默了一瞬才点头："说过。"

"可你今天找的人……并不是我！"宁谈宣一针见血，平日温润的双眸，此刻浸满了冷意，令人不寒而栗。

长歌一凛："大哥，我……"

宁谈宣猛然扣住了长歌臂膀，大掌注入了狠辣的劲道，他盯着她的墨眸深处，晕染着几分嗜血阴邪："孟长歌，你的确有几分小聪明，但千万记住，别聪明反被聪明误！脚踏两条船的事，最好少做！"

闻言，长歌隐隐发怒，她十指握拳，内力灌于双臂，倏然震开那只钳制她的利爪，她亦冷笑，"大哥，你在说什么？我听不明白！"

宁谈宣后退了一步，才勉强稳下身体，他缓缓收拢五指，眸光复杂深沉："孟长歌，我倒是小瞧了你，总以为你的随从武功高强，没想到你也不弱！"

长歌喟叹："大哥，我是打算考羽林军的人，如果太弱了，我不是找死么？"

宁谈宣唇角勾起一抹嗤笑的弧度，眼中讥诮和杀意并存，毫不掩饰地呈现给长歌："看来你决定效忠那个人了，好，很好！"语罢，转身就走。

长歌心头突然蔓升起恐慌的感觉，她仓猝两步奔近，展臂拦在宁谈宣面前，急切地说道："大哥，我是大秦子民，效忠朝廷乃天经地义之事，我不明白大哥为何生气。还有，我真心不敢找大哥，三公主在四海客栈杀我一事，大哥必然知晓原因，大哥位高权重，公主不会对你怎样，但我区区贱民，公主杀我易如反掌，我才十八岁，暂时还不想死。"

说到最后，她暗掐了下大腿，凤眸中氤氲出盈盈的水光，似隐忍悲伤，泫然欲泣，而后她脚尖点地，一纵跃上旁侧屋顶，起落之间，那抹绯衣转瞬就消失无踪……

宁谈宣伫立在原地，凝望着长歌离去的方向，恍惚片刻，心底燃起莫名的情愫……

离岸进入齐府，直奔大厅，见到齐南天，匆匆说明来意，齐南天却冷冷一瞥他，道："拓跋公子已走，转告孟公子好自为之吧！"

"请问拓跋公子去了何处？"离岸追问，因猜到了什么，他语气婉转了几分。

齐南天冷哼一声："不知！"

四海客栈。

长歌回去不多会儿，离岸便回来了，将齐南天的话转达给她，然后一脸忿忿地说："那两人都不是个东西！"

"至于么？算啦，今天够倒霉的，我再想想办法吧。"长歌嘴角一抽，她自然明白离岸所指的人是谁，好笑之余，心思不免沉重，经过宁谈宣那番模棱两可的提醒，她已基本猜出拓跋简的身份了，从而也突然明白，她在无形中，成为了那两个政坛高手之间的夹心饼。

今日，宁谈宣已对她动了杀机，若非她反应够快，演戏够逼真，恐怕她的头已借放在脖子上面了，宁谈宣那人，表面宠她，温润如水，然则内心潜伏着一头凶猛的野兽，随时随地可能破笼而出，将她啃噬入腹。换言之，一旦她与他对立，他对她的宽容，就会悉数化为利刃，毫不留情。

思忖及此，长歌不禁打了个冷战，她若投靠宁谈宣，尹简亦会不遗余力地铲除她！无论她如何选择，都是兵行险招，无法两全其美！

长歌秀眉深蹙，她的复国之路，漫长而艰辛，先别说她日后如何取得大秦边防军事图，就连现在如何在大秦生存都是个问题，她首先得思考该怎样游走在那两只老虎中间，左右周旋，谁也不得罪，才能保住小命。

但这明显是个大难题。

想得烦了，她倏然起身："离岸，我到外面走走，你想办法去打听即将到来的羽林军考试，该在哪个衙门报名，考些什么，有哪些流程。"

"好，你万事小心。"离岸点头，两人相继出门，各自行动。

第四章　君为故人

　　汴京一季一度的茶花会，在宣华大道举办，三里长街，春花铺路，春茶遍布。汴京人喜花喜茶，所以这茶花盛会总能吸引全国各地的花贩茶贩在每季初八，竞相涌入京城，热闹的程度非比寻常。

　　整条街上，空气中弥漫着醉人的混合茶花香味儿，馥郁入鼻，不禁令人神清气爽。

　　长歌摇着扇子闲逛，在汹涌如潮的人流中跳来蹿去，折腾好久后，终于在一个看起来比较顺眼的大娘茶摊前停下，她摸着尖尖的下巴，思考着离岸究竟喜欢竹叶青，还是喜欢碧螺春，她好像有点儿记不清了……

　　"孟长歌——"

　　正犹豫不决时，突然一道尖锐的女音犹如平地一声惊雷，猝不及防地响彻这一方天地，震得她扇子掉落，太阳穴发疼，她打了个寒战，缓缓扭头寻望，只见一丈之外，那叉腰持鞭的骄纵女子，正朝她阴冷地发笑："孟长歌，知道冤家路窄这四个字怎么写么？"

　　长歌满头黑线："三公主……"

　　"灵儿，这小子就是那个敢拦御驾的孟长歌么？"

　　另一道声音忽而插进来，带着几分冷诮轻慢，鄙夷不屑，长歌凤眸一闪，竟见三名妙龄女子从旁边的华丽马车上下来，婀娜多姿地走向尹灵儿，盛装罗裙，轻纱挽臂，或妩媚风情，或清高艳丽，或雅致富贵，各有千秋的美，惊煞众人。

　　长歌目光微凝，不动声色地打量着那三位美人，暗自猜测着她们的身份。

　　尹灵儿侧身回头，精致的下巴高挑着答复方才插话的清高艳丽女子的问题："齐妃皇嫂，可不是嘛，就是这个贱民害我被皇兄禁足的！"

"呵，倒是个俊俏的小子！可惜皇上已允诺他考取羽林军，不然阉了充太监就一举两得了！"另一妖媚风情的女子巧笑嫣然，眼波流转间，辛毒狠辣的话语，仿若春风拂面，不痛不痒地轻溢出喉。

长歌一凛，眸底轻荡起一抹冷意，但转瞬即逝，她淡然自若地立在原地，静观其变。

"宋妃所言及是，然则他并非软柿子，可以任意搓扁揉圆。"余下一名雅致富贵的女子，神情恬淡地轻启朱唇，黛眉舒展，不愠不喜，端的沉静若雪。

闻言，宋绮罗妖娆冷笑："沐妃这是替你表哥维护他的小祖宗么？"

"就算没有宁谈宣，皇上也已下旨不许妄杀孟长歌，难道宋妃不觉得，我是在替皇上分忧么？"沐静雪不慌不乱，依旧安之若素。

围观百姓愈来愈多，齐绾心略一思索，低声道："别吵了，让百姓看了笑话，颜面何在？"

尹灵儿也听得烦，她的目标在长歌身上，眼珠一转，忽然举着鞭子指向长歌："不能妄杀，但没说不能妄动，那么本宫揍你一顿，皇兄也指责不了本宫什么！"

这位公主是个冲动型的人物，说干就干，当即扬鞭而起，朝着长歌挥过来，完全不顾周遭无辜百姓的生死，这阵势惊骇得百姓惶恐尖叫，纷纷抱头逃窜，一时间，场面混乱不堪！

长歌心下怒极，如若身处大楚，她必定狠扇尹灵儿几个耳刮子，教训一下这个心肠歹毒的公主，可惜此时，她只能选择遁走的方式，避免累及百姓。

"该死的贱民，哪里逃！"

尹灵儿眼见长歌在她鞭子挥来之时，身形灵巧地一个后翻避开，然后以绝妙的轻功，几个借力，便翻上了路边的商铺檐顶，她情急得连侍卫也顾不得喊，拔脚便追！

长歌泠冷一笑，既不能还手，然则她戏弄一番这公主又如何？

于是，两道身影，一男一女，在宣华大道林立商铺的檐顶玩起了追逐游戏，尹灵儿马上功夫还行，但论体力和轻功，却相较长歌差得极远，而长歌忽而快忽而慢，整得尹灵儿铆足了全力，却被她耍得团团转，那一袭绯衣，犹如一团火焰，灼烧得尹灵儿肝肺都要迸裂了……

玩了一刻钟，长歌奔得口渴了，想休战喝口水，可尹灵儿死要面子活受罪，硬是撑着穷追不舍，她烦躁得不行，当下也不管那妞会不会追到她，视线随意一扫，瞅到一间似茶楼的商铺，她飞纵过去，直接从二楼的某扇窗户一跃而入！

然而，长歌万万没料到，靠窗的位置，竟然摆放着一张桌子，而桌前正坐着一个男子，她这一跳进来，对方单掌翻动，几个变化竟将她腰身紧扣，一道清冽的嗓音，同时散落在她耳畔："孟长歌，似乎你很热衷于跳窗的游戏？"

长歌赧然，她想，遇到这个男子，大概是她这一生最大的梦魇。第一次掉他浴桶，撞了他的小鸟，失了她的初吻；第二次掉他茶桌，她投怀送抱，他照单全收。

58

第四章　君为故人

若他确实姓尹，那么……他则是她宿命的仇敌。

此时，她半个身子跌在他怀中，他大掌紧揽她的腰肢，两人四目相视，呼吸相缠，他唇角上扬，噙起一抹玩味的笑，她呆滞须臾，双颊渐渐染上通透的红，似诱人的胭脂色，与她的一袭绯衣相得益彰。

"那个……嘿嘿，好巧啊！"长歌尴尬讪笑，对这场孽缘持矛盾的态度，她想接近他，却不想这么近地接触，毕竟她女扮男装，近身容易被发现，可偏偏他们每次相逢的场面，都这么奇葩。

她手忙脚乱地拿下攀在他肩上的手，可他却不松她，凝视着她轻笑："孟长歌，你若是姑娘，本公子勉为其难地收了你倒也无妨，但你分明是一介男子，却频频做出这种暧昧的举动，你叫本公子怎么处置你？"

"咳咳……"长歌大窘，一掌拍向尹简脸部，趁他回避那刻，一个后空翻脱离了他的魔掌，与他隔了两张桌子站定，结结巴巴地为自己的清誉辩解，"那个……完全是误会，小爷性取向正常，绝对非断袖，阁下请放心啊！"

尹简一挑薄唇，似笑非笑道："是么？"

"怎么不是？小爷堂堂七尺男儿，刚猛无敌……"长歌话未完，忽然顿住，她极为不悦地瞪视他，"你这是什么表情？"

尹简执起桌上的玉骨扇，帅气地打开，轻扇了几下，淡淡地道："就你这个头，顶多五尺吧。"

闻言，长歌头有点晕，拼命忍下想一剑劈了他的冲动，她咬牙还击："你也顶多六尺而已，嘲笑别人小心自己缩水！"

说完这话，长歌已经暂时不想理这人了，她四下一瞥，发现这个包厢除了此男外，再无一人，而她忽然又记起什么，疾步奔到窗前，只见外面依旧热闹，但尹灵儿却没追来，她不禁疑惑，正思忖间，尹简清冽的嗓音，在身侧淡淡响起："三公主轻功不及你，自是追不上你的，追累了她也便回去了。"

长歌并不知道，在方才茶摊前，她与尹灵儿碰面时，她的行踪已被人悉数禀报给了尹简，那场追逐游戏，男人尽收眼底，当她选择这扇窗户跳过来时，尹简阻止了手下拦截她，反而派去拦截尹灵儿，他则欣然接受了她的见面大礼。

"似乎我的事情，你都清楚？"长歌转身，迎上尹简，在他褐色深眸波光潋滟的注视中，挺直了腰板，冷声质问，"你究竟是谁？"

尹简抬指，伸向长歌的头顶，她本能欲避，他凝声一句："别动。"

长歌竟听话，端详着男人清俊的五官，一动未动，只见他在她发丝里拣出一瓣花叶，弹指飞出后，若有所思地轻声回她两个字："故人。"

长歌心头莫名一紧，遂陷入迷惘……

半盏茶的工夫，长歌冥思苦想，也没回忆起这"故人"的渊源，她不禁烦乱地挠了挠头,"那个……你是诓我的吧?除了通州那晚我们相见过,再没什么交往吧?"

闻言,尹简唇角倏然一沉,一双褐眸讳莫如深地凝视着她,瞳孔中的颜色,一分分变冷,俨如寒霜,令人心中发怵。

长歌不禁打了个激灵,想辩驳两句,发觉喉咙有点干,她这才记起,她本身就是跳进来找水喝的,结果到现在都滴水未沾,所以她舔了舔唇,干笑着小声说:"拓跋哥,那什么……先借碗茶喝,行么?"

尹简一言未发,眸底沉淀着令人难懂的深邃,他刚叫他……拓跋哥?

"不说话就是答应喽?"长歌嬉皮笑脸,说完转身就端起桌上的半碗茶,想也没多想地灌进喉咙,喝完觉着还渴,便径自执起茶壶,又斟了一碗继续喝。

"那碗茶是我喝过的。"尹简微怔,继而淡淡地提醒她。

"噗——"

长歌被呛得一口热茶很没形象地喷溅而出,她脸红脖子粗地叫嚷:"你怎么不早说?"

尹简饶是反应迅捷,疾速后退出四五步,一袭雪白锦袍也被沾上了几滴茶水,水花印开来,显得污浊不堪……

长歌表示尴尬:"嗯……啊……"半天没发出个完整的音来……

"呵,亲都亲过了,还这么大的反应做什么?矫情!"尹简讥诮地勾唇,冷怒不已。

"你……"

长歌羞窘万分,颊上的绯色,一直延伸到了耳际,她不觉抬袖抹着嘴唇,眼神躲闪着:"那回是意外,你别胡说了啊,我都忘了,你也赶紧忘掉!"

她话音刚落,尹简大步跨前,手中的玉骨扇,狠狠敲在了她脑门上!

"你……"长歌怂怂,双手抱头怒目而视,"君子动口不动手,你再犯规,小心我也揍你啊!"

尹简泠泠一笑,步步逼近,大掌猛然掐抬起她下颌,眼中似揉进了某种欲望:"孟长歌,你记着,是你先亲的我,游戏是你开的头,但何时结束我说了算!"

长歌心高气傲,被人霍然间如此强势地对待,藏在心底的仇恨,令她秀眉一蹙,一掌劈向他面门,动作快且准,端的辛辣狠毒:"小爷凭什么听你的?"

尹简身形快如闪电,他避开的一瞬,冷冷一句,语气充满了嘲讽的意味:"敢不听?有本事你打赢我!"

长歌见状,心中发了狠,一时冲动地想着,若她就此杀了他,也算报得大仇了!

是以,她眸中杀机乍现,招招凶狠,二话不说,便往尹简要害部位攻去,尹简眉峰一蹙,本着试她武功深浅的心态,将扇子一丢,赤手迎上,与她展开了一场恶斗!

小小的包厢,顿时乱作一团,噼里啪啦响个不停,桌椅板凳在空中乱飞,茶壶的碎片落了一地,眼见长歌的打法,颇有种同归于尽的决绝,尤其是她那副恨不得将仇敌千刀万剐

第四章 君为故人

的眼神，令尹简心头发紧，他骤然冷喝："孟长歌，你疯了么？"

长歌确实疯了，因仇恨而陷入了魔障，将她平日告诫离岸的话全数抛在了脑后，她疯狂地将毕生所学用在了尹简身上，只攻不守，目的只在杀人，哪怕同归于尽。

"孟长歌！"

尹简打斗中，见她置若罔闻，依旧是豁出去的狠绝，他沉怒的同时，不再谦让于她，双掌一翻，化为利爪袭向她身体各处大穴，招式凌厉，变化多端，迅猛而狠戾！

长歌始料不及，她武功不低，虽比不得离岸，但也算佼佼，可今日对敌尹简，她越打越心惊，此时方知，尹简实力不仅在她之上，就是离岸也未必能胜得了他！

长歌吃力应对，额头渐渐渗出细密的冷汗，步无章法，已显狼狈，果然不出十招，躲避不及之下，被尹简一掌拍中左肩，身体不受控制地朝后摔去！

"孟长歌！"

尹简未料她竟然中掌，仓促收手，继而长臂一揽，在她即将落地的刹那，环抱住了她的细腰，两人在地上旋转一圈，才稳下了步子。

"孟长歌，你找死是不是？我是你仇人么，你为争一口气，连命也不要了么？"尹简盛怒中，一把推开长歌，将她抵在了墙上，他居高临下地盯着她，褐色眸子布满阴霾，仿若长歌敢答一个是字，他立马就会成全了她！

然而，长歌惨然一笑，虚弱地吐出几个字："我打不过你，若我死在你手里，只怪我技不如人，我无怨无悔……"

杀皇帝，必死无疑，在疼痛中清醒过来的长歌，深刻地认识到了这一点，即使后悔也已无法挽回……

"你武功不如我，难道通州那晚你没发觉么？孟长歌，我若想杀你，当时就已取你性命！"尹简冷面寒霜，字字如刀，"今日我再饶你一次，把你那烈性子给我收敛些，我不可能每次都纵容你，下回你再敢如此，我定摘了你的脑袋当夜壶！"

长歌怔怔地凝视着眼前清隽俊朗的男子，他剑眉星眸，神若惊鸿，尤其那一双褐色的瞳珠，深邃如海，似可以穿透人心般，恍惚令她觉着有种熟悉感，混沌不清的脑子里，有模糊的片段一闪而过，却快得根本抓不住，再仔细端详他的脸庞，她确定来大秦以前没有见过他，他们并非故人……

"拓跋简，你没理由纵容我的，这两次为何不杀了我？"长歌撑着疼痛的肩膀，不惧地迎上他，她需要一个答案。

这世上没有白送的午餐，他不杀她，定然有他的理由，但她不愿做他和宁谈宣争斗的棋子。

尹简冷睨着她，将她的心思一猜即透，他眸中闪过一抹复杂，沉默须臾，淡声道："孟长歌，我纵容你，与任何人无关，只因为你有让我纵容的理由！但这理由是什么，我不会告诉你，你自己想。"

长歌愕然，这是什么答案？

尹简眉心微微蹙起，沉声接道："另外，我约你见面，是要告诉你一件事，汴京不适合你生存，我赠你一笔金银，带着你的随从离开吧，走得越远越好。"

与此同时，太师府。

后园十多米高的大假山峥嵘挺拔，气势雄伟，山下荷池曲径，小桥流水；山上峰回路转，逶迤曲折，常春树和迎春花黄绿相映，显得格外动人。

王师傅跨过石门，战战兢兢地随着管事前行，连头也不敢抬。

站在山顶的"望江亭"上，俯看后园，青山绿水，亭台楼阁如画美景，尽收眼底。

可此时，身为大秦忠勇大将军虬髯宗禄的心思，却全然不在景致上，他急躁地回头："太师，你究竟是怎么打算的？孟长歌那小子不能留，就凭他跟尹简交好，我们就得杀了他，如此两面三刀的人，太师留他何用？"

亭子里，方形石桌前，宁谈宣居于首位，他轻滑茶盖，无声地笑了笑，并不言语。

右下首，大秦左丞相李伦听此，也禁不住劝道："太师，我瞧那小子滑头得很，他没准儿在通州时就知劫持的人质乃皇帝尹简，所以来京故意闹了一出，想攀上尹简那棵大树，这种人太师若与其交心，难免……有失稳妥。"

"对对，李相说的这事，我也赞同！"宗禄甩袍坐下，连连附和。

宁谈宣搁下茶碗，淡淡一笑，眉目温润："难道你们不觉得，多一个孟长歌，这场争斗将会很有趣么？"

"有趣？"宗禄瞪目大瞪，他委实不明白能有什么乐趣，不过是一个长得不男不女的臭小子罢了！

李伦捻须思忖，须臾间开口："太师是打算拿孟长歌当棋子么？"

"呵呵，总之没我的许可，谁也不准动他！"宁谈宣笑谈凿凿，神态慵懒，眸底却荡起一抹不容忽视的凌厉。

宗禄和李伦点头应下。

管事上前，低声禀报一句，宁谈宣颔首："带过来。"

王师傅近前跪下，小心翼翼地叩拜："小人见过太师大人！"

"以后就留在太师府吧，有人爱吃你的酱香大饼，本太师为了讨那人欢心，只好请你入府了。"

宁谈宣淡声语毕，起身而走。

宗禄和李伦随后跟上。

"是，太师大人。"

王师傅把头埋在地上，许久不敢动弹。

第四章 君为故人

长歌捂着左肩，跌跌撞撞地冲出了茶楼，脸色苍白，步履凌乱。

"站住！"

身侧一道厉喝，长歌未理，对方却一跃在她面前站定，长歌认出，是那个叫做莫麟的家伙！

"干什么？"长歌怒视，"敢拦小爷，找死是不是？"

她现在心情不好，谁触她的麟，就是自己往枪口上撞。

"孟长歌，我警告你，你离我们主子远一点，再敢对主子断袖无礼，我杀了你！"莫麟凶狠地下达通牒，他明显对于通州那晚，长歌亲了尹简的事至今不能释怀。

长歌眯了眯眸，似笑非笑："那我对你断袖？"

这一语杀伤力极大，震得莫麟慌忙捂住了自己嘴巴，嗡嗡地怒吼："你敢！"

"喊，小爷对你没兴趣，你就是求着小爷也讨不了吻！"

长歌冷嗤一句，如往日般，嚣张地一梗脖子，无视莫麟碎得掉渣的小心肝，头也不回地离去。

莫麟恼羞成怒之余，忽然感觉身后有人，他连忙回头，只见尹简负手而立，神色无波，清冷如常。

莫麟生硬地扯着嘴角，满目震惊："主子，那小子竟然说对奴才没兴趣，那就是对……对主子您有兴趣？"

长歌回到四海客栈时，离岸还未归来，她找到钱掌柜，索要了些跌打药油，然后回房间脱掉上衣，露出左肩，自己给自己涂药。

裸白的肩头，乌青了一小片，疼得几乎甩不动胳膊，长歌咬紧牙关，一声不吭。

心情波动，凌乱复杂。

她报仇心切，急功近利，险些赔掉性命。

而最让她心惊的是，尹简说，"你不走？你留在汴京想干什么？你究竟是大秦通州人氏，还是大楚京都人氏？你若走，我可以不查你；你若不走，继续考羽林军的话，我必须查你真实身份。"

清俊男子神色严峻，没有生怒，只有无尽的冷意由内而生，似欲冻僵长歌的心，让她无所遁形。

"我是通州已故孟郎中失散多年的儿子，这如何有假？何况是你赠我玉佩叫我到京城找你的！"长歌忍下心底的惊涛波澜，故作平静地质问于他。

"有没有假，待我查过就清楚了。"

尹简冷嗤的表情，似听到了一个笑话，那份自信的笃定，令长歌心中发虚，不及多想，只听尹简又道："长歌，我与你定下汴京之约，是想赠你一处居所，予你富贵生活，闲时与你品茶闲聊，赛马打猎，想你与世无争。可如今你搅进了政坛的浑水，还想考羽林军入仕，这我万不可能答应！"

"为什么？给我一个理由，你为何对我莫名其妙地好，又为何不许我入仕？"长歌固执地争一个答案，她不认为她冒失亲了他，他就会对她好，没有道理，因为她扮的是男子！

"长歌，理由我不会告诉你，我已说过，你自己想。"尹简语气冷淡无温，"你只要记得，我这么做是为了你好，宁谈宣可能会杀你利用你，我却只会饶你年少顽劣，这就是我与他待你的不同！"

长歌沉默地注视着他，肩胛骨的疼痛清晰地传入四肢百骸，她倔强地选择无视，并不曾表露出分毫，她只是看着他，想从他眼中看出她想要的答案，可他太过内敛，又或者城府太深，她一无所获。

"如果我非要考羽林军呢？"长歌幽幽开口，淡淡地补充一句，"这是皇上当着百姓的面，亲口允诺于我的，君无戏言！"

尹简终于动怒，大掌忍不住地按在长歌左肩头："你不怕死么？你知道现在有多少人想杀你？"

长歌疼得冷汗顿时冒出，她惨白了脸，痛楚地吸气，尹简倏地收回手，神色冷沉："让我看看你的伤势。"

"不必，我自己回去上药。"长歌本能地拒绝，依旧执拗地说，"请你让我考羽林军，我不想做废柴。"

"不可能！"尹简眸中染上戾色，语气急了几许，"我掌风刚猛，你肩处定受伤严重，快点让我看一下！"

说着，他便去拽长歌，似要亲自动手。

"别碰我！"长歌大惊，急速闪避，慌乱地丢下一句，"反正我就是要考羽林军，除非你杀了我！"

音落，她一头冲出了茶楼包厢，朝外狂奔而去。

日暮西沉，夕阳的余晖，从白纱的窗户，一寸寸倾洒进来，半个屋子被笼罩在了橘色的光芒中，隐约可见无数灰尘粒子，漂浮在半空，如一张无形的网，在不断地收拢，仿佛勒得人喉咙发紧，呼吸不畅。

长歌躺在床上，瞳珠灰暗，死寂无光。

整整一个下午，她没吃没喝没睡，就这么呆滞地盯着某一处，脑子浑浑噩噩的不知在想些什么。

离岸刚回客栈，便被钱掌柜拽住了，示意了一下，两人走到后院幽闭处说话。

"小公子似乎受伤了，找我拿了些跌打药，那会儿我寻思着他该饿了，就端了饭菜送给他，结果他不开门，还叫我不许打扰他，看样子情绪不高啊。"钱掌柜凝重地低语，忧虑重重。

"受伤？"离岸大惊，顾不得多问几句，匆忙转身，大步朝楼上奔去。

钱掌柜停在原地，眉头拧得很紧，暗暗琢磨着，该不该现在就将主上安排在汴京的死

第四章　君为故人

士交给小公子？

离岸敲门，没人应声，他心头一紧，直接破门而入，换作往常，他这粗鲁的行为，定会遭到长歌唾骂的，可今日长歌却仿佛没瞧到他，无动于衷，安安静静。

"长歌。"

离岸急唤一声，关上门几步走到床边，他关切地伸手抚上她的额头，确定她体温正常，心中这才稍稍松了口气，继而又冷声道："你哪儿受伤了？出什么事了？"

"没事。"长歌摇头，久未说话，声音很是沙哑，"你打听得怎样？"

离岸猛然扣住她的皓腕，冷静的神情崩裂，隐隐有发怒的征兆："先告诉我，你究竟伤得如何？"

长歌知他脾气，只好指向左肩，老实交代："就伤这儿了，也不严重，只是疼得很，胳膊抬不起来。"

离岸震惊，心中太多疑惑，但他暂时先压下，沉着脸拉好窗帘，又点了根蜡烛，然后扶长歌坐起，低声道："衣领解开，让我瞧瞧伤势。"

说这话时，冷面男子的脸微微泛红，似是有些窘迫，但他眉宇间却透着股坚定，不容置喙。

长歌郁结的心情，忽然开朗，她莞尔扬笑，伸手捶了他一拳："怎么，你开始懂男女有别啦？"

记得前几天，这家伙还不谙世事地扒她裤子呢！

"我本来就懂，至少比你懂得早！"离岸瞪她一眼，又别扭地飞快移开目光，不耐地催她，"快点，我看看有没有伤到骨头，就算没有，也得重新上药，咱们带来的药都在柜底放着呢，药效比钱掌柜的好多了，你何必找他要？"

"真不用了，我……"

"快点！"

离岸一声厉吼，将长歌生生地唬住了，她撇撇嘴，无奈地妥协，这厮名义上是她的奴才，可多数时候，都拽得让她敢怒不敢言！

离岸转身到柜底暗阁取药，长歌解开腰带，缓缓拉下了肩领的层层衣衫，露出她雪白圆润的肩头。

她心想，离岸虽是男子，但他在她心中就像最亲的哥哥一样，而且幼时他还给她添过洗澡水呢，她的小身体他早就看过了，此时给她上药，也不算逾礼吧！

离岸取了药回转身子："长歌，你同时内服药……"话未完，他已僵滞在原地。

"怎么啦？"长歌香肩半露，凤眸微澜，她纯真自然、毫无娇羞的神色，倒令离岸感觉自己内心过于龌龊，他连忙清咳一声，尴尬地补充道："外药得用，内服药也同时用吧，这样才能好得快些。"

"好吧。"长歌怏怏地应声，她真心不想喝苦药，可再过五天就是羽林军选拔试，她

必须恢复元气才行。

离岸尽量稳住心神，压下骚动的心思，只将长歌当男子看待，当伤员看待，这才将注意力集中在了她左肩的乌青处，他眉峰紧蹙，眸底一抹心疼暗暗划过，声音柔软了几许："长歌，你忍一忍。"

长歌点头："放心，我撑得住。"

离岸狠了狠心，五指按在了她伤处，并且稍加用力，沿着伤处游走，又试着抬了抬长歌的胳膊，长歌痛得冷汗直流，想大骂尹简一通，但仔细想想，她这是咎由自取，根本就怨不得尹简，她想杀他，就不能怪他自卫，而他没除掉她，已经如他所言，是在纵容她了！

"还好，没伤到骨头，皮外伤养几天就好了。"离岸松了手，悬着的心也跟着松下来。

长歌苦笑："他该是手下留情了，不然以他的武功，就算不取我性命，我这条手臂恐怕已经废掉了。"

"谁伤的你？"离岸吃惊地问，同时拿过外伤药，动作轻柔地给长歌涂抹、揉按，直至药酒全部渗进她乌青的肌肤里。

"拓跋简。"长歌轻道三个字，垂眸整理好衣衫，靠在了床头，"或者可以说是尹简，大秦新帝。"虽然这一层窗户纸还没捅破，可已八九不离十。

离岸一震，敛眸沉声道："具体怎么回事？那人不是不见你了么？"

长歌将今日他们分头行动后发生的事情，详尽讲述了一遍，离岸紧锁的眉头，久久不曾舒展，他思索着道："难怪兵部司务不给我登记你的羽林军选拔报名，原来拓跋简是皇帝，他不允许你参加，底下谁敢抗命？"

"明明君无戏言，他却出尔反尔！"长歌怒不可遏，"敢情我白挨了七大板啊？我挨打换来的资格，他凭什么背后踢掉我？"

"长歌，真没想到你在通州劫持的人，竟然就是大秦皇帝！"离岸感觉很不可思议，他们来大秦的目的，就是接近尹简，原以为会比登天还难，谁知在半路就已相遇。

"你说，现在该怎么办？"长歌脸色阴沉，着实气得肝疼。

离岸略一沉吟："长歌，你刚讲到拓跋简的理由，是为了你好？让你与世无争，不卷入朝堂争斗中么？"

"对，听他的意思，似乎现在有不少人想杀我，还说宁谈宣会利用我，也会杀我，但他不会那样对我，他……"长歌提起尹简，心头真是万般复杂，"他在纵容我，哪怕明知我今日对他起了杀心，他也没想杀我，包括通州那夜，我其实是擒不住他的，是他主动给我当人质，助我逃脱。"

"为什么？"离岸语气陡然尖锐，他深深地盯着长歌，"尹简贵为一国之君，凭何纵容你？难道他已知晓你是女儿身，对你有所企图么？"

长歌满头黑线，不悦地叱他："胡说什么？他才不知道呢。他就只说我们是故人，所

第四章　君为故人

以才对我这般宽容。"

"故人？"离岸挑眉，目中尽是茫然，"什么故人？"

长歌摇头："我也不明白，我确定我没有见过他，离岸你见过么？"

"自你三岁起，这十五年来我们天天在一块，几乎没有分开过，若说故人，也该是我们共同的故人。"离岸说道，"但我对这个人没印象。"

"对啊，此前咱们从未认识大秦人，怎么可能会认识大秦皇室子弟呢？我想破脑袋，都没想出来。"长歌一脸苦恼，犹豫着说，"你觉着他会不会故意在诓我啊？"

离岸神色愈发严峻："或者他对你有目的。"

"嗯？"

"他已识破你是大楚京都人氏，想必对你在大楚的来历了如指掌……"离岸说到此，脸色突然大变，他一把扣住长歌皓腕，"此地不宜久留，我们马上回大楚！"

"为什么？"长歌惊呼，费解地看着离岸，"就因为他知晓我是大楚孟长歌么？"

"废话！"

离岸用看白痴的眼神瞪她："你身份已暴露，还能做成什么？趁现在尹简不杀你，并且肯放你走，保命要紧！"

"我不走！"长歌一把拂开离岸的手，眸中透着决绝，"我既奉义父之命来到大秦，不完成任务，绝不回去！"

"孟长歌！"

"离岸，你回大楚，或者随便你去哪里，不要再跟着我！"

"该死的，你在说些什么！"

"我说叫你走，你听清楚了么？"

离岸浑身冰冷，一双黑目似染上霜冻，他紧盯着长歌，一字一句讥诮道："孟长歌，你以为我怕死么？"

长歌偏过头，故作冷然："你怕不怕死，都和我无关，总之我现在不需要你了，你不再是我的奴才，放你自由了！"

"孟长歌，有种你再说一遍！"离岸大掌一捏，几乎想掐断长歌的脖子。

长歌昂起下巴，语气桀骜："我再说多少遍，都是那句话！"

离岸凶狠的眼神，几乎戳塌长歌强撑的信念，他嘴唇动了动，最终一个字也没再说，转身大步而走。

长歌软瘫在床上，眸底涌上酸涩，她抬手捂住了心口。

如果不能报仇复国，她宁可死在大秦，葬身在凤氏王朝的旧都，陪着她逝去的凤氏亲人，也不想回到大楚，亲眼看着孟萧岑娶妻生子，徒留她一个人悲伤。

只是，前路茫茫，生死难测，她不能让离岸为她送命……

只希望这一次，离岸能和她一刀两断，再也不要管她。

长歌迷迷糊糊地睡着了，可是没多久，就被扑鼻的饭菜香味儿诱惑醒了，她睁开惺忪的睡眼，床榻前模糊的影像，渐渐变得清晰，她眉心紧紧拧起："你怎么回来了？"

离岸冷冷淡淡地回她："走之前，侍候你最后一顿晚膳，等你吃了，我就走。"

他眸底一闪而逝的暗芒，长歌并未察觉，为了甩掉他，也为了唱空城计的肚子，她点了点头："好。"

三菜一汤，全是长歌平日喜欢的菜肴，飘香可口，色味俱全。

离岸古铜色的侧脸，在烛光掩映中，忽明忽暗，沉沉浮浮，看不真切，他一如既往，冷冷淡淡，毫无表情。

长歌撑着左肩坐于桌前，夹了些青菜送进口中，离岸舀了一碗汤给她："边吃边喝，别噎着了。"

"你怎么不吃？"长歌见他立于身侧并不落座，不禁皱眉。

离岸淡淡一言："我是奴才。"

长歌心头堵得慌，她狠狠剜他一眼，埋头吃了起来，但就是不喝他盛的汤。

"喝点儿。"离岸敛眸，悄然攥了攥双拳，再次劝她。

长歌抬眸看他，静静地凝视半晌，她忽然笑了："离岸，拿壶酒来，我们以酒作别。"

离岸犹疑片刻，点头道："那你先喝汤吃菜，我马上就来。"

"好。"

离岸推门出去，长歌端起那碗汤，仔细闻了几下，然后倒进了偏房的恭桶。

重新坐回桌前，吃着碟中的菜，长歌只觉原本的美味，忽然变得苦涩，她胃口全无。

离岸不久归来，拿着一壶上等女儿红，看到她面前的空汤碗，他眼底波澜涌起，状似随意地问了句："汤好喝么？"

"嗯，不错呢，你也喝一碗啊，别跟我较劲了，什么奴才不奴才的，我当你是什么人，你心里比谁都清楚。"长歌嘻嘻笑着，拽他在她身旁坐下，只有一副碗筷，她就拿她的碗亲自舀汤给他，并扬眉笑道："你不嫌我脏吧？"

离岸眸子急剧变化，他暗咬了咬牙，生硬地答她："嫌脏。"

"嗯？"长歌偏头看他，黑白分明的瞳珠里，闪烁着疑惑的光彩，"我以前吃剩的饼，你不是都抢着吃么？"

离岸脸一黑："我不想喝汤，行不行？我喝酒！"

"好，你喝酒，我……"长歌不敢惹他，只好妥协，可身体却猛地摇晃了下，她抬起右手抚上太阳穴，"离岸，我头晕……"

"长歌！"

离岸急忙扶住她："你怎样？撑得住吗？"

"我，我不行了……"

第四章　君为故人

长歌话未完，便一头栽倒在了离岸怀中，双眸紧闭，昏死过去。

离岸不甚放心地拍拍她的脸，在她耳边唤道："长歌，你醒一醒！长歌，你别吓我……"

长歌一动不动。

离岸横抱起她，将她放在床上，然后飞快地整理包袱，一刻钟后，他背好行囊，拿披风裹了长歌，抱着她出门。

客栈后院，钱掌柜正在等候，见他到来，忙迎上去："小公子如何？马车都备好了。"

"迷倒了。"离岸大步走向马车，冷面寒霜，"钱虎，命死士暗中保护，在京城范围内，千万别被人盯上。"

钱掌柜点点头："我明白，已安排妥当，你就驾着马车赶快带小公子出城吧。"

长歌被安置在马车中的小榻上，离岸为她盖好披风，然后关闭车厢门，驾车驶出后院。

汴京的夜晚，依然不减白日的喧嚣。

凉风徐徐，人流如织。

马车穿过青石板的一条条街道，缓缓朝着城门而去。

夜色如浓稠的墨砚，深沉得化不开，又似一张大网，条条线格，错综复杂，将世间百态网络其中。

城外的树木，排排在官道两旁绵延伸向远方，树叶因风而动，沙沙作响。

车轮摩擦地面的声音，混合着"嗒嗒"的马蹄声，刺耳的交汇在静寂的空气中。

离岸面色冷凝，甩着马鞭，渐渐加快了前进的速度。

他是铁了心，必须带她走，他不怕死，但他不想看着她死，他想要她活着，哪怕平平淡淡地过一生，放弃所有家国仇恨憋屈地活着，也比留在大秦等死强。

他知道她傻，对孟萧岑她是用了心，少女懵懂的爱恋，全给了孟萧岑，可她也被孟萧岑逼得没了退路，她的骄傲，不允许她回大楚黯然伤心，所以她宁愿死在大秦，宁愿以这样决绝的方式，让孟萧岑记住她一辈子，后悔一辈子。

若说这世上懂她的人，他想，他是唯一的一个。

所以，他不会带她回大楚。

偌大的天下，总会有他们的容身之处，不论他在她心里是什么位置，陪她到最后的人，他希望是自己。

"离岸。"

静谧的空气中，突然插进来一道声音，离岸一震，勒马停下了前行。

他扭头回望，车厢门已打开，长歌靠坐在榻上平静地与他对视，她凤眸清明，似醒来已久，又似……从不曾昏睡过。

"长歌……"

"我不会走的。离岸,我们朝夕相处十五年,你了解我,我也同样了解你,你一个眼神,我就能知道你心里在想什么。"

离岸发狠地盯着她:"你知道个屁!"

"呵。"长歌苦笑,"难道你不是在汤里下了蒙汗药么?想放倒我,带我远走高飞,对不对?"

"你既然识破了,为何还要……"离岸憋住了气,心中又重复地说,你知道个屁!

他真正的心思,她从来不明白。

长歌钻出来,与他并排坐在外面,她仰头望着远方的墨蓝天空,凤眸中沉淀了些许悲怆的色彩:"离岸,你走后又折回来,那么干脆地答应离开,我就晓得你在骗我,所以我支开你,倒掉那碗汤,然后假装昏迷,你别多想,我没有疑心你会害我,我只是想将计就计,看看尹简会不会真的放我们走。若问这世上我能信谁?离岸,我只信你。义父他宠我,他待我的好,我全记在心里,但我看不清他的心,我做不到无条件地相信他,而我却能相信你,因为你会拿性命来护我一生,这与你的身份职责无关,只单纯的是我们这多年来相濡以沫的情分,对不对?"

"长歌,你我都自小无父无母,家破人亡,我……"离岸忽然哽了声音,他扭头看向一边,调整着波动的心情,许久才缓缓道,"我保护你照顾你,的确不因为我是王爷买来送你的奴才。长歌,你是我的命,所以我不允许你冒险送死,求你跟我走,好么?"

"离岸,你是了解我的,我决定的事,不会改变。"

长歌眸底染上氤氲,她轻盈地跃下地,转身往回走,她空寂的声音,一字一句回荡在夜色中:"离岸,离开我吧,我也求你了,有你在,我反而不安心。"

"长歌!"

离岸忽然大吼一声,自马车上飞掠而来,在长歌面前落下,他扣住她的右肩,神情几近崩溃,眼中充满了赤红色:"你信我,却不听我的话,你以为你死了,我就能心安理得地独活么?"

"尹简承诺于我,说他不会杀我的。"长歌笑,明知他不会信,也只能这样骗他。

"你扯淡!"

离岸果然暴怒,他激动之下,五指的力道,捏得她骨头发疼,他的表情是恨不得掐死她的阴霾:"那人凭什么不杀你?于他来说,放过你两次已经是天大的恩赐,难道他会无底线地一直纵容你么?长歌,你醒醒吧,他已知晓你来自大楚,对你的底细究竟有多了解,我们都没把握,一旦他知晓你是……你必死无疑!"

"若真到那一步,只能说是我的宿命。"长歌仍然笑,眸色平静,无畏无惧,"离岸,大隐隐于朝,难道你不清楚么?"

离岸一滞,渐渐松了钳制她右肩的手,心神凌乱。

第四章　君为故人

据孟萧岑所言，自从凤氏王朝覆灭，这十五年来，大秦君王从未放弃对凤氏余孽的清剿，因为破宫那夜，听说除了长生公主生死不明外，还有年仅八岁的凤朝太子凤寒天神秘失踪了——原本该烧死在金銮殿的太子，尸体经检查，却并非凤寒天本人，因为凤寒天左手为六指，这本是凤氏皇族的机密，不承想大秦竟有人知晓。

长歌微垂了眼睑："离岸，其实你心中明白，天下虽大，却没有我们容身之处的，义父这多年的苦心，不会允许我临阵脱逃，我也不愿放弃这个机会。若你懂我，就离开我，让我放手一搏。"

"君子报仇，十年不晚。错过这次，你还有机会的！"离岸声音压得极是隐忍，"你不走，其实多半因为王爷即将娶妃，你受不了，对不对？"

长歌沉默，久久无言，既不承认，也不否认，她的心思，如今也愈发深沉了。

离岸咬了牙道："长歌，情爱都是浮云，没有什么比性命更重要，你不要傻了，好不好？"

"那你为何愿意豁出性命地护我？"长歌抬眸反问。

"我……"

离岸噎住，整个脸庞瞬间被染成红色，长歌笑："听我的，快走吧，回大楚报告义父这边的情况，然后找人送信给我就成了。"

"长歌……"

"既然你劝不动我，我也劝不动你，那么与其两个人都留下冒险，不如置身事外一个，若我真有难，你也可以伺机救我，这样总行吧？"

离岸沉凝良久，沉重地点了下头："好，我明白了。"

"我步行回城，散散步，你骑马走吧，行李给我留一份。"长歌说到这儿，忽然记起什么，"对了，把小锤子的木鱼也给我，等我稳定下来，试着找找他。"

"那种烂人，你找他做什么？"离岸恼怒，"兴许那人早死了！"

长歌无奈地咧唇："已经过去五年了，我都不生气了，你还气啊？"

"哼，若我再能见他，第一件事就是杀了他！"离岸冷眼一瞪，满目戾气。

"好了，东西分开，你赶紧走吧。"长歌抚额，真是头痛，离岸这厮至今都恨上小锤子了啊！

离岸很快把两人的包袱分开，递了长歌的给她："你快些回城，以免迟些就宵禁了！"

"嗯，你一路多保重。"长歌微笑，轻声嘱咐道。

"你自个儿先保重了，再来惦记我！"离岸没好气地睇她一眼，转身跃上马背，望着她的眸光却不觉深了几许，他一字一句，近乎哀求的语气，"长歌，一定要活着等我回来，答应我！"

长歌用力地点头："我不会让自己死的，离岸你放心，没见到你，我肯定不死！"

离岸微闭了闭眼，清晖冷月下，他眼角似有水光在闪烁，极其艰难地吐出一个字，"好。"

长歌微笑，朝他挥手再见，他眼眨也不眨地凝视着她，吸气吐气，如此反复许久，终于一甩缰绳，策马奔行。

只是奔出不远，他又突然勒马停下，回头，见长歌立于原地，他心脏重重一跳，自马上一跃，折返归来，突兀地将长歌拥抱入怀，仿佛喉咙哽了东西，他嗓音里带着凄声："长歌，我不在你身边，你照顾不好自己怎么办？我放心不下啊……"

长歌抬手抱住他的腰身，双眸被泪水弥漫："离岸，我总得学会独立的，你别担心我，我会过得很好很好……"

"若我一月之内无法归来，你下月痛经时，就找钱掌柜为你抓药，方子我放你包袱里了。"

"好，我记下了。"

"报仇来日方长，别再冲动，凡事记得一个忍字！"

"好。"

"按时用膳，药都给你留下了，左肩一天换两次药，快点好起来。"

"好。"

"夜里睡觉别再踢被子，这个时节容易着凉。"

"……"

长歌从没有像现在这一刻哭得这么厉害，她从离岸怀中挣出来，背转身体道："你快走，别再交代了，我都记着。"

离岸应声好，最后深深地望了她一眼，回身上马，披着夜色奔向茫茫的远方……

他了解，长歌一向受不了这种离别场面，可他不嘱咐她，心里就堵得慌，心头怎么也会放不下的……

长歌听着"嗒嗒"的马蹄声，由近到远，由大到小，直至消弭在旷野，四下寂静无声，她才抹干泪水，背起包袱，慢步朝城门的方向走去。

第五章　力求武考

　　四海客栈外，街道斜对面的黑暗拐角处，停放着一辆马车，马儿低头吃草，马车纹丝不动，车夫精烁的眸子，紧盯着城门方向。

　　须臾，一道青影疾速奔来，在车门前站定，他躬身一揖："主子，奴才回来了。"

　　"进来说。"

　　"是！"

　　莫麟上车，朝正中所坐的冷峻男子禀报："主子，奴才亲眼目送离岸驾着马车，带孟长歌出城了。"

　　"走出多远？"

　　"奴才不敢跟进，孟长歌耳力不错，上次奴才蹲他房顶，以奴才的轻功，竟被他发现，所以……"

　　尹简脸色一沉，冷声道："所以你只跟到城门口？"

　　莫麟脑袋低垂，惭愧不已。

　　车厢里，气氛低迷，肃穆冷沉。

　　尹简一言不发，褐眸幽暗，不知在思考着什么。

　　下首两名玄衣侍卫满脸煞气地瞪着莫麟，左边的莫影用唇语说："你蹲点时，该不是孟长歌正在洗澡，你被美色迷惑，所以……"

　　莫麟气炸了肝肺，满脸青红交错，他咬牙扭头，右边的莫可叹气道："主子还不如派我去呢，我的节操怎么也比某人坚定啊。"

　　"主子！"

73

莫麟悲愤出声，一副壮士断腕的表情："奴才请旨去城外查探，求主子恩准奴才补过！"

"回宫。"尹简淡淡地开口，骨节分明的长指，挑起车帘一角，目光投向夜幕下的四海客栈，眸底沉淀出几许令人难懂的怅惘。

莫麟拱手："是！"

"盯住宁谈宣，朕不准有人拦阻孟长歌。"

"是！"

莫影莫可立即领命，严肃了神色，不敢再玩闹。

长歌没能回城，当她慢悠悠地走到城门口时，已经宵禁了。

她无奈至极，只得折返回来，在没有马的车厢里将就着睡了一夜，待到天亮，才打着哈欠进城。

然而，她刚到城门口，便被守城官拦下了，对方上上下下打量着她，并展开手中的画卷进行比对，完毕后眉头一挑："你叫孟长歌？"

"对啊，怎么啦？"长歌莫名其妙，怎么有种被通缉的感觉？

"不许进城，从哪儿来到哪儿去，赶紧走！"守城官收起画卷，严厉地叱道。

长歌微怒："我犯法了么？你凭什么拦我？"

"本官奉命行事，叫你走你就走，再磨叽不知好歹，有你好受的！"守城官被人挑衅了威严，当即大怒道。

"操你大爷的，你奉谁的命？小爷找他评理去！"长歌一撸袖子，脸色铁青地闯关，该死的尹简，一定是他！

想逼她走，没门儿！

守城官"刷"地拔出佩刀，身边的士兵也尽数围拢过来，将长歌团团包围，守城官火冒三丈："活得不耐烦了么？再敢闹，就抓你蹲大牢！"

"我……"

"怎么回事？"

突然一道清润的嗓音，盖过了长歌，她戛然止声，立刻扭头朝后望去，只见宁谈宣骑在高头大马上，朝她笑得一脸灿烂。

长歌几不可见地拧眉，冷哼了声，扭头不理他。

一来是忌讳尹简，二来她可没忘昨儿早在齐府外的事。

"下官见过太师大人！"守城官带着士兵匆忙跪地行礼，慌张忐忑。

宁谈宣微微抬了下颌："起来吧。"

"谢太师。"

众人起身，守城官拱手回禀："太师大人，下官接到上头命令，不准放孟长歌入城，

第五章　力求武考

岂料这厮想硬闯，所以方才起了争执。"

"哦？这样啊。"宁谈宣唇角勾起的笑容，倾国倾城，落在长歌眼里，不禁暗叹，果然是谈美人啊！

然而，下一瞬，宁谈宣却朝她伸出大掌，语气宠溺地说："长歌，上马。"

"干、干吗？"长歌警惕地本能后退一步，全身戒备。

她记得尹简在茶楼里说，宁谈宣会利用她杀她，莫名地，她相信尹简的这句话，因为尹简确实放了她两次生路，这是毋庸置疑的。

"你不是想进城么？我顺路捎你一程。"宁谈宣唇畔噙着一泓轻笑，语罢，朝她挤了挤眼，竟显出几分玩世不恭的痞样："不必太感谢我，记得请我吃王师傅的酱香饼就可以了。"

闻言，长歌无奈扯唇，意兴阑珊地随口胡侃："您老人家就玩儿我吧，我穷得叮当响，就差卖身讨饭了！"

"哦，卖身好啊，本太师正巧想买个小祖宗回府供起来呢。"宁谈宣黑眸透出明显的亮光，他伸出的大掌顺势摸上了她头顶，表情一半玩味一半认真，"怎样，开个价吧！"

长歌皱眉，抬手狠狠打掉他的爪子，鼓着腮帮子恼火道："你能买得起我么？小爷我是天价！"

"呵呵……"

宁谈宣勾唇笑开，桃花眼中波光流转，显然是因长歌的话语感到无比愉悦，看着她似孩子般赌气的可爱模样，他心头松软，语气不觉又宠溺了几许："行行行，我买不起你，我供着你总可以吧？快上马，我还赶着早朝呢！"

长歌一瞥守城官众人，见他们个个目瞪口呆，不禁暗笑，恐怕是被她挤对宁谈宣的大胆言行吓到了吧！

也罢，目前除了这条路，大概再没法进城了，她傲气不得。

只是希望尹简别误会才好，不然他更不会允许她考羽林军了。

揉了揉鼻子，长歌背好行囊，不再迟疑地一跃飞上宁谈宣的马背，坐在了他身后，他一蹬马肚，马儿冲进城内，马蹄弹起一地尘烟，呛得士兵们叫苦不迭。

"快，快去通知莫大人！"

守城官咳了半天才反应过来，匆忙指着士兵急声吩咐，这是昨晚新帝侍卫莫麟特意交代下的命令，没想到那孟长歌竟被太师宁谈宣无所顾忌地带入京城，这可如何是好？

而长歌入城后，她可没傻乎乎地立马甩掉宁谈宣，须知，从城门到四海客栈远着呢，她才不会现在就过河拆桥，要拆也得到了目的地再拆，不是么？

只是，宁谈宣似乎一早就猜到了长歌的想法，他浮唇一笑，在前方路口转了个弯，直接朝着皇城方向奔去。

长歌对汴京的路况不太熟悉，等她反应过来时，方才发现不对劲儿，她忙拍打着男人的肩背："大哥，你带我去哪儿啊？我要回四海客栈。"

宁谈宣迎着风笑答："带你见识一下皇城。"

"皇城？"长歌怔愣，微微一思索，她找尹简得去齐南天府上啊，跑皇城能干啥？莫说尹简不想见她，就算想见，也不可能在皇城跟她见面吧？那得多招摇？

"你得罪谁了？怎么不许你进城？"宁谈宣侧目，瞥她一眼随口问道，"而且你不是在城里么？怎么又离开了？"

长歌抿抿唇，含糊地回他："不晓得，我也不知得罪了什么大人物，反正……哎，我是出城办了点事，办完就赶回来了呗。那个……那个我是小老百姓，不敢去皇城，大哥你上朝，我还是回客栈的好。"

语毕，不管他同不同意，她便一纵跃下马背，在街边奔出几步站定，然后朝马上的宁谈宣挥手："大哥，今日多谢啦，改天请你吃大饼！"

宁谈宣勒马停下，看着那抹蹦跳跑远的身影，气得几乎捏断手中的缰绳："孟长歌，给我滚回来！"

"大哥，再见！"长歌头也不回，只抬手朝后面招了招，便一溜烟跑得不见了踪影。

宁谈宣抚额，怒极之下反倒笑了出来，这小子真有种，敢利用他的人，真心不多，能叫他疼宠的人更是不多，他算唯一一个，即便是他府中的姬妾，他也没这般用心待过。

虽然，他将他置于棋子的位置。

长歌一路打听，辗转了半个时辰，终于寻到了四海客栈。

她一脚踏进去，张口便喊："钱掌柜，我的房间还留着么？"

钱掌柜正趴在柜台上拨拉算盘，闻言倏然扭头至门口，瞧到笑眯眯的长歌，顿时惊得微微变色："你……"

"哎呀，外出逛了一圈，掌柜的怎么跟活见鬼似的？"长歌走近柜台，吊儿郎当地戏谑："难道说……掌柜的没经我同意，把我的房间私自给别人了？"

钱掌柜吞咽着唾沫，眼睛四下里瞟了瞟，这个时辰正是饭口，大堂人虽不多，但也有五六人在吃早膳，并且循声已望了过来，他眉头略略一拧，反应快捷地笑了出来，讨好地说："哪能呢？小公子可是太师大人亲口交代下的，小人怎敢怠慢？小公子楼上请，小人给您开房门。"

"哈哈，好咧。"长歌爽朗地大笑一声，大摇大摆地跟着钱掌柜上楼。

回到房间，钱掌柜关上门便问："怎么回事？离岸呢？不是带你走了么？"

"我没走，打发他回去报信了。"长歌搁下行囊，神色疲倦地坐在床沿，语气淡淡道，"我既然来了，就没打算空手走人，你别劝我，我意已决。"

钱掌柜情急道："小公子，可你身份……"

"没关系，我心里有数，在尹简查出我真实身份前，我会想办法拿到我要的东西。"长歌予以他宽慰的笑容，心中暗忖，她定得好好套尹简的话，如果让她知道那"故人"的渊

76

第五章　力求武考

源，那么对拉近他们的关系会有很大的帮助吧！"

"是，属下明白了。"钱掌柜只好点头，拱手听命。

"给我弄些洗漱水，还有早膳，我休息一会儿，就去齐南天府上找人。"

"是，小公子稍等。"

皇宫。

金殿上，文武三派大臣议完国事，新帝尹简宣布退朝，臣子们鱼贯退出，宁谈宣却没走，他噙着笑轻唤一声："皇上，请留步。"

"太师有本要奏？"尹简停下步子，回头淡笑道。

宁谈宣谈笑风生："呵呵，不是奏本，就是想跟皇上闲聊两句，有关孟长歌的。"

尹简褐眸微敛，掩去眼底的异样，轻轻颔首，而后转身步出。

宁谈宣神态慵懒地跟上，不疾不徐地道了句："谢皇上。"

"孟长歌不过一平头百姓，太师倒是挺上心的。"尹简负手而行，步伐缓慢，语气淡淡。

宁谈宣勾唇浅笑："人生难得遇一知己，微臣对他自然上心了些，想将他收进府呢。所以在此请求皇上将孟长歌赐给微臣，免掉他考羽林军的资格。"

通往御书房的石径两旁，树林繁茂。

远处，春山如黛，碧空如洗。

阳光被层层叠叠的树叶过滤，漏到那抹明黄身影上，光晕轻轻摇曳，他的侧颜亦被镀上一层淡淡的柔光。

许久的时光里，尹简负手停步在原地，目视前方，神色无波，没人知道他在想什么。

良佑、高半山等人微垂着眼睑，缄默无声。

宁谈宣始终含笑，不急不躁，仿佛不论结果如何，都能保持着这份优雅。

"太师。"

"微臣在。"

"太师可知，北方的果树移到南方，因为气候、地理环境、光照的原因，不开花不结果，半死不活；住惯平原的人，突然放他到高原地区，哪怕高原风景再美，也敌不过高原反应致死的下场。"

尹简侧身而立，平静的眼眸，在唇边勾起的那抹淡笑中，显出几分不可测的深邃，他淡淡接道："孟长歌是匹野马，太师若想将他困于府中做家禽，恐怕结果会不尽如人意。"

"树挪死，人挪活。微臣以为，努力了过程，结果变化难说，哪怕当真不好，至少不会抱憾。"宁谈宣默了一瞬，复又轻笑起来。

"呵呵，太师既一意孤行，朕自然会卖这个人情给太师。"尹简一声讪笑，眼尾余光斜睨向宁谈宣，掷地有声道，"但朕不做强人所难之事，只要孟长歌自己愿意，朕就准他入你府，禁考羽林军。"

"谢皇上！"宁谈宣跪地谢恩，眸中笑意深深，"若他不愿，微臣绝不勉强，就让他继续考羽林军，为国效力吧！"

尹简颔首，宁谈宣告退离去。

待人走远，隐在树丛的三王爷尹琏、四王爷尹珏、六王爷尹璃走了出来，三人见礼后，尹璃当先不满道："这个宁谈宣越来越放肆了！"

"可不是么？皇兄亲口允诺的事，他竟想推翻，这不是公然抗旨么？"尹珏冷笑一声，目中划过一抹阴霾，以及憎恨。

尹琏拧着眉头，轻声道了句："若孟长歌为他所用，皇兄还要留孟长歌性命么？"

"孟长歌不会答应的。"尹简淡扫过三个弟弟，抬步朝前迈去。

三人听他语气笃定，不禁疑惑，连忙跟上问："为什么？皇兄有把握么？"

"自然。"尹简淡淡道，"若他答应，便是朕看错了他。"

不得不说，宁谈宣给他出了个难题，以长歌混世潇洒的性子，断然不愿被困于一方天地，那么便是逼他准许长歌考羽林军。

而他，只希望长歌能远走他乡，远离这个纷扰之地……

不论那个少年来自何处，因着那份不能言说的情分，他不想深入调查长歌的来历，以及长歌潜入京城的目的。

一个大楚靖王府的人，一个深受靖王宠爱的混世小霸王，若真想入仕当官，何必千里迢迢跑到邻国大秦？

尹简遥望着前方，一双眸子深得如墨铺染，心思冗烦。

有侍卫自后方匆匆而来，跟莫麟耳语几句，莫麟脸色惊变："皇上，孟长歌今早竟折返入城，被宁太师带走了。"

近午时，长歌到达齐府，意料之中，被守卫阻拦，她勉强抬起疼痛的左臂，抱拳道："在下孟长歌，求见齐大人，请兄台通报。"

不多会儿，长歌被请进府中。

大厅里，齐南天冷冷地问她："孟公子，你不是跟宁太师走了么？汴京的茶花会，可得好好瞧瞧。"

"齐大人，昨日真是抱歉，我……咳，我今日是专程来道歉的，请齐大人帮我找一下拓跋公子，拜托了！"长歌尴尬不已，连忙放低身段，施以大礼。

闻言，齐南天嘲讽地讥笑："呵，拓跋公子岂是你想见就见，不想见就不见的？"

"我没有不想见！"长歌快速接话，急声道，"昨儿个意外，我是被迫的，宁太师那人强势，我不敢拒绝，所以才……"

"你不是他的小祖宗么？"齐南天不耐地截断长歌的话茬，用一种别样的眼神瞧着

第五章　力求武考

她，"或者说……你是他的男宠？"

"什么？"

长歌目瞪口呆，她指着自己的鼻头，不可置信地咂嘴："你说我和宁谈宣在搞断袖？开什么玩笑！"

齐南天冷哼了声："看你唇红齿白不男不女的样子，又跟他当众那么亲密，难免让人想到龙阳之癖！"

"胡说八道！"长歌气得不轻，铁青着小脸脱口道，"搂搂抱抱一下就成断袖啦？那我和拓跋简也是断袖么？我们还亲过……咳，不是，是也稍微亲密过，齐大人你敢说我们也有问题么？"

长歌磕绊地说完这话，想起那个意外的亲吻，禁不住就泛红了双颊，她心虚羞愧得不行，但拉出尹简垫背，齐南天总不敢再乱说话了吧。

果然，齐南天整个人惊呆在原地，眼神极为复杂地看着长歌，想说点什么，可嘴唇动了动，最终一个音也没再发出来。

帝王私事，轮不到他一个臣子过问，哪怕他是辅佐帝王登上皇位的有功之将。

见状，长歌可得意了，她憋着笑说道："齐大人，我真心找拓跋简有事相求，请大人从中牵下线吧。"

岂料，齐南天冷硬地否决："拓跋公子不会再见你了，请你离开吧。"

"不可能！"长歌陡然尖锐了嗓音，她迅速从怀中拿出尹简的玉佩，"齐大人，我有他的信物，他说过，只要我想找他，就来你府里传话，你都没问过他，怎么知道他不愿见我？"

"哼，拓跋公子自然已交代过我，不然我怎么敢私自作主？"齐南天沉怒，他一甩宽大的袍袖，朝外吼道，"来人，送客！"

"齐大人，你……"

"马上离开，否则别怪本官不客气！"

"齐大人……"

长歌焦急的喊声，在被两名铠甲守卫架起扔出尚书府后，消弭殆尽……

"混蛋！"

"姓齐的臭男人！"

"当心小爷一把火烧了你的府宅大院！"

长歌怒气难平，狠狠的踢了一脚尚书府大门，她骂骂咧咧的话，听得那些个守卫大怒，纷纷拔剑相叱："孟长歌，你找死！"

"想杀我？"长歌冷笑一声，将那枚纯白玉佩举到众守卫面前，神情倨傲道，"瞧瞧这是什么？"

正午的阳光反射到玉佩上，令长歌晃了下眼，脑中却同时闪过了什么，她唇角遂噙起一抹狡黠的笑意……

汴京城最负盛名的鸿升当铺，在黄昏时分，迎来了一位奇怪的客人。
"掌柜的，我是来当东西的。"
十七八岁的蓝衣少年，清俊潇洒，他摇着折扇，笑眯眯地摊开掌心，将一块晶莹玉润、通体纯白的玉佩展现在掌柜面前，漫不经心地笑问："值多少价？"
孙掌柜原本平静的眼眸，陡然间一变，他忙拿起玉佩仔细翻看，当玉佩背面小篆体的"简"字映入眼帘时，他整个人不可抑制地颤抖起来，慌乱失措得仿佛手中的无价之宝变成了烫手山芋，他神色惊恐的嚅动着嘴唇："这，这东西哪儿来的？"
"故人相赠。"相比较对方的反应，长歌风轻云淡地回了四个字，好似一点儿都不紧张。
孙掌柜脸色又是一变，他反复吞咽着唾沫，试探着问："公子，你打算活当还是死当？"
"活当。"
"当多少银子？"
"两千两白银。"
"当期多久？"
"三天。"
"敢问公子尊姓大名？"
"孟长歌！"
孙掌柜听到此，暗暗吸了口气，盯着少年的眼神愈发地复杂深谙："你确定……你敢当这枚玉佩么？"
长歌轻扣着折扇，唇边勾起的笑意却不达眼底："只怕掌柜不敢收！"
"我收不收在其次，恐怕公子死罪在即！"孙掌柜渐渐冷静下来，锐利的眸子如刀似箭，他朝内喊了声，"来人！"
四名精壮汉子听令而出，将长歌迅速团团围住。
长歌抚掌大笑："哈哈，掌柜的真是激动啊，你有没有问过这玉佩的主人想不想杀我呢？"
"看好此人，绝不可放走！"
孙掌柜阴晴不定地交代完手下汉子，便揣好玉佩，快步离开了当铺。

肃王府。
孙掌柜急行入府，匆匆到达后园求见当朝肃亲王尹诺。
大秦太祖皇帝尹赤生五子，太子尹梨英年早逝，二皇子尹哈称帝为高祖皇帝，三皇子

第五章 力求武考

尹诺与尹梨一母同胞，被封为肃亲王，原本该是大秦重臣栋梁，可尹诺无心政治，在大秦灭掉凤氏王朝入主中原后，便辞去一切职务，做了一位闲散王爷，空有爵位，毫无实权。

而长歌从齐府回到客栈后，便找来钱虎细细打听，她需要找一家能识得宫中御物的当铺，钱虎则言鸿升当铺正好适合，因为据闻对外孙掌柜为主事，而实际幕后老板竟是肃亲王。

此刻，尹诺正在书房作画，听得管家禀报，他慵懒地抬眉："带进来。"

孙掌柜近前跪下，小心翼翼地说道："王爷，方才当铺收了一枚玉佩，请您过目。"

一个多时辰前，皇宫。

御书房的内间软榻上，整整忙碌了一天的尹简累极，方才合上眼欲休憩片刻，高半山下一句"齐尚书求见"令他复又睁开眼眸，坐起身来，道："快请。"

齐南天入内，跪地行礼后，禀道："皇上，那孟长歌今日午时又来微臣府中寻找您，微臣已打发他离去，不知皇上决定如何处置此人？"

"不见。"尹简剑眉微拧，"朕不会再见他，若他再来寻朕，你便将他丢出汴京城，但不可伤他。"

"皇上，微臣不明白，为何皇上对孟长歌……"齐南天费解，顿了顿，想了个合适的措辞，"格外开恩？"

想起长歌与他说的"我和拓跋简稍微亲密过"，他便一阵胆寒，帝王年轻，可千万别把持不住……

齐南天的疑问，令尹简沉默须臾，忽然莞尔："齐大人是否多虑了？那孟长歌确实生得俊俏，但朕不癖好龙阳。"

"皇上恕罪。"被猜中了心思，齐南天惊怔之余，略微尴尬地笑了笑。

"无妨。"尹简淡淡勾唇，眸中却多了分锐利，"关于孟长歌，朕自有分寸，你不必忧虑过多。"

"是。"齐南天微微颔首，"那微臣先行告退。"

"以后，待时机成熟，朕会告诉你原因。"尹简浮唇淡笑，补充一句后，略略斟酌又道，"高半山，给齐妃传个口信，晚膳朕陪她一起用，连同齐尚书。"

"遵旨。"高半山领命，躬身退出。

齐南天诧异之余，欣然跪地："谢皇上。"

齐妃闺名齐绾心，乃定北大将军齐豫之女，齐南天的同母胞妹，娘家权力显赫之极。

齐南天明知尹简是借用恩宠齐妃来安抚他，但无可厚非，历来帝王手段如此，作为臣子，也乐得以此来巩固家族地位。

晚宴设在含元殿，帝王的寝宫。

齐绾心盛装而来，一向清高艳丽的她，今日难掩眉间的喜色，她盈盈一拜："臣妾叩见皇上！"

尹简唇角含笑，单手扶她："爱妃平身。"

"谢皇上。"

齐绾心娇笑着，将如玉的纤手放进尹简掌中，由他牵着她起身，两人动作亲昵地入席落座。

齐南天见状，眸底的笑痕，不由得扩大。

一顿晚宴，气氛格外的好，席间谈笑声不断，和乐融融。

膳毕，齐绾心见尹简疲倦，殷勤地给他捏肩捶背，齐南天便识趣地告退："微臣……"

"禀皇上，肃亲王求见。"正在此时，一太监匆匆进来，跪地禀道。

"宣。"

"是！"

太监退出，尹简拍拍齐绾心的手，微笑道："爱妃先回吧，等朕空闲了去你宫里。"

"是，臣妾会等皇上的。"齐绾心娇滴滴地行礼告退，而后转身出殿。

齐南天未走，尹简准他留下一并听听国事。

虽然，明知肃亲王不理政多年，未必会提什么国事，但尹简有意请肃亲王出山，他需要培植自己的势力，以便在朝中与宁谈宣一党相抗衡。

而肃亲王尹诺与尹简父亲一母同胞，如此近的叔侄关系，是尹简信任尹诺的原因。

尹诺进得殿中，一礼毕，他迟疑地看了眼齐南天，欲言又止，尹简笑道："不碍事，皇叔有话就说吧，齐大人不是外人。"

"是。"尹诺点点头，将一枚物件呈上，"皇上请过目。"

齐南天侧目看去，惊呼了声："白玉佩？"

尹简眸光微凝，高半山接了玉佩，小心翼翼地送到他手中，他看着那枚熟悉的玉佩，声音冷到极致："皇叔，这怎么回事？"

这是他赠给孟长歌的信物，难不成那少年遇害了？

"回皇上，是方才鸿升当铺管事送到肃王府的，有人拿着皇上的玉佩来典当，微臣不明原因，是以即刻进宫请示皇上，该如何处置？"尹诺听出尹简潜在的怒意，不禁回答得更为小心。

闻言，尹简眼前一阵发黑，他隐隐咬牙："那人是否为孟长歌？"

尹诺微微一愣，道："据管事禀报，来人是个十七八岁的少年，自称孟长歌。"说到此，他顿了顿，忍不住蹙眉："说是不仅行为胆大，且口气狂妄得很，似乎笃定这玉佩的主人不会杀他，所以竟敢将皇上的玉佩典当。"

"仗着皇上恩宠，敢如此不知进退，真是嚣张！"齐南天攥拳，面呈怒色。

"呵呵。"尹简淡淡一笑，褐眸深处浮起抹暖色，他端起案几上的茶盏，轻呷了口，才道："无妨。他爱怎样就怎样，朕不计较。"

第五章 力求武考

语毕，他将白玉佩收在了掌心，心中却怒极，为了逼他相见，逼他同意羽林军考试，那个臭小子就真将他最重要的玉佩弃之如履么？

尹简的宽容，令齐南天脸色一瞬间难看，但他忍了忍，抿唇未言。

"皇上，那玉佩果真是您赠给孟长歌的么？"尹诺难以置信，满腹狐疑地追问，"皇上怎会识得那样的小民？并且……"

言下之意，不明而喻。

太祖尹赤生前，对长子长孙尹简极为喜爱，是以在尹简八岁时，命人将天山采来的最好白玉石打磨成玉佩，刻上"简"字赐给了他，有着传承的重大意义，因为尹赤曾言，此玉佩将来须由尹简传给他的子嗣。

而今，尹简却将玉佩送给了一个顽劣的市井少年，这简直令人匪夷所思！

是以，齐南天才一再地询问原因。

"对，是朕亲手相赠。"尹简颔首，唇角依旧含笑，他不动声色道，"孟长歌还说了什么？"

尹诺答道："回皇上，孟长歌提出当期三天，当银两千。"

"活当？"尹简挑眉，微感诧异，不待尹诺应答，便浮唇笑言，"皇叔，准他典当，从朕这里拿银子，给他罢。"

"……是。"尹诺喉结滚动了几下，才吐出一个字，表情说不出的复杂。

尹简默了一瞬，又道："南天，皇叔，朕与孟长歌之事，万不可泄露出去，明白么？"

"遵旨！"两人拱手，齐声领命。

"另外，不论孟长歌犯什么错，都不可伤他毫厘，你们若好奇原因，朕只能说，算是朕欠他的。"

忆及过往之事，尹简心下百折千回，故人一说，他并非骗他，然他却不记得他，哪怕容颜变化，一个人的音色、瞳孔却是无论如何也不会变的，可那人偏偏没记在心上，确确实实地忘了他。

此时，长歌并不知道，那个不准任何人伤她的男人，却是后来半生中，伤她最深的人……

日薄西山，天色渐黑。

鸿升当铺中，长歌等了近一个时辰，等得她两眼发酸，饥肠辘辘，也不见孙掌柜回来。

"人呢？扣留小爷这么久，你们管饭啊？"

"该死的，信誉这么破，做的什么生意？"

"小爷警告你们……"

长歌怒骂得正兴起时，店外终于传来一声："孟公子！"

长歌扭头而望，只见来人为中年男子，一袭锦衣缎袍，相貌端正，雍容华贵。

两人四目相视，尹诺原本柔和的神色，渐渐僵硬，下一瞬，他几乎大惊失色地指着长歌："你，你是……"

情绪失控的尹诺，令长歌讶然之余，心中亦是不解，她张了张嘴，拧眉道："在下孟长歌，请问……"

孙掌柜快步入内，朝长歌小声低语了几句，长歌恍然大悟，忙拱手拜道："小民见过肃亲王！"

难怪她看着这人似曾相识，原来是尹简的亲叔父。

一枚帝王玉佩，果然惊动了幕后老板，竟亲自来寻她。

长歌暗暗一笑，不知尹简得知，会不会龙颜大怒？

然而，她就是想逼他生气，逼他现身见她，因为现今，她再没别的路可走了。

当铺内所有人循规见礼，而后静默地退至一旁。

"孟……长歌……"

尹诺嘴唇张合，他反复咀嚼着听到的名字，深暗的眼眸，眼眨也不眨地盯着长歌的脸，无意识地摇着头，心中暗忖，太像了，简直太像那个人了……难道是他眼花了么？

怎么恍惚觉得，眼前这个顽劣少年，竟像是那个深藏于记忆中的人呢？

"王爷？"长歌良久等不到尹诺说话，不禁皱眉，轻声提醒。

"啊……哦，免礼，抱歉，本王失态了。"尹诺一怔回神，尴尬之余，竟说出如此放低身段的话来。

众人皆惊，一双双疑窦的目光，逡巡在长歌脸上，心思各不同。

"王爷言重了。"长歌亦错愕，她忙摇摇头，比起那个讨厌的齐南天，这个王爷真让人受宠若惊啊！

尹诺盯着她又看了须臾，这才神色复杂地跨进门内，孙掌柜搬了椅子请他到后堂落座，他招来长歌，温声道："孟公子，你家中还有什么人么？祖籍何处？"

"回王爷，小民大秦通州人氏，父母双亡，如今孤身一人。"

"哦。"

长歌答得简练，尹诺点点头，也没再追问详细，现实情况，容不得他冲动。

默了会儿，尹诺从怀中取出一张银票，才道："孟公子，那块玉佩本王收下了，就按你提的，给你两千两银子典当。"

闻言，长歌扬唇一笑，眉目间透着一抹自信的狠绝："呵呵，王爷爽快，但我有句话得说在前头，我只当三天，届时加本息来赎回玉佩，若玉佩有任何损伤，或是被鸿升当铺遗失，我必定不会客气，兴许会一把火烧了这间当铺！"

语毕，她从尹诺手中接过银票，再无二话，转身扬长而去。

第五章　力求武考

尹诺及孙掌柜等人，面面相觑，好半天反应不过来……

这少年，行事果然够嚣张！

尹诺喟叹，心中在想，有尹简做靠山，这孟长歌还真有张狂的本钱，但他委实不明，尹简因何故欠了孟长歌？欠的又是什么？

然而，想起长歌的脸，他心口一阵紧窒，竟有些喘不过气来……

长歌直奔四海客栈，找来钱虎，将银票交于他，细致地交代了一番，然后便回房间用膳休息。

宁谈宣近夜深时到来，长歌一听到他的声音，便把头埋进了被子，闷声大吼："孟长歌不在！"

"砰！"

一声巨响乍起，宁谈宣一脚踢开门，如入无人之境："本太师倒要瞧瞧，是哪个小毛贼偷盗入室，该吊起来打！"

"臭太师，你懂不懂礼貌！"长歌怒极，猛然掀开被子，从床上坐起身来，双目喷火地瞪着宁谈宣，幸亏她在看书睡得晚，还没宽衣呢，不然……

"呵，此地无银，你演得真不赖。"宁谈宣大刺刺地在桌前坐下，唇边扬起一抹似笑非笑。

长歌没好气地道："你倒是说，有什么天大的事找我？深更半夜，私闯民居，你知不知道这很可耻？"

宁谈宣微沉了俊颜："本太师纡尊降贵，这么晚还亲自来寻你，你竟然说可耻？孟长歌，你有没有良心？"

"没有！"长歌答得干脆，连考虑都不用，且笑眯眯地补充了句，"小爷一向是没良心的小混蛋！"

宁谈宣绷紧了下颔，脸沉得能挤出墨汁来。

长歌见状，笑得开心，被尹简搞得憋屈了一天的心情，终于拨云散雾了。

宁谈宣真想赏她无数个爆栗，他忍了又忍地说："收拾行李，马车在外面等着。"

"去哪儿？"长歌小脸一抽，有些茫然。

"跟我去太师府。"

"干吗？"

"以后你就是太师府的人，不再住客栈。"

简单的一问一答，以及宁谈宣那风轻云淡的霸道语气，令长歌惊诧得眼珠子差点儿掉出来，她呆愣了须臾，才得以发出音来："大哥，你疯了吧？我几时说过我是你府里的人？"

"皇上不准你考羽林军，你还有出路么？"宁谈宣微微一笑，眸底不觉浮起淡淡的宠溺，"跟着我，我保你富贵生活。"

长歌深深地拧眉,她无言地摆摆手:"大哥,你弄错了,我哪儿也不去,我有我的抱负,哪怕前路漫漫,我也不会轻言放弃的。"

"长歌……"

"大哥,谢谢你厚爱,这份情意我心领了,但我真不能答应你。"

"你就不再考虑一下么?"

"呵呵,真不用的,我的性子,大哥你也了解,就不必要再劝我了。"

说到这儿,长歌掀被下床,她拽起宁谈宣往门口走:"夜深了,大哥快回府休息吧,我也想睡了。"

宁谈宣无奈,长歌的拒绝,早在他的预料之中,但心底多少涌上些许莫名的失落,他跨出门槛儿时,泠冷地勾了勾唇:"孟长歌,你不识好歹,等你撞得头破血流时,可别找我帮忙。"

"哦。"长歌挠了挠头,万分歉意地讪笑。

宁谈宣含怒而走,再未回头。

长歌关上门,苦笑叹气,这个太师吃错药了吧,竟然对她蛮关心的。

虽然,她不确定宁谈宣此举是真心还是别有所图,但起码让她冷寂的心浮起了暖意。

而尹简……

莫名地想到这个男人,长歌的心,又开始乱糟糟的,她回到床边坐下,烦躁得直揪头发,心中一时没了自信。

这一晚,长歌失眠到子夜才迷迷糊糊地睡过去。

翌日一早,金鸡刚刚破晓,钱虎便敲响了她的房门:"小公子,您交代的诸事已办妥。"

今日的汴京城,天气格外的好,春光明媚,暖阳柔和。

宣华大街的茶花会一如既往地热闹,兵部尚书齐南天府宅大门前,竟也出奇地人潮纷涌,气氛热烈。

上千人聚集在齐府外,口中高喊着:"跪谢齐大人慷慨救助,赠银施粥青天大好人!"

这些人里,有乞丐、流浪汉、贫苦百姓、京城附近寺院的和尚、尼姑等等,三教九流,身份复杂。

彼时,齐南天上朝还未归来,整个齐府的人都懵了,管家带着守卫挡住大门,满头大汗地高声劝说:"诸位冷静一下,老爷不曾交代赠银施粥,鄙人实在不知此事,待我禀过老爷,再给诸位言说,诸位先散,如何?"

"我们等齐大人!"

"每人十文钱的银子已经赠予了,怎么会不知?"

第五章 力求武考

"我们不是闹事,是来跪谢齐大人的,顺便等齐大人施粥!"

"……"

听着百姓们的执词,管家心中很莫名其妙:"这究竟怎么回事啊?老爷何时下过这样的命令?"

不得已,管家忙遣人快速入宫,将今日之异事,禀报给齐南天,请齐南天示下。

若百姓人少,令守卫出动足以,可人太多,一来难以驱散,二来百姓分明是来道谢的,于公于理,都不好采取强制手段。

人群中,一袭绯衣的少年郎执扇而立,暖阳笼罩在他身上,似染了一层金光,是那么翩若惊鸿,俊美妖娆。

他不点而赤的唇边,噙着淡淡的笑,邪肆而自信。

许是他的红衣,在百姓们的灰暗短衫中,显得太过独特,是以管家在失措下,竟一眼瞧到了他,大惊之下,管家抹着汗,快速挤进人群,到达少年面前,略带口吃地道:"孟、孟公子,你……"

"不错,是我搞出来的,你可以明白地禀报给齐大人。"长歌勾唇轻笑,端的泰然若定。

闻言,管家倒吸口冷气,从牙关里咬出几个字:"你——死——定——了!"

长歌"哈哈"大笑:"小爷本就没把生死当过一回事!"

管家脸色铁青,抬手招来一守卫,耳语几句,然后打发那人离去。

皇宫。

御书房中,帝王与朝中数名重臣正在商讨国事,有关如何加强南方水利,以免夏季洪涝,发生水灾等事宜。

然,待议事结束,诸臣鱼贯而出,却不见齐南天,齐府守卫焦虑之下,忙拜求大内太监通报,不多久,终于听得太监传唤,守卫匆匆入内。

"奴才叩见皇上!"

"平身。"

"谢皇上!"

"发生了何事?百姓为何在齐府聚众闹事?"

守卫微抬了抬眼,只见数道目光扫在他身上,有帝王尹简、齐南天以及三王爷尹琏、四王爷尹珏、六王爷尹璃。

"回皇上,具体原因奴才不知,只知孟长歌身在其中,并且承认是他牵头百姓聚集的,人太多,逾上千人,言称齐大人已赠过每人十文钱,此时都在等齐大人午时施粥,不肯散离。"

守卫禀报完毕,便复又低下了头。

御书房里，静寂无声，每人脸上都是不可思议的表情。

除了尹简。他叹笑一声，微微上扬的唇角，勾出几分无可奈何。

已近午时，齐府大门外，依旧人声鼎沸，热闹非凡。

上千人拿着碗盆，兴致勃勃地在等施粥，人人翘首以待。

大街后方突有马蹄声"嗒嗒"响起，有人高声叫喊着："齐大人回府了！"

拥挤的人群，快速分开，让出宽敞的道路来。

长歌亦随着所有人的目光，侧眸而望，只是一抹失落，在眸底悄悄蔓延……

来者四人，皆骑着高头大马，齐南天居前，后面三个年轻男子，皆锦衣华带，相貌上乘，却并无她想见的那一个人。

心中一叹，又失败了哦，究竟是他太沉稳，还是觉得她太幼稚？他根本不屑再见她一面？

然而，她的性子，素来是越挫越勇，他愈是不见她，她便愈发地想闹腾，想逼得他生气，哪怕是他再打她几大板，只要肯见她就好，为了达到入羽林军的目的，她可以胡搅蛮缠，不择手段。

用力地吸气吐气，长歌平静一下心绪，掉头而走。

"孟长歌！"

谁知，一道高喊，冲破人群，生生钻进了长歌耳中，她还没来得及反应，一抹身影，已从后方飞跃而来，铁钳般的大掌将她肩领一提，一个用力，便将她整个人倒甩回了马前！

长歌仓猝稳下身子，恼怒得刚想破口大骂，但齐南天刚毅的脸庞闯入眼帘，她喉咙"咕咚"一声，失了音……

"怎么，想跑？不是挺有胆儿的么？"齐南天阴沉沉地盯着她，并且掸了掸双手，仿佛刚才拎她时，沾上了灰尘似的。

长歌见状，气得两眼发黑，她冷冷一笑："齐大人几时见我跑了？连跑和走都分不清么？大丈夫行事光明磊落，小爷敢做就敢当！"

"呵，脾气倒是硬！"齐南天也被她激得够呛，当下不遗余力地打击她，"可惜你的招用错了，你想见的人，依然不想见你！"

闻言，身在马上的几位爷打量着那身材娇小的绯衣少年郎，纷纷讥笑出声——

"原来这就是那个不自量力的东西啊，本王那天病着没参加祭祀，倒是错过了看这小子挨打的好戏！"尹璃抬着下颔，高傲地嗤道。

尹珏笑道："老六你说话注意点，怎么着人家也是宁太师的小祖宗呢！"

那语气，那表情，分明在暗示长歌是宁谈宣的男宠！

长歌怒极反笑，她不动声色地看向那位三王爷尹琏，后者神情倒是恬淡，只说："孟长歌，你适可而止，别仗着得宠，就胡作非为，凡事过了头，小心追悔莫及！"

第五章　力求武考

"谢谢提点。"长歌点头,唇畔溢出一抹欣然的笑痕,"三爷说的还算人话,长歌受教了!"

听此,尹璃和尹珏大怒:"该死的……"

"齐大人!"

长歌懒得听犬吠,她毫不客气地打断,眸光移向敛眉若有所思的齐南天,她笑得没心没肺:"我拿银子给你博了好名声,大人该感谢我才对,是不是?"

"哼,你的银子,是当玉佩得来的吧?"齐南天本见她受辱,心中略有不忍,可听她此时言语,一股浊气又自心头涌上,不禁冷寒了脸。

长歌大方地承认:"是啊,不然我哪有钱?所以喽,齐大人就慢慢收拾残局吧,另外再记得替我转告某人,我孟长歌就是想一条道走到黑,除非他杀了我,不然别想我会放弃。"

齐南天双拳一捏,目中隐隐有风雨欲来之势:"孟长歌,你当真是不见棺材不掉泪么?本官警告你,你想怎么闹腾是你的事,但别再扯上本官,若再敢给我惹麻烦,别怪我……"

"嘿嘿,没法子,这京城里,我只认识齐大人一个,不找你找谁啊?若你昨日帮我跟他见面,我今日断不会送你这份大礼了,明日……哈哈,拭目以待!"

长歌说到此,嚣张地大笑着,转身大踏步离去。

尹珏和尹璃憋着气,就像吞进了一颗苦胆,尹琏始终皱着眉头,不知在思考些什么。

齐南天阴霾着容颜,吩咐管家,迅速差府中大小厨房备粥施舍。

如今,只能将错就错。

无人注意,街道右侧不远处的一家客栈三楼,一抹颀长的身影,凭窗而立,褐色的深眸,紧凝在长歌身上,随着她的远去,而愈发地深邃……

尹简突然之间,不知该拿这个倔强的少年怎么办。

杀他?

断然不可。

第六章　身陷大牢

长歌忙活了一夜，几近黎明，才挺尸般地累倒在了床上。

小睡了两个多时辰，在午时之前，她又风风火火地赶到了齐府大门外。

很好，不枉她费心费力又散财，效果还是不错的。

今日的齐府，不同于昨日的人山人海，但也是另一番景象，或者说，开场声势也蛮浩大的。

长歌花银子雇了一个杂技班，又雇了一个在茶楼说书的老头儿，对于市井门道，她比谁都熟悉。

于是，堂堂兵部尚书大人的府宅外，竟摆起了擂台赛，杂技班的两个学徒拿着铜锣来回走动，扯着嗓门大声吆喝："京城的父老乡亲们，大家瞧一瞧看一看啊，我们云海杂技班今日给大家免费献上最精彩的双人擂台……"

而搭起的红毯台子上，两个大汉一人执剑，一人执刀，已全面备战，说书老头儿也候于旁侧，喝了一大碗水，准备进行现场演说。

随着锣鼓喧天的宣传，不多会儿，齐府外便又聚集了成百上千人，百姓们纷纷探头，抢破脑袋地挤到台前，兴致勃勃地观看这场热闹的表演。

齐府的众多守卫、管家、丫鬟、家丁，以及齐南天的各房侧室，闻风出动，全体站在大门上，面面相觑，可除了干瞪眼，谁也不敢上前阻止。

因为孟长歌此时就长身玉立在下方，轻摇折扇，唇角噙着神气的笑。

那一袭艳丽的绯衣，格外的出彩，那一张俊秀无双的脸，着实令人难忘。

管家长吁短叹一声，只得再次派人去找齐南天禀报。

第六章 身陷大牢

没法子，齐南天昨晚就交代了全府上下，今日不论孟长歌怎么闹腾，都不准跟他起任何冲突，以免他奸猾地故意弄个伤口出来，在帝王面前告上一状。

毕竟尹简再三下旨，不许动孟长歌一根毛，否则就别怪帝王无情。

即便他是有功之臣，尹简此时羽翼未丰离不开他，但难保尹简不会记恨于心，待日后强大，然后一举除掉他。

所谓君心难测，说的便是这个理，所以他不能给自己埋下苦果。

擂台赛开始，台上两人打得难舍难分，说书老头儿口沫横飞，再配合着相应夸张的语言动作，当真精彩之极，百姓们欣赏得津津有味，叫好声迭起，高潮不断！

这番热闹，竟令齐府的人，也不知不觉地看入味儿了，早忘了孟长歌来找茬的事。

而当齐南天赶回来，瞧到这景象，着实被气得内伤，肝疼、肺疼、胃疼，全身都疼。

"齐大人回府喽！"

长歌眼尖，吹着口哨欢快地喊了声，杂技班的班主和说书老头儿便立刻跑了过来，满脸谄笑地行了一礼，然后说道："齐大人，小人们给您道万福了！感谢齐大人的厚赠，午时的大宴过后，小人们再给齐大人单独献上技艺……"

闻言，齐南天眉心愈发地蹙紧，他转眸看向长歌，后者忙蹦跶过来解释："齐大人，我已经按照您的吩咐，付银子请来了他们给百姓免费表演，关于您许诺宴请他们午膳的事，我就不参与了啊。"

长歌言笑晏晏，齐南天则听得火从心起，如果可以的话，他真想一巴掌拍死这个臭小子！

登高望远，街下方的景象一览无遗。

窗前绿纱拂面，那抹绯衣在眸底影绰绰，看得并不真切。

然而，尹简并不曾扯开纱帘，他就伫立在帘后，静静地凝视。

与昨日相同，他依旧选择了客栈，在原位在长歌看不见的地方，悄然关注着。

这少年的心性，他原本就了解，张狂顽劣、混账透顶。

甚至可以说，这世上就没有孟长歌不敢做的事，否则多年前，仅仅才十三岁的小长歌，也不可能胆大到敢扒棺材盗墓……

而事实上，那少年确实做了，不仅做了，而且胆量出奇地惊人，竟敢去抱人不人鬼不鬼的他，还对他露出那样明媚的笑靥……

是以，他若不想杀他，就只能由着他胡闹，等他闹够了，闹累了，然后自己离开。

这是他……欠长歌的。

齐南天头痛地将长歌拉到拐角，他实在没法子地软了口气："孟公子，拜托你放过我吧，你可以去宁谈宣府宅折腾啊，何必只瞅中我一个人？"

"嘿嘿，那是因为他曾交代我，想找他就先找你啊，他又没交代让我找宁谈宣是不是?"长歌笑眯眯地回他,语气很是理所当然。

"疯了,我要被你们两人给整疯了!"齐南天无力地抚额,哀叹着说,"可惜他不见你,我也没办法啊,他为君我为臣,我难道敢逼迫他召见你么?"

长歌幽幽地叹气:"那就没办法,我只能继续折腾你了,齐大人您老人家如果不想被折腾,就好好替我美言几句吧,我是真心想见他一面,就一面而已,你看我这几天忙活得累成这样,我容易吗?"

"喊,孟长歌你真敢说!"齐南天冷嗤,不屑地哼了声,"最累的人似乎是我吧?你究竟还想怎么样?他明白说不会见你,我怎么替你说话?总之你适可而止,立马滚出京城,不然我不会继续忍你,任你胡作非为的!"

闻言,长歌失笑:"得了齐大人,我心里晓得,定是他在保我,不然你早想把我一剑劈成八瓣了,对不对?"

"你……"

"好啦,看来小爷今天又失败了,走人了,回客栈用膳睡觉,明日继续战斗!"

长歌战败,倒也洒脱,摇着折扇,头也不回地挤出人群,离开了。

她就不信,尹简是帝王,怎会任她一直如此?

总有一天,他会见她的,哪怕是忍无可忍要她的命,她也算是努力过了,就算死,亦不会后悔。

而齐南天万万没想到,长歌第三日的招数,竟然是牵着十条凶狠的大狼狗在他府门前遛狗!

或者说,所有人都不曾预料到长歌的下一步动作,包括尹简。

他们皆以为,长歌应该会找一个戏班子,搭台唱戏什么的,谁承想……这少年果然够奇葩!

有十条狼狗坐镇,齐府的人,哪儿还敢出府半步?路过的行人,谁又敢靠近半步?

"汪汪"一阵乱叫,那张牙舞爪扑过来的架势,就已吓得人面如土色,双腿打颤了。

所以今日的确是安静了,安静得除了一人十狗外,再无一杂物。

齐南天险些吐出一口黑血来,他气得浑身发抖,指着长歌恨不得将牙齿咬断:"给、我、滚、蛋!"

长歌状似愁苦地叹:"哎,不行呢,我心愿没达成,怎么能轻易退缩呢?"

长歌不走,她的大狼狗也嚣张得很,居然训练有素地将齐南天围在了圈中,朝他"汪汪"乱吠,发出了挑衅和抗议,那模样竟似十分护主。

齐南天暴怒之余,将腰间佩剑倏地拔出,他不能动孟长歌,杀狗总行吧?

对,今日晚膳就拿狗肉下酒!

见状,长歌失措地惊呼:"不许杀小爷的狗!"说着,她竟以身挡在了狼狗前面,那锋利的剑尖,对准了她心口处。

第六章　身陷大牢

"滚开!"

"不行!"

"孟——长——歌!"

"狼狗是我花了大价钱租来的,你若杀死,我怎么给狗主人交代?总之,你要杀狗,就先杀我!"

长歌的态度,根本是火上浇油,令怒上加怒的齐南天手腕一转,失去理智地竟一剑刺向她!

长歌秀眉一蹙,仓皇闪避,与此同时,只听"咣当!"一声,齐南天的长剑,朝外弹开,偏了方向,一枚铜镖掉落在地,滚了几圈才停下来。

"齐大人,不可!"

伴着一道焦虑的劝阻声,青衫侍卫莫麟竟不知从何处冒了出来,他扫了眼长歌,见长歌无恙,才看向齐南天,深拧着眉头道:"主子有言在先,请大人三思!"

齐南天收了剑,倒也没表现出任何慌乱,泰然自若地言笑道:"我不过吓吓他罢了,怎敢违旨真杀他?"

闻言,莫麟眸子微敛,方才齐南天分明就是来真的,若非他奉皇命隐在此处,及时出手……

长歌眼珠转了转,笑眯眯插话:"对啊,齐大人与我玩笑的,他被我气得不行了,就故意吓唬我的。"

听此,莫麟似恍然明了,忙抱拳向齐南天:"那是我误会了,望齐大人海涵!"

"无妨。"齐南天淡笑着道。

莫麟点点头,却脸一侧,狠瞪向长歌,磨牙霍霍道:"说句老实话,其实我也想拿剑在你这小子身上刺十个八个血窟窿,看你还敢不敢嚣张!"

"喊,可惜你没胆儿,只能过过嘴瘾!"长歌不屑地翻了个白眼儿,心中好气又好笑,她竟遭人嫌弃到这地步了啊!

莫麟深呼吸,语气很不甘地嘟哝:"可不是么?真不知主子欠了你什么,竟……"

长歌心头一震,那尹简,居然如此护着她么?究竟他们过往有着怎样的关系?

若他们是感情极好的朋友,她该如何面对他?但事实上,他是她的仇人啊,不共戴天的仇敌!

长歌忽然间,心情沉重无比,这是种从未有过的矛盾,既希望尹简与她好,便于她接近他利用他,又希望尹简待她不好,这样她来日杀他时,便不会心慈手软……

"孟长歌,你别闹了成么?你但凡长点心,就该知道主子对你的恩宠,主子顶着多大的压力为你扛着,你就问心无愧么?拜托你这小祖宗走吧,京城真不是你待的地儿……"

"带我见他!"

长歌猛然拉住絮絮叨叨的莫麟,她神色急切地带着恳求地说:"我有话想问他,求你帮帮忙好么？见不到他，我不甘心……"

尹简今日未能出宫，因为惠安太后派人来请，邀共进午膳。

寿安宫的桃花，是宫里开得最好的，每逢三月，粉团锦簇，香飘四溢，桃花满枝丫。

步入宫门，眸光散漫一瞥，那满树的粉色入目，尹简瞳孔微缩，情不自禁地缓缓顿步。

恍惚出神间，有关一个女子的记忆，猝不及防地袭来，铺天盖地地占据了他大脑的全部……

采薇。

那个喜欢编桃花环戴在发间，喜欢在湖边为他翩翩起舞的少女，那个令他又爱又恨，噬心刻骨的她，平生最爱的花，便是桃花。

他曾许她，将来要为她亲手种一片桃花林，为她在桃林里建一座宫殿，让她做全天下最幸福的女人。

可惜，时过境迁，早已物是人非。

又或许，阴阳两隔。

"皇上，太后在等您呢。"许久见他不动，高半山只得小声提醒。

尹简不动声色地回神，很好地掩去内心情绪的波动，漠然地迈步，走向惠安寝宫。

高半山随后，斜目望向那几株桃树，若有所思地摇了摇头，主子的心事，没有谁比他更懂。

但采薇姑娘，是个禁忌，没人敢提起半句。

踏入宫门，尹简在一片见礼声中，径直走向内殿。

"儿臣给太后请安！"

尹简见到惠安，唇角微扬起一抹笑来，神色终于温和了许多。

"皇上不必多礼。"惠安慈眉善目，笑语柔和，"哀家今儿个找皇上过来，是有几句话想跟皇上说，不过咱们先用膳，吃饱了再谈。"

"好。"尹简含笑点头，对于惠安的话，似乎早在预料之中。

齐府外，莫麟被长歌搞得头痛，他小心地扯回手臂，无语望天："孟长歌，你真的死心吧，这种事勉强不来啊，主子心硬如磐石，凭你这棵烂草是软化不了的……"

话未完，莫麟只觉身体骤然一痛，竟有一条大狼狗咬在了他右腿上……

"干得好！"

长歌愕然之际，不禁愉悦地抚着大狼狗的脑袋，大笑："哈哈哈……"

"臭小子！"

莫麟气炸了肺，一脚踢开大狼狗，暴怒道："信不信我杀了这条破狗吃狗肉！"

第六章　身陷大牢

见状，齐南天憋着笑，凉凉地抛了句："想杀狗，你得先杀他。"

"说得对"长歌赞同地点头，然后拍了拍莫麟，语重心长地劝说，"想不被我气死，就帮我，我今晚在四海客栈等他，若他不来，我明日可能会干更出格的事！"

语毕，长歌牵着十条狼狗队伍，潇洒地走人。

莫麟格外抓狂："这……这小子让人见一次就想揍一百次，简直是……混账！"

齐南天叹惋："不知皇上要纵容他到什么地步，再这样子闹下去，太后那边恐怕会顶不住了。"

"我觉着……"莫麟思考着，表情很凝重地小声总结，"皇上中邪了！"

齐南天无语地瞟了眼莫麟："皇上是在还债，不是说他欠了那孟长歌么？"

"哦，对啊，不知欠了什么啊？"

"我怎么知道？我还想整个明白呢！"

齐南天叹口气，转身大步迈进了府门，暗暗祈祷明日来场大雨，让孟长歌什么也做不了吧……

是夜，云淡星稀。

晚膳沐浴后，长歌独坐窗前，静静地等待，左肩依旧瘀青，还没好利索，离岸不在，没人督促她，所以在她无意的忽略下，总是忙碌得忘记上药。

那日，她真不该仓促甩下尹简跑掉的，如今他拒不见她，不知有没有生气的成分在。

长歌越想心中越烦乱，想到后面，竟犯困地趴在窗台边的檀木桌上睡着了。

待她醒来时，已经子夜。

屋中一灯如豆，窗外树影婆娑。

长歌活动了下酸麻的肩颈，扫一眼静寂的房间，她不禁扬起一抹苦笑，尹简终究没来过！

呆坐了会儿，长歌才慢吞吞地爬上床榻，宽衣就寝。

明日……继续！

她绝不放弃！

一夜无梦，早晨起床，长歌精神头儿很好，她哼着市井小调，更衣绾发，洗漱用膳。

膳毕，她昂首挺胸地迈出客栈。

"孟长歌！"

一声呼唤，四五人自前方迎上来，将长歌团团围住。

长歌眯眼打量，这些人里，她只认识莫麟，但看其余人服饰，估摸着也是侍卫。

"我等已恭候你多时了，走吧，带你去见主子。"莫麟抱了抱拳，很严肃地说道。

长歌一愣，欣喜道："他决定见我了么？"

"是。"莫影点头，冷冰冰的脸，没有一点温度。

"在哪儿见？"

"无可奉告。"

"凭什么不能说？"

"问那么多做什么？到了地方你自然就知道了。"

简单几句交谈下来，长歌抿唇，陷入了沉默，这几人是否可靠，她不确定，万一是骗她的呢？

"你不信？"见状，始终未曾言语的莫可不由蹙眉，"我们奉主子命，在此守你两个时辰，难不成我等敢欺君么？"

说着，他从怀中拿出令牌，自我介绍："我乃御前一等侍卫莫可，只听命于皇上一人。"

"莫影。"

"莫麟。"

另两人见状，只好将自己的令牌也展示给长歌，以此证明身份，以及所言非虚。

长歌并非无见识之人，她在大楚生活十五年，偶尔会跟着孟萧岑入宫，自然见多了这种令牌，再加上莫麟的熟脸，是以便放下心来："好吧。"

"马车在候着，请上车。"

"好。"

依言走到一辆黑色简易马车前，长歌轻巧地跳上去，钻进了车厢。

莫麟等人上马，吩咐着车夫扬鞭启程。

车轮滚动向前，长歌安静地坐在马车里，她听着外面街市的热闹，心中默默猜测着尹简在何地，酒楼、茶庄，或者某个别院？反正，总归不可能是皇宫。

心下微微一动，她抬手去掀车窗，她得记下路线，以免再想找他时，不至于除了缠着齐南天，再无他法。

然而，令人奇怪的是，这辆马车竟然没有车窗，密不透风！

她秀眉一蹙，隐隐觉察出不对，忙试探地想打开车厢门，果然门板纹丝不动，似乎被人在外面锁死了！

突而，车厢四周陷入一片黑暗，原本从窗纱透进来的阳光，不知被什么物体阻挡，长歌的世界，只剩下不知名的暗色，令她再无法分辨得清楚方向！

与此同时，马车开始加速，只听马蹄飞快，驾着马车颠簸狂奔，长歌仓猝中，紧紧抓住了车厢两壁……

她，这是被绑架了？

"你不怕死么？你知道现在有多少人想杀你？"

尹简昔日的话，猛然翻腾在脑中，长歌一震，恍惚意识到了什么！

莫麟……

第六章　身陷大牢

不好！

那人是假的，根本不是尹简的御前侍卫莫麟……

春阳暖照，马蹄声声。

铺着青石板的老旧街巷中，一辆蒙着黑蓬布的马车，在两侧几骑骏马的护送下，疾风骤雨般奔向城门。

过往路人纷纷避让，惊惶喊叫。

而长歌始终一言未发，她双掌撑着车厢两壁，黑暗中的凤眸，透着冷静和坚毅。

此时，任何的求救，都是无用的，哪怕她可以用掌力破开车门，也必然挡不住这几个有备而来的人物，这些人的武功，必定不凡。

她在思考，该如何全身而退？

这幕后的人，究竟是谁？绑她的目的，又是什么？真是为了……杀她？

她需要保持理智，绝对不能自乱阵脚，失了分寸。

兵来将挡，见招拆招，一贯是她所擅长的，既然上了贼船，那么不揪出贼首，她怎能甘心？

街市的热闹声，渐渐由浓转淡，马车似是行到了人烟稀少处。

长歌全身心戒备，随时准备应战。

"放行！"

外面突然一道略为熟悉的声音传入耳中，长歌一凛，陡然记起这人是那日早上拦她不许进城的守城官！

那么……对方是要带她出城？

果然，马车走了不久，她便听出了车辙滚动声的不同，这是行驶在青石板与官道黄土路的区别！

长歌无法再忍，出了城，再想回城就难了，且身在荒郊野外，她若寡不敌众，想逃跑都不容易！

思忖到此，长歌拍打了几下车门，大声道："停车！"

外面马上的几个男人互相对视一眼，莫影抬手，示意众人勒马停下，然后冷冷地回她："做什么？"

"人有三急，小爷想解手，行不行？"

长歌磨牙霍霍，心想着要不是攻她个措手不及，她非准备点儿石灰粉回报他们不可。

"忍着，再走五里。"莫影语气很不耐，这小子毛病真多！

长歌大怒："喂，这能忍吗？再不开门，我就在车厢里解决了啊，臭死你们！"

闻言，莫麟立刻嫌恶地捂鼻："孟长歌，你斯文一点儿成么？"

"你个混蛋，你给小爷忍一天试试？"长歌狠狠地踢了一脚车门，她发誓，只要这次能逃出生天，她非把这个假莫麟剁成肉酱不可！

"真不能忍啊,那……那就放出来吧,反正也出城了,就送他到这儿好了。"莫可斟酌着说道。

莫影沉声道:"才出城半里路,万一他再跑回城,怎么跟主子交代?"

"对,这小子特狡猾,必须送出十里才行!"莫麟点头,十分赞同。

听着他们的对话,长歌心下一沉,猛然抱住肚子,故作痛楚地呻吟:"好痛啊,你们给我下毒了是不是?我肚子疼死了……"

三人闻听色变,顾不得判断真假,莫麟忙跳上马车,飞快地打开车锁:"孟……"

"砰!"

长歌精准的一拳,揍飞了莫麟,连同他剩下的话,一并揍得无影无踪……

这个骗局,惊了其余人,趁他们呆愣的一瞬,长歌闪身跳出,稳稳地落在了地上!

然而,下一刻,几柄寒剑已快速搁在了她颈间,她未动手,只冷冷一笑:"你们到底是何人?我就是死,也得死个明白!"

莫麟捂着红肿的眼睛,从车底爬站起来,他抓狂地吼叫道:"孟长歌,你这个混蛋!我好心怕你有个意外,你倒能下得了狠手!"

"好心?"长歌斜睨着他,不动声色地打量着,"你主子是谁?"

莫麟气急败坏,两步冲过来:"你明知故问!"

"不是给你看过令牌了么?"莫影蹙眉,神色不悦道,"我等既是御前侍卫,那么主子自是当今圣上。怎么,莫非你不信?"

"哦?如此的话,你们不是该带我见皇上么?而现在这样拿剑指着我,又算什么?"长歌眉目阴冷,咄咄逼人,"难不成,是皇上命你们骗我出城,然后找个无人烟的地方,暗杀于我?"

若说尹简,她根本不信,倒不是她对尹简无条件的信任,而是尹简贵为一国之君,他想要她的命,光明正大地随便冠她一个罪名就可以处决她,没必要大费周折。

"孟长歌,我们确实骗了你,但奉的是皇命,并非我们自作主张。"

"皇上不杀你,他也不想见你,只命我等送你出京,你日后好自为之,别再给皇上惹麻烦了。"

"这是皇上给你的密信,你看完烧掉。"

长歌的眸光,从三人脸上一一扫过,最后定格在莫可手中的信笺上,她愣了须臾,才缓缓抬手接过。

三人收回长剑,眉目冷峻,默契地堵住了长歌折返的路。

她低着头,纤细的手指摩挲着空白信封,心中五味杂陈。

尹简终于无法忍她了,她抱着必死的心,他却仍旧坚决遣她离京。

这个男人……

长歌一时不知该怎么形容他,软硬不吃,独断专行?

第六章　身陷大牢

蜡封的口子，被长歌指甲轻轻一划，便破开来，信纸抽出的同时，带出了一张银票，长歌执在手中细看，竟是一万两巨银！

她咽了咽唾沫，忙展开信纸，快速默读——

　　长歌：

　　见字如面。

　　吾之所愿，为许君一世长安，然朕初登大宝，根基未稳，适逢多事之秋，恐不能顾全于君，故送君远离是非之地，待朕社稷永固，与君再会，望君能解朕之苦心。

拓跋简字

念完最后一个字，长歌莫名酸了鼻子，心头堵得厉害，仿佛被什么钝器戳到一般。她垂着眼睑，眸底氤氲的水光，模糊了视线……

一世……长安？

那人竟许她一世长安么？

那四个字不该是有情人之间，情郎许给心爱女子的么？

可他称她为君，而非卿，便是知她为"男子"，那为何……

长歌心下糊涂，脑中亦乱糟糟的，她捏着信纸，久久无言。

"孟长歌，给你一匹马、水和干粮，你拿着银票就快走吧，京城你真是待不下去了，不然皇上也不会这么急匆匆地命我等哄骗你出城了。"莫麟出声，神色有几分不耐，其实他很想说，你再纠缠主子也没用，主子不想跟你断袖……

长歌咬咬唇，将银票收进袖袋，再抬眸时，她挤出抹笑来："就多留几天也不行么？我的包袱还在四海客栈，对我而言很重要，我不能丢下。"说着，她将信纸递给莫麟。

莫麟取出火折子，烧掉了密信。

"不行，你若不走，必有危险！"莫可一语否决，"皇上为你已经顶破天了，你不要自私地一意孤行！"

莫影亦冷冷地道："孟长歌，你的东西，我可以替你回城取来，但你不准再踏进汴京一步，否则你定会自食恶果！"

长歌微微苦笑，她稍加思索，暂先退了一步："我保证不再闹事，做一个平头百姓，安分守己……"

"你早干吗来着？"不待她说完，莫麟已没好气地瞪眼，"现在醒悟迟了，皇命已下，你敢不遵，就是违旨，我立马可以把你戳成血窟窿！"

闻言，长歌心头火起，她手腕一抖，藏于袖内的匕首便执于手中，电光石火的速度，她抵在自己颈间，怒道："你们口口声声说我连累他，那我现在就自行了断，如此，你们该放心了吧？"

这突然的动作，惊得三人脸色皆变："孟长歌，你做什么？冷静些！"

长歌神色坚决，丝毫不像玩笑，她甚至将刀尖刺在了雪白的颈侧，情绪激动地说："我冷静什么？告诉你们，我要回城取东西，我必须亲自取，不然我就自杀！"

为了能留在尹简身边，长歌一早就决定不择手段，哪怕上演一哭二闹三上吊的市井女人把戏，只要能达到目的，她在所不惜。

没办法，因为她别无选择。

"我说你……"莫麟气得跳脚，"你死不死我们无所谓，但你若死了，主子不得怪罪我们么？孟长歌你这人到底有没有良心，你活着就为了连累别人么？"

"放下匕首！"莫影含怒命令，阴霾的眸子，紧紧盯着长歌执刀的手，伺机夺回凶器。

长歌无惧，一动不动。

见状，三人心中焦虑，却不敢贸然夺刀，殊知这孟长歌武功不低，他若求死，手中即使无一物，也可一掌劈向天灵盖速死，所以……

"孟长歌，你能保证只进城取包袱，然后就离京么？"莫可盘桓再三，皱着眉道。

"对。"长歌点头，她心想，她的话十句九假，可没什么一言九鼎的分量，先骗他们回到城里再说吧，不然那守城官又会阻拦她了！

三人见她回答得铿锵有力，略一合计，决定暂且信她一回，反正他们会寸步不离地跟着她，相信她也再干不出什么出格事，便勉强答应下来。

于是，折腾一番，长歌又被带回了汴京城。

然而，此时她并不知道，一场劫难，正在城中等着她，若她听尹简的话一走了之，便可平安无事，偏偏她固执地折返回来，一念之差，往往便会改变人生的际遇……

诚然，她坚定迈回的这一步，也是将她和尹简在无形中，推入了另一个高潮……

仇恨，情爱，寸寸纠缠。

先回四海客栈，长歌只取了一样东西，那便是当票。

身后三个跟屁虫，令她极为头痛，从客栈到当铺的一路上，她都在考虑该怎么甩掉他们。

可惜，这三人太聪明，不愧是帝王身边的人，冷酷、睿智、软硬不吃！

"孟长歌，大家都是男人，你吃喝拉撒我们何须回避？收起你的小算盘，敢逃就打断你的狗腿，让你半死不活！"

对方这么冷淡一句，就将长歌各种支开的借口，全部堵回了喉咙，她干笑两声，嘴角抽了抽，郁闷不已。

虽说有尹简罩着她，但尹简这些手下恨透了她，若给她穿小鞋，她就只能吃哑巴亏了，毕竟她现在连尹简的面也见不到，想告状都难，所以还是忍着点吧。

穿过几条街，终于到达了鸿升当铺。

莫麟三人突然明白过来长歌的意图，脸色皆有些异常，遂闪身上前拦住她："当掉的

第六章　身陷大牢

东西，就不要了，快走！"

"我的是活当，自然要赎回的。"长歌唇角轻勾，只是那笑意却不达眼底，"拿不到玉佩，我绝不会走！"

"孟长歌……"

"闪开！"

长歌猛然发难，那凌厉慑人的一吼，竟震得几个人高马大的男人下意识地侧身让开了路，她冷沉着脸，迈进当铺。

"孙掌柜，小爷来赎当！"

一听到那嚣张的喊话，孙掌柜额头便冒了冷汗，他忙从柜台后走出来，抱拳迎笑，"孟公子，今儿来得很早啊，快请坐！"

"呵呵，三天期限到了嘛，小爷自然就来了。"长歌皮笑肉不笑，她站着没动，一手摇着折扇，一手从怀中取出当票，挑眉道，"孙掌柜，我的白玉佩呢？"

"这……"孙掌柜迟疑须臾，才笑道，"孟公子，你银子准备好了么？本金两千，利息二十两。"

长歌勾了勾唇，将那张万两银票展现在孙掌柜眼前："够么？"

孙掌柜脸色微变，明显一脸为难："够了，可……可玉佩已经……已经被人拿走了……"

那日，肃亲王尹诺将白玉佩带入宫，尹简收回，就没再还回来。

"哦？是么？"长歌似是已经预料到，所以她没有表现出太大的惊讶，只是神色阴冷，"孙掌柜，做生意不能这样吧？这不是砸招牌么？"

"孟公子海涵，本金我都不要了，你也别赎那枚玉佩了成么？"孙掌柜大汗淋漓，艰难地咽着唾沫，"如果孟公子不满意，我可以再加一千两银子给你，就改成死当吧。"

"哈哈！"

长歌狂狷大笑："你说得倒轻巧！你瞧小爷现在缺银子么？"

"孟公子……"

"孙掌柜，你是否记得那日小爷说过什么？"

"不记得……"

"是么？那就提醒你一下。"

长歌凤眸含笑，眼底却淬着寸寸冷意，令人无端生寒，只听她一字一句道："倘若玉佩遗失，小爷就一把火烧了这鸿升当铺！"

闻言，孙掌柜震惊得抖了抖身体："你不能……"

"孟长歌！"

身后三人急声喝止："不准胡闹！"

说话间，莫影使个眼色，莫麟和莫可会意，立刻拽住长歌手臂，果断地将她往外拖去。

　　这个小混账可是说得出就能做得出，谁敢以为她是在开玩笑？

　　"放开我！"

　　长歌气结，她左右拧着身子，想要挣脱钳制，孙掌柜跟在后头，惊喘着说："孟公子，鸿升当铺是肃王爷的产业啊，你怎么敢放火烧？你这孩子太胆大了！"

　　长歌忿忿地大叫："是你们不守信用在先，把我的玉佩还给我！"

　　"玉佩是主子的好么？"莫麟没好气地呛了一句，眸光无意中落到长歌粉嫩娇软的唇瓣上时，立刻便想起了通州那夜，长歌强吻尹简的事，心下于是很不痛快，连带着脸色也黑了几分。

　　"胡说！"

　　长歌一脚踢过去，正好踢到莫麟被狼狗咬过的小腿，他顿时吸了口冷气，咬牙切齿地怒吼："天杀的混犀，你找死是不是？别以为我不敢揍你！"

　　"哼，玉佩明明是我的，他既然送给了我，那就是我的私有物，你想打架就来啊，谁要是尿了谁就是孬……"

　　彼时，长歌已被扯拽出了当铺，她激昂挑衅的话，忽然被莫影冲过来，以捂住她嘴巴而告终。

　　门外立着一队人马，半身戎装，冷面精锐，给人以肃杀之感。

　　长歌的怒火，顷刻间消散，她分明感觉到身边三大侍卫投入到了警戒的状态，仿佛连气息都冷了下来。

　　一切的打闹，暂时停止。

　　莫影缓缓拿下捂着长歌的大掌，迈前一步，挡在长歌身前，只听他冷冽地道："不知刑部大捕头出动，所为何事？"

　　"拿人！"

　　对方头目回答极为简练，且迅速展开手中布帛，朗声念道："奉太后懿旨，捉拿孟长歌归案！"

　　闻言，三人一震，眸中现出惊色，长歌脸色亦变了几变！

　　"利捕头，你弄错了吧，皇上有旨，遣孟长歌出京，所犯之过皆赦免无罪！"莫可隐忍着怒意，昂抬着下颌道。

　　利枭面无表情："三位侍卫大人，你我做臣子的，尽忠是本分，但请不要为难我等执行公务！"

　　"利枭……"

　　"太后手谕在此，三位请过目！"

　　莫麟大步上前，从利枭手中接过布帛，三人查看一番，惠安的印鉴，真实地戳在那里，令他们眉头蹙得死紧。

第六章　身陷大牢

果然，就不该放任孟长歌返京的，入城不到半个时辰，便被惠安算计到，这回该怎么办？

"那个……"长歌轻咽着唾沫，沉默了这许久，终于忍不住小声问道，"太后和皇上，哪个大？"

她记得，孟萧岑给她的大秦政治情报里提到过，惠安太后与新帝尹简感情甚好，虽非亲生母子，但关系和睦，所以……尹简应该能保她安虞吧？

三人狠狠瞪她一眼："这就是你不听劝的下场，等死吧你！"

长歌嘴角一抽，顿时有种想逃的冲动，但那个利捕头带来了十数人，看起来个个都是好手，她……

利枭懿旨在手，饶是他们乃御前侍卫，也不能违抗太后之命，可就这样将人交出去，万一孟长歌遇害，帝王那边该如何交代？

莫影沉思须臾，目光深邃地望向利枭："利捕头，我可以把人给你，但你须知，这孟长歌是皇上特赦的人，皇上不希望看到孟长歌损伤半根毛发，就是宁太师那里，利捕头也该想想怎么应对才好。"

"莫大人放心，我只负责拿人，不负责审案。拿人过程中，只要犯人不抵抗，就绝不会有损伤。"利枭了然，遂淡淡答道。

话说到此，莫影点点头，作个手势，莫麟和莫可便放开了长歌，他却附在长歌耳际，悄然说了句："你记着，万万不可对任何人说出有关玉佩的事，你与皇上的旧情，也不能提半个字，否则连皇上也难救你！"

旧情？

长歌愕然，顶多旧事吧，哪有什么情呢？故人渊源她想不起，那个意外的亲吻，她是绝对不会承认，也不会记在心上的！

利枭抬手一招，立刻便有手下衙役过来抓人，长歌本能地想抵抗，莫可连忙按住她，语速飞快地低语："少安毋躁，以你一人之力，是敌不过利枭的，不要给自己多加一项抗旨的罪名！"

"就是，你忍着点儿，等看皇上有什么法子救你吧！"莫麟本想落井下石地嘲笑她一番，但话到嘴边，又心软地改了词，他想他果然是个善良的人。

长歌闻听，想想是这个理，便乖顺下来，任衙役押住了她的双臂，只是左肩的伤未好，衙役动作又狠，牵动了伤处，疼得她惊呼了声，而后死死咬住了唇。

这细小的变化，落入莫麟眼中，他眸子沉了沉，似乎想起了什么，微微一紧。

"戴上镣铐！"

"是！"

利枭一个命令，长歌双手便失去了自由，她一口气憋在喉咙里，上不得下不得，此时真是恨啊，若非尹简出尔反尔，不允许她考羽林军，她也不会做出那么多的破事，那么能被惠安太后逮着收拾么？

怨恨中，长歌被押走了。

等她后来被关入刑部大牢的时候，她终于了悟到莫可在城外时说的那句："你若不走，必有危险！"

果然，尹简应该早算计到了，所以才命人不惜用哄骗的手段，遣她离京！

看来，她真的给尹简惹麻烦了，也不知那男人会不会如信上所言，真予她一世长安。

第七章　帝王亲救

皇宫。

早朝后，尹简回了寝宫含元殿，昨夜染了风寒，感觉龙体不适，头重脚轻。

莫影三人回来时，太医正在把脉，三人静侍一旁，担忧之下，未敢扰乱太医看诊。

良久，太医告退，高半山带了宫人前去御药房亲自煎药，尹简被宫女扶着躺在榻上，闭目休息。

"办妥了么？"昏睡中的他，嗓音略哑地低问了一句。

三人一惊，方才记起那事，连忙上前跪地叩头："请皇上降罪，奴才办事不力，孟长歌本已带出城，然他以死相挟，非要回城取东西，奴才们拗他不过，便……谁知，他竟跑到鸿升当铺欲赎回玉佩，结果刑部大捕头利枭竟然赶到，奉太后懿旨，将孟长歌带走了！"

闻言，尹简陡然坐起身来，他病态的俊颜，染上沁冷的霜寒，讳深的褐眸，散发着凌厉的光芒："朕是如何叮嘱的？不论孟长歌做什么，都不要理他，必须送他远离京畿，你们是耳聋了么？"

"奴才知罪！"

三人战战兢兢地跪伏在地上，莫麟小声回道："皇上，那小子闹自杀，奴才们是……是担心他真死掉的话，皇上会生气，所以一时考虑欠妥，就……"

"他才舍不得死！"

尹简震怒不已，一掌便拍在了榻沿上："就是把朕气死了，他也不会自杀的！"

"奴才该死！"

三个倒霉蛋儿把脑袋又垂下去了一分，心中共同把长歌诅咒了十八遍，那个混账小

105

子，真是活着连累人，干脆死在刑部大牢好了！

然而，帝王接下来一句话，却粉碎了他们的希望："莫影，你即刻去刑部走一趟，传朕口谕，在朕没有定夺之前，不准对孟长歌滥用私刑，违者以欺君之罪论处！"

"遵旨！"

"莫可，宣齐南天和肃亲王即刻入宫！"

"是！"

"莫麟，请六王爷过来，就说朕有要事与他商议！"

"是！"

交代完毕，尹简也下了榻，刚起的三人见状，忙扶住尹简，忧虑道："皇上，您躺着吧，龙体要紧。"

尹简冷哼一声："朕还有闲心养病么？那小子不是宁谈宣的小祖宗，是朕的小祖宗！"

三人愕然，满目不可思议。

"莫影，给朕盯好了，孟长歌完好地进去，就得完好地出来，否则……"

天子烦躁地说到这里，唇角勾起一抹狠绝的弧度，令人不寒而栗，似隐隐透出了些许杀意。

"奴才明白！"莫影一惊之下，立刻拱手告退，快步而出。

莫麟和莫可亦心惊地快速折出含元殿，各自办事去了。

尹简淡淡地望着殿门方向，大掌探入怀中，摸到那枚白玉佩，心底冷暖交织，久立无言。

经久，似有风吹入，他断断续续地咳嗽开来，大宫女沁蓝上前，小心地搀扶住他，柔着声低劝："皇上，先躺躺吧，奴婢差人把屏风支过来。"

尹简微微颔首，回到御榻前躺下。

沁蓝与莫影三人，皆是原太子府的旧人，父亲尹梨在他幼时，便安排给他的最忠心的下人，尹梨死后，太子府所有下人遭到遣派，分流各府，直到他颠沛归京后，才将他们秘密找出来，重归他所用，他的身边，必须得是他信得过的人。

长歌悲苦地蹲着大牢，午膳没给吃，连口水都没给喝，又饿又渴的她，简直无语凝噎。

关键是寂寞啊，她这是单人牢房，一个人静悄悄的，连个说话的人也没有，其实她不介意牢头将她送到大杂烩的多人牢房，因为凭她的本事，不怕被狱友欺负啊，从来只有她欺负人的份儿呢，至少人多点，还能划拳、开赌、笑闹，顺便拉个白净的给她捏肩捶腿嘛。

在大楚十五年，她学习了武功、兵法、谋略、治国之道，孟萧岑是彻底将她当男子来教养，她三岁以前被皇家教导学习的琴棋书画织绣女红，统统被丢进那场灭国大火中去了。

第七章 帝王亲教

所以很多时候，连她自己都觉得，她根本不是姑娘，因为姑娘们会的技能，她一概不会。

混迹市井多年，她沾染了很多无赖混混的痞气，她爱捣蛋、爱捉弄人，她无法无天，混账透顶，她以这种寻乐子的方式，逼自己保持平和的心态。

因为她忘不了幼时，夜夜从国破家亡的噩梦中醒来的可怕，她想报仇，就必须十年磨一剑，忍常人不能忍之事。

所以孟萧岑说，长歌不怕，你觉着怎么能开心，就怎么做，哪怕捅破了大楚的天，也有义父给你顶着，义父喜欢你胡闹的混蛋模样。

"呵呵。"

长歌忆及此，不禁自嘲地咧唇，如今不在大楚了呢，孟萧岑惯下她的臭毛病，竟交给了她的仇人为她收拾烂摊子，这究竟是有多可笑？

尹简……

反复咀嚼着那个名字，长歌心头无端烦闷，她倒头睡下，也不管身下的杂草扎不扎人，强迫自己闭上了眼睛。

反正，睡着了也就不饿了。

很快进入梦乡，孟萧岑熟悉俊朗的脸庞寸寸逼近，长歌一刹那间，竟呜咽出声……

思念这种东西，就算刻意遗忘，可弦绷得紧了，总有断裂的那一天。

她想那个男人，想那个抚养爱护了她十五年的男人。

可是，孟萧岑不喜欢她，他总是把她当小孩子看待，其实她十八岁了，真的长大了……

日暮的夕阳，从天窗倾洒进来，染了半室橘红。

长歌这一觉睡得沉，因为做了很多梦，所以她醒来时，云里雾里的，好半天处于迷糊状态中。

直到，一股饭菜的香味儿飘入鼻中，她才一个激灵清醒。

"咦？谈美人，你怎么在这儿？"清醒的长歌，莫名地看着坐在牢房一角的漂亮男人，凤眸眨来眨去，表情很茫然。

"小祖宗，你倒是能睡啊。"

宁谈宣噙着笑，淡淡说完，起身过来，打开他带来的食盒，端出两碟精致的菜肴，以及一碗白米饭，又递了一双筷箸给她，温和地笑说："吃吧，若不合口味，先将就着，等出了大牢，本太师再请你吃好的。"

"大哥……"长歌喉咙动了动，呆呆地看着宁谈宣，"你那晚不是……不是生我气了么？"

闻言，宁谈宣轻勾了下唇，笑得漫不经心："哦，对啊，所以我给这饭菜里放了砒霜，你敢吃么？"

"有何不敢？小爷百毒不侵！"

"呵呵。"

看着长歌昂着下巴的桀骜模样，宁谈宣抬手摸了摸她脑袋，语气略为宠溺："那就吃吧，待会儿凉了不好吃。"

长歌难得乖巧地点了点头，终于埋头开吃，她饿一天了，宁谈宣这厮总算是雪中送炭。

"吃慢点儿，小心噎着。"

"……嗯。"

"还有鸡汤，别光顾着干吃，喝点儿润润胃。"

"嗯，好。"

暮色斜照，橘色的光芒，映照在宁谈宣的侧颜上，勾出柔和的弧度。

原本冰冷的牢房，竟温馨满室，暖意淙淙。

看着长歌吃得津津有味儿，那如孩子般憨憨的模样，男人心底似有什么东西在涌动，紧凝视着她的瞳孔，浮起淡淡的笑痕。

"大哥，你真像我哥哥一样，这顿膳食谢谢啦。"长歌吃饱喝足，放下碗筷，诚挚地笑着说道。

宁谈宣微微蹙眉，许久沉默，似是在思考长歌的话。

长歌餍足地身体朝后一仰，睡倒在了杂草上，她手背交叠在脑后，跷起二郎腿，没心没肺地笑道："大哥，这地方不吉利，你走吧，别再来看我了，我又死不了。"

"你确实死不了，不知有多少人在给你这小混蛋开脱呢！"宁谈宣瞪了她一眼，倒是起了身，他真忙着，惠安那边，在等他的态度呢。

长歌"呵呵"干笑了两声，她心里明白，尹简是真心为她，其他人嘛，那是给尹简面子，不然谁不盼着她死在大牢少出来祸害人？

"乖乖的别闹，等我接你。"宁谈宣不甚放心地叮嘱一句，然后提了食盒，打开牢门走了。

长歌却抬掌盖住双眼，心头有些凌乱，这是什么情况？

一干人相继从寿安宫出来，神色皆有些复杂。

尹珏道："真是弄不明白，皇兄这是做什么？犯得着为了一个混账东西跟太后闹僵么？"

"就是，还叫我们跟太后说情呢，真是的，好歹皇兄得讲个原因啊，不能让人这么糊里糊涂的，对不对？"尹璃同样忿恨，拳头捏得"咯咯"作响。

齐南天缄默不言，只把眉头拧成了"川"字。

肃亲王尹诺似乎不在状态，心情看不出好坏，但该左转弯的时候，他却右转弯了，尹珏黑线地提醒："皇叔，你走哪边啊？那边过去没路了！"

第七章 帝王亲救

尹诺一惊回神,方才意识到他走神了。

那个孟长歌,不知不觉就扰乱了他平静的思绪,想起太后严厉的态度,他不禁暗暗捏了把汗。

宁谈宣过来时,跟这几人打了个照面,寒暄两句,他便越过众人,往寿安宫走去。

"太师留步!"

背后,尹诺忽然出声,宁谈宣顿下了步子,回身淡笑:"王爷有何见教?"

尹诺迈步上前,斟酌着说道:"你可是去求见太后?"

"不错。"

"为了孟长歌么?"

宁谈宣微挑了下眉,眸中闪烁着晦暗不明的光:"王爷究竟想说什么?"

"倘若太师想救孟长歌,便该明白太后此举的真正意图。"尹诺淡淡一笑,浑不在意对方审视的眼神,只接道,"孟长歌那孩子不过顽劣了些,本王倒觉得他挺有趣的,就这么被处死,未免可惜。"

语毕,尹诺抱了抱拳,转身离去。

宁谈宣微眯了眸,唇角缓缓勾起一抹高深莫测的笑,而后继续前行。

进得寿安宫,经太监通报后,很快便到达内殿,见到了惠安,只是帝王尹简竟也在场。

宁谈宣从容地施礼:"微臣参见皇上!参见太后娘娘!"

"平身。"

"谢皇上!"

礼毕,四目相对,二人神色皆无异。

"太师求见,不知有何要事?"惠安雍容浅笑,招了内侍赐坐。

宁谈宣一揖,不疾不徐道:"微臣听闻太后抓了孟长歌,将其关入了刑部大牢,是以,微臣刚刚往刑部走了一趟,看了看那小子。"

"哦?宁太师对一个小人物倒是关怀备至。"惠安眸子冷凝一瞬,笑得令人发怵。

宁谈宣视若无睹,只淡淡一笑道:"孟长歌的确是个小民,微臣与他萍水相逢,不过言谈甚欢,来往亲近了些,便惹得三公主几乎草菅人命,如今又被太后……呵呵,这次怪他自己胆大妄为,微臣无意为其开脱,太后按律法办,以正视听,微臣只求每日闲时探探监,望太后恩准!"

闻言,惠安将手中的绢帕暗暗绞得死紧,好半天都无法说出应对的话来!

宁谈宣本就不是简单的人物,甚至可以说是只狡猾的狐狸,先将她一军,再给她扎一颗软钉子,让她抓孟长歌希望从他身上达到的目的胎死腹中,还隐形地施压给她,果然办事滴水不漏!

内室中,气氛诡异沉静。

尹简呷着碗中的香茶，举手投足间，动作优雅，尽显皇家贵气，他恍若不曾听到那暗波汹涌，始终缄默不言。

"皇上，你的意见呢？"良久，惠安忍不住开口，侧睨向尹简，淡声问道。

尹简勾唇一笑，搁下茶碗，道："灵儿年纪尚轻，性子较为跋扈，自知做了错事，已经潜心思过多日，宁太师年长她十岁，就多包容她一次吧。"

"皇上言重了，公主金枝玉叶，微臣不敢埋怨。"宁谈宣一揖，脸上虚与委蛇的笑容，一看就假，却又让人没法揭穿。

"呵呵。"尹简微微摇头，唇边笑意不减，"关于孟长歌，朕知他深得太师喜欢，是以，并不想追究此事。太后呢，小惩大诫，关他几日让他长长记性，以免他日后闯出更大的祸事，故太师也不必记挂在心，地牢阴寒，太师进出多了，小心身子骨抱恙。"

"是，多谢皇上，微臣告退！"宁谈宣跪地叩拜，内心着实满意，不论尹简相帮的目的为何，只要结果对长歌有利，他便不虚此行了。

待宁谈宣退出，惠安脸色却倏然一沉："皇上，哀家几时说过要放了孟长歌？"

尹简起身，负手行出几步，又顿下步子回身，缓缓道："太后，难道您真想处斩孟长歌么？方才宁谈宣的决定，太后想必已经听清楚了，试问还有选择的余地么？那宁谈宣是什么人，他岂会因为一个少年小子，就心甘情愿地受太后威胁做皇家三驸马？太后这步棋，从开始就错了，朕维护孟长歌，倒也并非为己，只是不想太后与宁谈宣关系弄僵而已。"

"好，只盼皇上没有中邪，时刻谨记自己的身份才好。"惠安冷冷地接话，面无表情。

尹简道："太后提醒的是，但儿臣不想太后受委屈，方才说与宁谈宣关孟长歌几天的事，是想让他多揪心几日，若朕今夜秘密放掉孟长歌，明日让他到大牢扑个空，那份郁结之情，想必会让他铭记！"

"呵呵，皇上好主意，就由皇上作主吧。"惠安扯唇笑开，似是欢欣之至。

"如此，朕便先行告退，改日再来探望太后！"

"皇上慢走。"

尹简行礼退出，望着那抹身着龙袍的明黄背影，惠安缓缓敛去了笑痕，眸中一抹阴寒，似淬了毒般，充满了阴鸷怨忿……

回到含元殿时，天色已经完全黑了。

云淡星稀，一轮皎月高挂，清晖铺洒了整个大地。

沁蓝迎上来，看到尹简卸下了伪装，一脸倦容病态的模样，心疼焦虑不已："皇上，可以传膳了么？药也煎好了，皇上今夜早寝，太医嘱咐，皇上需多休息的。"

"命人传膳吧。"尹简淡淡应道。

"是！"

沁蓝退下，莫麟和莫影近前，莫影率先拱手道："禀皇上，孟长歌在牢中安好，整整

第七章 帝王亲救

睡了一个下午，晚膳时宁太师去探监，带了膳食给他，两人相谈甚欢。"

"皇上……"莫麟迟疑着，似乎不知该不该讲。

尹简剜他一眼："不想说就闭嘴！"

"不是……咳，是奴才白日忘记回禀皇上了，也不知这事对皇上重不重要，就闷在心里忘记……"

"废话少说，再扯一堆没用的，当心朕踹飞你！"

尹简不耐地冷声一句，惊骇得莫麟仓皇捂嘴，瓮瓮地小声抱怨："奴才已经被孟长歌那混尿踹飞一次了，皇上不能近墨者黑……"

"踹得好！"尹简忍无可忍，"谁听到你这么啰唆，都会想踹你的！"

莫影憋笑憋得扭曲了脸……

莫麟耷拉下了脑袋，怏怏的嘟哝了句："算了，就让孟长歌疼死好了，懒得管……"

"什么疼？长歌受伤了？"尹简听到关键词，猛然揪住了莫麟的肩领，厉声道，"给朕说清楚！"

"皇上，孟长歌今日被利枭的人带走时，拧到了他左臂，奴才瞧着他左肩似乎有伤，一副疼痛的样子。"莫麟狠狠地哆嗦了下身体，战战兢兢地答道。

闻听，尹简两道剑眉愈发地紧蹙，他无波的俊容，看不出情绪的深浅，大掌缓缓松开时，沉声道："再取一支白玉止痛膏给朕！"

"嗯？"莫麟蒙了一瞬，没有反应过来。

莫影恨铁不成钢地代替主子踹了莫麟一脚："就上次遣你送给孟长歌的药，再拿一支！"

"啊，哦，明白，立刻去！"

莫麟受了惩罚，这才恍然大悟，连忙跑出大殿，往御药房去了。

沁蓝传了膳，尹简胃口不大好地只吃了少许，便命人撤膳，沁蓝劝不下，只好吩咐御膳房随时备着尹简爱吃的点心和宵夜，以免待会儿尹简肚子饿，不能及时上膳。

膳后喝了药，已是月上中天。

"皇上，奴婢侍候您沐浴就寝吧。"沁蓝在旁边，极小心地说道。

尹简风寒不轻，脸色忽红忽白，咳嗽不止，他却摆了摆手："替朕更衣，朕得去刑部一趟。"

"皇上，您龙体欠安，太医……"

"无妨。"

沁蓝焦虑，眸光投递给高半山等人，希望都能劝劝皇上，可惜不等高半山开口，尹简又道："沁蓝留下，其他人随朕走，各方面部署好，朕在宫外可能会待久些。"

"遵旨！"

一众侍卫拱手领命，迅速各司其职。

111

春夜的风，吹在身上微带起凉意阵阵，尹简身在病中，忍不住打了个喷嚏，焦心的高半山连忙将披风给他系好，急声说道："皇上，您保重龙体要紧啊，那个小子就交给奴才们走一趟好了，您……"

"你们没用。"尹简右拳虚握在唇边，轻咳几声，固执地上了马车。

遇上孟长歌那个小犟驴，果真是派谁都没用，逼到最后，还得他亲自走一遭，遂了那少年的心意。

只希望，他能劝得动，能让长歌改了主意。

夜色苍茫中，高半山随侍在车厢，良佑、莫影等四大玄衣侍卫率人分成两拨，或明或暗地护驾，马车依着沿途灯盏映照出的亮光，缓缓驶出了宫门。

此时，刑部大牢。

长歌躺在杂草上，嘴里叼着草根，脚上踢着草堆，格外无聊地胡乱哼唧，远远听到，就像是痛苦的呻吟。

其实长歌也非故意，牢里阴凉得很，尤其到了夜里，温度骤降，不仅没有床，而且连像样的被褥都没有，唯一扔在角落里的一床污秽到恶心的褥子，她是无论如何也不会用的，所以这会儿冷得要命，她只能做些运动，让身体发热取暖。

"阿嚏——"

长歌响亮的喷嚏声，回荡在牢房四周，她难过地抽着鼻子，眼睛也跟着有点红了，心下暗骂，那个死太后啊，一定长得像母夜叉，不讨先皇尹哈的喜欢，活该年轻守寡，宫闱寂寞，哼！

正骂得酣畅时，突听得脚步声纷沓而来，长歌没动，乌黑的眼珠滴溜溜地转，是宁谈宣来接她了么？

不行，虽然她不想坐牢，可她也不能跟宁谈宣走啊，一旦进了他的府邸，她还能做成什么？只怕尹简第一个就饶不过她……

思考到这儿，长歌立刻闭上双眸，装作昏迷不醒的样子。

这种情况下，如果她被人带出牢房，不论对方是何人，尹简总不会把责任归咎到她身上吧？

嘿嘿，反正先出了大牢再说，不然这一晚下来，可会把她冻死的！

刑部大牢，地形复杂，为防犯人逃狱，当初建造时，请工匠设定了诸多障碍机关，每走一步，若无人引路，则必死无疑。

这也是宁谈宣为何刻意叮嘱长歌"乖乖地别闹，等我接你"了，他生怕以长歌的性子，大打出手，上蹿下跳地自寻死路。

帝王星夜驾临，刑部尚书惶恐跪迎，听闻帝王为孟长歌而来，心惊之余，亲做向导，躬身在前开路。

因无数大内侍卫镇守，原本嘈杂的犯人，早已安静避祸，整个大牢中，除了纷沓的脚

第七章 帝王亲救

步声外，再听不到任何杂音。

然而，长歌并不知情，她的呻吟声和喷嚏声，依然肆意地张扬，使得行走在迂回曲折通道里的众人，只听得回声阵阵，似病得极为严重。

尹简陡然加快了步伐，清冷的侧颜，线条紧绷，眸中隐含怒意。

身边众人小心翼翼，无端悬起了紧张的心。

很快到达，刑部衙役抖着手打开牢门，刑部尚书忐忑地道："禀皇上，孟长歌就关在此处。"

皇上？

长歌小心肝一跳，不是宁谈宣，是尹简！

她突然无措起来，虽说尹简的真实身份已经暗示给她了，可他还没有以帝王身份与她相见过，此时该怎么应对？

她是继续假装昏迷，还是睁开眼给他行礼？

可同来不知多少人，她又该以什么语气跟他交谈，面对这个莫名其妙的故人呢？

长歌心跳如鼓，竟犹豫不决紧张得脑门冒出了细汗，她喜欢跟他尊卑不分地随便胡扯，但当着外人的面，她……

听到有人靠近的声音，危急关头，她索性心一横，暗暗咬紧了牙关，继续双眸紧闭，一动不动……

尹简一步步走向长歌，晦暗的重瞳，眼眨也不眨地凝视着躺在杂草堆里的她。

春寒料峭的夜晚，她半蜷缩着身体，睡在冰冷的地上，乌发垂下，遮了半边脸庞，模样憔悴，可怜得如被人遗弃的孩子，令他十指紧攥，心脏深处，竟似猛然受了重击，隐隐作痛。

他所见过的孟长歌，或嚣张、或乐观、或混蛋、或跋扈，不论怎样处境下的她，都是活力充满生机的，而绝非此刻这般……让人心中难受的样子。

刑部尚书欲跟进去，高半山飞快地阻止，用唇语示意所有人留在外面。

"孟长歌。"

从喉咙里溢出一声略带沙哑的轻唤，尹简缓缓弯腰半蹲在了长歌身侧，他抬起修长的五指，温柔地拂开她的发丝，嗓音轻得似羽毛般掠过长歌的心尖："对不起，长歌，让你受苦了……"

长歌一震，眼睫忽然润湿，他是大秦帝王呀，怎么能跟她一个无名小卒道歉？

她真的不记得，他欠了她什么，可她知道，自从进入大秦遇到他，做得过分的人，一直都是她……

这一刻，长歌忘记了尹简是她的仇敌，她心中百般不是滋味儿，细微之处的感动，萦绕于心，怎么也散不开……

长歌羽翼般的长睫微微颤动，她没有睁开眼，却忽然抓住了他的手臂，带着恳求的语气:"尹简,带我走,好冷……我快冻死了……"

尹简褐眸一沉,众目睽睽之下,竟不消多想地打横抱起了地上的小人儿,转身大步迈出。

长歌惊了一瞬,白皙的柔荑本能地揪住了他胸前的锦衫,丝毫不敢松开,生怕自己会跌下去。

而心中,亦慌乱如麻。

可想而知,牢门外一干人等,全体震惊在原地,如雕塑般,大脑失去了思考的能力……

"孙尚书,今晚你见到朕在大牢做了什么?"

擦身而过时,尹简顿下步子,侧眸斜睨向刑部尚书,淡淡询问。

闻言,刑部尚书一个激灵清醒,脑筋也跟着运作起来,他精明地垂首作答:"回皇上,微臣奉旨取了关于犯人的卷宗,皇上阅后批示放人。"

尹简颔首,满意而出,大内中人迅速跟上。

孙尚书抹了把额上的冷汗,心有余悸,这放人与抱人,完全两个概念,可答错一字,兴许脑袋便会搬家啊!

步出刑部,马车就等在外面,尹简将长歌安置车厢内的软榻上,随后上车,面无表情地命道:"去四海客栈。"

"是!"

众人应下,高半山踌躇不定,犹疑着小声请示:"皇上,那奴才是……是车里侍候,还是……"

这种情况,他不知自己该不该回避,若孟长歌是女子,那么顺理成章,皇上既喜欢,纳入后宫就可,但偏偏……这多诡异啊!

良佑等人,已经凌乱得手脚都快抽搐了,尤其是莫麟,他是唯一知晓那二人通州"奸情"的人,此时表面镇定,内心却急得如热锅上的蚂蚁,不断地哀号着,二人空间不能给啊,主子的清白怎么保证啊!

天可怜见,莫麟的忠心,终于被他主子感应到了,只听天子淡淡说了句:"原本怎么侍候,就怎么侍候!"

"奴才遵旨!"高半山暗喜地应下,他也不喜欢主子断袖,堂堂天子,该做顶天立地的真男人才行!

尹简略一沉吟:"莫麟,速请民间的大夫到四海客栈,记住,不可宣扬!"

莫麟激动不过数秒,便萎靡下来,他怏怏地领命:"是!"

"我没病!"

岂料,车厢里突地传来长歌的惊呼声,她从软榻上一骨碌坐起身,睁着黑漆漆的晶亮眼珠,朝尹简急声说道:"我身体很好呀,你不要给我请大夫,我不看病,我……"

第七章 帝王亲救

"谁说大夫是给你请的？"尹简悠然地打断她，唇角勾起抹揶揄的笑。

长歌小脸一抽，顿时尴尬地涨红了："啊……"

她窘迫的样子，令尹简心情愉悦得很，他使了个眼色给莫麟，后者上马，先行往城中而去。

高半山上车，马车很快启程，又如来时一般，安静而神秘地行驶在夜色中。

一盏琉璃烛台，将车厢照得明亮如昼，超大的马车，容纳三个人，也丝毫没有拥挤的感觉。

尹简坐于软榻一角，靠着身后的软枕，神色略有疲倦，那一袭墨色的锦袍，衬得他眉目愈发深沉，一如他这个人，为人处事，总令人看不出深浅。

车厢内有暖炉，所以长歌冰凉的身体，渐渐恢复了温度，她美眸顾盼，悄悄打量着皇帝的马车，只见软榻、案几、书柜、点心、茶盅、香炉等等，应有尽有，不禁心中暗叹，果然享受啊，比白日用来绑架她的马车奢华多了！

案台上，放置着一面铜镜，长歌信手拿起，随意比照了下自己，小脸渐渐难看。

此刻的她，哪里还是那个翩翩如玉的少年郎，竟满身狼狈得很，只见白衣污浊，满面灰尘，外袍里衫沾满了杂草，就连头发里都夹了几根，活脱脱像是从乱葬岗爬出来的……

长歌虽说混惯了，往日不怎么注意形象，可不知为何，身后尹简射来的那束目光，令她羞窘得很，只想马上洗漱更衣，重以漂亮的姿态面对他。

长歌一时适应不了这样的自己，她从来都是不在意别人眼光的人，怎么能……

烦乱地想到这儿，她懊恼地一咬唇，忽然负气地将镜子摔在了车板上，且抬脚重重地踩了几下，镜面碎裂的声音，钻入耳膜，刺得人神经一紧！

"放肆！"

高半山急喝出声，他完全不明白，这个脏小子到底是哪儿来的天大胆子，敢在帝王面前发疯！

"这个镜子是妖镜，照得人太难看了，为什么不能摔？"长歌非但认识不到错误，反而振振有词。

高半山肝胆都被气黑了，暴怒中，他本能地出手，往长歌肩上探去，欲给长歌一个教训——

"退下！"

岂料，尹简不悦地一声斥责，硬生生地令高半山在半道上停了手，他不甘心地收回攻势，大着胆子争辩了一句："皇上，这小子太不把皇上放在眼里了，该打……"

尹简冷眸无温："朕的话，没分量了么？"

"皇上……"高半山惊怔之余，忙跪下叩头，"奴才知罪！"

"退出去！"

"是！"

高半山憋屈地坐在了外面马车板上，将车厢门小心关好，可仍不放心，他竖起了耳朵，仔细偷听着里厢的动静，倘若孟长歌敢不轨，他就是拼了老命，也得揍死那无法无天的臭小子！

骑在马上的众侍卫，皆无语地叹了口气……

车厢里，长歌任性过后，忽然安静下来。

她低垂着脑袋，把玩着十指，不知在想些什么。

尹简长臂一伸，将她从长凳拉到软榻上坐下，他清隽的俊容，平淡无波，分辨不出情绪好坏，只是沉凝视着双眸，冷冷地注视着她。

长歌不安地偷瞧他一眼，咬着唇角没敢说话。

他其实……生气了吧？

换了哪个皇帝，被人如此对待，能不气得将那人杖毙以平心头之火呢？

可他却……又一次没杀她。

长歌冷静下来，很是后悔，她不晓得自己为何会冲动，明明那是无关紧要的事，她怎么就沉不住气呢？

被孟萧岑宠坏了的长歌，总是忘了眼前的男人，已非孟萧岑，而是她的仇敌——尹简。

所以，她总是任性地胡作非为，甚至不计后果地敢去惹怒尹简。

然而，结果又往往是令她感到意外的，一次又一次，尹简竟毫不计较地包容了她。

"喝碗茶，败败火。"

头顶温润带冷的声音，令长歌霍然抬眸，只见尹简拎起茶盅，亲自斟茶给她，在她呆滞的目光中，将茶碗送到了她嘴边。

长歌机械听话地张唇，任由他喂她喝了大半碗茶，脑袋始终像断了片，又蒙又迟钝。

尹简侧睨着她，许久才冷冷淡淡地开口："怎样，火气降下来了么？有脾气，可以冲朕来，镜子碎渣若刺伤了手脚，疼的可是你自己。"

"我……"长歌闻听，心头堵得厉害，她不服气地想为自己争辩，可他话里暗含的关心，竟令她一句话也说不出来……

果然，这个男人用对了方法，她就是个吃软不吃硬的性子。

"对不起。"长歌闷声道歉，该她认的错，她不会不认。

见她服软，尹简目中的寒光，缓缓消散，但他仍语带讥诮地叱她："弄成这样子，反倒诬赖镜子是妖镜，孟长歌，你心虚么？"

"我……"长歌脑中忽然闪过了什么，她眼珠狡黠地一转，竟突兀地抱住了尹简的右臂，昂着下巴哼笑，"我就不心虚！你不是说我们是故人嘛，那作为朋友，该不该有福同享，有难同当？我变成了脏兮兮的丑八怪，你也不许漂亮！"

她说着，居然埋头在他胸前一通乱拱……

第七章 帝王亲救

这般孩子气的行为，令尹简错愕之余，咬牙切齿："孟长歌！"

长歌不惧他，看着自己的杰作，她满意地抬头，舔了舔粉唇，娇憨地笑："嘿嘿……皇上不准生气！"

殊不知，她那自然无意的舔唇小动作，竟令尹简体内腾升起了股难言的邪火，一如那夜长歌强吻他时的感觉……

他大掌猛然桎梏住她的下巴，眼中闪动着深邃的浊光："那么，你心理平衡了么？"

"当然，总不能就我一个人脏吧？咱俩一起脏，多有意思啊！"长歌到底青涩，浑然没听出男人潜在的隐意，径自乐呵着。

尹简晦暗的眸子，眼眨也不眨地凝视着她："可朕心理……不平衡！"

"啊……"

长歌的诧异，还未来得及表达，便被尹简突袭的吻，整个堵回了喉咙，她全身像被点穴般，一动不动，眼珠瞪大，脑子完全空白了……

其时，尹简并未深入，只是碾磨着她的唇瓣，带着惩罚性地啃咬她，然而，她的味道太过让人迷恋，只是四片唇的触碰，就令他有些把持不住，情不自禁地探出舌，往她口中钻去……

车厢中的温度，仿佛骤然上升，从春季恍然一跃到了盛夏，滚烫得令人额头渗汗，体内似有团火在烧。

长歌第一次经历这种阵仗，她完全失措得如木偶人，任凭男人摆弄，连反抗的意识，都迟钝得半天无法回归……

直到，口中似有什么东西钻进来，搅住了她的舌，在她口中横行肆虐，她的双唇被堵得连呼吸都不能，她才心神一震，从脱线状态中回归到了现实！

"呜呜……"

长歌的抗议声，从喉咙溢出时，她的拳打脚踢，也凶狠而至，若非顾忌着被人听到会丢脸难堪，她连袖中的匕首，都想拔出来捅在这个名副其实的淫贱男人身上！

果然，人如其名！

尹简移开唇，同时松开了桎梏她下巴的五指，长歌如受惊的兔子，立刻缩到了角落里，双颊泛红，神色恐慌、羞愤！

被欲望左右的褐眸中，涌动着混乱的情绪，亦夹杂着浓郁的贪恋，尹简微喘着粗气，低声道："长歌，这是对你的惩罚，明白么？"

"你你……你有病！"长歌心跳如雷，羞得恨不能找个地洞钻进去，"大家都是男人，你生气可以揍我啊，怎么能……臭尹简，我告诉你，要不是看在你几次饶我小命的分上，我肯定会阉了你的……"

她霍然间抬手捂住脸，有种想大哭的冲动，她的初吻就被他糟蹋了，现在还被他……这叫她怎么再有脸喜欢义父呢？

混蛋！流氓！

真的，完全是看在他待她好，暂时对她又有利用价值的分儿，不然她誓死也要保清白啊！

闻言，尹简勾唇冷笑："孟长歌，你似乎没搞清楚，你我之间这种特殊的亲吻，是你先教会我的，我不过以彼之道，还施彼身而已。"

"我我……我明明不是这样子亲你的！"长歌脸红耳赤，急急争辩。

尹简眸子一眯，浮起几分玩味的笑痕，他半身向前，靠近她问："你是怎么亲我的？我不记得了，要不你重新示范一次，我虚心学习一下？"

长歌怔愣了片刻，猛地扑过来揍人："啊……你这个淫贱，你故意欺负小爷，你坏死了！"

"哈哈……"

男人愉悦的笑声，如暮鼓晨钟般，浑厚低淳地散开，他撑坐起身体，将恼羞成怒的少年双臂握在掌中，温声安抚她："乖，别闹了。算朕的错，朕给你道歉，行？"

"哼！"长歌怒气难当，本想大肆发泄一番，以平心头之火，但见尹简态度柔软，又心想正好借机成事，便道："不行，要我原谅你，你得答应我一个条件！"

"考羽林军？"尹简眉头微蹙，缓缓冷了嗓音，"不行，朕绝不允许你留在京城！"

"你言而无信！作为一个皇帝，你怎能说话不算数？"长歌一把甩开他，气得小脸发黑。

尹简面不改色："朕当日不过敷衍你而已，随便你怎么骂朕，这个结果都不可改变！"

"凭什么？"长歌忍无可忍地拔高了音量，"我靠自己的本事参考，若考不上，我认命，但你凭什么取缔我的资格？"

尹简目中扯出一抹残冷，他一字一句地毁灭掉长歌的希望："就凭朕是大秦皇帝！"

车外，众人听得心惊胆战，一个个跟傻了似的……

夜色浓浓，白日的喧嚣，在时间流逝中，渐渐归于宁静。

清冷的街道上，人烟愈来愈稀少，摊贩在忙碌地收摊回家，偶尔有大黄狗的犬吠声入耳，再伴有几声主人家的叫骂声，为这静谧的夜色，添了几许生机。

长歌抱膝坐在软榻上，很久都跟木桩子似的，一动不动。

他一句身份的宣告，就可抵消了她所有的理由，她还能怎样？

难道……真的放弃么？

长歌不甘心。

她努力了这么久，只差这一步，就可以潜入皇宫，潜在尹简身边，然后一步步完成她的计划。

所以，她不能退缩。

第七章　帝王亲救

决定了方向后，长歌便开始思考策略，她默默地分析尹简的性格，最后也得出五个字：吃软不吃硬。

确实，她若硬来的话，第一，她打不过他；第二，他终究有帝王脾气，她在他的地盘上，明显吃亏的会是她自己。

所以，之前的法子全部失败，她得深刻地检讨，得调整方案，寻找新的突破口。

那么……投其所好？

可他喜欢什么呀？她又有什么东西，能被他喜欢呢？

长歌冥思苦想，先从大方向上来考虑作为一个男人，会有些什么爱好？

正想得出神时，一只冰凉的大掌，轻轻覆在了她额头，她一怔："干，干吗？"

"没发烧就好。"尹简收回手，表情淡然无波地回了几个字。

长歌愣愣地看着他，嘴唇嚅动了几下，却心境复杂得不晓得能说什么好。

"禀皇上，四海客栈到了。"

正在这时，高半山的声音传了进来，马车也缓缓地停在了路边。

"大夫请来了么？"尹简淡声询问。

"回皇上，大夫已在客栈等候。"

"带到马车里来。"

"是！"

听到高半山似是去寻人的样子，长歌秀眉拧了拧："那大夫就是给我请的吧？你若病了，肯定传太医到皇宫的，怎么会用民间大夫？"

尹简颔首，到了此时也不再瞒她："你在牢里待了大半日，恐怕身子骨受凉，让大夫把把脉也能放心些。"

"我不看病，我身体好得很，你看这一路上，我没再打喷嚏吧？"长歌心中略急，她哪敢让大夫把脉？医术再差的大夫，也能把出男女脉象的不同吧？

尹简不为所动："再诊诊，你别任性。"

"拓跋哥……"长歌急得握住他手臂，左右摇晃，细声软语地恳求，"我从小被人拐卖掉，就因为我爹是大夫，所以我最讨厌大夫了，拜托你别强迫我，好不好？"

"长歌。"尹简无奈，他拉她到身边坐下，柔声安抚她，"不怕，只是瞧个病，很快的。"

长歌脾气上来，没什么耐心再撒娇，她索性心一横，道："让我看病也可以，那你就让我考羽林军！"

"不可能！"尹简嘴角一沉，他最烦有人威胁他，跟他讲条件。

长歌抬了抬下巴，冷傲道："那就没戏！"

"好，你的死活随便你，以后朕不会再管你，给朕滚！"尹简眉目森寒，盯着她久久才冷笑了声，袖袋里的白玉膏，他本已拿在掌中，又悄然塞回去。

长歌坐着没动，她瘪了瘪唇，一股酸涩从鼻尖涌上，眸底竟氤氲出了水光。

这十几年来，她很少会哭，因心存国破家亡的仇恨，她时刻告诉自己，她不是普通女子，她肩负着复国的重任，任何表示脆弱的行为，都不该有，尤其是哭泣。

可是，此时尹简一句"滚"，她竟觉委屈得想要落泪……

或许一直以来，是这个男人待她太宽容，所以她才受不了他一句绝情的重话。

人，大概都是这么贪得无厌吧！

"长歌……"尹简眉头一拧，眸中戾气在她眼眶蓄满的泪水里，悉数消散，他略感意外地抽了抽嘴角，"怎么哭了？"

长歌垂下头，抽噎不语。

"好了，不想看病就不看，朕命大夫回去！"尹简叹气抚额，对于这个小祖宗，他着实头痛无奈的很。

长歌心里一喜，她忙揉了揉鼻子，抬眸看他："真的？"

"反正身体是你自个儿的，你自己掂量就好。"尹简道。

"呵呵，我明白。"

长歌展颜，唇畔的笑靥，明媚如花，令尹简心神晃了一下，他突然问了她一句："长歌，你究竟是男子，还是姑娘？"

从认识长歌的那天起，他便一直搞不清这个将他从棺材里扒出的人是男是女，孟长歌在他眼中，始终就像一个谜。

"嗯？"长歌一惊，几乎条件反射似的瞪眼，"你什么意思？小爷我当然是男子，还等着寻个情投意合的姑娘成亲生娃娃呢！"

闻言，尹简唇边缓缓勾起一道讳莫如深的笑："长歌，你最好不要欺骗朕，否则……朕不会轻饶你！"

长歌一震，心中莫名生出几分恐慌……

大夫到来，莫麟还没喘口气，尹简又命他再把人送回去，莫麟简直欲哭无泪，在心里默默地把孟长歌那小混蛋又骂了十八遍……

街巷的更鼓声传来，尹简掀帘朝外看去，口中道："长歌，时辰不早了，你先回客栈吧，朕改日再找你。"

"我不，我想跟着你。"长歌偏了偏头，眼珠子狡黠地转动。

后日就是羽林军考试了，她难得见他一次，怎敢错过机会？他的改日再见，定然是考试结束后，那时黄花菜都凉了，还见什么见啊？

尹简挑眉，略带不解："你跟着朕做什么？"

"给你当奴才侍候你呀，你放心，除了烧饭侍寝，其他我都会做的。"长歌立刻接话，小脸笑眯眯的。

尹简却听得两眼发黑，他嘴角紧绷道："朕的奴才多的是，不敢劳驾你！你赶紧给朕

第七章　帝王亲救

下车,别耽误朕回宫。"

"我就不,反正你去哪儿,我就去哪儿。"长歌固执地摇头,一点儿都不考虑。

"孟长歌!"

尹简忍不住加重了语气:"你再不走,朕就扔你下车!"

"拓跋哥……"见他来硬的,长歌立刻就来软的,她情急之下,竟不顾廉耻地将他腰身一抱,且抱得紧紧的,几乎和他的男性躯体严密相贴,声音也是娇娇软软的:"不要丢下我,离岸走了,只剩下我一个人了,我害怕……"

"长歌……"尹简整个人蒙住,思绪迟钝了稍许,才缓缓回归本位,他俊脸染上几不可见的微红,连忙拍了拍长歌后脑勺:"你做什么?快放开朕!"

"不放,你不带我走,我就不放手!"长歌态度坚决得很,为了达到她的目的,她真是不择手段了!

尹简咬牙:"孟长歌,你成何体统!"

"我才不管什么体统不体统,反正你许了我一世长安,你就不能抛下我!"长歌振振有词,此刻脸皮可以厚过城墙。

尹简彻底无语,他深呼吸了几下,暗暗思忖,就再纵容这小祖宗一次吧,下不为例!

"半山,朕今夜不回宫,启程去南郊别院。"

听到天子的旨意,高半山差点儿从马车上跌下去,但他还是强作镇定地应了声:"遵旨!"

马车重新驶动,长歌兴奋得眉眼含笑:"拓跋哥,你是我哪个故人呀?待我可真好!"

尹简气血上涌,重重咳了几声,神色又显出了几分倦怠和病态,长歌不由得松手,敛了笑轻语:"你怎么啦?"

"朕没事。"尹简淡淡道,"扶朕躺会儿。"

长歌连忙下榻,小心地扶尹简躺下,因为不关心,所以直到这会儿,她才发现了男人体温的异常,以及那疑似风寒的症状,她心底不禁涌上愧疚:"尹简,我……你回宫吧,有太医侍候着,病才能好得快,而且还得吃药的。"

"怎么,良心发现了?"尹简难得浮唇笑了下,他是了解长歌的,不过是任性混账了些,但本性很善良。

长歌诚实地点头:"嗯。"

"好了,既然有良心,就给朕斟碗温水吧。"尹简勾唇,微微浅笑,心情总算明朗了些。

长歌从案几上的水壶里快速倒出一碗水,端到榻边递给他,等他喝下后,道:"你叫马车停一下,我就从这里下车吧。"

"朕一言九鼎!"尹简没理她,说了这么一句,就闭上了双目。

长歌愣了一瞬，待反应过来，不禁气怒："那你承诺我考羽林军的事，怎么不一言九鼎啊？"

"此非彼，朕是为你好。"尹简声音淡下去，似睡意浓重，再不愿说什么了。

果然长歌再唤了他几声，他也不答，很快便听到了他均匀的呼吸声，那男人真的睡着了……

长歌苦大仇深地叹气，该怎么办？到底该怎么办？谁来告诉她，尹简究竟喜欢什么呀？

第八章　以计取胜

夜阑人静，太师府书房的灯盏，长明不熄。

管家匆匆的步履声，从走廊的一角响起，沿途经过的丫鬟仆人，只觉一阵风迎面掠过，转瞬间，那人便已行出大半。

"老爷！"

一声呼唤，令宁谈宣从公文堆中抬起了头，他随意道了句，"进来。"

管家入内，近前行礼后，神色略带迟疑地道："禀老爷，孟长歌被人带出刑部了，送去的棉被厚衣又带回来了。"

"哦？被何人带走？几时的事？"宁谈宣眉峰微敛，他搁下毛笔，仰靠在了狐皮椅背上。

"据刑部所言，皇上戌时亲临刑部，亲自释放了孟长歌。"管家说到此，观察着宁谈宣的神色，见他没有不悦，便继续说下去，"刑部的人虽然只透露了这点，但奴才琢磨着，兴许孟长歌就是被皇上带走的。"

宁谈宣默了一瞬，道："有派人到四海客栈看过么？"

管家回道："有，奴才亲自去探的，孟长歌并未回客栈。"

闻言，宁谈宣许久未言，他面上无波，心思却如翻腾的江水，深暗难测。

"老爷，依奴才拙见，那孟长歌必与皇帝勾结，此人不纯啊！"管家等得焦灼，不免语气急了几许，"老爷掏心窝子地待他，他竟算计老爷……"

"朱允！"

宁谈宣忽然开口，眼神微冷："孟长歌或许跟尹简有关系，但他是否算计于我，我很清楚,你多虑了。"

"是,奴才知错。"管家朱允一揖,低垂下了头。

"继续查孟长歌的来历,一旦有线索,即刻报与我。"

"是!"

"下去吧!"

"奴才告退!"

朱允离开,房门开合的声音,很快消散,案桌旁侧,烛火"嗞嗞"作响,橘黄的光,映照在宁谈宣脸上,投下厚重的阴影,他深邃的墨眸掩映其中,瞳中暗芒锋利,冷寒慑人。

看来今日在寿安宫,他反倒是襄助了尹简,不过……

宁谈宣唇畔轻勾起一抹凉薄的笑,就算提前知晓,又能如何?

似乎……他做不到放任孟长歌不管,看那小混蛋受苦受难,他心中就似扎了根刺儿,极不舒服。

南郊别院。

长歌很意外,一个皇帝的行宫,竟然简陋成这般,就算比不得皇宫,起码也得雕梁画栋、园子屋宅、假山水榭,仆人环伺吧?

可是她此刻立在院子中央,视线所及之处,已经将整个"行宫"瞧了个遍,两进两出的小宅,除了院中有一株桃树外,再连一个装饰的景物都没有……

"少爷,您来了啊。"

一位老伯从西厢屋子匆匆出来,见到尹简时,露出明显惊喜的表情,他上前刚要行礼,尹简已单手扶住他,温和地笑说道:"齐伯,你年纪大了,不必再讲繁文缛节,不然朕心中过意不去。"

"是是,少爷厚爱,我记下了。"齐伯动容,眼角一热,忙抬起手背擦拭了下,然后招呼着尹简,"天寒露重,少爷快进屋暖和一下。"

"好。"

尹简噙着笑,熟门熟路地往东厢房走去,齐伯忙先进屋,掌了两盏灯,然后从檀木柜里抱出厚毯铺在椅子上,又忙着烧水斟茶。

良佑领着众侍卫轮流布防休整,高半山在御前侍候,帮着齐伯做事。

长歌是闲人,闲到东瞅瞅西瞧瞧,眼中充满了好奇,这宅院很小,似乎只有齐伯一个人,但干净得很,东厢该是久不住人,可连半点灰尘都没有,可见齐伯每日都在尽心打扫,只是……尹简怎么会屈尊于这种小地方?

而且关键的是,齐伯称呼他为少爷?

长歌百思不得其解,尹简登基之前,就算其父原太子尹梨死了,可他是尹氏皇族长子长孙,有着世袭的爵位,至少也是封王的人物啊,那下人不该称他为王爷么?

第八章 以计取胜

"过来，给朕捶捶腿。"

在马车上睡了半个时辰的尹简，此时看起来很有精神，长歌听到他唤人，瞥了一眼没理，继续参观。

直到高半山拿手肘撞了一下她，没好气地叱她："皇上唤你呢，没听到啊？"

"啊？什么？"长歌慢半拍地反应过来，"让我给他捶腿？"

"能侍候皇上，是你的福分！"高半山恨恨地说着，将她一把推到了帝王面前。

彼时，尹简已半躺在了榻上，半身盖着毯子，齐伯正侍候他喝白开水，忧心忡忡地念叨着："少爷，你根本就得了风寒啊，怎么能出宫呢？龙体不好，该在宫里好好养着，风寒这病啊，可大可小，不能忽视的……"

尹简眼尾余光瞥向长歌，唇角边笑意不减："齐伯，朕饿了，给朕熬碗小米粥吧。"

"少爷……"齐伯无奈，顺手将水碗递给长歌，由于忙碌，这会儿才顾得上瞧人，可只瞧一眼便皱眉，"这人是……"

"嘿嘿，我是孟长歌，一个无名小人物。"长歌干笑两声，简单做了自我介绍，她知道老伯异样什么，这副像是从乱葬岗爬出的模样，不吓到人才怪呢。

齐伯满腹疑惑，但他很快便淡然下来，只嘱咐道："给少爷多斟几碗水，烧开的白水多喝点儿，对身体好。"

"好咧。"长歌点点头，目送齐伯出门后，便尽责地斟了水送到尹简嘴边，尹简勉强又喝了几口，便道："先搁着，朕喝不下了。"

"齐伯说……"

"朕已经喝三碗了，齐伯上了年纪爱唠叨，所以朕才遣走他的。"

长歌无语，只好先搁下了水碗，高半山在身后说道："孟长歌，先过来洗干净你的脏手，再给主子捶腿。"

"我……"长歌气得不行，可对上高半山严肃的表情，她忽然叹了口气："算了，小爷忍你！"

尹简是为了她这个小混蛋，才拖着病体出宫的，不怪这些忠心耿耿的下人记恨于她，所以她不生气了，反过来对于尹简，她心存了份感激，可是因为仇恨，她又做不到坦然地感激他，心境不禁复杂矛盾得很。

而尹简瞧她认真地用皂角洗手，浮唇揶揄她："这会儿才洗，会不会太迟了？"那双小爪子握过他手臂，抱过他腰身，灰尘早沾他衣衫上了。

长歌听到他的调侃，回头朝他扮个鬼脸，狡黠滑溜地笑："不晚不晚，这水珠正好有布巾擦干了！"

语毕，她从水盆中拉出湿漉漉的双手，就那样举在半空，竟然扑向了床榻！

高半山根本来不及反应，只能眼睁睁地看着小混蛋以捶腿的名义，把满爪子的水珠全捶在了尹简裤腿上……

"孟长歌！"

尹简脸黑如炭，身子半起，健臂一把扯过长歌，将她按在了榻上，随之大掌"啪啪"地甩向她的臀部，怒火中烧道："今天要是收拾不了你，朕就跟你姓！"

"啊……疼……"

长歌夸张地大叫，她左右扭摆着腰肢，躲避着尹简的惩罚，跟尹简动手打架的蠢事，她不会再做，别说尹简一人就能拿下她，就算尹简武功不行，可他还有无数厉害的手下啊，她现在可不敢被冠上弑君的罪名，那就是出师未捷身先死了，所以她就撒泼耍赖，哪怕其实不怎么疼，也哭号得像被他捅了几刀似的："疼死啦，尹简你好狠啊，啊啊……"

高半山心惊胆战地看着这一幕，整个人都石化了……

他怎么觉得这么诡异呢？

脑子里突然蹦出一句俗语，打是亲，骂是爱……

抖了一个激灵，高半山冷汗直冒，他连忙趁机死谏："皇上，孟长歌胆大犯上，该就地处斩！"

尹简因长歌的哭疼，下手已不觉轻了很多，听到高半山的话，他褐眸一凛，又甩下一巴掌将长歌推到一边，而后才转眸看过去，不冷不热地道："他与朕在闹着玩儿呢，不必当真。"

"皇上……"

"备水，沐浴。"

天子明显护短，高半山憋屈得几欲吐血，最终也只得领命退出，指挥侍卫搬浴桶、提热水等等。

长歌趁机捂着屁屁跳下地，离尹简远远的，表情说不出的羞愤，这种地方，能说打就打？臭流氓！

"怎么，还觉委屈了？"尹简脸色也不好看，他恨恨地咬牙，"上回朕就该命人多打你几大板，省得你上房揭瓦，无法无天！"

长歌负气地噘嘴："你干脆打死我好了，那就肯定没人闹腾你了！"

"得，朕懒得理你，自个儿去面壁，什么时候知道错了，再来跟朕说话。"尹简说完，便侧身向里躺下，果真不再搭理她了。

"小气鬼！"长歌气得狠跺几下脚，然后一扭头，拉开门便出去了。

尹简喟叹，不免苦笑，他若真小气，她早不知死多少回了！

长歌跑到院子里，打听到厨房方向，便一头扎了过去，齐伯正在熬粥，见她进来，刚要说话，她已气呼呼地道："齐伯，可以借我一个房间么？我想洗漱一下。"

其实她也想沐浴，可身在别人的地盘，她不敢，生怕有人突然闯进来，发现她是女儿身的秘密，尤其是尹简已经在怀疑她了，她更不敢大意。

长歌把自己关在屋子里，痛快地净脸洗漱，齐伯人不错，给她找了个大木盆，虽说不

第八章　以计取胜

能沐浴，但用布巾擦洗下身体还是可以的，只是裹胸布不敢拆，她的速度也得快，以免夜长梦多。

果然，正重新绾发时，便有人来敲门了："孟长歌，你死哪去了？你这种小混蛋还洗什么洗啊，浪费水源！"

这欠揍的声音，一听就是属于莫麟的，长歌翻了个白眼儿不理他，继续绾发、整理衣衫，等到收拾得差不多了，才慢条斯理地出声道："小爷福大命大，偏偏死不了，怎么你嫉妒啊？"

莫麟一脚踢开门，满脸黑线道："主子命你今夜就宿在这儿，我等四更天就要回宫，你明日自便。"

说完，他一转身就要走，长歌忙扯住他："你说什么？尹简四更就走？不等天亮吗？"

莫麟眼珠子瞪得比牛眼都大："孟长歌，你真是吃了豹子胆啊，敢直呼皇上的名讳？"

"行行行，我改口，那你说说皇上干吗不等明天再走啊？"长歌点头如捣蒜，忍气吞声地眼巴巴地追问道。

莫麟以看白痴的眼神鄙视她："你蠢啊，皇上不得早朝么？"

"啊，我居然忘了……不行，我得抓紧时间，不然就完蛋了！"长歌后知后觉地反应过来，连忙松开莫麟冲出了门。

"哎，你个小混蛋又想干什么？不许你放肆……"

莫麟急切的话，全被吹散在了风里，长歌轻功之快，等他追出来，那人已蹦跶到东厢了……

长歌心急之下，考虑不周，声到人到，一把推开门便迈了进去："皇上，我面壁完毕，来认错了……"

然而，话到中途，长歌陡然愣下，声音渐渐消弭……

只见屋子中央，摆放着一只超大浴桶，水汽氤氲了半室，高半山在旁侍候着，尹简仰靠在浴桶中，舒服地闭着眼睛，他搭在浴桶外的两条手臂，精瘦却结实有力，半个蜜色胸膛裸露在外，水珠在肌肤上自由滚动……

"啊——"

长歌忽地尖叫一声，迅速抱头蹲在了地上，且把脸埋进了双膝里。

这人怎么能这么下流？

淫贱啊，果然名字没取对！

"孟长歌，你脑子没出毛病吧？皇上在沐浴，你鬼叫什么？"高半山气得浑身发抖，真想将手中的水瓢狠狠扣在长歌脑门上。

"我我……我非礼勿视！"长歌结结巴巴地挤出话来，小脸绯红一片。

尹简掀目，斜睨向长歌的眼神里，多了几分意味深长，他勾了勾唇，没有言语。

高半山摸不清主子是何心思，犹豫了一下，道："孟长歌，那你还不快出去？皇上龙体，不是随便什么人都可以看的。"

长歌抱头不动，心说小爷早看过了，不过没看全而已……

但是，这话她不敢说，太丢脸了，可她也不能走啊，如果她走了，尹简命人关门，她再见不到他，那岂不是……所以，一番权衡下来，她咬了咬牙道："我方才做错了事，经面壁悔过痛定思痛，决定给皇上做牛做马，以求皇上原谅我。"

"你到底想做什么？"高半山强忍着想将长歌踢出门的冲动，咬着牙关，双目喷火。

"我……"长歌想了想，抬头毅然道，"我就蹲在这里为皇上把门，以免有登徒子闯进来调戏皇上……"

她这话说得底气多足啊，可尹简那是什么眼神？分明在说你不就是那个登徒子么？

天地良心，她可没想调戏他，她只想调戏孟萧岑，但人家不给她机会……

两人眼神对峙良久，尹简似笑非笑地说了句："想给朕擦洗身子么？"

"不，不想！"长歌立刻摇头，原本就泛红的脸顿时似煮熟的虾子，体内亦高温滚烫，仿佛要被融化了……

她脑中，不期然地想起了那夜，她掉进他浴桶，撞到了他的……

顷刻，连想死的心都有了，长歌从来不知道，她竟能把这种蠢事一做再做……

"退下吧。"尹简不再逗她，淡淡下了赦令。

长歌再不敢想什么死缠烂打了，匆忙落荒而逃……

门"砰"地打开再关闭，尹简若有所思地盯着门板，褐眸渐渐深邃，从十三岁到十八岁，这个少年成长了许多，本性没变，但身材容貌却愈发地出色了……

只是，究竟是男是女？

他不是没查过孟长歌的来历，在他曾以为孟长歌是女扮男装时，几乎大楚全京城的人都嗤之以鼻地说，怎么可能？那小混蛋打小就在京城长大，是个野小子，谁要敢说那是个姑娘，打死都不信，除非太阳西升东落！

所以，他那时就放弃了自己的古怪想法，可多年后重遇，他不知怎么，脑中竟又冒出了这个念头，且愈来愈强烈……

长歌坐在屋门外，一步不敢离。

冲出来后，她没敢走远，心想就守在外面，等他洗澡结束，她再想办法进去。

不论如何，她还得试试。

大约等了两刻钟，屋门终于开了，高半山唤人进去抬了浴桶出来，见她没走，大概懒得搭理她，直接哼了一声，便往厨房走去了。

而长歌把握机会，立刻弹跳起来，跑过去敲门："皇上，我是长歌，我可以进来么？"

第八章　以计取胜

这次她不能再蠢了！

屋里男人轻哼了声："朕打算就寝了！"

"我侍候你啊。"长歌随口说着，不等他答应，便推开门走了进去。

通透的房间，没有屏风的遮挡，她一眼瞧到那个靠坐于榻上的男子时，脸颊不禁又红了红。

一袭明黄寝衣的尹简，气质慵懒，俊美得别有一番韵味，与他黑袍冷面给人的感觉完全不同，似乎令人容易亲近，但他身上那耀眼的代表身份的色彩，又无端为他添了身为帝王的威严，使长歌不自觉顿下了步子，只怔忡地望着他。

记忆中，很多年前，每天会抱上她很久的男人，也同样穿着明黄色的衣袍，他身材不高大，可抱着她的双臂很有力，她唤他父皇，她喜欢趴在父皇的肩膀上睡觉觉，那时她是凤氏王朝最受宠的长生公主，父皇给她专门建造了长生殿，希望他的小公主能长生不老，可是……

她不要什么长生不老，她宁可早夭，宁可把她的寿命给了父皇，也不愿父皇死……

长歌眼眶润湿，不可抑制地抽噎了一下，当她恍惚回过神来时，尹简已来到她面前，不解地道："怎么又哭了？"

"没……那个我，我想考羽林军，尹简，求求你答应我，求你别阻止我，好不好？"长歌有些语无伦次，近乎失控地抓住他双臂，眼睛里的水光，在不断地增多。

尹简并不为所动，眼眨也不眨地凝视着她，他审视的眼神，似乎要穿透她的内心，他一字一字地问她："长歌，给朕说实话，你这么执着的原因，究竟是什么？"

长歌脑子转得够快："我，我爹死了，我父母双亡，他们是因我而死的，我要报仇，要把当年拐卖我的人找出来，将他绳之以法！所以我想入仕，哪怕从武，将来考个武官也可以，这是可以光耀门楣，可以复仇的最好机会呀！"

"你真是通州孟郎中之子？"尹简沉声，晦暗的眸中浮起令人无法揣测的深沉。

长歌重重点头，眼中满是希冀："对啊，我真是孟郎中的儿子孟长歌啊！"

"查找凶手的事，交给朕就可，想光宗耀祖，以后机会多的是，不必非得进羽林军。"尹简淡淡道。

闻言，长歌顿急："不，我不靠你，我要靠我自己的能力！"

"不行！"

"我不管，我就是要考！"

"除非你打赢朕！"

尹简抛下一句话，转身便回了床榻，留下长歌呆愣在原地，好半天才得以发出音来："我，我打赢你才可以考试么？"

"对，你赢不了朕，就休想朕批准你的资格！"尹简斩钉截铁，他之所以这么说，因为他知道长歌的武功深浅，凭她那几下子，根本不可能赢他。

哪怕他在病中,她也非他的对手!

长歌皱紧了眉头:"你这不公平,你明知我打不过你的……对了,你敢承让我一只手么?"

尹简俊眉微挑了挑,勾唇笑了出来:"好,朕左手不动,只用右手跟你过招,如此你再赢不了朕,就别怪朕无情!"

长歌凤眸眯起,精光暗闪:"倘若皇上使出了左手,不论在什么情况下,都算皇上输!如何?"

"好!"尹简寥寥几句,不怒自威,"这次朕……君无戏言!"

"到外面比试,让你的人作见证!"

"可以!"

一刻钟后,院中灯火通明,包括齐伯在内所有人,肃穆地立在一侧,静观这场天子陪玩儿的闹剧。

长歌的武功如何,他们不清楚,但尹简的武功,众侍卫却是很放心的,所以倒也没多大的担忧。

夜幕中,尹简一袭墨黑锦衣,与天地一色,俊美无邪,长歌身材娇小地立在他对面,傲气地昂着下巴。

尹简将左手负在背后,朝长歌缓缓伸出右掌,唇边噙着浅浅淡淡的笑容:"开始吧,输了可不许哭。"

"堂堂男子汉,谁哭谁是孬种!"

长歌红唇微勾,绝代风华般的傲气,她出身本不凡,那与生俱来的贵族气质,即便凤凰落架,也难掩于眉宇间。

院中一众人,皆暗暗心惊——因为这本不该出现在如此市井小混混身上的!

"哦?肯定么?"尹简眸中暗波涌动,唇角却勾起一抹戏谑的弧度,掩去他难测的心思,叫人看不出深浅。

"肯定!"

长歌大声回答,气鼓鼓的涨红了小脸,这人是什么表情啊?竟然怀疑她!

不就是一不小心,在他面前脆弱了两次么?

她不服气地率先出手,虎虎生威地朝他展开攻势,全程对战中,两人空手过招,尹简果然说到做到,他左掌如粘在了背后,一动不动,只凭右手,对付长歌依然绰绰有余,或拳、或掌、或爪、或劈砍抓戳等等,招数一流,武功精湛,深不可测。

长歌学武多年,她天赋不强,但根基很扎实,且她头脑灵活,擅长变通,倒也鲜少吃亏,可尹简这厮,分明是使了全力,一点机会都不给她留,令她很难找到他的破绽!

这种非兵器的对战,差不多属于近身搏斗,长歌傲人的轻功也无用武之地,眼看百招过去,既输不了也赢不了,她心中不免焦急,遂暗暗一狠心,故意卖了个破绽给尹简,令他

第八章　以计取胜

不消多想之下，一掌劈向她的右肩！

原本，他控制了力道，这一掌下去，以她的机灵，是绝对能躲开的，就算躲不开，她也不会受什么伤，然而，那小混蛋偏偏出人意料，在他掌风袭来时，细腰竟迅捷一扭，右肩避开的同时，将左肩生生地送给了他！

尹简大惊，他是知她左肩重伤未愈的，哪怕他下手再轻，也必然会让她伤上加伤，是以他匆忙半道收掌回撤，好在他们距离尚远，不至于来不及，只是——

"啊——"

长歌却突然惨叫一声，似是左肩真被伤到，她痛楚地蹙眉，身体摇晃了几下，失去重心地朝地上栽去！

"长歌！"

尹简眸子一紧，惊惶大喊的同时，纵身一跃，抢抱住了跌落的长歌："你怎样？"

"我……"

长歌原本已到嘴边的话，被她看到的事实气得忽然说不出来了，因为尹简在这种情况下，居然还能信守约定，左手始终黏在背后，只用右手环抱着她的腰！

面对尹简明显焦灼的眼神，长歌一咬牙，决定孤注一掷，她置之死地而后生地猝然抖出藏于袖中的匕首，故意在他眼前晃了一下，然后朝自己心口扎去！

"孟长歌！"

尹简心惊变色，低吼一声的同时，几乎是出于本能地抬起左掌，在刀尖将要刺到她衣衫的紧急时刻，精准地扣住了她执刀的皓腕，然后微一用力，逼得她将匕首甩了出去，落在地上发出清脆的响声！

这惊险的变化，院里众人震惊得瞠目结舌！

"皇上，你使出了左手哦，你输啦！"

彼时，他右掌扶抱着她，左掌依然扣着她纤手，生怕她再做出任何自杀的举动，当她眼里渐渐盛满笑意，用得逞的口吻说出这话时，他霍然明白过来，继而龙颜大怒，褐色的重瞳，深如幽潭，利如刀刃，那似染满霜寒般的肃冷，令她心头一震，望着他的眼中，第一次出现了惊惧的色彩："皇上……"

"好！做得很好！"

尹简泠冷一笑，双掌一松，起身大步朝东厢屋子走去，再未回头看她一眼……

长歌失去了撑力，结结实实地摔坐在了地上，她怔怔地望着男人远去的背影，只觉疼得不是她的臀，而是……

她说不清这种感觉，总之就是很难受，她赢了他，却开心不起来……

其实，他完全可以用右掌来夺刀的，但他没有，因为他用了右掌的话，她半悬的身子，必然就会跌下去，她利用了他待她的心……

"孟长歌，朕输了！"

"孟长歌，明日你可到兵部报名。你放心，朕不会在背后算计你，能不能考上，就看你的造化！"

"孟长歌，以后别太把自己当回事，你的死活，再与朕无关！"

春寒料峭的夜，男人冰冷无温的几句话，逆风袭来，拍打在长歌脸上，像刀割一般，她眼睁睁的看着他的长腿跨入门槛儿，门在他身后关闭，将她的视线彻底隔离……

莫名地，好似心脏被掏空了，她一动不动，眼神呆滞，瞳珠涣散……

"孟长歌，你这个小混蛋！"

莫麟气不过，大步来到她面前，戳着她脑袋："你的良心被狗吃了么？主子诚心待你，你竟然跟主子要诈，你……主子明知你惜命不会真自杀，可见你动作，他还是放心不下地阻止你，你就利用他的心软成事吧！"

莫影亦狠狠剜了长歌一眼，早上他们被长歌以自杀威胁而妥协，尹简得知后骂他们蠢，可换到尹简自己身上，他也一样做了蠢事，真是当局者迷，旁观者清！

"甭理他，跟那种混账多说无益！"莫可朝地上啐了一口，执剑走开，带人四下巡逻去了。

莫影和莫麟也相继走人，莫影沉闷，莫麟性子爆，边走边骂骂咧咧的，忿恨不平。

很快，所有人都走了，该做什么做什么，只剩下长歌始终静静地坐在地上，一言不发地望着那扇屋门，谁也不知她在想什么……

经久，齐伯去而复返，蹲在她面前，年老沧桑的脸上，爬满无奈的伤感，他说："孩子，回屋去睡吧，时辰不早了，少爷已经歇了。你如果认识到错了，就找机会跟少爷道歉吧，少爷最恨别人骗他了。"

长歌嘴唇翕合，动了几下却没发出音来，她该怎么请他原谅？她骗他的，又何止这一件事？

可她不能说，一个字也不能说……

长歌失魂落魄地回到了她先前洗漱的屋子，昏昏沉沉地和衣躺上了床。

四更时分，院里窸窸窣窣的声音，惊醒了长歌，她初以为是贼，后来忽然记起莫麟说过的话，忙摸黑来到门口，悄悄打开一条细缝朝外望去，只见院里侍卫举着火把，马车被牵了出来，高半山正扶着尹简从东厢走向马车。

长歌咬了咬唇，果真……他要回宫去了。

不知是否感应到了长歌的目光，尹简踏上马车时，忽然侧目朝她的小屋扫视过来，她惊骇得连忙缩回脑袋，心虚地屏气凝神，再不敢探出头。

很快，车辙声响起，马车"吱吱"地驶出了院子，越走越远，渐渐地归于宁静。

长歌抱头蹲在地上，心脏像是被人用剑戳了两下，闷闷的疼……

天亮后，长歌出门，院里齐伯挥着大扫帚，正在忙碌地清扫，两人打了个照面，长歌淡淡笑了笑："齐伯，我走啦，昨晚谢谢你收留我。"

第八章 以计取胜

"厨房有做好的早膳,吃了再走吧。"齐伯和蔼地说道。

长歌没脸再享用,她摇头婉拒:"不用了,我赶着回城,谢谢齐伯的好意。"

"那好吧,你路上小心。"

"齐伯再见。"

长歌抱拳,躬身拜了拜齐伯,而后才转身迈出了别院。

来时乘了马车,归时步行,长歌走得辛苦,却只能默默忍受,从南郊到城中,长歌忍饥挨饿,等她终于回到四海客栈时,双腿都打颤了,再看日头,竟已午时了。

"小公子!"

钱掌柜迎过来,见长歌疲惫不堪,忙扶住她,小声问道:"昨夜怎么未归?我到刑部买通人打听过了,说你被新帝释放了啊,这一夜没回来,急死我了!"

"回房再说。"

"好。"

上楼进了房,长歌第一件事就是拎起桌上的茶壶,仰头灌了一肚子的冷茶,真是渴死她了!

见状,钱虎皱眉:"小公子,你没用膳吧?我叫人先给你备膳。"

"嗯。再备水,我要沐浴。"

"好,你等会儿。"

半个时辰后,长歌终于吃饱喝足,一身清爽,精神抖擞了,她简单解释了一下:"皇上放了我,我一直跟着他,软磨硬泡地求到了考试资格,我人没事,钱虎你不用担心。"

"那就好,计划总算能顺利进行了。"钱虎长舒了口气,但转瞬又忧心道,"明日就开考了,小公子你肩上的伤能行么?"

长歌道:"那点小伤不碍事,不过你最好给我准备一件铠甲之类的衣服,以免遭小人暗算。"

"没问题,我正好有件燕翎甲,可刀枪不入。"钱虎点头,眸中浮起炯亮的光彩。

"好,我马上去兵部报名!"

长歌大喜,进行到这一步,她已不再想尹简怎样了,快速取了她的通州户籍证明,出门朝兵部而去。

尹简果真递了话,兵部司务这次没再为难,痛快地将长歌名字登记造册,然后告之了她明日参考的时辰地点。

长歌兴冲冲地步出兵部衙门,谁知一出去,就被人拦住了去路:"孟长歌,我家老爷要见你!"

站在太师府大门外,长歌踌躇不前,眉头锁得死死的。

宁谈宣派人找她,以强势的姿态请她入府一见,她这人向来不喜欢硬的,原想一脚踢飞对方，可耐不住对方最后说了一句："老爷为你入狱的事操心，都病倒了呢。"

长歌骨子里心软，听了这话后，她本已捏起的拳头，不觉就松开了，拒绝的话到了嘴边，也咽了回去。

昨日下午，她饥饿难耐时，是宁谈宣亲自来送饭给她吃，她犹记得他关切的眼神和话语，他还交代她，等他来接她……

长歌心里很毛躁，她不想欠宁谈宣太多，可情况总是变化太快，就像现在，他为她做了那么多，她实在狠不下心来不见他。

可见了宁谈宣，尹简那里怎么交代呢？

长歌很无奈，可最终还是跟着来人到达了太师府外。

"孟公子，请跟我入府吧。"那人面无表情，淡淡道，"老爷等你很久了。"

长歌暗叹口气："好，劳烦朱管家带路了。"

入府，一路行走，长歌无心欣赏太师府的风景，心事重重的跟在朱允身后，她想不明白，宁谈宣怎么也生病了呢？居然如此巧合么？

来到宁谈宣居住的菊园时，长歌顿住了步子："朱管家，太师大人今日没上朝么？"

"告假了。"朱允答道。

"哦。"

"走吧，老爷在寝屋呢。"

朱允说完，又径自带头朝前走去，长歌怀着疑窦，快快地跟于后。

园子很大，七绕八绕，绕得长歌头晕，忍不住又想问时，朱允终于说了声到了，遣长歌在外等候，他则进去通报。

不多久，朱允出来，表情淡淡地道："请进吧。"

长歌入内，经过丫鬟仆人所在的外间，直入里卧。

屏风后，檀香袅袅，那绝艳无双的男子，仅着白色中衣，慵懒地靠坐在床头，手中翻阅着书籍，绿衣丫鬟端着红漆盘子，背对门口立在床边，盘里放置一盅碗，一妖娆漂亮的华服女子，正温柔体贴地翘着兰花指，一勺一勺地侍候着男人喝粥。

长歌见此，微微顿步，尴尬地轻咳了声："那个……我在外面等等吧。"

"你是想跑吧？"宁谈宣侧目斜睨向她，唇边勾带起的弧度，似笑非笑。

"我哪有？"长歌撇撇嘴，抬起下巴指了指女子，"这位是太师夫人么？"

宁谈宣盯着她："本太师尚未成婚，何来夫人？这是姬妾。"

"呃……哦，抱歉抱歉，我看走眼了。"长歌讶然之余，干笑两声，忙朝那女子抱拳施礼："在下孟长歌，请姑娘见谅。"

"孟公子客气了。"漂亮女子起身还礼，嗓音娇柔，如出谷黄莺般好听。

宁谈宣淡淡道："都退下吧。"

"是，老爷。"

第八章　以计取胜

女子和丫鬟欠了欠腰,便端了红漆盘转身步出,长歌因这个"都"字,浑水摸鱼趁机便逃,可才转身,便听到身后那人冷冷道了句:"敢跑?打断你的狗腿!"

长歌身形僵住,她缓缓回身,嘴角抽搐地笑:"大哥,我长的是狗腿,那你的也是狗腿吧?我可是在叫你大哥呢。"

"砰!"

一声闷响,宁谈宣手中的书本,狠狠地摔在了地上!

长歌惊怵得瞪大了眸子,交往这段时日以来,她还是第一次见宁谈宣发这么大的脾气……

"孟长歌,你当本太师是软柿子,任你搓扁捏圆么?"

"我没……"

"你投靠尹简,攀上了高枝,就不把本太师放在眼里了么?"

"大哥,你……"

"孟长歌你信不信,我想杀你就如踩死一只蚂蚁那么简单?"

"……"

宁谈宣残冷肃杀的狠辣神色,令长歌容颜渐渐苍白,她不再解释,一动不动地立在原地,清高冷傲地注视着他。

"怎么,哑巴啦?"宁谈宣见状,平日儒雅的风度完全不见,嗓音又拔高了几倍。

长歌漠然一笑:"太师大人想杀就杀吧,长歌午时刚沐浴,脖子干净着呢,弄脏不了太师的钢刀!"

"你……"宁谈宣被呛住,狠狠地瞪了长歌半响,紧绷的嘴角再绷不住,忽然就笑出了声,"呵呵……过来,我检查一下,看你脖子到底干不干净。"

"宁谈宣你够了!"长歌终于怒吼,"我不是玩偶,你才别想把我搓扁捏圆,我更没兴趣搓你!"

"好了,跟你开个玩笑逗逗你,怎么竟当真了?"宁谈宣噙着笑,完全不恼了,眼中又浮起淡淡的宠溺。

长歌狠狠地踢了一脚那本破书,仿佛在踢他的脑袋般,她咬牙切齿地道:"小爷经不起玩笑,行了吧?果然是病了,脑抽的病!"

宁谈宣依然谈笑风生:"呵呵,我不是担心你昨晚被皇上……所以就吓吓你,也是对你的惩罚,你既然平安了,起码该送个口信给我的,对么?"

长歌怒气不减,冷冷地哼了声,偏过脸道:"我走了,你慢慢养病吧。"

说完,她扭头就走。

身后,宁谈宣缓缓敛了笑,漫不经心地挑唇:"长歌,我实际对你如何,你心里该明白,今天找你来,我只是想提醒你,你不想入我府可以,但别跟尹简走得太近。"

长歌回头:"倘若我不听你的话,你就会除掉我?"

宁谈宣深目凝视着她，许久才轻吐出几个字："长歌，你别逼我。"

长歌大步而走，再未回头。

院里，朱允抱着一个油纸包在等她，见她出来，信步上前，将东西递给她："孟公子，这是老爷命王师傅给你做的酱香饼。"

"呵，替我谢过。"长歌冷笑一声，毫不迟疑地接过油纸包，沿着来时路而走。

大门外，一辆奢华马车由六名侍卫护送着，缓缓停了下来。

车厢门打开，侍卫半蹲于前，少女的莲足踩在侍卫宽厚的背上，盈盈莞笑着下车。

一袭粉蓝宫服，眉如翠羽，肌似羊脂，秋波湛湛妖娆姿，春笋纤纤娇媚态。

长歌出来时，恰巧与少女打了个照面，彼此皆吃惊一怔。

来人，是三公主尹灵儿。

须臾回神，长歌虽不喜这刁蛮公主，但不得不上前见礼："草民给公主请安。"

尹灵儿立刻尖锐地质问："孟长歌，你怎么在太师府？你找宁太师做什么？"

"公主误会了，是宁太师找我的，随便聊了几句。"长歌懒懒地答道。

尹灵儿本习惯了扬鞭，可今日专程来探望因病告假的宁谈宣，她刻意打扮了一番，以淑女风为主，便没带鞭子，此时挥空了手，只得怒道："哼，像你这种贱民，整天就想着怎么攀龙附凤，享受荣华富贵吧？孟长歌，本宫警告你，给本宫滚出京城去，不然本宫要你好看！"

闻言，长歌格外无奈："公主，小民是男子，也没有给人做男宠的打算，好像碍不了公主什么吧？"

"放肆！"

"得，公主赶紧找意中人去吧，再迟一会儿，他可能就出府办差了。"

长歌语毕，飞快遁走，遇到这么个醋坛子公主，真晦气！

"贱民，你等着，本宫要让母后抓你入宫阉成太监！"尹灵儿原地用力跺了跺脚，气歪了鼻子。

长歌一路奔回四海客栈，好似身后有狼在追她一样，一刻不停歇。

今日宁谈宣的举动，令长歌心情格外的复杂。

尹简是她复仇的目标，无论宁谈宣将会怎样对付她，她义无反顾。

这一晚，长歌失眠了半夜。

翌日晨起，她精神矍铄，劲装束腰，简易出行，以最佳的比武状态，赶赴校场。

第九章　校场中毒

　　大秦自入关以来，羽林军科考一年一次，从乡试到会试，再从会试到殿试，层层选拔，严格筛选，德治武功，缺一不可。

　　羽林军责任重大，肩负着皇城的安危，所以历代帝王都极为重视，三天选拔结束，前十甲将由帝王亲自考授，依各人能力，予以赐封嘉奖，帝王特别看重者，将会破格留任为御前行走，从此平步青云，专为帝王一人效力。

　　长歌的资格，是帝王开恩的特例，免去乡试会试，直接参加殿试。

　　齐南天作为兵部尚书，是这次的主考官，为免一人独大，忠勇大将军宗禄、左相李伦、右相宋承、羽林军统领郎治平也同为主考官。

　　参试人员二百，自各省州府而来，今日齐聚校场。

　　长歌夹杂在人堆里，因她个头显小，几乎被埋没，好几次都被人踩到了脚背，她气得牙痒痒，可又只能忍着，继续倾听台上齐大主考赛前的讲话。

　　比试规则，十人一小组，共分二十组，这小组中，又分二人一组，优胜劣汰，败者退，胜者晋级下一轮，在这十人组中，选出头筹，晋级到大组赛，那就是二十人的比试。

　　这二十人的赛事，安排在第二日，以自由抽签形式，再分二人一组，胜出者十人，由失败十人自由挑衅，为各自争取最后的机会，同样谁败谁下，既残酷又公平。

　　今日本风和日丽，长歌却感觉乌云罩顶，大大的不吉利。

　　因为齐南天发言结束后，前面个头高的诸位对手散开，长歌难得开阔的视野中，竟出现了这么几个人——尹琏、尹珏、尹璃、尹诺、尹灵儿、莫麟、莫影、莫可、宁谈宣。

　　长歌当场就想抱头遁走，天知道，这九个人，再加上齐南天和虬髯宗禄，个个都是想

除她而后快啊，哪怕宁谈宣没明确表示，但已经暗示于她，所以她今日会不会死在校场呢？

若这十多人给她背后捅刀，趁机送她个"比武过失而死"的大礼，她情何以堪？

尹简……

这时分，她忽然格外想念尹简，之前不觉得，可此时对比之下，尹简才是待她最好的人啊，起码尹简从没说过想杀她，而且还许她一世长安……

可是，尹简不在场。

第四日最后一轮的十人比试，他才会帝驾亲临。

不过，就算他来，昨晚他……

没戏了，尹简恨透她了，她还不知该怎么讨他欢心，求他原谅呢！

长歌愁苦得很，既然遁不了，就只得尽可能地降低自己的曝光率，于是，她故作腿痒地弯下了身体，悄悄往边上挪移。

可惜，很快台上就有武官按册点名分配小组了，在无数人名的铺垫后，喊出了中气十足的一声："孟长歌！"

一个激灵，长歌马上立正，抬头挺胸，大声回答："到！"

"第四组！"

"是！"

长歌这厢答话，台上两侧贵宾们的十多双眼睛，不出所料地齐刷刷望了过来，然后长歌耳尖地听到了连绵起伏的十来个"哼"字……

居然这么有默契，也不怕鼻子哼掉！

长歌倨傲地扭头，留一个侧脑勺给他们，眼皮朝天上翻，心忖道，小爷才不惧你们这些鸟人！

为防暗算，她已穿了燕翎甲，不过今日须得小心再小心，尹简不罩她了，她得自救和防患于未然！

"诸位武士子，速到各对应场地集合！"

武官点完名册，十组考官带领着各队的考生分散到小考场，讲解具体分场比试规则。

主台上，尹灵儿率先起身，本就好武的她，知晓孟长歌也来参试，她便心痒手痒得不行，一脸恨恨地说："我得去监督，免得考官给那个贱民悄悄放水。"

闻言，尹诺微显不悦地皱眉："灵儿，那孟长歌既得资格参试，便是武考士子，你称他贱民，未免不妥当吧！"

宁谈宣唇角含笑，眉目如画，一如既往的翩翩俊雅，那双潋滟的桃花眼中，看不出什么情绪。

"皇叔……"尹灵儿拉长了语调，撒娇使性地噘嘴，"人家就是讨厌他嘛！"

说完，她竟一转身，先跑到了宁谈宣面前，白皙的脸颊上，泛起一抹娇羞的红，口气却颇为埋怨地说："你不能让考官关照孟长歌，我们大秦不要滥竽充数的废物！"

第九章　校场中毒

"三公主，本太师有交代过考官徇私的话么？"宁谈宣挑唇，漫不经心地笑言："倒是公主须得恪守公平公正的武考制度，别太贪玩儿了才好。"

尹灵儿秀颜由红转白，被当众驳了脸，依她往日骄纵的性子，必然要大闹的，可今日驳她的人特殊，她竟僵在原地半晌没有说话，其余众人也噤声不言，端看宁谈宣如何收场。

作为保皇派来说，很乐意见到这种场面，尹灵儿是太后亲生女，他不喜尹灵儿，那便与太后不和，如此甚好。

只是六王爷尹璃亦乃太后之子，同母兄妹，作为哥哥，尹璃于情于理都不能不为妹妹出头，是以他忍了再忍，终是忍不住开口："宁太师，灵儿出发点也是为了大秦社稷，她再贪玩儿，也会有个度的，太师是否太过操心了？"

"呵呵，有六爷作保，宁某自然放心，不论那小祖宗今日成不成，起码不会憋屈了。"宁谈宣神色淡然，言笑晏晏，语毕他亦起身，经过尹灵儿身畔时，步履微顿："三公主，武试不比文试，刀剑无眼，公主千金之躯，唯恐伤着，不如随我一起吧。"

"好！"尹灵儿原本受伤的心，闻听这话，顿时愈合，她欣喜雀跃地重重点头。

尹璃黑沉了脸，恨铁不成钢地剜了尹灵儿一眼，再不管她。

那二人离开，尹琏、尹珏、尹璃三人便也履行君令，以巡考为名，暗查为实，往分试场地走去。

历年武考与文考一样，朝中大员必然伺机敛财，安插党羽，此为帝王所不容，而羽林军乃皇城天险防线，一旦混进异心之人，后果将不堪设想，是以帝王慎之又慎，凡参试者，祖上三代都须审查全面，家族中但有一人存在作奸犯科的案底，便取消参试的资格，各方人品学识，亦要求甚高。

此次乃新帝继位以来的首届武考，由于朝中党派林立，尤其以宁谈宣为首的反皇派，是新帝的心头刺，唯恐异己潜伏进羽林军，今日参试二百人，皆暗中查之又查，到此时仍不敢放松。

莫麟、莫影、莫可走这一遭，目的不明确，他们也不知跑来校场该做什么，但帝王今晨莫名遣他们三人出宫，既没交代任务，也没特别嘱咐，弄得他们很迷茫，最后闲逛到鸿升当铺，恰巧遇到肃亲王尹诺，说起今日武考一事，再说起孟长歌参试一事，多年不问政事的尹诺，竟然起了兴致，邀他们同来校场观试。

三人想了想，反正闲着无聊，瞧瞧热闹也不错，如果运气好，碰到孟长歌被人揍死，或者被揍得鼻青脸肿，那正好能回宫告诉皇上，让皇上高兴一番，以解昨夜之怒。

所以，三人加尹诺也随性地起身下台，满腹闲情地巡场观试。

不多久，时辰到，礼炮齐鸣，各场开试。

长歌所在的四组，已被分成了五个小组，比试的项目有五种，分别为刀、剑、矢、弓、矛。

长歌的对手，是一个剽壮的汉子，对比之下，她则显得身材格外娇小，是以对方嘲笑地咧了嘴角:"你几岁了?毛还没长齐,就敢考羽林军?劝你早投降,免得挨打受皮肉之苦。"

闻听,长歌几不可见地拧眉,她淡淡瞥了眼旁边空地上罗列的兵器,然后食指揉了揉额心,惆怅地叹着气说:"也是啊,兄台魁梧,一看就武艺精湛,我充其量就是来陪练的呢。可是……"

"如何?"汉子因她的话眼中浮起抹傲然,下颌亦抬高了一寸。

长歌很纠结:"可我不战而降,会被人耻笑啊,要不……要不兄台承让我几招,让我少挨点儿,行么?"

看她楚楚可怜的模样,汉子的虚荣心膨胀,轻蔑地"嗯"了声:"行啊,爷手下留情就是了!"

"嘻嘻,多谢兄台!"长歌欢欣地一抱拳,然后挑了一柄长剑,"我就用这个好了。"

汉子鄙夷地瞟了眼她,直接拿了把短剑:"爷用这个对付你,也绰绰有余!"

长歌笑着点头:"那是那是,兄台自然厉害!"

考官一挥令旗,比试开始!

长歌凤眸一弯,嘁着笑仗剑挥去,汉子迎上,两人很快便缠斗在了一起,只听剑矢相交,清脆声响,战况乍一看,倒也算激烈!

不过,场外,尹珏、尹琏、尹璃双目注视着场中的两人,纷纷蹙起了眉头——

"小混蛋这是什么狗啃式的打法?"

"他武功不是听说还可以么?怎么现在这么……"

"如果他真就这三脚猫的本事,今天不被人砍得血流成河,天都会下红雨!"

矩形外围的对面,尹灵儿笑得夸张:"孟长歌死定了啊,第一关都这么弱爆,他还想考入羽林军?做梦吧!"

宁谈宣拂袖而立,淡笑不语。

"哎哟,本宫都比那贱民强百倍,宁大哥你看呀,他……"

"三公主。"

尹灵儿手舞足蹈的动作,因宁谈宣忽然一声唤,而僵停了下来,她不解地看着他,"怎么啦?"

"我觉着我也挺贱的,表妹被人强抢入宫封妃,而我还能和那人的妹妹在一起说话。"宁谈宣轻笑着,语气不愠不喜,叫人看不出情绪。

尹灵儿一怔,脸色渐渐灰白……

莫影几人立在尾处,瞧着这场打斗,一个个无聊地打着哈欠,尹诺却攥紧了掌心,低声道:"孟长歌明显不敌,再这么下去,不出十招,要么败要么伤。"

"肃王爷您可别被那小混蛋骗了,他武功实力如何,奴才们可是亲眼见过的。"莫麟

第九章　校场中毒

"呵呵"地笑，双手环胸，懒洋洋地等待好戏上场。

尹诺诧异，转眸看向另两人，莫影和莫可皆无声地笑了笑，对莫麟的话表示赞同。

"先示弱探底，保留实力，令对方轻敌，后再攻个措手不及，反败为胜……呵呵，果然是奸猾狡诈的孟长歌！"

一道声音插进来，众人回身，只见齐南天负手而立，盯着场中的目光，灼灼黑曜，精明睿智。

果然，这厢话音方落，场中便出现了惊人的骤变！

只见原本被汉子逼得节节败退的长歌，陡然凤眸一弯，伴着她唇角勾起的诡异弧度，那纤弱的身躯，竟一跃纵起三丈高，于半空中翻转方向，后忽如大鹏展翅般，呼啸着俯冲向下，众人只觉眼前一花，未及看清，她已风驰电掣般，反其道而行地攻向了汉子的背部！

而汉子被她猛然爆发的威力惊骇到，电光石火间，根本来不及反应，只本能地飞快后转，以期正面迎敌，然而就在他转身的那一刻，冰冷的剑尖，竟精准无误地刺在了他心口！

执剑的少年，一袭墨色短衫，面色幽冷，不似平日白衣飘飘公子如玉，或绯衣如火艳绝倾城，那眼神亦与方才完全不同，仿若顷刻间换个人，以睥睨天下的气势，冷傲的姿态，看着他的笑话！

"你，你怎么……"

汉子震惊地嚅动着嘴唇，几乎不敢相信这个看起来娇弱的少年，竟如此深藏不露……

"兵不厌诈。"长歌一笑，阴冷之气尽数散去，她慵懒地收回长剑，朝汉子抱拳，"承让了！"

汉子胸口衣衫被剑尖刺破，微微有血迹渗出来，只是挑破了肉皮，并不碍事，而汉子亦浑然不顾，只是眼眨也不眨地盯着长歌，眼中万般不甘和悔恨，令他陡然掷了剑，大吼道："孟长歌，老子不服！老子要跟你赤手再战！"

长歌摇摇头，轻声一叹："兄台，输了就是输了，世上没有卖后悔药的。再说以兄台的性子，其实不进羽林军，或许才是个正确的选择。"

"孟长歌你……"

那汉子大叫着还要再说什么，却被冲过来的士兵押住双肩，拖着往场外去了。

考官举牌，大声宣布："孟长歌胜出！"

"哈哈，果然啊，这小混蛋果然有心机，不笨嘛！"莫麟忍不住抚掌，眼中竟浮起赞叹之意。

莫可白了他一眼："另外有个词也可以形容，无耻。"

莫影紧绷的嘴角没绷住，扑哧笑了出来："卑鄙也可以。"

尹诺忽然插话进来："本王倒觉得，用有勇有谋、智计千里这两个成语更恰当。"

三人惊怔了下，目光齐刷刷地落在他脸上，只见尹诺盯着长歌的瞳孔中，沉淀着几分令人难懂的深邃。

齐南天淡淡笑了笑，带着其他主考官转身往别处走去。

那厢尹琏等人，个个吃惊不小，尹珏捏拳："该死的，还等看那混账东西怎么死呢，居然藏了一手！"

正说着，场中的长歌，竟犀利地望了过来，瞧到他三人，那小样儿神气地用力一哼鼻子，用口形说了几个字：千万不要被小爷气死哦！

"这混账……"

尹珏怒得当场就要冲进去，尹琏忙拉住他，低声叱道："老四，你做什么？你跟那人计较，能计较出什么？"

"就是，皇兄可是维护得紧，你敢把他怎么着？杀了还是剐了？"尹璃嗤之以鼻，眼中是浓浓的嘲讽。

"老六！"

尹琏加重了语气，目中已透不悦："少说几句！"

尹璃不甘不愿地噤了声，尹珏恼火地一甩袖子："走，到别处看看。"

淘汰赛十进五，包括长歌在内，胜出的五人互相成为了对手。

五种比试项目，在第二轮时，便全部都要考较了，这对所有士子来说，都是一个挑战。

常说十八般武艺样样精通，可事实并非每个人都能全才，总有自己擅长与不擅长的一种。

由抽签决定次序，一号和二号先对战，胜出者留下，再与三号战，然后以此类推，到得最后一人胜出，则为十人组的头甲。

长歌抽中了四号，她摸了摸鼻子，心道运气还不错。

明显，出场越早的人，越消耗体力啊！

于是，前三号比试时，长歌就赶紧休息，并且仔细观战，研究对手的武功套路，分析对手的实力。

但因比试项目繁多，近午时还没轮到长歌上场，校场上礼炮响起，所有比试暂停，午间休整。

兵部提供午膳，长歌同众士子随考官前往膳厅。

墙角一隅，爬山虎繁茂的叶子，郁郁葱葱地爬满了整个角落，两道人影隐匿其中，阳光在他们身后，洒下斑驳的光影。

"将这包药放进那人的膳食里，一定要做得神不知鬼不觉。"

"是，属下会做好的。"

"记着，千万别被人发现，那小子亦精明得很，动作利索点！"

"属下明白！"

第九章　校场中毒

稍顷，一人率先走出，虎目警惕地四下环顾，彼时正午，各方收场，校场内外少有人烟，尤其此处偏僻，故数丈之内，毫无一人，如此，那人方才一抖袍袖，自得离开。

端看那人，青袍绣鹤，身材魁梧，步履矫健，行走如风。

片刻后，又一年轻武官昂首步出，朝相反方向而去。

官方的午膳，大抵还算丰富，起码比长歌想象的丰盛。

折腾了一上午，长歌也饿了，想着下午还有场硬战，她便端起大碗，狼吞虎咽地吃起来，必须保持好的体力，才能有取胜的资本。

白饭烩菜吃到见底时，厨房送了大锅汤上桌，有士兵挨桌分发汤碗汤勺，长歌不作他想，拿起发给她的碗勺，盛了一碗便大口喝起来，邻座的青年见状，忍不住笑道："没人跟你抢，一大锅呢，保管够。"

"嘿嘿，咱粗人一个，让兄台笑话了。"长歌喝饱，抹了抹嘴巴，朝那人尴尬地笑了笑。

青年相貌周正，许是因长年习武的原因，肌肤呈麦色，笑起来时，一口白牙格外显眼，令人感觉很舒服，他抱拳道："在下二组林枫，岭南广阳府人氏。"

"四组孟长歌，通州人氏。"长歌还礼，亦大方地自报家门。

两人相视一笑，算是结交。

午膳后，休息盏茶的工夫，随着一声炮响，下午的武考正式开始。

长歌所在的四组，前三人经过刀、剑、矢、弓、矛的比试下来，二号夺得头筹，考官翻着名册，大声宣布："四号孟长歌上场！"

长歌深呼吸一下，精神抖擞地走进场中，她端详对手，心中计量着，相比较，此人箭术最为厉害，那么她须得先破他的箭，给他迎头一击，那么剩下四个项目，他必未战先败！

"先比什么？由你挑！"二号男子稳稳重重地说道。

长歌从容一笑："比箭。"

"好。"男子微感诧异，但未说什么，点了点头。

前场箭术比试中，此人箭法精准，可百步穿杨，就连长歌看了都心生赞叹，此时她当先挑战对手最强的一项，如若不能胜出，便是自取其辱，她明白这个理，别人亦是明白。

是以，众围观之人，赞她勇气可嘉者有之，笑她自视甚高者有之，还有人等看她的笑话。

"小混蛋这场能赢么？没见过他射箭啊，不知箭术怎样啊。"

莫麟嘴里嘀咕着，眼睛眨也不眨地盯着长歌，他略有点担心，那小子赢了倒好说，万一输了没面子，会不会做出砸场子的混蛋事？

"我只担心他若输的话，又会闹着找主子，那主子就安生不了了。"莫影感慨道。

"对，偏偏咱主子像是中了邪，把那混蛋当小祖宗一样捧着！"莫可恨恨地踢了一脚地上的石子，语气怏怏。

尹诺始终没说话，遥望着长歌那张似曾熟悉的脸庞，他陷入往事的怔忡中，久久不能回神……

再观众人，表情心思各异，宁谈宣这一天哪儿都没去，只淡淡关注着长歌的每场比试，未发表任何意见。

箭术比试规则，十丈外，立一个超大的箭靶，两人同时开射，各射十箭，射完之后，以命中红心的概率为评判准则。

二号箭头为绿色，长歌箭头为红色。

其实，她从没习过射箭，但她练过眼力，教她和离岸武功的师父，曾抓了一只蚊子，用细绳将蚊子腿脚绑在梁上，然后命他二人目不转睛地盯着蚊子的腿。第一日，师父问他们看到蚊子腿有多大，两人答手指一般大小；师父命他们继续，第二日两人答，蚊子腿如巴掌大小；师父仍不满意，第三日答曰，蚊子腿如锅盖大小。师父言，何时看到蚊子腿如车轮大小时，眼力才算练好。

日复一日，长歌与离岸坚持不懈地看蚊子，终于有一日，指甲盖大小的蚊子细腿在他们眼中，竟真如车轮那么大了，长歌拈起一根绣花针，隔着五步远的距离，精准地射中蚊子腿，离岸则射中蚊子的头，两人大喜，于是那个夏天，他俩所住的草房，再不用点驱蚊香料，所有飞进来的蚊子，全被两人射杀了。

此时，长歌看到二号张弓上弦，她迟疑了须臾，然后朝考官说道："大人，我不会使弓，可以徒手拿箭直接射么？"

"什么？"考官惊诧，眼中现出不可思议。

围观的人，包括二号男子皆错愕不已，一时议论纷纷，场面火爆。

长歌躬身一揖，声若洪钟："请大人批准！"

考官迅速逐级请示，五名主考官听闻，意外之余，亲自到场。

齐南天看着长歌恬淡的笑脸，缓缓勾唇道："准！"

校场上，各组武考正进行得激烈，突见主考官全部莅临四组，立时引起了不小的波动，有闲散暂不参赛的人，纷纷涌了过来，围观这场罕见的徒手射箭比赛。

眼见观众愈来愈多，长歌甩了甩右臂，庆幸当日尹简打伤的是她左肩，否则今日就惨了。

"孟长歌！"

人群里，一声呼喊，长歌循声望去，只见膳间结识的林枫，朝她举起右拳，做了个"加油"的手势。

长歌欣然一笑，抱拳言谢，转身之际，眸光无意中对上那帮她相识的人，见到他们迥异的各种表情，她心里乐呵得很，一如既往神气地挑挑眉，方才收起心思，凝神面对比试。

想当然，众人皆被暗暗气了个半死，可碍于这为国选才的严肃场合，他们又不能出

第九章 校场中毒

面,否则影响到武考,就兹事体大了。

所以,再大的火,也只得先压下。

白灰线内,长歌与对手分站两边,中间隔了半步,每人身侧站着一名士兵,手中木桶中各插着十支箭。

"预备——"

考官令旗挥了一下,长歌抽出一支红箭,技巧地握在右手中,二号张大勇则抽出他的绿箭,搭弓上弦,做好射前准备。

"开始——"

一声令下,张大勇迅猛出箭,速度堪称一流,长歌不慌不忙,任他先射出一箭,错失几秒后,她才将内力灌注于五指,"嗖"的一声,以雷霆之势射了出去!

一箭射毕,张大勇继续搭弓上弦,而长歌则省去了这个步骤,从木桶中一把抓出剩余九支箭,瞄准靶心,一支接一支地连贯射出!

整个过程中,她镇定从容,丝毫不显一分紧张,就那份气魄和胆识,便令人叹服,何况盯着靶子的数人,眼珠不断放大,在她最后一支射完,按捺不住震惊地大喊了声:"全中靶心!"

而此时张大勇方才射到第七支箭,闻听拉弓的手一抖,竟射偏了这一箭……

"啪啪啪!"

围观的人群中,忽然爆发出了雷鸣般的掌声,经久不消……

"孟长歌英勇!"

"这么瘦小的人,没想到竟有这么大本事,真是让人钦佩啊!"

"厉害,真是箭神啊!"

"……"

听着各种夸赞的话语,长歌拍拍掌心,唇角扬起了淡淡的笑容,射箭靶可比射蚊子腿容易多了!

考官令旗一挥,全场安静下来,后高声宣布:"第一项箭术,孟长歌胜出!"

顿时,呼声又四起……

接下来比剑,这是长歌的强项,但她即使自信,也不会过于轻敌,对待任何一个对手,她都以最佳的状态,全神贯注地对战。

张大勇虽败了引以为傲的箭术,可这人也够硬气,反而更加充满了斗志,他说:"孟长歌,你是我遇到的第一个真正的对手,我倒要看看,你刀剑是否也能胜得了我!"

"请!"长歌多说无益,只淡淡道出一个字。

两人仗剑而立,考官一声令下,两剑在地上划出火星,而后快速相斗在一起!

诸人凝神细看,生怕错过任何一个招式的对决……

长歌身轻如燕,剑法精妙,劈、挑、刺、挽,如行云流水,剑花挽起的绚烂,看似夺

目妖娆，却剑剑致命，外柔内刚的招式，使得她挥出的每一剑都辛辣无比，以不可阻挡的气势，攻城略地，令对手无力招架！

瞧到这里，战况已显，谁都能看得出，孟长歌必胜无疑，因为张大勇已经撑不下去了！

然而，谁能料到，朝夕间，竟出现了戏剧性的变化——

"啊——"

长歌忽然一声惊呼，本飞跃而起，执剑斜劈下来的身子，居然重重摔落在地，长剑亦从手中脱飞，她左掌按在了肚子上，脸色煞白，张大勇的剑，也趁势搁在了她脖颈上！

这一幕太过突然，令场内场外所有人皆是一震，待反应过来，考官按规则结果先喊了一声："张大勇胜出！"

而后才有监考的武官迅速过来，将长歌从地上拉起，不解地问道："你怎么了？"

"肚子……痛……"

长歌紧咬着牙关，艰难地吐出断断续续的话，白皙的额头，渗出细密的汗水，若非武官撑着她两臂，她又站立不稳地摔下去了。

"孟长歌！"

"小混蛋！"

几道杂乱的呼喊声，从人群外围传了过来，可以听得出，或多或少地都带了几分焦灼，待武官将长歌扶出几步时，若干人已跳进戒严的红线，冲将过来！

"军医！"

齐南天冷寒着脸，大喊了几声："快传大夫！"

全场一片混乱！

"让开！"莫麟粗鲁地推开武官，欲接过长歌的身子，谁知——

不知从何处，突然冒出一人来，竟迅猛地抢过长歌，将她拦腰一抱，以绝顶的轻功，飞上屋顶，带着她几个起落，便消失不见了踪影……

"孟长歌——"

众人一惊之下大喊，宁谈宣阴沉的目光射在武官脸上，怒极道："还不快追？"

"是！"

"等等！"

武官忐忑领命，齐南天却一声喝住，蹙着眉道："方才那人……似乎是孟长歌的随从离岸！"

这一句，令焦灼的所有人都冷静下来，若是离岸，他们便没什么可担心的了。

"只要死不了就成！"尹璃咳了一声，他本不在乎那孟长歌的死活，只是因尹筒才急了一下，以免孟长歌有个三长两短，届时尹筒怪在他身上。

其他人无话可说，在此就算有什么想法，也不适合说出来，是以很快便散去了。

第九章 校场中毒

宁谈宣甩袖离去，尹灵儿再没敢跟着，她就是心再粗，也能感觉得出来宁谈宣对孟长歌的紧张……

她就不明白，一个男人怎么能喜欢另一个男人呢？

比试还得继续，有关长歌的胜败，主考官商议后，以齐南天的想法，是保留长歌的名额，待长歌无恙再复考，重新安排比试，但宗禄冷声道："齐尚书是想徇私么？武考历来规定，不论考试途中士子出现任何意外，都不能再复考，规矩是给天下士子定的，难道孟长歌特殊，给他一人打破么？"

"对，无规矩不成方圆，孟长歌既已不能参试，只能算弃权！"左相李伦亦铁面无私道。

羽林军统领郎治平惋惜地摇头："这孟长歌确实是个人才，可惜规矩确实不能废啊！"

右相宋承无须表示什么，三票已否决，所以长歌的资格，就此被废，她的一番努力，全部付诸流水！

莫麟三人回宫复命，个个苦逼得像吃了黄连，只担心引火烧身，帝王一怒之下，会收拾他们……

虽说，他们今日领的是出宫闲逛的君命，可谁敢真以为帝王是恩宠他们近日太累，散心解乏啊！

"莫麟，你先入宫，我和莫可到四海客栈，打听一下孟长歌的情况。"临近宫门，莫影略忧心地止住步子，说道。

莫可点头："对，死活是得打听清楚，不然皇上问起答不上来，咱们将会更惨。"

"那我去打听，你们回宫。"莫麟不干，他才不想一个人送死呢。

"我去客栈！"

"我去！"

三人僵持不停，谁也不愿先回宫，最后干脆道："都去客栈，看完孟长歌再一起入宫！"

四海客栈。

屋中，光线昏暗，一灯如豆。

帘幕拉得严实，窗门紧闭。

长歌平躺在床上，面颊苍白，双眸紧合，一动不动。

一袭灰蓝袍衫的男子，清冷无温地坐于床前，执起长歌如玉的皓腕，蹙着眉头给她把脉，倏而心下一沉，他快速掀起被子，不顾男女之别，解开长歌层层的衣衫，目光越过她的裹胸布，以及裸露的奶白肌肤，直接落到了她的腹部。

果然，一个巴掌大的黑印，清晰地呈现在了眸中，男子本就无表情的脸，顿时阴寒瘆

人！

　　长歌在途中便已昏厥，此时毫无反应，全然不知她的女儿身，已被男子瞧了一半，但男子似本就知晓，并未表现出半分的惊诧。

　　不容多想，男子飞快起身，从桌上的包袱里取出一个玉瓶，从中倒出一粒黑色的药丸，然后半扶起长歌，将药丸塞进了她口中，可惜她昏迷中不会咽，男子抬了抬她的下巴，也无济于事，情急之下，男子只好噙了一口水，迟疑几许，然后贴上她的粉唇，以嘴对嘴的方式，把水渡进她口中，帮助她咽下药丸。

　　烛火照映着男子忙碌的身影，他放平长歌，给她穿好衣衫，然后算计着时间，在半个时辰后，又扶长歌坐起，单掌覆在她背心处，暗暗注入内力，直到她突然张嘴，喷吐出一口黑血，他紧绷的神经，这才缓缓放松下来。

　　男子再度放长歌躺下，给她盖好被子。

　　凝视着她姣美的睡颜，他深浓的墨眸中，沉淀着一丝道不明的温柔。

　　许久，他缓缓俯身，在她光洁的额头印下轻轻一吻……

　　莫影三人到来，钱掌柜领着上楼，他请三人先在旁侧等候，然后敲了敲门："公子，有人来找孟小公子！"

　　少顷，门从里面打开，灰蓝袍衫的男子立在门上，冷冷淡淡地道："做什么？"

　　"离岸！"

　　斜侧三人唤了一声走过来，看着男子皱眉："果然是你！"

　　"三位有何事？"离岸神情不变，冷冽依旧。

　　莫麟抢先出口："那小混蛋怎样了？他是肚子痛还是腿痛？"

　　离岸冷睨着莫麟，锐利的眼神似箭般，默了一瞬，才淡淡道："长歌肠绞痛，被人下药了。"

　　"什么？"

　　三人一惊，莫影立刻道："如今怎样？"

　　"已找大夫看过，吃了药现睡着。"离岸道。

　　闻听，三人微微松了口气，莫可紧接着皱眉："他怎么会被下药？先前不是好好的么？"

　　"这也是我想问你们的，长歌早上入校场，一个上午都无恙，午时用了一顿膳，不过多久便出问题，这个责任，该谁来负？"离岸嗓音寒了几分，目光咄咄逼人。

　　莫麟一震："难道是午膳有问题？"

　　"等长歌醒来再说，现在他需要休息，三位请回吧。"离岸无意再说下去，语毕便转身欲回屋。

　　"离岸！"

　　莫影忽然唤住他："你不是走了么？几时回来的？"

第九章　校场中毒

"我本便没走,不放心长歌,果然……他便被人害了!"离岸冷冷一笑,将门板重重关上。

三人不约而同青了脸,莫麟踹了一脚门:"这主仆怎么都张狂成这样?什么玩意儿!"

"近墨者黑,不足为怪。走吧!"莫可甩袖而走,他比莫麟性子沉稳,心里再不满,也不会多说什么,因为说了也白说!

有帝王在,谁敢把孟长歌怎样?有孟长歌在,谁又能把离岸怎样?依孟长歌的性子,定会抛出一句:"要杀他,先杀我!"如此,又只能不了了之……

送三人离开后,钱虎敲门进房,朝离岸一揖,语气颇为担忧:"小公子的毒解了么?"

"解了,但恐怕得傍晚才能醒来。"离岸眸光落在床榻的人儿脸上,清冽的瞳中掺杂了复杂的宠溺,那是只有他自己才能懂的情。

又或者,连他自己也不懂,这究竟是种怎样的感情。

"只要解了就好,太凶险了,小公子真是福大命大啊!"钱虎拍了拍胸口,长舒一口气。

离岸转身,看着他淡然道:"给小公子炖碗燕窝,我再开个方子,你照方抓药煎熬,得给她调理下身体。"

钱虎点头:"好。"

半下午的日头,才升起不多会儿,天际便出现浓云卷袭,很快一声响雷过后,雨点淅沥落下,打湿了窗前半伸的绿叶。

客栈外,宁谈宣从马上跳下来,半身衣衫已然湿透,随从撑伞给他,他拂袖一甩,朝后吼道:"王太医,请快速!"

年过半百的太医从轿子上下来,匆匆走近,微喘着气道:"太师,人在哪儿?"

"跟我来。"

宁谈宣抛下一句,便快步走进了客栈,太医皱着眉,格外不满,却不敢怠慢,而无奈地跟在后面。

钱虎下楼来,刚好打了个照面,他心下一紧,不动声色地迎过去:"太师大人,您是来找孟小公子的么?"

"他在么?"宁谈宣收住脚,冷声问道。

钱虎叹气道:"在呢,孟小公子得了肠绞痛的病,他的随从离岸回来了,正在照顾他,现在人还昏睡着呢。"

"肠绞痛?"宁谈宣眸子微微一敛,"这是大夫诊的么?"

"离岸本身就会医术啊。"钱虎佯装诧异地说,"这人医术很厉害呢,前些日子小人

内子半夜腹痛，敲不开大夫的门，就是找了离岸给看好的呢。"

宁谈宣久未言语，忽而不知想到了什么，他勾了勾唇："那他病情稳定了么？"

"没事了，离岸说喝了药，晚点儿就会醒的。"

"好。"

宁谈宣轻点下头，转身之际，轻声道："吃住方面，不得委屈他，本太师会差人结账给你的。"

"是是，小人一定侍候好孟小公子。"钱虎忙不迭地点头。

宁谈宣步出客栈时，漠漠地跟太医说了句："劳烦太医走一趟了，今日多谢。"

"太师朋友的病不用看了么？"王太医感觉很莫名其妙，敢情他白跑了一趟？

"嗯。"

宁谈宣翻身上马，迎着春日的细雨，策马离开。

雨雾中，他嘴角轻漾开略带自嘲的笑，真不知他这一次次放低身段的行为，究竟是为了什么。

明明那个人固执地参加武考，是为了效忠尹简，是为了跟他作对，他何必再管他？

那人是死是活，跟他有什么关系？

长歌醒来时，天色已经黑了。

屋里没有点灯，黑糊糊的。

她感觉嗓子干得很，轻咳了声，撑着床铺想下地找水喝，一只冰凉的大掌，却按住了她的手，黑暗中头顶传来一个清冷的声音："别动，小心身体。"

长歌惊了一瞬："离……离岸？"

床边的男子松开她，返回桌前点亮烛台，橘色的光线铺满整个屋子，将那张冷峻的脸庞，也照得格外清晰。

"离岸，果真是你！"长歌死死盯着那人，想训他几句，可喉咙干疼，她便先指了指嘴巴，"给我倒杯水。"

离岸一言不发，只默默地做事，端了碗温水给她，又拿了靠枕垫在床头，扶她坐起来。

长歌喝了水，感觉终于好多了，她清了清嗓子，便板起脸开始审问："你几时回来的？这几天你在哪儿？总是玩这种假失踪的游戏，好玩儿么？"

离岸不答，甚至偏过脸不看她，深邃的眸子微垂着，不知在想些什么。

见状，长歌不禁怒："咦？你个混蛋翅膀硬了啊？都敢不搭理小爷啦？那你还回来做什么！"

离岸眉头蹙了又蹙，他霍然从床沿起身，迈步朝外走去。

"臭离岸，你死哪儿去啊？你……你给小爷回来！"长歌气极，抓起她刚喝水的瓷碗

第九章　校场中毒

就朝那人掷了过去。

离岸听声辨位,猛然回身大掌精准地接住了碗,他眼神阴郁,语带不悦地道:"还能发得动脾气,看来身体没事了。"

"我身体没事儿,我有什么事?"长歌张嘴就反问,脑子也快速运转着,突然她双眼一亮,"哦……对了,我肚子疼,正在比剑时,眼看就要胜了,结果……"

离岸不耐地打断她,直接吐出四个字:"你中毒了。"

"什么?我……我中毒?"长歌震惊得差点儿咬了舌头,她满目不可思议。

离岸点头:"对,中的是延时发作的掌毒草,我推测该是你的午膳被人做了手脚。"

"然后呢?"

"我哪儿都没去,就在城外待着,今儿混进校场,一直暗中看着你,见你有异常,就带你回来了。"

"哦,这倒像你的行事风格。"长歌摸着下巴点头,但她眼中一抹精光闪过,"不过你怎么知道我中的是掌毒草?我的毒解了么?"

似是早知长歌会怀疑,离岸瞟她一眼,淡淡地道:"毒解了,我跟着靖王私下学的,一直没告诉你而已。"

长歌狠狠瞪他:"你还有什么瞒着我?"

"没了。"离岸转身,朝着门口走,头也不回地说,"我叫钱虎备膳给你,两刻钟的时间,够你出恭和收拾自己么?"

长歌盯着他的背影,磨牙霍霍,这个臭离岸,总是比她还混蛋!

离岸走后,长歌开始思索,这午膳的问题,究竟出在了哪个环节?

大锅饭,多少人在吃,为什么别人没事,她就出事?毒害她的人目的是什么?又是通过怎样的手段,让她防不胜防?

想的同时,她也立马下床,跑去小偏房解决生理大事件,这么多年和离岸生活在一起,他俩虽说男女有别,但根本不忌讳什么,所以出恭呀、月事呀,诸如这种私密的事,都放得很开。

不过,怎么好几天没见离岸,感觉这人似乎哪里不太对劲呢?

长歌具体说不上来原因,且脑中又凌乱地纠结着中毒的事,所以完事后躺上床,脑子还是一团糨糊。

时辰到,离岸准时敲门,长歌应了声,他推门进来,身后跟着钱虎,端着一大盘膳食,看到她好转,钱虎露出如释重负的笑容:"小公子,你这次能捡回一条命,多亏了离岸,不然难说呢。"

"哦,救我也是救他自己啊。"长歌耸耸肩,表示不以为然。

反正吧,她就觉着她有凤氏祖宗保佑,三岁没死在皇宫大火,那么老天再想收走她的命,可不是容易的。

关键时刻，总有贵人相助呢！

钱虎在桌上布着菜，闻听好奇地问："这话怎么说呢？"

"你问他呗！"长歌指了指表情一贯冷漠的离岸，然后下床穿鞋，主动在膳桌前坐好。

谁知，钱虎刚想问，离岸已一记警告的眼神射向他，暗含命令的语气："没事就出去！"

"两位请慢用！"

闻听，钱虎脸色不太自然，面带惊惧地点点头，快速道了声，便仓促离开，脚步略显慌乱。

长歌拿筷子戳着碗里的米饭，眼尾的余光若有似无地扫向门口，心中默默地在计量着什么。

"用膳时，莫胡思乱想！"

男人清冷的声音，拽回了长歌的思绪，她回神，只见一碗粥推到了她面前，离岸道："先吃点燕窝，毒虽然解了，但身子毕竟受损，得好好补补。"

长歌摇头："我没那么娇气啦，不……"

"我说吃就吃！"离岸眸子一沉，不容分说地严厉打断她。

"离岸……"长歌叹气，"你怎么比义父还啰唆？我就不爱吃这燕子的口水，多恶心啊！"

坐在对面的男子，执筷的手微微一紧，默了一瞬，才神色不明地开口："怎么，你嫌靖王啰唆了你？"

"也不是，只是……"长歌蓦地眼圈一红，鼻音略重地低语，"只是许久没听他念叨了，有点儿不习惯。"

离岸抿唇，深目注视着她，眸底快速涌上几许复杂的情绪，他薄唇动了动，轻声道："长歌，你乖乖地补身子，靖王他……他就会很高兴的。"

"是么？"

"对。"

"好，我吃。"

孟萧岑……

心中默念着这个刻在心上的名字，长歌舀了一勺燕窝吃进口中，慢慢咀嚼着，眸底却有什么东西一点一点地润湿了眼眶……

义父，只要你能开心，我怎样都好。

膳后，长歌一推碗筷起身："离岸，我走趟齐南天府邸，今天校场的事，我得跟他谈一下。"

"我对外没说你中毒，只说肠绞痛，被人下了药。"离岸道。

第九章　校场中毒

长歌一时不解:"这是为何?"

"中毒影响太大,若大秦皇帝彻查起来,对你我潜藏身份不利,况且敌暗我明,凶手万一狗急跳墙,杀人灭口的话,你就会很危险。"

"明白。"

"天晚了,别再出去,今日出现在校场的所有人,都不能排除作案嫌疑,齐南天也不例外。前几日你频繁扰他,兴许他怀恨在心,明面上不敢动手,而选择背地里下黑手,那么你到他府中,无疑是羊入虎口。"

"离岸!"

长歌目露惊诧,她猛然捉住男子手臂,仰着下巴说道:"我发觉你比以前有智慧了啊,这脑子竟然比我都聪明了!"

离岸无语,但也没计较她的话,只道:"明日你直接去校场,看看情况再说。"

"好。"长歌点头。

离岸忽然欲言又止:"长歌……"

"怎么?"长歌茫然地眨了眨眼,"你想说什么?"

离岸黑眸沉了几许:"宁谈宣似乎待你不一般,下午时带了太医来给你瞧病。"

"啊?那……那给我诊脉了么?"长歌闻听,第一想法不是喜,而是惊,她脸色都跟着变了几变。

"没有,钱虎打发了。"离岸道。

长歌舒了口气:"呼,那就好。"

"尹简呢?那人似乎待你更特别。"离岸倏地反手扣住长歌皓腕,眸中有着隐忍的怒气。

长歌讶然于他的举动,皱眉甩开他,偏过脸道:"你胡说什么?宁谈宣在利用我,尹简因我是故人,这些你不清楚么?"

离岸沉默,须臾,他古怪地笑了声,转身出门。

长歌跌坐在椅上,将脸埋入双掌中,她喃喃轻语,反复念着一句:"为什么……为什么……"

第十章　黄雀在后

春雨如织，从下午到深夜，一刻不曾歇。

皇城中，金黄色的琉璃瓦重檐殿顶，被雨幕洗刷得明亮而耀眼，那矗立的身姿，仿佛亘古不变。

颀长的身影，负手立在殿门上，遥望着远方青黛山峦，只见目中光影叠嶂，肃冷深邃。

"皇上，雨天凉，您龙体方愈，得披件……"

高半山手中拿着黑色绣金龙的披风，极小心翼翼地正说着，前方突传来纷沓迅捷的步履声，转瞬间，三道身影，已冒雨到达。

"奴才参见皇上！"

"回殿。"

"是！"

尹简转身踏入含元殿，余下众人，匆忙跟上。

"禀皇上，校场厨房今日当班的所有人等，已全部监视控制起来了，包括在膳厅当值的士兵。"进得内殿，三人单膝跪地，垂首禀报道。

"孟长歌用过的碗筷呢？"尹简神色阴冷，无温的眸底，暗波汹涌。

莫可略抬了抬头："回皇上，今日膳食是大锅饭，所有武考士子吃同样的午膳，用同样的碗筷，没有任何差异之分，实在不好确定孟长歌用的是哪一副餐具。"

"今日校场，你们就没发现什么可疑之人么？"尹简微怒，掌心攥紧，额上青筋隐隐冒起。

第十章　黄雀在后

三人冷汗涔涔："奴才无能，暂时没有发现。"

尹简略一沉吟，走到桌案前，提笔写下几行龙飞凤舞的小字，然后折上三折，用蜡塑封后，凝重道："莫影，将这封信即刻送到肃王府，务必交到肃亲王手中。"

"奴才遵旨！"莫影叩首，上前接过密信揣入怀中，快步离开。

尹简又道："孟长歌如何？醒了么？"

"回皇上，他醒了，不过奴才去时他正在沐浴，所以不方便见面，就隔着门板对话了几句，听得出孟长歌身体恢复得还不错。"莫麟连忙回禀。

想起半个时辰前的那番对话，莫麟其实很吐血……

他一到客栈，钱掌柜便来拦他："孟小公子在沐浴呢，交代下来谁来也不见。"

"知道我是谁么？那小混蛋敢不见我？他是想找揍么？"莫麟眼一瞪，一掌推开钱掌柜，便大步奔上了二楼。

钱掌柜急忙跟上："大人，请您稍等等啊，若是惹得孟小公子生气，小人难以交代啊！"

"滚！"

莫麟霸气的一声怒吼，成功地令钱掌柜僵在了半路。他抬首走在楼道上，找到孟长歌的房间，发泄似的一脚就踹开了门，可没等他瞄到一眼，离岸那座伟岸的大山便堵住了他的视线！

两个男人对峙，气氛剑拔弩张。

不过，没等他们开战，孟长歌的声音已从房间内吼了出来："哪儿来的疯狗啊？仔细小爷放十条狼狗跟你狗咬狗！"

莫麟气得狂喘："小混蛋，你骂谁呢？"

"哎哟，原来是莫大侍卫啊！失敬失敬，我还以为是……"

长歌故作夸张的声音，和故意顿下的话茬，使得莫麟暴怒之下，欲闯进去理论，可离岸哪能容得他放肆，一言不发，直接动起手来！

就在这时，长歌竟然说了这样一句："离岸，你放他进来！只要这小子敢看一眼小爷的身体，小爷要么剜了他眼珠子，要么让皇上阉了他，要么小爷这辈子就缠上他了，跟他搞断袖！"

前两句莫麟不惧，但最后一个威胁，当真骇到了他，他连忙停手，窘迫地回骂："孟长歌你真是个混账东西！"

语毕，他扭头就跑。

主子断袖的人，他敢要么？

尹简闻听，脸色稍霁，低声道了句："无恙就好。"

"皇上，那个没良心又奸诈的小混蛋，您还惦记么？"莫麟不可思议地脱口问了个逾矩的问题，音落方觉失言，忙跪下道："奴才多嘴，奴才知罪！"

尹简冷冷地道:"自己动手,掌嘴二十!"

"谢皇上。"

莫麟叩头,继而抬手便往自己脸上捆去,莫可和高半山等人皆傻了眼,待一惊回神,两人忙道:"求皇上开恩!"

看着莫麟脸上的红掌印,尹简怒气散了些:"罢了,饶你一次,再敢犯上,朕定不轻饶!"

"奴才谢皇上!"莫麟停手,磕头谢恩,心中悔恨不已。

他这张破嘴啊,总是吃亏在嘴快!

客栈内,长歌经莫麟闹了一出,心情不禁好了起来。

看来尹简没有彻底绝情,那么她的努力就有了方向啊!

舒服地洗好身子,她从浴桶中走出来,随手拿了搭在床边的衣衫穿好,然后朝守在屏风外面的男子唤道:"离岸,我洗好了,进来帮我收拾一下。"

外间,离岸面无表情的脸上,始终看不出什么变化,但墨色的眸子,却炙烫难掩,他深呼吸了几下,缓缓压下自己波动的情绪,故作冷然地步入内室。

长歌坐在镜前顺发,她纤手执着桃木梳,动作缓慢地梳理着秀发,离岸怔了一怔,不自觉上前,嗓音喑哑道:"长歌,我给你绾发吧。"

"不要,我自己来。"长歌却拒绝,她的理由很充分,"你做体力重活搬浴桶,我做轻活。"

离岸皱眉:"浴桶我会搬的,绾发……也让我做吧。"

"哎呀不要啦,除了义父我不想让别人碰我头发。"长歌不耐地挥挥手,继续着手中的动作。

离岸忽而扯唇一笑,没再坚持,默默地去做事。

长歌从镜中望过去,看到他舀浴桶中的水时,生疏笨拙得竟将水洒在了地上,她拿着梳子的五指不断收紧,一颗心"怦怦"乱跳……

这个人,他是……

简简单单的活计,离岸做了许多年,平日只需喝盏茶的工夫,就可做得妥帖无误,可今日,他竟折腾了小半个时辰才算勉强完成。

地板上未擦干的水渍,映照出他疲累的眉眼和无可奈何,又……甘之如饴的矛盾神色。

长歌眼角酸涩,她不动声色地收回目光,有一下没一下地梳理着秀发,一颗心激荡难安。

"等头发干了,就早点休息。"离岸拾掇好,淡淡地嘱咐一句,便抬脚往外走去。

"离岸!"

第十章 黄雀在后

长歌忽然唤住他，她转过身，与他四目相视，她笑着问："你说……义父这个时辰可能会做些什么？"

离岸眼神微微一紧，顿了顿，冷然道："我怎么知晓？我又不长千里眼！"

"嗯……我猜，他应该是美人在怀，左拥右抱，几个姬妾正在争宠夺爱，他则在考虑今晚宠幸谁才好，或者一起宠幸。"长歌右手撑脸，很认真地思索着说道。

离岸闻听，立时薄怒："你几时见过靖王风流？"

"呵，我是没见过，但他若不风流，那王府的姬妾用来做摆设么？"长歌冷笑，眼眨也不眨地盯着他。

"……"离岸一时无言，神色变化几许，才漠漠地开口："长歌，很多事情你不懂，政局中用来维系关系的法子，不外乎女人和钱财，靖王他……许是身不由己。"

长歌若有所思地点头："哦，那这么说来，义父不论喜不喜欢左相长女，都会迎娶为妃，是不是？"

"是。"离岸重重吐出一个字，心口仿佛被撕裂了般，蓦地一疼。

"离岸，那你说……"长歌鼻子酸堵，她捂了唇，颤着声道，"你说义父为什么不喜欢我？权力于他而言，很重要么？或者说……义父对我，真的只有父女之情么？"

离岸深目凝视着她，缓缓道："长歌，你……你别钻牛角尖，靖王真正的心思为何，我不了解，但目前你复仇大业当先，任何儿女情长的事，都别多想，时间会帮你印证一切的。"

长歌倏地站起，她几步走到离岸面前，目不转睛地仰望着他墨色的眼睛，她紧张地问："你什么意思？你是说……义父也有可能是喜欢我的，对么？"

离岸沉默，瞳孔中长歌的倒影，占据了全部，她渴盼的眼神，扎在他的心上，疼痛加剧……

"告诉我啊，离岸你告诉我！"长歌摇晃着他，她迫切地想要听到一个答案。

"孟长歌，你不要这么固执，好不好？"

离岸陡然扬声，他狠狠捏住了她的皓腕，眸中尽是残冷之色："你忘记靖王嘱咐过你的话了么？无欲则刚，无情则狠！"

腕间的疼痛，长歌丝毫感觉不到，她只是倔强地看着他，轻轻柔柔地说："我就是想要一个答案……"

离岸一把甩开她，隐忍的怒气，勃然高涨："孟长歌，你如此儿女情长，能成什么大事？靖王不会喜欢你，也不可能娶你，这辈子你都只能是他的义女！"

长歌踉跄站稳，她一下一下地喘着粗气，涣散的瞳孔渐渐有了焦距，她冷冷地挤出笑来："好，很好，我记下了。"

"长歌……"

"滚，离岸你给小爷滚蛋！"

离岸才启唇，就被长歌突然变坏的情绪给打断，她嘶吼着，顺手抓起木柜旁放置的鸡毛掸子就砸向了他！

离岸机警地避开，想着她从小被他惯成这样的坏脾气，也是他的责任，便忍着心头的火没与她计较，转身大步迈出房门。

长歌一头趴在床上，夺眶而出的泪水打湿了床单……

山长水阔，繁华天下，怎抵你一句绝情绝爱？

义父，如果这是你要的结果，那么我会成全你。

若果经年，你不悔，我亦不悔。

翌日。

长歌起了个大早，隔了一夜，她已将情绪控制得很好，将那份被焚伤的情爱压在无人看见的地方，她依旧是那个没心没肺的小混蛋。

今个儿，她得去校场，准时参加比试。

店小二送来洗漱水，钱虎命人做了丰盛的早膳送来，并说："小公子，午膳我给你送到校场，你千万别再吃校场的任何食物。"说完，将备好的一壶水递给她："渴的话就喝自己带的。"

"嗯，好啊，钱虎你有心了。"长歌点头接过，随意扫了眼，"离岸呢？"

钱虎答道："在洗漱，待会儿过来。"

"嗯。"

长歌没再问，快速整理好仪表，便坐在桌前吃了起来，吃到中途，离岸推门进来，两人打了个照面，长歌仿若没事人般，笑眯眯地道："你再不来，我就吃光了。"

她嘴角沾着馒头皮，漂亮的凤眸一眨一眨的，尤其是那歪着小脑袋的模样，她自己根本不会知道，落在旁人眼中，那会有多可爱。

离岸不觉微微一笑，墨玉般的瞳孔中，浮起淡淡的宠溺，他在她对面坐下，温声道："我不饿，你多吃点儿。"

钱虎见机走人了，屋中就剩下他们两人。

长歌自顾自地吃，等她吃饱了，说道："离岸，我今日不会再有事，你甭跟着我了。"

"你能肯定？"离岸蹙眉。

长歌自信地挑眉："能啊，尹简定会保护我的，他不会让我出第二次的意外。"

"呵，看来大秦新帝待你确实不一般！"离岸讥讽地勾唇，眼中嘲弄的意味极为明显。

长歌不恼，只笑着说："这不是正合意么？他待我特别，我才能有机会接近他，达到我们的目的，不是么？"

第十章　黄雀在后

离岸冷冷一哼，再不发一言。

"对了，我换下的衣衫在床头，你今天帮我洗了吧，记着你要亲手洗，里面有我的贴身衣物呢，若被人发现我的身份就麻烦了。"长歌恍然又记起什么，连忙嘱咐道。

"洗衣服？"离岸吃了一惊，略带不可思议地道，"你不是都自己洗么？"

长歌诧异："谁说的？那不过是哄义父的，这多少年来，其实都是你给我洗呀，怎么你忘啦？"

"哦。"离岸闷闷地应了一声，"那好吧，我洗。"

长歌满意地拍拍他的肩，唇边笑靥如花："离岸，你好好干活，小爷回来会赏你的！"

离岸阴沉着脸，隐隐咬牙切齿。

长歌大笑着出门，心情似乎好得不得了。

校场。

长歌到达时，竟然出乎意料地被守卫士兵拦在了外面不许进！

"凭什么？"长歌怒，将兵部发给她的盖章准考函亮给士兵，"看清楚没？我是武士子！"

士兵面不改色，冷冷地道："上头通告，孟长歌弃考，取缔资格！"

"什么？"

长歌一惊，继而更怒，她抬手一掌便拍在了士兵胸前："让开！小爷要找人理论！"

"大胆孟长歌，敢造次就地抓起来！"

士兵卫队长高喊一声，数名铠甲士兵冲了过来，长歌盛怒之下，出手自不留情，她一身肃杀之气，攻守兼备，招招狠辣，众多兵勇联手，一时竟拿不住她！

这厢的动乱，立时便有人报给了主考官，听闻消息后，很快便涌出来一片人！

"住手！"

具有极强威慑力的一声命令，来自于齐南天，他面目阴沉："孟长歌，你过来！"

打斗停止，兵勇罢手，训练有素地退到一边，严阵以待。

长歌扔掉夺来的一柄钢刀，冷眸扫视着昨日见过的一众大人物，毫无惧意地上前，她冷冷地道："敢问主考官大人，孟长歌的武考资格为何被取缔？"

"你昨日比试中弃考，按大秦武考规则，故取缔资格。"左相李伦说道。

闻言，长歌一凛："我是被人下药暗害，难道是我愿意弃考的么？"

众人一惊，右相宋承立刻道："孟长歌，你此言可有证据？"

"没有，但我确实被人下药毒害，否则怎么可能突然肠绞痛？"长歌道。

虬髯宗禄道："你一家之言，不足为信，不论何原因，弃考就是弃考，结果不能改变！"

"我不服！"长歌气结，她紧紧攥着双拳，"我请求彻查此事，还我公道！"

羽林军统领郎治平皱眉："你可以到京兆府报案，但武考规矩不能废！"

长歌愈听愈怒，她强忍着心火，看向最后一个主考官："齐大人，您怎么说？"

"孟长歌，别闹了，回去吧。"齐南天微微一叹，温声道。

宁谈宣、尹琏、尹珏、尹璃、尹诺、莫麟等众人全体沉默，无一人言语。

他们既无权干涉，也不愿卷入其中，选择置身事外。

长歌暴怒之余，反倒冷静下来，她锐利的眸子缓缓扫过五位主考官，一字一句清晰地道："我武考遭暗害，凶手分明是想阻我入羽林军，如今五位大人非但不为我做主，反而取缔我的资格，难道说……凶手就是你们其中一人么？或者是你们五人联手害我？"

宋承大怒："孟长歌，你放肆！"

再观其余人，脸色亦是难看。

"我讨的是公道！"长歌退开一步，神情倨傲，她个头虽小，却以睥睨的姿态泠泠地笑，"既然各位大人放任武考黑暗，置之不理，那我孟长歌只有告御状，请天子为我申冤！"

音落，长歌转身即走。

正在这时，马蹄声响，远远地有一匹骏马奔来，马上之人，是长歌所熟悉的。

她顿住脚步，静观其变。

众人皆抬眸望去，心思立时各异。

马儿奔到跟前停下，高半山跳下马背，与众人相互见礼。

长歌立在一边，小脸黑沉沉的，率先开口："高公公，我请求觐见皇上，我要告御状！"

高半山一扬手中拂尘，尖细的嗓音响起："孟长歌，校场诸事，皇上已得知，有口谕给你，跪听宣读！"

长歌眉头微皱，但顺从地屈腿跪下："草民孟长歌听旨！"

高半山朗声道："皇上有旨，孟长歌即刻退出校场，着肃亲王带回王府暂为看管，与外界隔离，不得相见任何人！钦此！"

此言一出，众人皆惊！

肃亲王多年不问政事，怎么突然……

且为何将孟长歌关在肃王府，而非刑部或者其他地方呢？

长歌亦蒙，她不知尹简葫芦里卖的什么药，愣愣地问了句："那我的案子呢？我的武考资格呢？"

"皇上自有定夺！"高半山只隐晦地给了这么一句官方说辞。

长歌心中稍一思量，叩头道："草民谢主隆恩！"

"微臣遵旨！"尹诺同时步出，跪地一拜。

第十章　黄雀在后

一场闹剧，就这样结束。

尹诺带着长歌离开，高半山回宫复命，其余众人亦各自散去。

只是，表面无异，各人心思早已斗转。

帝王消息未免太过灵通，又或者是提前便有算计？那么，对于真相，帝王知多少？

午时，宗禄收到一张字条，依约来到城中蓬莱酒楼。

由跑堂带至楼上拐角包厢，宁谈宣果然已在等他。

宗禄拱手一揖，语气极为恭敬："太师，久等了！"

"我也刚来，坐吧。"宁谈宣微笑，温声道。

宗禄落座，提起茶壶给宁谈宣斟茶，随口道："不知太师找我，有何急事？"

"哦，也没什么，就是问一问你，孟长歌一事，与你有无关系？"宁谈宣语气淡淡，唇角勾起的笑容，始终给人如沐春风之感。

闻言，宗禄一惊，茶水不小心洒到了桌上："太师何出此言？我怎会下这种黑手？"

宁谈宣道："确定么？"

宗禄眼中现出一抹迟疑，就是这细微的变化，令心思缜密的宁谈宣猛然一掌拍在桌上，他阴寒着双目："宗禄，你敢诓我？原来你对我的回报就是这样阳奉阴违？"

"太师！"

宗禄双膝一屈跪地，他拱手急道："宗禄知错，当年若非太师金殿求情，先皇早已将我斩首示众，我的性命是太师所救，万不敢欺瞒太师！"

宁谈宣一声冷笑，并不言语。

"昨日孟长歌的膳食中，我只命人放了些许泻药，原是想整他一番而已，不知为何他竟说是肠绞痛……"

宗禄的说辞，令宁谈宣眸子渐渐深邃，他盯着宗禄，沉沉道："只是你一人所为么？"

"是，没有人跟我合谋，我昨日上午瞧见孟长歌，见不得他神气，就差人到药铺买了些许泻药，于午膳时，交给了厨子李大。仅此而已，绝对不是可以让人得肠绞痛的药。"

宗禄目光诚恳，言之凿凿，竟似不像在说谎。

"厨子李大现今何处？"宁谈宣沉吟半响，端起已凉掉的茶轻抿几口，方才道。

"在校场当值，我本想找李大问清楚，但担心被皇上的耳目盯上，是以还不曾对质。"宗禄说到此处，神色已显焦虑，"太师，皇上已介入，怕是会有麻烦，眼下该如何处理？"

宁谈宣冷冷看着他："你现在问我？做这件事情之前，为何不先来问问我的意见？"

"我……"宗禄被噎住，狼狈地垂下了头。

"你眼里何曾有我宁谈宣？我是否说过，没我的令，谁也不许动孟长歌？"宁谈宣缓缓起身，语带凉薄，"宗禄，你这是送了我一份大礼，孟长歌若再有差池，你我兄弟难做。"

跪于地上的宗禄，蓦然抬头，激动道："太师，孟长歌不过一颗棋子，竟比我们兄弟情分重要么？"

宁谈宣笑："他不重要，有时看到他展露的锋芒，我都想折断他的羽翼，但……暂时我还不想动他，不想他出事。"

"太师，我明白了，求太师原谅我一次，我保证再不动孟长歌。"宗禄恳切地点头。

宁谈宣侧目，盯着门口方向，淡淡道："想办法先审清楚，中间或许有其他的猫腻。如果真没有，只是孟长歌夸大的话，那就做掉相关知情的人，来个死无对证。"

"好。"宗禄大喜，只要宁谈宣这关能过得了，其余什么都好解决。

宁谈宣举步而走，微敛的重瞳中，掩藏着无人能懂的深暗。

然而，当宗禄急匆匆地回到校场时，却听到一个惊人的消息：厨子李大失足掉进水井里淹死了！

宗禄忽然嗅到了一股阴谋的味道……

一个时辰前，肃亲王府。

长歌不晓得尹简想干吗，把她关进肃王府，难道就是让尹诺眼睛一眨不眨地盯着她？

到达王府已经很久了，尹诺话没说几句，就是总瞅着她看，难道她脸上有花，抑或者她男装倾国？

长歌想不明白，也弄不懂，说关吧，也没具体关她在某个房间，而是随她自由走动，偌大的王府，她想去哪儿就可以去哪儿，从主到仆，对她的态度都很友好，而且有丫鬟时不时地会给她斟茶送点心，可尹诺也同时寸步不离地跟着她，这令她感到很迷茫。

"肃王爷，您……"长歌挠挠头，她不知该从何说起，一脸纠结。

尹诺立刻接话："怎么，你需要什么？"

"那个……我不会逃跑的，肃王爷您没必要亲自监管我啊，您若是累了，可以先去休息的。"长歌干笑道。

"本王不累。"尹诺微微一笑，"快午时了，待会儿本王同你一起用膳。"

长歌听闻，感觉受宠若惊，她咽了咽唾沫，道："肃王爷，您身份尊贵，我不过一个草民，您怎么待我如此好？"

"哦，皇上交代本王善待于你。"尹诺随口一答，望着长歌的眸光，依旧专注炯亮。

长歌不太自然地避开他的注视，心中则忖，就算尹简嘱咐，那也不至于让堂堂王爷亲陪吧？

而且……这人看她的眼神怎么有种说不出的复杂感觉？

沉默了稍许，长歌忽然微窘地说道："肃王爷，我……我内急，可否……"

"好，本王带你回房，有恭桶……"

第十章　黄雀在后

"不必！"

长歌连忙打断，尴尬得直摇头："我，我不习惯有人跟着如厕，我一个人可以么？"

"那也行，本王在外面等你。"尹诺愣了一下，徐徐轻笑道。

长歌如逢大赦，忙从院里奔向给她备下的客房。

尹诺瞧着她的背影，心思动荡，久久无法回神……

太像了，实在太像了……

隔了这么多年，这世上，竟有容貌如此相像之人么？

抑或是……他对那个人的记忆太过深刻，所以才会觉着这个少年竟与她好似一人么？

尹诺抬手撑住太阳穴，身躯隐隐颤抖不停……

午膳安排在了肃王府的大膳厅，长歌的吃相，根本无半分优雅可言，她故意吃得狼吞虎咽，毫无礼数，想着尹诺见她如此，肯定会恶心得甩袖走人吧？

谁知，尹诺竟完全不介意，整个用膳过程中，对她始终和蔼可亲，温声笑语地招呼她，似乎生怕她吃不好，面对这么热情的主人，长歌自己都不好意思地涨红了脸，有意地收敛了些。

膳毕，长歌忽然想到一事："肃王爷，皇上命我在您王府待几天，可我没跟我的随从离岸讲呢，今日我不回客栈的话，离岸会着急的。"

"那你写封亲笔信，本王派人送去客栈给离岸就好。"尹诺略一思索，说道。

长歌点头："好。"

四海客栈。

离岸跟踪长歌去了趟校场，长歌发生的所有事，他自是清楚。

瞧到尹诺时，他眼皮跳了跳，掌心居然攥出水来。

一别多年，尹诺还在，他亦在，可心中长存的那个女子，早已化为一抔黄土，掩埋了所有封尘过往……

长歌。

如今，他只剩下了长歌……

回房取了丫头换下的脏衣，他令钱虎送来水盆、洗衣板和皂角粉，然后很发愁地问："钱虎，这衣服得怎么洗？"

"就是……咳，您想给小公子洗衣？"钱虎一愣，不可思议地瞪大了眼。

离岸蹙眉："不是我想洗，是她逼我洗。"

"啊？小公子她……那我找一个婆子来洗吧。"钱虎听得大惊，心想这孟长歌可真大胆啊！

离岸摇头，无奈地叹了一气："不必，我洗。既答应了她，我便做到，你教给我步骤就是了。"

钱虎干笑着说:"那好吧。"

在钱虎演示了几遍后,离岸坐在小凳子上,动作格外生涩地拿棒槌捶打着洗衣板上的长衫,洗得格外郁闷,不过也是心甘情愿。

想想,能有机会亲手为她做这些事,他心中其实很愉悦。

外衫洗了半个时辰,终于洗好,交给钱虎拿到后院晾晒,然后他又挑拣出长歌贴身的衣物,大掌抚摸着手感舒服的料子,他缓缓低下头,近乎贪婪地轻嗅着属于她的味道⋯⋯

皇宫。

御书房。

薄烟袅袅的香烛后,尹简沉目而坐。

"皇兄,厨子李大之死,未免太过巧合。"尹琏拱手,"但经仵作尸检,又可以确定李大非他杀,确为失足落水。"

尹珏皱眉道:"倘若有人在背后推了李大,导致李大失足呢?"

"对,只要非钝器所伤,这个推测是可以成立的。"尹璃立刻附议。

莫影拱手一揖:"可据我们暗中监控李大的人所言,李大落水时,井旁并无一人。"

那口井深十丈,井水极旺盛,待尹简的人匆忙施救,已然来不及。

线索虽露出,却死无对证。

"或者⋯⋯"尹简淡淡出声,眸子深邃,"那李大是畏罪自杀呢?"

底下几人皆点头:"皇上分析得不错,可惜李大只会是替罪羊,真正的幕后主使被保全了!"

"继续监视,凶手总会露出端倪的。"

"是!"

离岸洗到一半时,肃王府的人送来了信笺,他拆阅后烧掉,对长歌大抵放心了些。

原本,就算没有长歌的报平安,他也知以尹诺待凤雪的情,定会善待长歌。

凤雪——长歌的娘亲,亦是长歌父皇最宠爱的妃子。

尹诺不会知道长歌是谁,但凭长歌与凤雪相像的容貌,他不必担心长歌在大秦会无所依靠。

这也是他敢放手让长歌远赴大秦的原因。

他不会舍得,将长歌推向未知的险境,她是他亲手养了十五年的女儿,就凭这份心血,他怎舍得摧毁?

不错,他并非离岸。

他是孟萧岑,在长歌走后半个月,终是放不下牵挂,千里迢迢寻到大秦,与离岸半道相遇,他易容成离岸的模样,来到了长歌身边。

第十章 黄雀在后

洗完最后一件亵裤，孟萧岑双臂已酸麻不堪，这是他从未体验过的疲累，只觉比他练一天剑都要折磨人。

活了三十多年，他养尊处优，十指未沾过半分粗活，如今却给长歌洗衣做杂活，想来都觉好笑，可却被那丫头指使得甘之如饴。

傍晚时，尹简派人再度来找离岸，需他作一份详细的口供，将长歌昨日的病症、治疗过程以及长歌被人所下药物的成分和名称，全部记录清楚。

孟萧岑从容应对，他颇懂医术，随口捏造了被毒害的药物名称后，对方提及长歌所喝治病中药的药渣何在，他只道一句倒掉了，再三言两语，便打发人离去。

而身在肃王府的长歌，在被尹诺"热情接待"了一天，郁闷到无以复加时，霍然听到了高半山尖细的嗓音："皇上驾到——"

长歌条件反射似的一蹦跳起，可没等她表示一下激动的心情，厅外已率先进来一人，无情地宣布："肃亲王迎驾！其余闲杂人等，一律回避！"

"啊……"长歌僵愣在原地，嘴巴张了张，继而失了音。

莫麟眉毛挑了挑，心情格外的明朗，能见到小混蛋吃瘪，也算不枉他昨晚被掌嘴了。

"孟公子，不如你先到内厅等会儿吧。"尹诺过来嘱咐一句，便快步出厅接驾去了。

长歌站着不动，肃王府管家凑近她焦急道："孟公子，快请啊！"

莫麟嘴角勾起嘲弄的弧度，语气尖酸刻薄："敢抗旨？那就什么指望也没有喽！"

"哼！"

长歌重重拧了下鼻子，分外不爽地退出。

她是闲杂人等？她竟然成了闲杂人等？

臭尹简，小气鬼，都过去几天了，怎么还在生气？

内厅与大厅，一帘之隔。

长歌很想留下来偷听，事实上她也这么做了，甩掉管家，蹲在帘后，屏息凝神，竖起耳朵。

肃王府的大厅顶上，镶嵌着一颗夜明珠，那耀眼的光线，将大厅每个角落都纳入其中，几盏色彩斑斓的灯笼射出的五色烛光，交叉点缀，煞是美丽别致。

那一袭白衣的男子，迈着沉稳的步伐，自昏暗的厅外走来，夜风吹带起他袍角飞扬，几缕发丝飘逸舞动，他清隽俊美的容颜，在愈渐明媚的光照下，仿佛从画里走出来的谪仙男子，令人心悸神往。

长歌一瞬间，竟看呆了，她怎么从没发现，尹简这厮竟这般好看？

尹简才二十二岁，孟萧岑已三十三岁，两人年纪的差距，人生阅历的差别，使得他们给人的感觉很不同，孟萧岑无疑内敛成熟，如父如山般给人厚重的安全感，而尹简年轻，除却浑然天成的帝王霸气，他亦是沉稳睿智，富有朝气的。

两相一比较，长歌心中乱得很，想起孟萧岑的绝情，她呼吸似乎都有些紧室……

相差十五岁，就不能在一起么？

她不明白。

尹简入得大厅，尹诺请他在上首落座，丫鬟即刻奉茶侍候。

随驾前来的宫人，按规矩在后方站定。

环视一圈，尹简唇角不动声色地勾了勾："皇叔，今儿个王府平安么？有没有被搞得鸡飞狗跳？"

"回皇上，挺好的。"尹诺笑容可掬地摇摇头，眼尾余光瞥向内厅珠帘，"那孩子很乖巧，没惹事儿。"

尹简淡笑："若他敢闹，皇叔尽管将他关进柴房，饿他两天就老实了！"

闻言，长歌那失魂落魄的心神立马被扯回，她险些咬碎银牙，这个臭尹简，太可恨了！

好在，肃王爷大叔还不错，只听他说："长歌就是顽劣了些，多加管教就好，若真罚他，微臣不忍心。"

"那混小子就是三天不打上房揭瓦的料，皇叔倒是心善，其实大可不必顾忌朕，朕与他已无交情。"尹简敛了笑，冷冷地道。

"皇上……"

"皇叔，朕此来是有一事相商，望皇叔答应。"尹简忽而打断，目光恳切道。

尹诺一怔，遂拱手道："皇上请讲。"

尹简环厅一扫，尹诺立刻会意，命全体下人退出，只留尹简带来的几人。

长歌亦被管家强拉走了，不该偷听的话，就是割了耳朵，也绝对不能听。

尹简缓缓道："朝中局势，皇叔大抵清楚，朋党争斗，四分五裂，朕初登大宝，根基不稳，能用可用之人，少之又少。当初朕尊先皇尹哈皇后为太后，无非是借力登基，否则以宁谈宣为首的忠先皇派系是不会退让的，可这只能是权宜之计，太后与朕之间，终不是亲母子，她一心为亲儿子六王爷尹璃争位，处处拉拢宁谈宣，想要扳倒朕，而宁谈宣又以辅助四王爷尹珏为己任，这好不容易复得的帝位，朕岂能再拱手让出？是以，废黜太后，势在必行，除宁谈宣，亦是不得不为！朕心知皇叔闲赋多年，不问政事，可如今局势紧迫，朕不得已请求皇叔出山，助朕一臂之力，待收复乱臣贼子，大秦社稷稳定，皇叔无论去留，朕定不干涉！"

闻言，尹诺长久地沉默，他眉宇纠结，明显迟疑不决。

"皇叔，您还记得我父王么？"尹简见此，语气不由沉重了几许，眸中一抹悲凉，"这原本该是父王的位子！"

尹诺一震，嘴唇微微颤抖："大哥……"

"皇叔，您与父王一母同胞，乃朕亲叔父，当日皇叔在金殿上站出来，力主朕继承大

第十章 黄雀在后

统,朕心里明白,皇叔是念着与父王的兄弟之情,朕父母双亡,皇叔便如父!可惜皇叔待朕亲,却不知朕何故要守住这皇位,朕……并非只为了自己!"

"什么?"

尹诺惊诧,不解地望着尹简:"皇上何意?"

"皇叔可知,父王的死,不是意外,而是人为!"尹简嗓音一沉,声线发紧。

尹诺浑身一颤,猛然扣住了尹简手臂:"简儿,你说什么?"

激动之下,尹诺唤出了尹简的小名,在尹简未做皇帝以前,或者说尹简未死而复生的五年前,他都是这样称呼尹简的。

只可惜,太子大哥尹梨死后的三年,尹简也死了,他再也没有机会唤一声"简儿",直到五年后,先皇尹哈暴毙,尹简忽然复生,他才再度见到了尹简,但尹简很快便登基称帝,他得尊称一声皇上!

尹简情绪起伏不定,他双掌死死攥住椅子扶手,眸中迸发出嗜血的恨意:"皇叔,父王是被尹哈给……毒死的!"

"咣当!"

桌案上的茶碗,滚落在地,发出刺耳的响声!

尹诺亦跌跪在了地上,脸色刹那苍白,整个人陷入前所未有的疯狂……

"皇叔,这整件事说来话长……"

长歌被请回了她暂住的小院,管家取代了尹诺,亦步亦趋地跟着她,这令她很恼火,却又毫无办法。

身在人家的地盘上,能和平就和平吧,尹简那厮都说了,若她敢闹,就关她进柴房饿几天,所以,她可不敢胡折腾,至少在尹简没跟她雨过天晴之前,她不能傻傻地给自己找麻烦。

可是她很好奇啊,不知尹简跟尹诺密谈了什么内容,也许跟军事有关呢?

她好想打探一下,这是她潜进大秦的任务啊!

可惜她现在非但没取得尹简的信任,还惹得尹简将她归列为闲杂人等的范畴了!

长歌真想拍自己两巴掌,真是成事不足,败事有余!

等待了约摸半个时辰,长歌焦躁地走来走去,正盘算着该怎么劝说管家放她自由时,突听得有人远远地边跑边喊:"管家,王爷吩咐您准备两条毯子铺在皇上的马车里,夜里天凉,王爷担心皇上龙体呢!"

长歌倏地扭头,眼中精光闪烁,嘴角勾起狡黠的笑,机会来了啊!

管家听闻消息,顾不得再管长歌,连忙跑着去办差了!

长歌趁人不注意,一溜烟奔出了小院,朝王府大厅奔去,就算偷听不到机密,她也要趁此挽回尹简啊,不然再想见他一面,可比登天还难!

大厅中，谈完秘事，尹简起身："皇叔，朕便回宫了，孟长歌就托皇叔代管几日，待朕查出真凶，再放他走。"

"皇上放心，长歌那孩子皇叔会照看好的，住在肃王府，他定然最安全。"尹诺点头，大悲大痛过后，他眼睛赤红，嗓音嘶哑，情绪明显受到了极大的波动。

"谢皇叔。"尹简抱拳，躬腰一揖，尹诺忙扶住他，动容道："简儿不可，如今你已贵为皇上，不可废了礼数。"

尹简道："私下尚可。幼年时，皇叔悉心教导朕文治武功，带朕走南闯北见识天下，朕与皇叔，情同父子，行上一礼，有何不可？"

忆及过往，尹诺眼眶又渐润湿："好，皇叔就受了这礼，日后我们叔侄共进退！"

尹简欣慰，伸出右掌，两人紧紧相握！

一同步出大厅，尹简望着乌云满布的天空，扯了扯唇："今年的春雨不少，农户的收成有指望了。"

"希望如此。"尹诺微微一笑，闲赋十五年，在这一刻，他心中又充满了斗志！

沿着宫灯指引的青石板路迈步向前，尹简步伐不快不慢，一路与尹诺畅聊，其余人跟在后面。

忽然，一侧花丛里，传来一个"凄厉"的声音，"啊——"

所有人一震，众御前侍卫迅速拔刀，将尹简护在中央，肃王府的侍卫则飞快地冲向声音来源方向！

就在这时，那声音又再度响起——

"啊……"

"有大老鼠咬我啊，拓跋哥快来救我！"

"呜呜……拓跋哥你别走啊，我怕老鼠……"

"别抓我，我又没犯法，你们干吗？啊，你敢打小爷……"

听到那夹杂着哭泣的呼救，众人一旦辨清声音的主人，便一个个黑了脸……

尹诺目中现出焦急："皇上，是长歌，我去看看她。"

"皇叔莫急。"尹简难得浮唇，他慢条斯理地吩咐，"莫可，把人拎过来。"

夜幕下的花丛里，光线昏暗，肃王府一干侍卫无比头疼地僵立在那里，个个头皮发紧，脊背发凉。

只见孟长歌那个小祖宗，跷着二郎腿坐在草地上，手中拎着一只流血的死老鼠左右乱晃，嘴巴则乱喊乱叫："老鼠咬我啦，侍卫混蛋打我啦，我好惨啦……"

侍卫长抹了把汗："那个……那个孟公子，做人要诚实啊，你不能这么血口喷人地害我们啊，就是这老鼠也可怜地被你冤枉……"

长歌瞟一眼想要昏倒的众侍卫，压低了声音说："配合一下嘛，哪位兄台过来踢我一下，我给十两银子，怎么样？"

第十章 黄雀在后

"不干!"

众侍卫统一猛烈摇头,十两银子有性命重要么?

大闹了兵部尚书齐南天府邸都能安然无恙的人,谁敢惹?

"孟长歌!"

莫可声到人也到,他大步过来拎起长歌的肩领,瞥一眼那被长歌害死且反咬了一口的血老鼠,一张脸黑沉到极点:"不错,真有本事啊!"

"小爷是自卫!"长歌脸不红心不跳,并抡起血老鼠拍打莫可,"我左肩伤没好呢,弄疼我你负责啊?"

莫可倏地松手,退出一步警惕地声明:"我可没对你怎么样,你少诬赖人!快走,皇上召见!"

长歌得意地哼笑了声,将手中的死老鼠猛然丢向莫可,然后拔腿就跑!

"该死的——"

莫可怒吼一声,快捷地闪身一跳,及时躲开了老鼠暗器,但衣袖上却不可避免地沾上了些许老鼠血……

一众侍卫全体傻眼儿了,个个心说,幸亏他们没敢动孟长歌,不然……

"孟长歌,你这个混蛋!"

莫可咬牙切齿,杀气腾腾地转身就追,然长歌轻功可是厉害,纵身一跃,如振翅的蝶儿,竟以极快的速度飞向了尹简!

待莫可追到,长歌已厚脸皮地抱住了尹简大腿,她跪坐在地上,哀哀戚戚地说:"皇上,长歌错了,长歌真心悔过,求皇上不要不理我……"

一个帝王,竟被一个少年抱着大腿哭诉,这状况……

不消说,连同肃王府的人在内,无人不觉诡异,无人不像傻缺似的,目瞪口呆……

"滚开!"尹简俊容绷得极紧,抬了抬腿,低叱道。

长歌死抱着不放手,很楚楚可怜地道:"老鼠咬到我了,好疼的……"

"一个连毒蛇都敢抓的人,现在竟说被老鼠咬了,你觉着朕能信么?"尹简垂目盯着她,唇角勾起讥诮的弧度,他嗓音泠冷,"苦肉计对朕没用,孟长歌你骗人的伎俩退步了!"

长歌一愣,脱口而出:"你怎么知道我敢抓蛇?"

"骗子!"

莫可恨恨地从牙关里挤出两个字,不甘心地继续落井下石:"皇上,孟长歌杀了老鼠,却反过来骗皇上,这是欺君之罪!"

闻言,尹诺顿急,他连忙拱手道:"皇上,长歌年纪小不懂事,微臣管教无方,罪在微臣,请皇上开恩!"

虽知长歌与尹简原关系不简单,但尹简方才在大厅已撇清关系,是以尹诺摸不准帝王心思之下，保险起见，便率先求情。

长歌却听得嘴角一抽："肃王爷，您又不是我爹，我错不错与您无关啊！"

尹简淡淡一笑，安慰着尹诺："皇叔多虑了，朕只当被野猫爪子挠了一下，无关痛痒。"

"谢……谢皇上。"尹诺喉结滚动了下，实在难以理解这个情况算什么。

"皇上……"长歌略觉委屈地嘛嘛嘴，"我哪儿是野猫啦？我顶多是家猫，皇上拐着弯儿地骂人，真是小气。"

"给朕滚！"

尹简懒得听她狡辩，薄怒之余长腿又一抬，便欲甩开这个黏人精，可长歌铁了心地缠住他："皇上你不原谅我，我就不放手了！"

"来人！"尹简冷冷一声，"给朕拖下去！"

"遵旨！"

莫可就等这话呢，闻听激动得立即上前，毫不客气地拖长歌，这一拉一扯，牵动了她左肩的伤，她夸张地"哎哟"一声，扭曲了小脸！

莫可几乎是条件反射，倏地松开手，似碰着了烫手山芋般，惊骇得他脸都白了："我，我没用力，你别冤枉我！"

他可还记得，昨晚莫麟不过是骂了孟长歌小混蛋，结果就被帝王掌嘴，可现在……孟长歌居然喊痛！

"长歌！"

果然，尹简急呼一声，连忙俯身亲手将长歌搀扶起来，他盯着她左肩，沉声低问："这多天了，肩伤还没痊愈么？"

"没有。"长歌摇头，鼻头不知怎么一酸，她嗫嚅着唇道，"你终于肯理我了呢，对不起，那晚是我的错，我不该耍诈骗你，我错了……"

闻之，尹简微微一叹，他等的不就是长歌真心的歉意么？她不过玩心眼儿算计了他，无伤大事，比不得她曾待他的情分重要，何况他许她一世长安，并非空话，到此时岂能继续计较于她？

长歌摇晃他："皇上……"

"少啰唆。"尹简嗓音无温，听不出心情好坏，他从袖中取出一个细长小匣子给她，"最后给你一支药，再不涂抹的话，你就是整条手臂废掉，朕也不会再操心。"

长歌顿时眉开眼笑，捧着他的心意，大声道："是！孟长歌遵旨！"

尹简无言，狠狠瞪她一眼，转身即走。

"哎，皇上！"

长歌猛然记起一事，又急匆匆地追上去："我的武考怎么弄啊？我明明可以夺得头筹的，不能这么不公平地取缔我的资格啊！"

第十章　黄雀在后

"等消息。"

尹简头也不回地抛给她三个字，一众侍卫宫人跟上，护着他大步迈前。

"恭送皇上！万岁万岁万万岁！"

肃王府所有人跪地叩头，虔诚恭敬地送君。

长歌停步，指尖摩挲着药匣，凝视着那抹愈走愈远的背影，心中涌上汩汩暖意，这药膏……他一直带在身上么？

这男人面冷心热，再怎么恼她，却始终记挂着她的伤……

路的尽头，拐角深处，白衣的清俊男子，缓缓融入了夜色，再也看不见……

长歌垂下眸子，轻咬下唇。

倘若，他不姓尹，抑或者她不是凤氏遗孤，那么，他们便会成为真正的好朋友吧……

可惜，造化弄人。

他与她，注定成仇，这一场纠葛，注定会以悲剧收场……

第十一章　天下扬名

夜深人静，春雨潺潺。

太师府书房中，灯火阑珊。

宗禄是个急性子，见宁谈宣久不言语，不免焦虑道："太师，你倒是帮我分析一下，究竟是谁拿我借刀杀人呢？"

"不好说。"宁谈宣神色无波，挑眉淡淡道，"孟长歌未死，中的也非毒药，不算借刀杀人。"

宗禄眉头拧成川字："可明显这事不对啊！"

"是不对。其一，孟长歌那里有猫腻，他可能说了谎，故意将泻药说成肠绞痛，夸大事实，来达到他复考的目的，毕竟这诊断过程，无人证物证，只是离岸一面之词；其二，李大之死，表面上看，属于意外落井，但不排除他是畏罪自杀，担心会牵连到他背后的人，所以一死了之；其三，幕后之人借你手害孟长歌，达到离间你我二人的目的，成则罢，若不成孟长歌肠绞痛致死的话，尹简将更加记恨于你我，那人可坐收渔翁之利；其四，此局最后一个可能，那便是尹简与孟长歌合谋，发现你派人下药，将计就计，乱你阵脚，待这事查出，你身为武考主考官，却加害士子，此等行为，天下人岂能饶你？如此公然将你定罪，夺你军权，你又能奈他何如？"

宁谈宣冷声说到这儿，呷了口茶，又补充一句："即便此案并非合谋，尹简仍可以趁机除掉你！"

"太师！"

宗禄听得脸色大变，他双掌扣在案桌上，看着宁谈宣急声道："你我一条战线，太师

第十一章　天下扬名

须得救我！"

宁谈宣之所以敢反皇，他所倚仗的一是左相李伦，二便是忠勇大将军宗禄。

一文一武，文能治民，武可定国。

是以，他点点头："贤弟莫急，此事我们再从长计议。"

宗禄心下一松，旋即又悔恨不已："早知如此，我就不出孟长歌那口恶气了！"

"若尹简查不出真凶，抑或者查不到你头上，那便安然无虞。"宁谈宣轻呷着碗中香茶，水汽氤氲了眼睛，将他眸底深邃的暗芒尽数遮掩。

宗禄欣然："对的，那日我与李大在墙角谈话，并未有人见到，就算有人得见，李大已死，无论我怎么说都可以。"

忽然，宁谈宣脑中快速闪过一人，他蓦地扣紧了茶碗，眼中迸出沁人的寒意……

翌日。

武考第三日，最后一天的较量，决战胜出的二十人，将进入殿试，由皇帝亲自考授，封官嘉奖。

这天的午膳，全体士子依旧在校场膳厅集体用膳。

午时三刻，厨房突然传来凄厉的尖叫——

"李大回来了！"

"李大的鬼魂回来了——"

膳厅与厨房毗邻，那惨烈的惊叫声，清晰地传入膳厅，震惊了无数人！

士子们纷纷丢下碗筷，连同众考官、兵勇、校场负责调控的官员，一起快速涌向厨房！

"怎么回事？"

"去看看。"

小厅里用膳的李伦等主考官，亦惊诧不已，陆续起身，凝重着神色朝外走去。

宗禄脑门不觉冒汗，他步伐有些许迟疑，李大的鬼魂……

"宗将军？"

齐南天走出两步，忽然回身，微笑道："怎么，这种鬼神怪事，将军不感兴趣么？"

宗禄连忙摇头，扯唇干笑着说："当然不是，我……我可不信什么鬼怪，而且哪有鬼怪敢大白天出现的？走吧！"

齐南天唇边笑意不减，道一声："好。"

当众人赶到时，只见后院厨房四扇门全部大开，五六名厨子抱头缩在墙角，身体瑟瑟发抖，脸色惨白，一人脚边竟有一摊水渍，空气中隐隐散发着股臭味儿，明显被吓得尿了裤子！

而旁边几个打下手的女人则哭得不成人样，蹲靠在墙边，浑身瘫软！

再看灶台，锅铲、蔬菜、案板、菜刀等七零八落，整个厨房一片狼藉！

一个中年厨子哆嗦着嘴唇，满目惊恐，胡乱地念叨着："李大你别找我们，不是我们害你的，不是……"

"发生了何事？"

校场主事官从人群中挤进来，威严地质问，并朝身后的人挥了挥手："退到院子里！"

士子兵勇依令退出，齐南天五人赶到，众人让开路来，他们快步进屋，环顾一圈，右相宋承厉声道："如实交代，李大究竟怎么回事？"

"就是，青天白日，何来鬼魂一说？"宗禄亦凶戾地道。

齐南天负手立在一旁，抿唇不言，讳深的眸，不动声色地打量着宗禄。

郎治平深深地蹙眉，李伦闻到尿臭味儿，嫌恶地险些吐出来。

厨子里其中一人是厨房管事，见状连忙跪地道："回大人，方才我们正在忙活，突然……突然有一阵阴风灌进来，本来关合的门竟自动打开了，小唐去关门，其他人也没在意，继续干着活儿，可没几分钟，门板又被风刮开，小唐再关门，再被刮开，就这样反反复复十来次，后来洗菜的兰嫂猛地尖叫了一声，我们急忙看过去，竟见到平日里李大的锅台边，明明没有人，可是锅里的铲子居然在翻动，就好像有人在炒菜一样……"

管事说到这儿，大概回想起了刚刚的恐惧经历，整个人又颤抖得厉害，再也说不出话来！

"然后呢？"宋承捋着胡须，追问道。

"最后徐婶子端起一盆泔水浇进了铁锅，那铲子才停下不动了。"另一个厨子代替回答道。

听了关于李大鬼魂现世的来龙去脉，所有人无不震惊，胆小的士子已煞白了脸，紧张地抓住旁边的人，小声问着："真，真的是李大鬼魂么？李大回来想干什么？"

"肯定是呀，昨天才死，还没过头七呢！"

"完蛋了，居然闹鬼了，李大估计是冤死的，死不瞑目啊！"

"好害怕啊……"

"……"

士子们议论纷纷，厨房里五位主考官也心有余悸，尤其是宗禄，眼珠涣散，竟失神得半晌一动不动，不知在想些什么……

齐南天走到灶台边，将李大用过的铲子拿起看了看，然后走回到宗禄旁边，随口说道："宗将军，依你之见，这鬼神之事存在么？"说着，他把铲子晃到了宗禄眼前。

"啊——"

宗禄反应剧烈地大叫一声，连退几步，结果撞到了身后的杂物，一个趔趄跌坐在了地上，他惊恐地直摇头："不知道，我不知道，我什么也不知道……"

第十一章　天下扬名

"宗将军……"

"宗禄！"

李伦快一步抢过去，将宗禄手臂扶住，低声叱道："你这是做什么？镇定！"

那带有力量的安定之语，令宗禄逐渐冷静下来，他微喘了口气，抹着额上的汗，从地上站起，尴尬地说道："宗某失态了，让诸位见笑，实在是我偏信鬼神，所以被吓到了。"

"哦？宗将军来时不是说不信鬼怪么？怎么……"齐南天似笑非笑，将手中的锅铲随意地翻动着，思索着说，"不知这李大想做什么呢，青天白日敢现身，按照戏文里演的，应该是含冤而死，然后化为厉鬼回来索命吧？"

此话一落，宗禄魁梧的身躯，忍不住抖了几下，连呼吸都明显粗重了几分，脸泛白得像张纸似的……

齐南天长叹一声："哎，一个小小孟长歌，竟掀起这么多事，真不知何人主使害他，他没死，反倒令李大死了，这李大必然要找主使的人索命啊！宗将军……"

"啊——"

宗禄忽然凄厉地叫了一声，便一头冲出厨房，狂奔而去……

李伦情急，连忙追后，心忖宗禄这下可泄底了！

齐南天扬了扬唇，将铲子搁下，嘱咐校场管事官处理现场，然后便招呼宋承和郎治平离去。

皇宫。

一个时辰后，含元殿。

尹简午休中，突有太监来报："禀皇上，齐南天大人求见！"

尹简掀目，即刻吩咐道："快传！"

"是！"

太监躬身退出，很快齐南天伟岸的身影出现，他走得很快，甚至可以说很急切。

尹简屏退了宫人，只留下高半山和良佑、沁蓝在旁侍候。

"参见皇上！"齐南天近前行礼。

尹简一抬手："平身！"

"谢皇上！"齐南天起身，再一拱手，严肃地说道，"皇上，宗禄有问题！"

尹简一凛，挑眉冷笑："宁谈宣果然心机不纯，长歌这下该相信朕的话了！"

齐南天将今日校场之事详细叙述一遍，末了道："莫麟三人扮鬼扮得不错，宗禄也快被吓尿了！"

"可拿不到实质的证据，依然难以扳倒宗禄。"良佑插话进来，眉宇紧蹙。

齐南天一笑："不急，宗禄掌权多年，必然无法一举拿下的，且看事态发展，我们再谋定而后动！"

"南天所言极是。"尹简颔首，褐眸中透出自信的冷傲，"这次就算解不了宗禄的兵权，至少通州抚远大将军黄权那边，朕赢定了！"

齐南天浮唇："那黄权不是傻子，皇上乃太祖爷的皇长孙，继位名正言顺，如今大局已定，宁谈宣就是再折腾，中间夹着一个太后，他也翻不出另一片天儿来，何况皇上亲临通州招抚，那黄权再不识抬举，就是离死不远了！"

良佑会心地微笑，再无担心。

齐南天默了一瞬，神色紧了紧："皇上，婉儿怎样了？皇上想出法子了么？"

"有了宗禄这个替罪羊，朕直接到寿安宫跟太后要人即可，南天你不必忧虑，等会儿朕就走一趟。"尹简目光柔和几许，温声安抚道。

齐南天欣然点头："好，只要能救她出来，微臣便安心了。"

忆起尹婉儿，他便一阵心绞痛。

武考前一日，太后忽然召见齐南天，将一玉珠佛串给他看，且笑着说："婉儿今儿个入宫了，在哀家处休养，齐大人想见见么？"

"什么？婉儿她……"齐南天大惊失色，一贯以冷静自持的他，竟然失控，他明白太后的意思，那佛串是婉儿的，而婉儿被太后抓了！

尹婉儿，是已故太子尹梨正妻太子妃的外甥女，即尹简的表妹，婉儿自幼父母双亡，由太子妃姨母收养在太子府，尹梨对于婉儿极为喜爱，便奏请太祖皇帝尹赤赐婉儿皇家尹姓，封为了郡主。

可是，尹梨死后，尹简母亲太子妃被逼殉葬，尹婉儿的命运，便一夜之间被改写，名为郡主，实为奴仆，饱受欺凌。

而今，在寺中潜心居住多年的婉儿，竟被太后再次盯上，成为了太后威胁齐南天的棋子！

"太后，微臣不知您想要微臣做什么？"齐南天心思如潮涌动，他极力压下震怒，缓缓问道。

"齐南天，哀家也不跟你兜圈子，就直说吧。"惠安笑得不阴不阳，"明日开武考，哀家想要做一件事，你届时睁只眼闭只眼即可，如何？"

齐南天脸色一沉："太后欲做何事？若破坏武考，皇上怪罪下来，齐南天担不起！"

"呵呵，能不能担得起，那是你的事，哀家不管，哀家只是提醒你，婉儿在哀家这里便是。"惠安眉目温和，脸上竟无一分丑恶，端的贤淑优雅。

"好，微臣遵太后旨意！"齐南天攥了攥拳，隐忍着胸腔里的浊气，拱手应下。

步出寿安宫，齐南天兜转一圈，然后出宫回府。

不久，一封密函送到了尹简手中，尹简拆阅完毕，回了一封信给齐南天。

惠安的图谋，既然无法确定，那么只能兵来将挡，水来土掩。

第十一章 天下扬名

孟长歌出事，尹简震怒，没想到惠安下手的目标竟是长歌，总拿长歌刺激宁谈宣，有用么？

派人密查真凶，无非是做个样子，就如那晚召尹珏、尹璃一起商讨案情，尹简对尹璃终究不放心，因为尹璃是惠安之子，惠安所做一切，皆是为尹璃夺位，想要将他取而代之。

但尹简以查凶手为名，实则却为查出校场之内，谁人在为惠安做事，厨子李大的死，直接宣告了一件事：事迹败露，刽子手恐祸及家人，自杀谢罪。

然而，很快又发现了一个疑点，李大落水后，尸体被打捞上来，莫影搜李大衣衫时，在其内衫找到一包浸湿的药粉，送与太医鉴定，太医言之为泻药！

一个厨子，死前竟随身带着泻药，而长歌中的则是肠绞痛，这明显不相符，于情于理都极不正常，尹简料定为案中案，怀疑除了太后之外，还有人买通李大暗害长歌，遂定计试探，于今日午膳时，命莫影三人扮鬼，以强劲掌风暗中催动门的开合，及锅铲的自动翻炒，造成李大鬼魂现身的假象，然后宋承为主，掌控事态，齐南天为辅，暗中观察，一个人做了亏心事，在冤鬼索命的恐慌下，多少总会露出端倪的。

只是令人没想到的是，那人竟是忠勇大将军宗禄！

其实，若说宗禄受宁谈宣指使，尹简是不太相信的，因为宁谈宣不久前还为长歌入刑部大牢出过头，且那人待长歌点滴之处，皆可说明其心意，何况在长歌出事后，宁谈宣竟抓了王太医亲自前往四海客栈，欲为长歌诊脉，那份紧张和焦虑，根本不像伪装的，况且宁谈宣想害长歌的话，完全没必要如此大费周章。

但对宁谈宣的嫌疑，也不能完全排除，理由是宁谈宣有可能不愿长歌考入羽林军，是以才令宗禄下泻药，既死不了人，也让长歌无法继续比试。

然而，无论哪一种，事实证明，长歌在无形中，已成为了各方权力争斗的棋子。

她的固执，必然使她落入如今前有狼后有虎的境地！

尹简早料到这个结果，他想予长歌安稳长乐的生活，可她不理解，甚至固执得可恨，他改变不了她，唯有费心费力地护她。

沉沉一叹，若哪天他一夜华发生，保准儿是为长歌操心过度造成的。

这个少年，就是他的一个劫。

"皇上，孟长歌留在京城，实在不是件好事情，会给我们带来很多麻烦的。"齐南天忍不住劝谏，真想皇上能立马送走那小祖宗。

"呵呵，你以为朕不想踢那小混蛋出京么？"尹简唇角勾起一抹无可奈何的笑，忆起昨夜在肃王府的事，他频频摇头，"那根本是个黏人精，心眼儿又多，朕打不走，骂不走，除非朕狠狠心，一剑杀了他，不然……甩不掉！"

齐南天皱眉："那皇上会狠下心么？"

"不会，对孟长歌狠心，朕做不到。"尹简苦笑，从御榻上起身，缓缓步下玉阶，"南天，你知道朕当年是怎么活过来的么？若没有孟长歌，五年前的尹简，可真就死了！"

闻言，殿中之人，皆是一震！

良佑、高半山、沁蓝三人紧紧屏住了呼吸，仔细倾听，生怕漏听任何一个细节。

齐南天亦是动容，紧着追问道："皇上，具体是怎样的？这多年来，皇上一直没跟微臣细讲过。"

"不讲是朕不想回忆。"尹简摇头，目中一抹悲凉，令人怆然心殇，他默了一瞬，缓缓道，"总之，孟长歌是朕的恩人，除非他做出诸如动摇国本，造反叛国的大事，朕才会待他狠心，反之，不论他怎么胡闹，朕都可以容忍。"

齐南天嘴角抽了抽："那他若杀人放火呢？"

尹简微微一笑，散去了方才的凉薄，语气坚定："他不会乱杀无辜，那少年本性良善，这点朕信他。"

怪不得，帝王给予孟长歌天大的恩宠，原来是这个原因。

如此，齐南天再无话可说。

"朕此刻便去寿安宫，你就留在朕这儿等消息吧！"

"是！"

齐南天恭送尹简离开，高半山、良佑及一众大内侍卫跟上。

寿安宫。

惠安这两日格外地烦心，她怎么也没想到，孟长歌居然未死，在剧毒之下，居然能逃过一劫！

宁谈宣愈是看重那个混小子，她就愈发要在他心头刺上一刀，除掉任何一个不利于灵儿下嫁宁谈宣的绊脚石！

只是，事态发展竟出人意料，宗禄竟也有意害孟长歌，那么她将计就计，倘若日后被尹简查出，那她推到宗禄身上即可，如此表面上，她与尹简的关系不会破裂，尹简反而会记恨宁谈宣，当宁谈宣被逼得走投无路时，就只能投靠她，那么她正好坐收渔翁之利！

现在她烦的是，尹简日夜查探，力度之大，似查不到真凶誓不罢休，可宗禄又浮不上来，该怎么把帝王的视线，引到宗禄那里，从而撇清对她的嫌疑呢？

正费心冥想时，殿外突有太监的声音响起："皇上驾到——"

惠安一惊，身旁嬷嬷麻姑忙扶她从贵妃椅上坐起，麻姑小声道："皇上恐怕来者不善，太后须小心应对。"

惠安凤眼沉了沉，从牙关里挤出几个字："哀家不会让他顺心的！"

麻姑抿唇，眉头皱得紧："奴婢拙见，太后与皇上的关系，表面上定不能闹僵，毕竟……他已是皇帝，手中握有大权。"

纷沓而来的脚步声沉稳有力，惠安斜靠在贵妃椅上，冷冷盯着内殿珠帘，眸中沁着恨不得将来人千刀万剐的蚀骨杀意。

第十一章　天下扬名

然而，当珠帘被人挑开，那抹明黄的身影迈入时，惠安神速般地换了副嘴脸，端的是笑容可掬，慈眉善目，她不等尹简行礼，便率先开口笑说道："皇上今儿个不忙么？午休了么？这两日龙体如何？"

"儿臣参见太后！"尹简上前见礼，唇角含笑，"谢太后记挂，朕身体好多了。"

"那也别站着，快坐啊。"惠安关切地说着，招呼麻姑奉茶侍候。

"好。"尹简笑着点头，撩袍落座，"太后，朕今儿来是有个好消息告诉太后，武考校场凶手下药暗害孟长歌一案，经过彻查，已经有眉目了！"

惠安听闻，神色一紧："哦？凶手是谁？"

"这个人，太后一定想不到，其实朕也没想到，竟然会是忠勇大将军宗禄！"尹简叹着气，以惋惜的口吻说，"真是枉为先皇赐封他'忠勇'二字了！"

"宗禄？"

惠安吃了一惊，脑子一时转不过来："皇上有证据么？怎么会查到宗禄头上？"

"若要人不知，除非己莫为。"

尹简缓缓一笑，那笑意深邃，竟令人不寒而栗，惠安饶是再镇定，心头也不禁发怵，她霍然想起多年前的金殿上，尹简被先皇尹哈以恃才傲物、张狂不知礼的罪名下令关入冷宫时，他沉静地立在殿中，不哭不闹，那眼神却分明寒得瘆人，令她每逢忆起，都能不觉出一头冷汗。

彼时，那个少年十四岁。

如今，少年长大成人，已二十二岁。

八年时光的历练，数度生死的隐忍，他已非昔日的尹简，表面温润，待人和蔼，可他往往每个眼神，每一句话，都让惠安觉得可怕，有种从心底里滋生出来的恐惧。

"太后，朕无证据，对宗禄只是怀疑，因为他表现得极不平常……"尹简将今日校场厨房闹鬼的事大抵说了一下，末了道，"宗禄有心虚的反应，所以朕判定他是凶手，但尚需人证物证。"

惠安若有所思地点了点头："哦，这样啊，那皇上还得费心呢！"

"是，朕会尽力的。"尹简笑了笑，忽然话锋一转，道，"太后，朕听闻表妹婉儿入宫了，可是在太后此处？"

惠安捏着绢帕的十指渐渐收紧，虽心中略有慌乱，但她毕竟是惠安，纵横后宫多年的人物，岂会为一句询问而方寸大乱？是以，她稳了稳心神，淡淡笑道："呵呵，哀家前几日请婉儿入宫，本是见皇上龙体抱恙，寻思着皇上几年未见婉儿，你们表兄妹一起长大，感情笃厚，兴许见了面皇上高兴，一下子就能病愈呢。可这两天皇上又忙着查案，哀家便没拿这事干扰皇上，没想到皇上消息倒是灵通，这闻风就赶来了啊！"

"太后见笑，朕诚如太后所言，几年未见，确实心中对婉儿想念得紧，朕的母亲生前极为疼爱婉儿，时常交代于朕，命朕好生照顾表妹，是以朕就急着赶过来了。"尹简轻笑，俊容浮起些许尴尬的红潮,"请太后唤婉儿出来一见,朕带她到朕的寝宫住几日,我二人叙叙旧。"

闻言,太后眼神闪烁,她明明笑着,语气却严肃了几分:"皇上,哀家明白了,既然皇上念着婉儿,不如纳入后宫,封作皇上的妃子,如何?"

尹简心中冷冷一笑,惠安果真无所不用其极,这五年来他虽然不在"人世",可关于三年前齐南天与尹婉儿醉酒误上床榻,两人发生肌肤之亲的事,齐南天早告知于他,朝中后宫谁人不知齐南天至今未娶正妻,就是留着位子给婉儿的?

他若娶婉儿,就等于给齐南天添堵,两人关系必然破裂,将反目成仇!

惠安算盘打得好,却忽视了尹简对婉儿只是兄妹感情,且出于道义,他无论如何都不可能夺齐南天的妻子,哪怕婉儿并不愿嫁给齐南天。

是以,尹简故作为难地皱眉:"太后,朕已纳三妃,如今在孝期,须恪守戒欲,故这三妃宫里,朕也不常去,若再纳婉儿,各方面恐怕都欠妥,这事容日后再议吧。"

"皇上以孝为先,哀家心中甚慰,但皇上日理万机,龙体还须阴阳调和才好,若早日产下皇子,对先帝与太祖爷也是个交代。"太后欣然劝道。

尹简点头,诚挚地说:"是,儿臣谨遵太后教诲。"

"婉儿之事,皇上可放在心上,挑个好时机封妃,也在情理之中。"

"是,朕记下了。"

说到此处,惠安终于露出了笑容,她盼咐麻姑:"请婉郡主。"

"是!"

麻姑躬身应下,便快速去请人。

尹简唇角勾起淡淡的笑,惠安与他闲话家常,他温声笑语,两人相谈甚欢,俨然一对感情深厚的母子。

少顷,麻姑返回:"禀皇上,婉郡主到了。"

闻言,尹简侧目,褐眸缓缓望向麻姑身后的女子,平静的心潮,微微起伏。

一袭月白色长裙,未施半分粉黛,一头乌黑的发丝翩垂纤细腰间,头绾飞云髻,轻拢慢拈的云鬟里斜插着缺月木兰簪,素颜素衣的尹婉儿,数年不见,依然宛如画中走出来的仙子,雅致玉颜,倾国倾城。

她静静地立在那儿,眉尖染着淡淡的冷清,似出淤泥而不染的白荷,气质孤傲,清高恬淡。琉璃眸,绯色唇,一如尹简记忆中的模样。

"参见太后!"

"婉儿。"

一道轻唤,与尹婉儿见礼的声音重叠响起,女子躬屈的身子,倏然一震!

"婉郡主,你看谁来接你了?"惠安笑吟吟地道。

尹婉儿缓缓抬眸,视线偏移几寸,定格到了惠安旁侧那张清隽俊逸的脸上,她呆滞须

第十一章　天下扬名

臾，才抖颤着绯唇出声："表，表哥……"

只是下一刻，尹简身上的那抹明黄色彩刺醒了她，她又慌忙跪地："参见皇上！皇上万岁万万岁！"

"婉儿不必多礼！"

尹简唇畔浮起柔和的笑意，他略一动作，高半山会意，立刻扶着他起身，慢步走到尹婉儿面前，尹简大掌搀扶起她，笑望着："朕来接你，到表哥宫中住段时日，可好？"

尹婉儿不消多想，她眸中闪动着晶莹，重重地点头："好。"

"太后，朕带婉儿这就回去了，多谢太后对婉儿的照料。"尹简转身，朝惠安鞠躬一揖。

惠安微笑颔首："皇上慢走！"

"恭送皇上！"

众宫人跪倒一地，尹简携尹婉儿大步离去。

齐南天等在含元殿，心情紧张不安，亦激动雀跃，他一双乌目紧盯着殿门方向，眸子熠熠炯亮，时间一分分流逝，他等待的心，也愈发感觉煎熬，心中不免胡想一通。

莫非太后不放人么？抑或者婉儿不愿见他，所以……

想到后者，齐南天神色渐渐黯然，他屈指揉了揉额心，唇边缓缓扬起一抹苦笑。

忽然，殿外尖细高亢的传来一声："皇上回宫——"

齐南天精神一振，他匆忙站好时，猛然记起什么，又慌忙低下头整理衣袍，将略微褶皱的袍角用力抻平，沾了灰尘的长靴，他来不及收拾，只能用力跺脚，试图掸去靴面上的灰尘——

"南天！"

正忙活时，尹简满含笑意的唤声，已进入耳中，齐南天仓猝抬头，竟一下子怔在原地！

尹简略带戏谑地扬唇："南天，朕把婉儿带回来了！"

齐南天心神回笼，忙拱手见礼："微臣见过皇上！见过婉郡主！"

"表哥，我……"尹婉儿琉璃眸中亦浮起不自然，显然她并不知齐南天会在此，局促地偏过脸，"我先退下，等会儿再……"

闻言，齐南天自嘲地扯了扯唇："郡主无须回避，今日武考最后一日，我作为主考官，需要处理的事宜很多，这就要赶回校场去了。"

尹婉儿缄默不言，淡淡地望着偏隅，眸中焦距不知落在何处。

尹简眉心微蹙，略一沉吟，道："南天，那你先回校场罢，婉儿刚回来，让她歇一歇。"

"是，微臣告退！"

齐南天躬身行礼，而后越过尹婉儿，步履沉重地迈出殿门。

回头悄然凝望，那抹单薄纤瘦的身影，一动不动，宛如雕像，不曾回眸，不曾触动，仿佛他们的相见，无法撼动她半分情绪，永远都是死水一摊，惊不起半点涟漪。

齐南天噙着苦涩渐渐远去……

三年了，无论他怎么做，她始终都不肯原谅他，不肯面对那个现实……

待齐南天远去，尹简扣住尹婉儿的手，牵她到内殿落座，尹简关切地问道："婉儿，你们当年的事，南天已经禀报给朕了，告诉表哥，你心里究竟是怎么想的？都过去三年了，你还在怨恨他么？"

"表哥，婉儿不敢埋怨任何人，只怪婉儿命运不济，此生唯愿青灯古佛，了此残生足矣。"尹婉儿垂眸，长长的睫毛在眼睑下方投下厚重的阴影，她整个人都透着一股浓浓的悲凉感。

尹简蹙眉："婉儿，你还真想出家当尼姑啊？表哥做皇帝了，你不必再回古寺，也没人敢再欺凌你了！"

"表哥……"

尹婉儿眼中忽然有泪珠淌下，她目不转睛地看着尹简，声声泪流："我一直不相信表哥死了，哪怕先皇的诏书下达，全天下人都以为表哥死了，我也不相信……我住在古寺，每天早晚祈求老天开眼，天天盼着表哥回来，如今终于盼到了……"

"婉儿！"

尹简心头一堵，长臂将尹婉儿揽入了怀中，他大掌摩挲着她的发丝，如鲠在喉："表哥命大，必须活着照顾婉儿表妹的，怎么能死？婉儿不哭……"

与此同时，肃王府。

长歌大半天的光景，又被尹诺给荒废了，她被迫陪着这位中年大叔下棋、练剑、背书、用膳、鉴赏古玩等等，明明很闲的一个人，竟然忙得不可开交。

诸如此刻，她拎着一个据听说是三百年前的紫砂壶，无聊得几乎就要睡着了，可旁边的尹诺大叔还在喋喋不休地给她讲着有关这茶壶的制作工艺等等，她心中无数次想说，她的确喜欢盗墓，可她只喜欢盗墓过程的刺激感，而懒得研究古物啊！

"长歌，你看这壶嘴纹路……"

"砰！"

忽然一声脆响，尹诺兴致勃勃的话，戛然而止……

长歌从打盹儿中被惊醒，她慌忙说："怎么啦？怎么……"当目光落在地板上碎成渣片的紫砂壶尸体上时，她的话音渐渐消弭……

"这盏茶壶值千两黄金……"尹诺抽搐着嘴角，闷闷地说。

长歌陡然一个激灵，立刻捂脸蹲在了地上："呜……我拎得好好的，不知怎么竟然犯困睡着了，然后就失手……肃王爷，对不起啊，千两黄金啊……就是卖了我也赔不起

第十一章 天下扬名

啊……"

"没关系,长歌别难过,本王不生气,就是觉得可惜了。"尹诺忙弯腰去拉长歌,口中安慰着说道。

长歌闻言,却立时激动道:"真的吗?王爷真的不生我气吗?"

"真的。"尹诺点头,唇边笑意温暖,眸底那抹宠溺,虽淡却也明显。

长歌倏地站起,一撸袖子豪迈道:"王爷别担心,您找皇上就好了,让他替我赔给您!"

"这……"尹诺满头黑线,"这关皇上何事?"

长歌秀眉一挑,振振有词:"嘿嘿,我的事都归他管啊,是他把我关在王府的,那后果该他承担。"

尹诺抹了把额上的虚汗:"算了,本王原就不计较,又怎敢跟皇上讨钱?走吧,不看古玩了,本王也累了,得回房休息会儿,你自己在王府里玩儿吧。"

"好咧!"长歌开心地拍掌,"谢谢王爷!"

这果然是个不省心的小祖宗呢!

尹诺暗叹口气,负手离去。

长歌得到自由,她第一件事,就是奔回小院屋子睡一觉,从早到晚地瞎忙,真是累死人了啊!

这一天,尹简不曾来过,长歌暗骂了一晚,忿忿失眠到半夜,可劲儿地寻思着,她的武考会不会被他给骗没了?

结果,她三更迷迷糊糊地睡着,黎明天刚刚亮,肃王府管家竟来敲她门了:"孟公子,宫中来人了,传皇上口谕,命你辰时入宫呢!"

十五年,一个漫长的轮回、重生与等待。

游牧民族溯谟国的铁蹄,在风云变幻的天下之争中,终逐鹿中原,取代凤氏,建立了大秦帝国。

白骨浮尸,血染江河,铺就烽火江山。

历史交替,白驹过隙,经年后,凤氏王朝遗孤,长生公主凤长歌——

终于,在这一刻,踏入故宫。

红墙金瓦,殿宇楼阁,金碧辉煌,巍峨而立。五步一楼,十步一阁;廊腰缦回,檐牙高啄;各抱地势,钩心斗角。

记忆中,原已模糊的皇城,在彼时,清晰入目。往昔种种,或歌舞升平,或冲天大火,一瞬间,占据了大脑的全部……

破宫那日,恰是长歌三岁生辰。

那一夜,是一场噩梦,如蛊毒蚀心入肺,无法忘却。

自此，她的生命中，只有父皇、族人、将士，及百姓的忌日，再不过生辰。

国破山河在，城春草木深。

今日，天晴，云白。

行走在汉白玉的石砖上，长歌步伐坚定，心口却悄然颤动。

皇宫对于她的印象，既熟悉又陌生。

偌大的皇城，她不记得几条路，哪怕是她的长生殿，亦不知具体在何方。

只怪那时，她实在太小。

何况当年大火，烧毁了太多建筑，秦帝大兴土木，重整修建，凤氏王朝旧时宫殿，半数已不复存在。

而此时，长歌随尹诺去的地方，亦非皇宫大内，而是皇城校场。

今日武考殿试，前十甲由帝王亲自考授，长歌被特召。

"长歌，等会儿见到皇上，当着文武百官的面，你万不可再任性，明白么？"尹诺边走边道，对于这少年，他实在不放心。

"明白。"长歌随口应答，心中如潮涌动，根本难以平静。

校场上，旌旗猎猎，鼓声雷动，气势如虹。

年轻的帝王，坐于红毯铺织的高台前方龙椅上，一袭八爪绣金龙袍，昂藏着七尺伟岸身躯，相貌冷峻，目光矍铄。

旁侧，文武大臣分列而坐，凝神观看。

台下场中，比试进行得分外激烈，前十甲士子个个武艺超绝，刀光剑影，你来我往，箭矢长矛，虎虎生威。

尹诺带着长歌到达时，比试已到末尾阶段，高半山奉旨请他二人先在台下入座。

长歌心情激荡得很，亡国的痛、丧父的恨，皆令她不能集中心神观看比试，她紧紧攥着双拳，目中不经意透出浓浓杀意！

尹简眼尾的余光，若有似无地落在长歌脸上，她异样的表情，令他眉心不觉紧蹙，这样子的长歌，似乎又变回了那日茶楼里对他痛下杀手的她，冷酷无情，心狠手辣！

仿佛……她心中蕴藏着巨大的仇恨，可他不知，她身上究竟背负着怎样的秘密？

"好！"

四方突然传来叫好声，长歌凌乱的思绪，倏然回笼，意识到自己走神，她慌忙暗咬了咬牙，强迫自己恢复到正常状态！

忍字头上一把刀，再艰难再痛苦，她也必须忍！

长歌收拾好心情，她开始投入到观战中，那十甲的武艺，如果说之前比试时都在保存实力的话，那么今日皆算是倾尽全力，个个不容小觑！

这十人中，长歌一眼看到了林枫，那个在城中校场膳厅中与她交好的男子，没想到人长得斯文儒雅，武功竟非同一般，当真令她大开眼界之余，心下不免起了担忧，仅仅一个林

第十一章　天下扬名

枫,她都未必能赢得了的,毕竟这十人是在全大秦子民中选出来的佼佼者,而她今日复试,倘若敌不过这十人……

长歌叹了口气,结果必然将会是她被尹简踢出京城,潜伏任务一败涂地!

想到这儿,她下意识地扭头看向高台,那个尊贵霸气的帝王,今日愈发俊朗逼人,以她偷窥的角度,那侧脸竟如雕刻般的深邃,心悸迷人,仿佛一下子就攫住了长歌的心脏……

而目视前方的尹简,感应到长歌赤裸裸的睇光,他略微侧了侧头,却不期然惊怔了下,那少年脸上的杀意已褪却,取而代之的竟然是……

尹简狠狠捏了下掌心,肯定是他眼花了,那混小子怎么可能用疑似花痴姑娘看心仪男子的眼神看他?

长歌万没料到尹简会突然抓她现形,尴尬窘迫的她,慌忙把脑袋藏到了尹诺背后,心跳得乱七八糟的……

她真是作死啊,怎么会觉着仇人好看呢?她心中最好看的男人,只能是孟萧岑啊,果然她脑子糊涂了!

瞧到长歌的小动作,尹简不着痕迹地勾了勾唇,这究竟是个混小子,还是个野丫头呢?

若她真是丫头……

尹简褐眸微浊,身体后仰,缓缓靠在了椅背上,抬指若有似无地摩挲唇瓣,那晚吻她的温度,依稀还在……

下方,尹诺奇怪地问:"长歌,你做什么?"

"没,没做啥,我就是头,头晕……"长歌一向伶俐的巧嘴,第一次结巴了,她恨不得掴自己两巴掌!

太没出息了,简直是丢人!

她就是觉得全天下男人都丑,他尹简也必须是最丑的那个垫底的啊,她必须时刻谨记,他是仇人,是她不共戴天的大仇人才行!

而尹诺闻听,却着急得不行,忙扶起长歌手臂,关切地询问:"怎么回事儿?方才不是还好着么?你等等,本王跟皇上请旨,传太医给你瞧瞧……"

"不用不用,我没事儿,休息休息就好了。"长歌头摇得像拨浪鼓,小脸也染上了不自然的红,她心虚呀!

尹诺皱眉:"真没……"

"殿试结束!士子谢恩!"

正说着,场中考官喊了起来,全体士子站成一排,恭敬地朝帝王三跪九叩行大礼——

"参见皇上!吾皇万岁万岁万万岁!"

洪亮震天的喊声,气势雄浑,直冲云霄,这场面令长歌不自觉地正襟危坐,严肃起来。

"平身！"

尹简威严地道出两个字，嗓音清透，肃穆严谨，帝王霸气尽显。

"谢吾皇！"

众士子起身，考官迅速将比试记录呈上，供尹简阅览。

对照成绩，以及方才观战的结果，尹简执起朱笔快速点评，完毕，则交由文渊阁大学士当场拟旨，颁布此届武考羽林军名次，并赐封嘉奖。

士子谢恩，长歌听得却急，怎么完全没她的事儿了呢？

别人什么名次，对应哪个人她不识，只听到林枫得了第五名，赏银千两，她就算不及林枫，可捞个末尾第十名差不多吧？

她不在乎名次，只要能够得着进羽林军就好，可现在这什么情况啊，难不成臭尹简将她传召入宫，就为了让她死心么？

"我……"

长歌摸不准尹简的心思，情急之下，她张嘴就想喊，尹诺忙快速地按住她，小声道："你别急，且等皇上安排！"

"皇上有旨，宣通州孟长歌见驾！"

恰在这时，高半山尖细的嗓音高亢响起，长歌一震，喜悦浮上心头，她立刻站起身，步出座椅，稳稳地走到台下正前方，规矩地行礼跪拜，大声道："孟长歌叩见皇上！吾皇万岁万万岁！"

长歌的出现，令校场中，从官到兵，无不震惊意外，名扬汴京的权臣太师的小祖宗，大闹兵部尚书齐南天府邸的小混蛋，刑部铁捕抓获入牢却在当夜就被天子亲自释放的孟长歌，武考第一日空手掷箭百步穿杨，剑法高超出神入化的孟长歌，被人下药暗害弃考，致相关厨子李大意外身亡，隔日厨房闹鬼的孟长歌，今日此时，竟出现在皇城校场，怎能不令人惊愕？

"孟长歌，关于你武考中药遭暗算被迫弃考一事，朕已查明，情况属实。本武考规矩凡弃考者，不论何种缘由，武考资格皆作废，然你初试成绩优良，据主考官所言，乃不可多得之人才，故朕在规矩之外，再给你一次机会，望汝珍视，不可辜负朕爱才之心！"

"是！草民谢皇恩浩荡，定竭尽全力以报皇上！"

然而，帝王与孟长歌的对话，再度掀起了全场热议，除齐南天之外，其余四位主考官皆惊诧地望向尹简，这事他们全然不知情！

尹简褐眸淡扫一圈，泰然自若地接道："孟长歌，前十甲名次已定，朕扩外考你，你敢应战么？"

"回皇上，草民敢！"长歌铿锵有力地回答，不假思索。

能得到这机会，就是上刀山下火海，她也不可能怯场退出！

"好！胆识不错！"尹简勾唇微笑，赞赏于她，继而道："羽林军统领郎治平武功高

第十一章　天下扬名

强，公正严明，不论你用何种兵器，只要你能在他剑下走上百招，朕就准你入羽林军，并赏银五百两！"

闻言，郎治平愕然，但他不容多想，立刻跪地道："微臣领旨！"

长歌却没吭声，她脑筋快速转动，这郎治平的武功她完全没见过，根本就不知道深浅，尹简既选郎治平，说明郎治平的武功远远在她之上，她必然走不下百招，这样她就进不了羽林军，从而达到了他的目的啊！

郎治平礼毕，便退到场中候战，以他的能耐，无须挑选兵器练手，不论长歌使什么，他腰间的金环佩刀，应付她已足矣。

长歌秀眉紧蹙，她略低着头不说话，脑筋则在飞快转动中，她必须想出一个制胜的法子才行，不能输……她绝对不能输！

尹简不动声色地盯着长歌，将她那点小心思猜了个通透，他唇角微勾起一抹高深莫测的笑，既无不耐也无不悦，只好整以暇地提醒她："孟长歌，你只有这一次机会，胜则进，败则退，君无戏言！"

"皇上！"长歌倏地抬头，她平静地说道，"草民有个请求，不知皇上能否恩准？"

"讲！"

"百招太多，草民与郎统领兴许得战上半个时辰，那么皇上观战太累了，是以草民请求将百招改为一炷香时间，只要草民能在郎统领手下撑到一炷香不败，那么就算草民过关，可以么？"

长歌大胆的行为，引来全场阵阵抽气声，从来没有人敢否定帝王旨意，然后跟帝王谈条件的，这少年实在不知天高地厚！

宁谈宣坐在文官首位，神态慵懒地斜睨着长歌，嘴角噙着戏谑的笑，这小混蛋是想用拖字诀取胜？

"孟长歌。"尹简褐眸浮起笑痕，他漫不经心地粉碎她的小算盘，"朕不累，莫说半个时辰，就是一个时辰观下来，朕也只会兴趣盎然，所以你放心地比试吧。"

闻听，长歌气炸了肺，她脸色青紫，攥紧双拳，隐忍着怒火："好，草民遵旨！今儿个就是拼了这条性命，也得给皇上争口气才行！"

语落，她磕头一拜，不等帝王示下，便快速起身，走向场中。

尹简沉目，眼眨也不眨地盯着长歌的背影，恨不得拖她过来，再狠狠地揍她屁股！

宁谈宣神色不变，仿佛天塌下来，他也是这般泰然自若，那唇畔的笑意，不减半分。

这么好看的戏，他倒想知道，尹简会怎么收场？

场中，长歌挑了把长剑，与郎治平隔了两丈距离站定，她端详着对面黑须冷颜的对手，心中着实苦恼。

能坐上羽林军统领位子的人物，岂会是泛泛之辈？恐怕得齐南天这种久经沙场的绝顶高手才能对付吧！

"孟长歌,开始吧。"郎治平冷冷淡淡地开口,对于这场莫名其妙的比试,他心中也是郁结,猜不透帝王的心思。

不知那句"公正严明"是真令他公正对待,还是暗示他给孟长歌放水呢?

郎治平有些糊涂,拿捏不准之下,他都不知该怎么出手,但凡明眼人都能看出帝王对孟长歌的宽容,否则以孟长歌的态度,早拉出去治他个大不敬了!

长歌抿唇,想了想,她拧着秀眉说了句:"请大人稍等,容我交代一下后事,咱们再开始吧。"

"后事?"郎治平一愣,满头雾水地看着她,不知她要做什么。

一旁的人听闻,亦是错愕,像是看戏般地瞪大了眼睛。

尹简眉角抽动,握着龙椅扶手的大掌,不由收紧,目中隐隐含怒。

长歌耸肩笑了笑,不理会众人异样的眼光,她转身看向台下席位的尹诺,拱了拱手,大声说道:"肃王爷,孟长歌承蒙王爷照管两日,对王爷感激不尽!今日若我胜出,就请王爷喝酒作为答谢,若我战死在这儿,烦劳王爷派人到四海客栈告诉我的随从离岸,请他务必看在我留有几百两银子遗产的分上,给我买副上好的棺材,别刚埋进地里,就被野狗给刨了……"

"砰——"

长歌激昂的遗嘱,还未宣读完毕,突然听得一声脆响,震破了空气,震得她心肝儿同时一颤!

全校场所有人,从官到兵,从太监到宫女,全体迅速跪地,忐忑地磕头:"皇上息怒!臣(奴才)等罪该万死!"

除了长歌一人,站得笔直笔直的……

而地上滚落的,是一只上等的玉茶盏,被尹简从高台摔下来,摔得支离破碎……

"孟长歌,你若心存怨忿,不想比试的话,就给朕滚!"

头顶,尹简冷怒的声音,如利箭般射下,刺得长歌心口发疼,她咽了咽唾沫,强忍下鼻尖的酸意,昂起下巴,迎上那道逼人的目光,她桀骜地说:"皇上,草民没有不想比试,也不敢心存怨忿,只是拜托肃王爷几句身后事罢了,望皇上恕罪!"

说完,她便双膝一屈,缓缓跪在了地上,连磕三头,眼中已浸润出水光,每次给仇人下跪,她的心就跟被剜出来似的,可此时疼痛中,却多了别样的情绪,那人动不动就叫她滚,还说了她一世长安?骗子!

尹简俊容阴霾,双目浸冷:"天下武考,为国选才,选的是德才忠义兼备之人,而切磋武艺,点到为止,这个规矩谁人不懂?孟长歌,校场不是战场,兵器不过是比试的工具,并非夺命的利刃,若你为了前程,心狠手辣,以命相搏,就违背了太祖皇帝开设武考的初衷,朕留你何用?"

帝王一番话,犀利透彻,字字珠玑,在场人无不钦佩动容,就连宁谈宣也暗叹,倘若

第十一章 天下扬名

抛开对立的身份，只站在臣子角度看的话，尹简确实有帝王才干。

长歌把头深深地垂下，她无话可辩，他句句在理，而她满腹苦衷，却只能烂到肚子里，承受他指控的罪名。

"孟长歌，朕之所言，你可心服口服？"尹简追问，语气依然冷寒。

"草民知罪！"长歌大声回答，并未抬眸。

尹简颔首："那就去比试，证明给朕看！"

"草民遵旨！"长歌起身，深呼吸一口气，握紧了剑柄。

尹简又喊了平身，众臣悬起的心落下，然后全场噤声，潜心观看这场帝王恩科的比试。

郎治平心下总算是有了谱，帝王一句"点到为止"，他已听出了门道，今儿个孟长歌若真死在他刀下，恐怕他的统领一职也就做到头了，那么反之，就是他必须有所顾忌，至少在打斗中，不能伤了那个小祖宗。

"郎大人，得罪了！"

长歌抱拳一揖，然后执剑的右腕一抖，便持剑飞向了郎治平！

她的剑法刚柔并济，一路刺向郎治平的几处大穴，那郎治平走的皆是刚猛路子，威力强大，然长歌的这一套剑法却是变化莫测，时而轻灵，时而威猛，长歌全力以赴，而郎治平却保留了三四分实力，厚重的金环佩刀，在他手中轻便如剑，灵巧如蛇，两人在此种情况下，转瞬间拆了十余招，竟一时分不出上下！

台上，莫麟自发地担任了考官，他紧紧盯着打斗中的两人，嘴巴快速动着："……十三招、十四、十五……二十、二十一……三十……"

然而，斗到五十招时，长歌旋身一刺，却扭动了左肩，导致动作迟缓半步，被郎治平一刀迎头劈下，她瞳孔急缩，长剑点地，急速后退，郎治平不知情况，但生怕长歌避不过，便不动声色地收势，谁知长歌亦不明他心中想法，见他收招，强忍着左肩的疼痛，左掌趁机凌厉地拍向了郎治平的胸膛！

几乎是出于自卫的本能，郎治平亦左掌还击，结果两人双双中掌，刀剑在地上各自一抖，两具身躯同时向后摔去！

此惊险一幕，看得所有人皆心神一紧！

不过，郎治平到底身经百战，武功雄厚，长歌这一掌，只是令他后退出半丈，很快便稳下了步子，而长歌却惨烈，她死力扣着剑柄，靠着剑身戳地的支撑，才勉强没有倒地，可喉中一股腥甜涌上，她无法控制地张嘴就喷出了一口艳红的鲜血！

"孟长歌！"

"长歌！"

宁谈宣与尹诺不约而同失声地一道急唤，却被尹简沉怒的声音盖过："比试停止！莫麟，带孟长歌退下疗伤！"

"我没输！"

长歌奋力一吼，她急切地争辩："皇上，草民还未倒地，请求继续比试！"

"孟长歌……"

"皇上……草民求您了！"

长歌勉力站稳，她殷切地望着台上那冷峻的男子，眼中闪烁着哀求。

尹简身躯微颤，他死死捏紧的手背上，青筋突突冒起，他委实不明白，为何这少年偏要这么固执！

内心挣扎良久，他终是敌不过她的可怜，涔薄的唇翕合，缓缓道出几个字："好，朕准了！"

语落，尹简深邃的褐眸望向郎治平，目中深意，郎治平顿悟。

宁谈宣温文儒雅，绝世无双的脸上，第一次染上了森寒的戾气。

长歌谢恩，抬起袖子擦了下嘴角的血渍，调整了一下气息，然后朝郎治平点头示意，于是，比试再度开始！

这一次，郎治平是顶着完成任务的帽子，采取了速战速决的方法，几乎只守不攻，任凭长歌的攻势有多猛，他只管见招拆招，保证自己不被伤到就行！

"……七十、七十一……八十三、八十四……九十、九十一……"莫麟数着招数，随着打斗的激烈，他的情绪也愈来愈高昂，到得最后，他喊声里都带着激动："九十九、一百，停！"

一个"停"字喊出，诸多的人不约而同地站了起来，那脸上的神情，仿佛比打斗中的两人更为激动！

也难怪，一个是名满大秦的武将，一个是胆识过人的少年才俊，此二人对决，刀光剑影，狭路相逢，不及惊天动地，也算荡气回肠，令人大开眼界！

只是，缠斗中的两人，却似愈打愈来劲，孟长歌紧攻不撤，郎治平亦被激起了兴趣，他偶尔故意一个突袭反攻，不论有多惊险，长歌皆能反应极快地精妙化解，这少年头脑灵活，擅于变通，此时不敌他，不过是年纪尚浅，修为不够，倘若刻苦研习，假以时日，这个血性硬骨气的少年，必成大器！

原本对长歌无感的郎治平，哪怕那日亲眼见过长歌百步穿杨的厉害，也因为这少年平素行事太过混账而心生厌恶，可今日这场对决下来，他不知不觉地改变了看法，古今凡成大事者，要么忠厚老实下苦功，一步一个脚印；要么邪肆狷狂本性善，得天资贵人扶，而孟长歌显然属于后者！

然而，郎治平切磋上瘾，竟忘了台上帝王的心情，在两人又拆了二十几招后，帝王终是无法隐忍地高喝了声："郎治平，孟长歌，停手！"

被点名的两人，这才反应过来，眼神交流后，两人同时撤力，各自退开，结束了比试！

第十一章　天下扬名

"禀皇上，孟长歌已过百招！"郎治平收刀跪下，中气十足地朗声而道。

而长歌之前受了伤，又坚持这么久，一旦收剑没了支撑物，她身体不禁摇摇欲坠，无法控制地跌在了地上，忍不住又吐出一口血，含糊不清地发出声音："皇上……"

"长歌！"

尹诺心头似百爪在挠，一声喊出后，他焦急地看向高台，却听见尹简平静异常地宣布："孟长歌胜出，朕特准编入羽林军，休养三日，入宫报到！"

"谢皇……上……"

长歌欣喜一笑，从喉中断断续续地溢出几个字，她挣扎着想爬起来跪下，可眼前忽然一黑，她整个人又摔在了地上……

"孟长歌！"

"孟长歌！"

"……"

耳畔四周，响起数道杂乱的呼喊声，是谁的声音，长歌已无法分辨，只隐约感觉，在她彻底失去意识的那一刻，一双似曾熟悉的大掌，抱住了她发凉的身子……

第十二章 挥泪断情

一辆豪华大马车，以极快的速度驶出皇城，往肃亲王府驶去。

车外，数匹骏马前后左右护送，马上之人，神情个个肃穆无比。

午时的光线，刺眼而夺目。

从车窗帘缝里挤进来的几束光，斑驳地倾洒在车内男子脸上，投下朦胧的光影。

长歌再醒来时，身在颠簸的马车里。

准确地说，她头枕着一人大腿，身子平躺在软榻上，而那人许是担心她被颠下榻，一手抱着她的肩膀，一手抱在她腿侧，将她牢牢地固定在了他身边。

长歌意识逐渐清醒，脸蛋也逐渐红透到了耳根，她羞赧地抬眸望去，只见抱着她的清俊男子，视线并未投在她脸上，他薄唇紧抿，目视前方，眼中戾气浓郁，一片肃寒！

见此，长歌心下不禁胆寒，她不明白这人又在生什么气，似乎对着她，他鲜有高兴的时候！

郁郁寡欢时，忽然忆起，她倒落在地那刻，恍惚看到一抹明黄色的身影，从高台上一跃飞来……

是他？是他抱住了她的身体？

长歌心肝一跳，连带着双颊都发烫起来，她羞愧不安地本能地拧了拧身体，头顶他清冷的声音，随即而出："醒了？想滚就滚，朕不拦你！"

"皇上……"长歌虚弱地发出声音，她讷讷地看着他，"我，我不滚，就是这个姿势太……"余下的话，她说不出来，这么暧昧的姿势，好难为情！

岂料，他闻言冷冷一哼："都亲过吻过了，你现在居然脸红？孟长歌，你不觉着你太

第十二章 挥泪断情

虚伪了么？"

"我……"长歌被堵得哑口无言，一时竟找不出反驳的话来，只好闭上了嘴巴，别扭地躺在他大腿上。

尹简亦不再言语，他深幽的眸子，直视着前方，沉默着不知在想什么。

马车继续行进，车轮在青石板的路上碾过，发出的规律响声，在静谧的车厢中，尤为清晰。

长歌忽然记起什么，她紧着问道："这是……咳咳，去哪儿啊？咳……"

胸腔中的一掌，令她咳嗽不止。

"到肃王府。"尹简垂眸凝视着她，眉宇紧蹙，"少说话。"

"哦……不对，你干吗啊？还要把我关在王府么？我……咳咳……"

长歌迟钝须臾，一旦反应过来，便激动得不行，这一咳，只感觉疼痛难忍，似乎胸肺都要咳得震出来！

"让你闭嘴，你耳聋了？"

尹简沉怒低吼，扶抱着她肩膀的大手，控制了力道地给她轻柔顺背，原本贴在她腿侧的大掌，则不自觉地将她娇小的身子抱得更紧……

长歌被骇住，惊惧地感知着男人言不由衷的关怀，她愣愣地看着他，不敢再说话，连咳嗽声也渐渐小了……

见她缓过来，尹简才阴郁着俊容，冷冷道："不关你，送你回肃王府养伤，除了肃王爷，再没人待见你！"

长歌尴尬地抽了嘴角，果然她人品好差劲啊！

见状，尹简以为她痛得很，语气难得温和下来："忍一忍，太医随后就到。"

"不要太医，我……"长歌脱口而出，可刚一张嘴，便见尹简脸色又沉了下来，突然想起什么，她忙改口道，"离岸医术很好的，你送我回客栈就行了。"

尹简未理她，径自朝外吩咐："莫可，去四海客栈带离岸到肃王府。另外，遣太医回去。"

"是！"

外面传来一声应答，随后便听得有马蹄声朝另一方向奔去了。

长歌暗舒了口气，虽然结果不尽如她意，但好歹换成离岸给她治伤，而非太医了。

既放下了心，她便疲倦地闭上了眼睛，很快她又被颠得睡着了。

尹简端详着怀中小人儿安静的睡颜，他轻抿着唇角，心思冗长。

不久，马车到达肃王府。

尹诺率先下马，欲接长歌出来，可莫影打开车厢门，尹简竟摆了摆手，如校场中他惊人的举动般，旁若无人地打横抱起长歌，踩着马凳下车，然后步上石阶，进入王府大门。

沿途，王府侍卫、家丁、丫鬟跪倒一片，山呼万岁，他置之不理，径自前行。

尹诺已顾不得震惊，快步跟上，带着尹简往长歌所住的小院走去，并吩咐管家备膳、备水等等。

孟萧岑接到莫可通知，急速赶来肃王府，他细心地带上了长歌的换洗衣物，以及几样珍贵的疗伤药物。

只是，当他经过通报，进得屋内见到长歌时，发现屋中，肃王府管家及两名丫鬟在旁听候吩咐，尹诺坐在椅子上目露焦急，而大秦新帝尹简竟坐在长歌的床头。

孟萧岑滞在原地，僵了数秒后，他压下内心波动的种种情绪，上前一步见礼："草民参见……"

"免礼！"然而，尹简不等他礼毕，便不耐地挥了挥手，"快过来看看长歌的伤势如何！"

"是！"

免掉了下跪礼，孟萧岑暗松了下拳，大步过去，只见长歌平躺着，凤眸紧闭，脸色苍白，唇角依稀有未擦干净的血渍。

"这是怎么伤的？"孟萧岑心下一紧，低声询问，同时执起长歌的右腕，切上她的脉搏。

尹简缓缓吐出四个字："胸前中掌。"

孟萧岑低敛的眉眼中，凝起彻骨的寒意，但只是须臾，便恢复了冷漠，他抽回手，面无表情地说道："皇上不必忧虑，长歌脉象平稳，伤势不重，休养几日便好了。"

"肯定么？"尹简侧目，盯着孟萧岑的眼神锐利幽深，"长歌吐了两次血！"

"草民肯定。"孟萧岑点头，戴了人皮面具的脸上，无一丝表情，"长歌几年前遭无名杀手袭击，曾中数掌，险些丧命，自此旧疾缠身，但凡心肺受震，便会吐血，近年来一直在给她调理，已见成效，所以吃几帖药就好。"

闻言，尹简脸色陡变，他倏地起身，颀长的身躯隐隐颤动，他紧紧凝视着孟萧岑，良久才道："宫中有御贡千年人参，朕派人取来给长歌服用。"

"谢皇上！"孟萧岑眼中一抹异样浮起，继而忙拱手言谢。

尹简转身，大步而出，尹诺随后跟上，孟萧岑朝管家等人说了句："长歌需静养，都出去不要扰他！"

是以，所有人出门，只留孟萧岑一人。

双门关闭，孟萧岑立刻在方才尹简的位置坐下，从怀中取出一个白药瓶，拧开盖子倒出两粒药丸，掰开长歌的嘴巴塞了进去。

长歌正睡得香，忽然被人一折腾给醒了，药丸呛在喉咙口，难受得她直眨眼，微弱地发出一个单音："水……"

一碗温水，快速端到了长歌嘴边，她也顾不得看人，忙咕噜喝了一大口，将药丸吞进喉咙。

第十二章 挥泪断情

"感觉如何？"孟萧岑扶着她的肩，柔声问道。

长歌内心深处，本以为是尹简在守着她，此刻听到声音不对，她扭头一看，愣了愣才道："离岸？"

孟萧岑搁下水碗，冷冷地看着她："你希望是谁？"

"我……"长歌哑然，她眼尾余光环顾了下环境，认出这是她住了两日的屋子，不禁惆怅地叹气，在别人的地盘上，许多话都不方便说，所以她只能摇头："你别瞎想了，我现在难受得很，这里……"她抬手按在胸前，小脸满是苦痛："好疼的。"

果然孟萧岑不再纠结那个问题，他握了握长歌的手，压低声音道："长歌，你伤得其实不轻，我得看过你胸口的伤势，才能下药。"

"啊……"

"所以我们不能留在这儿，必须回客栈。"

孟萧岑坚定的话语，令长歌脸色又白了几分，她沉默下来，过了许久，才轻轻点头："好，我找时机跟尹简谈。"

"已经给你服了止疼的药，忍一忍就不疼了。"

"嗯。"

两人不能交流任何可能泄露身份的事情，是以简单聊这两句后，便都静默下来。

很快，尹简返回，见长歌醒了，他大步近前，睇一眼孟萧岑，冷声命令："先退下，朕不唤你，不准进来！"

孟萧岑低垂着眼睑，迟疑片刻，才拱手道："是，草民告退！"

语毕，转身退出。

屋中，只剩下尹简与长歌，气氛无端压抑得很。

"怎么啦？"

长歌讶然不解，撑着床榻想坐起来，尹简俯身按住她，他倾在她上方，定定地凝视着她，深幽的重瞳中，似藏着万千情绪，待到唇边，只沙哑地化为一句："胸口还疼么？"

"疼，离岸给我吃了止疼的药，可是现在还很疼。"长歌噘了噘小嘴，表现出很痛苦的模样，在这个男人面前，她得时不时地扮小绵羊，这样才能引起他的保护欲，继而保住她的小命。

尹简眉峰一蹙，他薄唇颤了颤，隐忍着怒气，尽量平和地质问她："老实告诉朕，为何一定要考羽林军？不过一个小小羽林兵，你至于以命相搏么？长歌，朕可以给你财富，给你特权，朕不明白，你还有什么不满足的？武官做得再大，哪怕做到将军元帅，又怎样？你一样得听命于朕！"

长歌抿唇，许久的沉默，她抬手捂住脸，脑子里乱七八糟地想着理由，她以前的解释，都被尹简堵死了，再找个什么借口，他才能相信呢？

"回答朕！"

尹简拿下她的手，逼她看着他，两人四目相对，他目中如火，她茫然无措，他不耐地又吼她一声："快点说！"

长歌一急，心中的理由，被她脱口冒出，但被改得面目全非，竟然成了："我……我想跟着你，想经常见到你呀！"

"嗯？"尹简扬起一个单音，眸子瞬间深了几许，他紧紧凝视着她的凤眸，"为什么？你不是不认识我么？"

"我……因为你待我好呀，我从大楚流浪回国，在通州认识了你，你送我玉佩，助我脱逃，我很感激你，后来知晓你是皇上，你又说跟我是故人，我就想那我一直跟着你好了，但你不答应，老想送我出京，我连见你一面都很难，我就好生气，你越不让我考，我就越想考，越想缠着你……"

长歌说到最后，心虚地又捂住了脸，可这举动落在男人眼中，莫名竟觉得是她害羞的表现，他唇角不由勾了勾，眼底浮起淡淡的笑痕："那你想以什么身份跟着我？"

"你不是说了嘛，要么是太监，要么是你的妃嫔，我……我是男子，自然不可能做妃嫔，可我也不想做太监啊，男不男女不女的太恶心了，而且听说阉下面的时候可以疼得死半条命呢！"长歌蒙着眼看不到人，心理作用之下，理直气壮了不少："所以，我决定拼命考入羽林军，这样每天身在皇城，就有机会见到皇上了！"

闻言，尹简微眯了眯眸，良久一言未发，他仔细思索着她的话，默默地想着心事。

长歌听不到回应，忍不住好奇地将指缝打开，见他沉思不语，她咽了咽唾沫，小小声地问："皇上，你怎么啦？"

"长歌，你……"尹简忽然勾唇，迟疑着问她，"你真是男孩子么？"说话间，他目光大刺刺地往她胸口部位挪移……

"臭尹简，你流氓！"长歌脸蛋一红，她羞臊地一把推开他，气呼呼地道，"你才是姑娘！小爷打出生就是少爷，怎么可能不是男人？你走火入魔了么，干吗怀疑我？"

她现在的力气，轻得只是稍稍撼动了他的身体，他向下一倾，双臂又撑在了她上方，他直勾勾地盯着她："不是就不是，你激动什么？"

长歌火大了，她赌气地踢了一脚被子："我能不激动么？你这是对我的侮辱！不信的话，你就扒了我的衣衫验明正身啊！"

她这么说，他总该打消疑虑了吧？

然而，长歌实在低估了尹简的脸皮，他竟然点头："好……"

"尹简！"

长歌气炸了肺："你堂堂一国之君，怎能如此龌龊？你想扒就去扒你妃子的衣服，敢侮辱小爷一下，小爷跟你恩断义绝！"

她话音方落，唇上蓦地一疼，竟是尹简那厮倾身咬了她一下，她双颊刹那红如滴血，捏起双拳便捶他，谁知尹简在下一刻，居然捧住她脑袋，精准地吻住了她的双唇！

第十二章 挥泪断情

"呜呜……"

长歌惊骇得拼命摇头反抗,双拳猛烈推打,可那个侵犯她的男人如泰山压顶,丝毫不受影响,并且大力控制住她的头,令她根本避无所避,她急不可耐,只能死死地咬着牙关,而他在她唇瓣碾磨好久,竟不满足地伸出舌尖欲撬开她的贝齿,她一生气,竟傻傻地张嘴便咬他,谁知他就趁这个机会,熟练地钻进了她口中……

长歌从未被人如此吻过,哪怕前两次的吻,他也只是轻度地舔一下而已,可这一次,他吻得深入不留余地,甚至连丝喘息的机会都不给她……

"嗯……"

听着身下少年不由自主发出的呻吟声,尹简愈发贪恋地吻着她,果然之前的吻都不算吻,如此才算是销魂,仿佛全身的每根神经都因她而跳动……

长歌的脑子早已被放空,她整个人都感觉飘在了云端,晕晕乎乎的,她武功本就不如他,何况此时受了重伤,任何的反抗,对于他来说,都是九牛一毛,且外面都是他的人,离岸定被隔远了,她就是想呼救都不能,除了承受这掠夺,再无能为力……

身体里的变化,亦让长歌心惊,她不知为何,在他邪肆的亲吻中,身体一直在变热,烫得好似要被燃烧了……

忽然,胸口骤疼,长歌瞬间扭曲了五官,连四肢都绷紧了,呼吸不畅的她,有种将死的感觉:"呜呜……"

她疑似哭音的吟哦,终于引起了狂情男人的注意,尹简一惊之下,意识到他与长歌身体的贴合压到了她胸口的伤,他仓猝起身移开,并松开了她的软唇,紧张地问:"长歌,你怎样?"

他的嗓音里,夹杂着明显的情欲,沙哑得很,长歌未经人事,虽不懂却也觉得异样,她用警惕的眼神,狠狠瞪着他,大口大口地喘气:"你……你不要脸!"

"长歌,朕……"尹简俊脸潮红,尴尬地想解释,一时竟不知该如何解释,他亲吻长歌,不过是随心而动罢了,根本没有理由,可长歌若真是男子,那么他的任何解释,都是徒劳!

长歌气得眼中含泪,她一手按着疼痛的胸,一手指向门口:"我讨厌你,你给我滚!"

尹简立在床边,一动不动,沉沉地蹙着眉:"长歌,你最好别骗朕,否则……朕绝不会饶你!"

"谁骗你了?你才骗我,明明是皇帝,却说自己是拓跋简,明明许我可以找你,结果你避我不见,你还在宣华大街打我板子,我用挨打换来的考羽林军资格,你竟然给我取缔,你才是最大的骗子!"长歌气死了,她伸出去的手,放肆地拍打在他身上,一声声反驳他的罪行,并把她现在受到的疼痛,都推给他,"要不是你骗我,我会受伤么?都是你害我的!什么狗屁一世长安,你根本就说话不算话,到现在还侮辱我欺负我!臭尹简,我恨死你

了！"

这一番指控，尹简听得不置可否，他笑了笑："朕骗你的，都是为你好，朕敢对天发誓，绝无一丝歹心，倒是你骗朕的呢？孟长歌，你与离岸果真是大秦人氏么？你二人实际皆来自大楚，在通州夜入将军府，目的究竟何在，你至今未给朕一个合理解释，你觉着你说的偷盗理由能让朕信服么？长歌你弄明白一点，朕可以纵容你小打小闹，但朕不会容你在大事上欺骗朕，你也别仗着朕宠你，就大胆做出让人不能容忍之事！或许朕，永远不会杀你，但离岸……呵，你自己好好考虑清楚，究竟你与朕，谁欺骗谁多！"

长歌脸色一分分变白，她眼珠一动不动地看着床边的男人，心潮如海浪翻滚，他……究竟知晓她的多少秘密？

静默稍许，尹简弯腰，在她身边坐了下来，他大掌抚了抚她的脸庞，轻声一叹："长歌，朕当日打你板子，实属无奈，你当街拦御驾，不论你理由是什么，都得挨打的，你是民，朕是君，这是规矩，当着百官百姓的面，朕无法徇私，你明白么？"

长歌不语，她此时心中满是慌乱，哪里还能顾得上思考那些小事？

"朕不见你，是希望你死心，长歌，朕在茶楼跟你说过，不愿意你卷入政坛这个染缸里，你偏偏不听，结果你看到了么？你武考第一日就被人暗害，这才是刚刚开始，以后还会遇到什么，谁也无法预料，而你可以躲过这一次，那么下次呢？总有一次是你躲不过的，也是朕护不周全的，难道你真想死么？"

长歌咬唇，依然一个字也不说。

"听话，朕一来不想你怀着什么阴险目的靠近朕，抹杀了朕对你的情义；二来朕不想你死，朕的政敌太多，明里暗里的争斗也太多，你就算什么都不做，也逃不过被有心人当做棋子使的命运。长歌，别让朕为难，好么？倘若你真想经常见到朕，不与朕分开，那也可以，朕在京城给你安一处宅子，朕绝不再骗你，只要你想见朕，但凡朕能走得开，必定出宫找你，好么？"

长歌目不转睛地望着尹简，他炯亮幽深的眸子，全部印入她眼底，她心里实在堵得厉害，下意识地抬指摸了摸微肿的唇瓣，长歌心乱如麻，他对她到底是什么情义？且他明知她心怀不轨，竟还……

尹简的目光，随着长歌的动作，落到她的软唇上，他心中微荡，语气不觉柔了几分："长歌，你是个聪明的人，及早退出，对你只有好处没有坏处，朕与你的关系，朕不想恶化成仇，只盼你别让朕失望！"

长歌忽然握住他双臂，撑着力气挪动身体，将头靠在了尹简身上，她不敢看他，低垂着眼睑，喃喃道："尹简，我不怕死，我……我真的不怕死，我知道你怀疑我动机不纯，可我不知该怎么解释给你听，我没爹没娘，从我记事起，我就在大楚京城流浪当乞丐，后来被大楚靖王府的人捡回去，靖王收留了很多像我这样的小孩儿，离岸也在其中，王府管我们吃住，安排我们学武，我们就这样一天天长大，直到年初，靖王才查到了我的身世，他没想到

第十二章 挥泪断情

　　我竟是大秦通州被拐卖多年的孟郎中的儿子，他是大楚皇族中人，府上却留有大秦人氏，他无法给大楚皇帝交代，生怕遭人猜忌，担个不好的罪名，所以就给了我一笔盘缠，遣我回大秦。我一个人太孤单，离岸一贯跟我感情好，就跟我一起离开了大楚，我们到达通州后，听人说将军黄权经常欺压百姓，我这人心肠热，最见不得鱼肉百姓的官，我在大楚时，遇到这种人不论官大官小，我都要教训的，反正靖王爷对我这种打抱不平也乐见其成，有他给我撑腰，我胆子特别大，所以那晚我就习惯性地跑去了将军府，结果……结果命不好，被人发现了，逃跑时又阴差阳错地撞进了你的浴桶……"

　　长歌说到这儿，忆起那晚的情形，脸颊又渐绯红，她将计就计编出的这一番说辞，不知尹简会不会信，她紧张不安得身子微微发抖……

　　尹简深眸眯起，他眼眨也不眨地盯着她的发顶，许久道出一句："你抖什么？"

　　"我，我冷……"长歌眼珠一转，哀戚戚地说，"尹简，你抱抱我，我好冷，不知道是不是发烧了……"

　　尹简闻听，心下一紧，忙一手抱住她身子，一手探上她的额头，须臾，他蹙眉道："没发烧，你大概是胸口疼引起的，坚持一会儿，朕已派人回宫取御贡的千年人参了，服用后对你伤势恢复很有帮助的。"

　　"嗯，尹简，谢谢你……"长歌抽噎了一下，她靠在他怀中，吸闻着他身上好闻的男性味道，她不自觉心跳得很快，一种害羞的感觉，悄悄在心底蔓延……

　　尹简小心地避开她的前胸，然后双臂环抱住这具纤瘦的身体，他褐色的眸子里，涌动起淡淡的心疼，他低喃了句："长歌，你身子骨太弱了，哪有男人像你这么小个头而且这么孱弱的？"

　　"我个头小，是因为……因为我爹个头小啊，这又不怪我。"长歌不甘地嘟哝，想想那个她喜欢的男人等在外面，而她却在屋里和仇人亲热，她的心蓦地又难受起来，可现在她能怎么办？尹简已将她看得透彻，她除了用这种类似美人计的"美少男计"迷惑他，扰乱他的思维，软化他的心，她还能有什么办法留在他身边呢？

　　为了复仇，她可以不择手段，哪怕是……利用尹简！

　　可她同时又不明白，为什么他亲吻她抱她，她会生出女儿家的害羞呢？

　　好矛盾的感情！

　　尹简将下颌抵在她头顶，清冷的嗓音里，夹杂着一抹狠劲儿："长歌，方才你坦白的事情，朕希望你所说的全是真的，千万……千万不要有所隐瞒！"

　　"没有，我没瞒你，尹简，我不喜欢做温室里的花朵，我也有我的抱负，可你不懂，你是皇帝掌控天下，所以你不觉得我做武官有多好，但对我来说，若我有朝一日能报效国家，能体现出我的价值，那我才算没白活一场，对不对？否则我庸碌无为一辈子，就算我生活富贵，又有什么意思？人活着，不该为了鸿鹄之志勇往直前么？"

　　长歌一番慷慨陈词，听得尹简微感意外，他忍不住低头蹭了蹭她的脸，勾笑道："你还真想做将军元帅么？"

"那是当然，我本来以为我在大楚可以实现这个理想，可老天作弄我，我竟变成了大秦人，那就只能回到大秦来实现，不然我跑到汴京做什么？我说是来找你的，可我开始又不知你是皇帝，我其实只是顺便找你的。"长歌嘟了嘟唇，以略委屈的口吻对答，而对于尹简亲昵的举动，又情不自禁地腆红了脸……

尹简再次蹙眉："长歌，你决心不改么？"

长歌扬起头，唇边绽开笑容，而神色无比坚定："对，就是上刀山下火海，我也心意已决！我不怕死，何况我脑袋瓜这么聪明，才不会笨到任人算计的，再说还有你呀，你比我更聪明呢，你这么宠我，肯定不会不管我的，对不对？"

她翘起的绯唇，微微浮肿，仿佛在提醒着他那场深吻的诱惑，他不禁喉结滚动了下，邪肆地低语："长歌，朕可以答应你，但是你需得做一件事，如何？"

"什么事？"

长歌不疑有诈地立刻追问，一双凤眸明亮清透，似乎可以吸住人的心神般，令尹简呼吸微乱，他一字一句清晰地说道："需得像朕方才吻你那样子……吻朕！"

"啊……"

长歌错愕地惊呼，她眼珠瞪得圆圆的，伶俐的口齿都变成了结巴："你……你不要脸！你流氓无耻！不，不行的，我不要跟你搞断袖，我还想娶妻生娃娃呢！"

尹简挑眉，不以为然地说："朕又不耽误你成婚，你怕什么？再说亲一次是亲，亲两次三次也是亲，有什么区别么？"

"当然有！"长歌斩钉截铁地点头，并且开始挣扎着想逃出狼爪，为了完成任务，她真是拿清白在赌啊！

然而，她越想逃，尹简却抱她越紧，他侧过头，在她脸颊上突袭地亲了一口，然后得意地笑，"长歌，你是想主动呢，还是逼朕动粗呢？嗯？快点自己选择！"

"混蛋！"

长歌简直怄死，她咬牙切齿地骂他："你还是个皇帝么？哪有皇帝这么龌龊下流的？第一次是我错吻了你，但知错能改，善莫大焉，不是么？"

尹简冷哼："呵，朕只知道，朕是天子，对于想要的夺取，不爱的摧毁，就这么简单！如果你想留在朕身边，就得时刻做好这个心理准备！"

"什么？"长歌一震，不可思议地愣住，他的意思是，除非她出卖色相，否则就别想达成心愿？

尹简的行为，真正让长歌领教了什么叫做无耻，而且是理由充分的帝王无耻！

她深深地吸气吐气，闭上眼睛思考了一盏茶工夫，才下定决心般，严肃地宣告："尹简，士可杀，不可辱！我孟长歌再不堪，也不想做出这等事，随便你怎样，我不可能答应你，也不允许你再侵犯我，否则别怪我恨你！"

第十二章 挥泪断情

紧箍在她手臂腰侧的大掌，十指一根根地缓缓松开，那股龙涎香的好闻味道，亦一寸寸地消失，长歌只感觉后背同时一凉，男人的体温，突然远离。

"孟长歌，别太高看自己，你之于朕，其实什么也不算。"

尹简一声嗤笑，拂袖而走，满室的温情，在他残冷的言语中，被一一撕扯成粉碎……

长歌倒回床榻，许久的失魂落魄，只是眼睫零落沾了水珠，润出氤氲光泽……

院外。

孟萧岑背对着屋门，远远而立，门外一丈，被大秦帝王的侍卫严密把守，他无法公然靠近半步。

不知尹简意欲何为，不知此时此刻，他们在做些什么，说些什么，他心中动荡难安。

无数次拳头握紧，松开，再握紧，再松开，反反复复……

等了很久，久到他一动不动的身体已麻木，方才听得身后有声响传来，他几乎立刻回身，但见尹简冷颜寒面，屋门被摔得不停颤动……

一干侍卫绷紧了神经，垂头行礼，大气不敢喘。

孟萧岑略一沉吟，行步上前，谨慎地问："皇上，长歌怎样了？是她惹皇上生气了么？"

"悉心照看于他。"

尹简沉声一句，越过孟萧岑大步而去，明黄的广袖，拂起刺风凛凛，一如他周身散发出的肃寒之气。

大内侍卫疾如闪电般跟上，静无声息。

孟萧岑眼神一瞬锋利如刀，却在听得院门外响起尹诺的声音时，快速敛去，化作平日的漠然，而后转身率先迈进屋子。

"皇上，您这就回宫么？"尹诺拱手询问，身侧管家端着红漆盘，盘里搁着刚刚炖好的人参。

尹简颔首，温和一笑："朕国事繁忙，这几日恐不再出宫，孟长歌就劳烦皇叔照顾了。"

"微臣会倾心照顾于长歌的，皇上且放心。"尹诺含笑应答，对于此种降低身份的不合理托付，他并无一分怨言，甚至半分不耐。

尹简褐眸微敛，他定定看着尹诺，迟疑着问："皇叔似乎……很喜欢孟长歌？"

"微臣……"尹诺一怔，默了一瞬，方才答道，"长歌那孩子活力四射，聪慧过人，微臣欣赏他，与他一见如故。"

尹简勾唇笑了笑，表情释然："那就拜托皇叔了！"

"皇上喜欢的人，只要是女子，皇叔定会支持，只可惜……"尹诺深目对视上尹简，神色是从未有过的凝重，他缓缓接下去，"长歌乃男子，简儿需慎重考虑才好。"

尹简垂在袖中的大手，蓦然收紧，胸臆深处，只觉火烫般，灼烧得难受，他缄默良

201

久，方才从喉咙里挤出几个字："朕明白。"

话音方落，他几乎狼狈而逃。

尹诺怅然一叹，今日校场，帝王自御座飞身而下，不顾朝臣眼光，公然抱起孟长歌离去的举动，实在太露骨，恐怕私下已传出不堪之语了……

屋内，孟萧岑一靠近床头，长歌便眼圈泛了红，她嚅动着唇，想说点什么，但却什么也说不出来。

"长歌……"

孟萧岑方一开口，长歌便撑坐起身，缠抱住了他的腰身，她的脸贴在他胸膛上，嗫嚅着唇，嗓音里夹杂着哭意："带我走好不好？求你……"

心下骤然一疼，孟萧岑环紧了她的身子，将她打横抱起，他深目凝视着她带泪的脸庞，喉咙微涩："我们回客栈。"

长歌点点头，用力忍着才没让自己哭出声，她知道这个男人不喜欢她哭鼻子。

刚出屋门，尹诺迎面而来，见状一讶："长歌，你这是……"

长歌匆忙抹干眼中潮湿，探出头勉强笑道："肃王爷，我这就告辞回客栈了。承蒙您关照，长歌心中感激不尽，改日再来谢您。"

尹诺听闻，脸色倏沉："急什么？你伤势还没好呢，厨房刚炖了人参给你，进屋先喝了再说。"

"王爷，我……"

"听话，你若真感激本王，就听本王一句，身子重要，养不好的话，会落下病根的。"

尹诺动之以情的话语，令长歌再拒绝就是不识好歹，她为难地抬眸，看向抱着她的男人："离岸，你决定。"

"难得有人参可以大补身子，先听王爷的，其余待会儿再议。"孟萧岑淡淡地说道。

长歌点头："那好吧。"

尹诺舒心一笑，带着管家进屋，那两人随后跟进来。

服下人参后，耐不住尹诺的热情，长歌答应多留一日，尹诺笑言："王府多是珍贵药材补品，但凡对你恢复身子有好处的，尽管吩咐管家取来用，无须顾忌本王。"

"王爷，您待长歌可真好。"长歌错愕不已，诚挚地道出一句，心中又波澜如潮。

大秦十五年前攻占中原时，尹诺曾为先锋，骁勇善战的他，素有"铁蹄王"之称，听说破宫那夜，正是尹诺率军攻入皇城的。

算来，他亦是长歌的仇敌。

心底的复杂，如打翻了的五味瓶，酸甜苦辣咸，应有尽有。

尹诺微笑道："本王膝下二子皆常年宿在军营，鲜少回府，三个女儿也已出嫁，王府冷冷清清的，总归寂寞，瞧着你闹腾，倒是给本王解了闷，所以啊，长歌你可以当肃王府是

第十二章 挥泪断情

你的家,想住多久就住多久,本王是不会赶你走的。"

长歌心下一动,不着痕迹地轻声问道:"王爷的二子都从军了么?军队距离京城很远么?"

"大秦是在马背上得的天下,崇尚武功,所以皇族子弟资质稍好的,都入伍从军,不过他二人所在的军营都在京畿附近,乃护城军,一月才可回府一次。等他们回来,长歌你可跟他们交个朋友。"尹诺说道。

长歌点头,唇角扬起兴奋的笑靥:"好啊,我最喜欢结交朋友了。"

离岸立在一旁,一言不发,晦暗的墨眸里,闪动着不为人知的精光。

又聊了会儿闲话,尹诺便起身离开,交代长歌好好休息。

管家等人亦全部退出,孟萧岑关闭房门,聆听四周稍许,确定周遭无人,才近到床边,凑近长歌,低语道:"衣衫解开,我现在给你看伤,利用肃王府的上等药材,好好治一番。"

长歌揪着前襟不动,脸颊红透到耳根,这么私密羞人的部位……

脑中嗡嗡地回想起尹简的条件,再望着眼前的男人,她犹疑半响,方才咬着下唇,鼓足勇气说:"我的身子不容侵犯,你若看了就得娶我,你……你愿意么?"

闻言,孟萧岑神色陡然一变,他猛然扣住长歌皓腕:"你知道我是谁么?"

"离岸……"长歌平静地看着他,喃喃道,"我如果说,我不想待在大秦了,我想走,想远离是非,当我已死,无法再复仇,那么你……会带我走么?"

孟萧岑大掌收紧,那力道捏得长歌发疼,他赤红了双目,低叱道:"长歌,你在胡说些什么?你知道你姓什么吗?忘记你身上背负着怎样的血海深仇了么?"

"呵呵……"长歌惨然一笑,她缓缓闭上双眸,眼角有液体不受控制地淌落,她轻不可闻地说,"倘若我听你的话,你让我做什么,我就做什么,那么你会娶我么?你会喜欢我么?"

"孟长歌!"

孟萧岑恨铁不成钢地甩开她的手:"现在是你儿女情长的时候么?"

"那你给我一个回答!"

长歌不甘心,她很不甘心地狠狠睁开眼,狠狠地盯着他,呼吸凌乱得很……

"不、会!"孟萧岑一字一字从牙关里挤出残忍的话语,"你听着,我这辈子都不可能喜欢你,你给我死了这份心!"

长歌身子隐隐颤抖,她缓缓勾起凉薄苍白的笑:"好,我记下了,只希望……你永远不会后悔。"

"衣衫解开!"

孟萧岑阴沉着眸子命令,并未再理她的话。

"不,你不能看。"长歌摇头,语气十分坚定,"我伤在胸部,我已不是几岁的孩子，男女有别，除了我夫君，谁也不能看。"

"你……"孟萧岑气血上涌，他一把掐抬起长歌的下巴，眼中充了血似的骇人："你想气死我么？孟长歌，你是我养大的，我给你洗澡洗到七岁，你身体哪个部位我没见过？快点脱！"

长歌倔强地争辩："那是我小时候，现在我长大了，我不是小孩子了！"

"在我眼中，你永远都是小孩子！"

孟萧岑咬牙，猝不及防地点中长歌几处穴道，令她再无法动弹，在她的怒目而视下，他放下帷帐，手法熟练地解着长歌腰际的带子……

长歌动不了，像个木偶人一样，任孟萧岑折腾，她用力地闭着眼睛，泪水肆意流淌，他愈不准她哭，她此时愈是哭给他看……

孟萧岑大抵嫌她哭得聒噪，竟从怀中拿出一块绢帕，直接盖在了她脸上，所谓眼不见心不烦，大概就是这个理儿。

"呜呜……"

"讨厌鬼，你把离岸还给我，我不要你，我要离岸……"

长歌气上加气，伤心得无以复加，她鼻子一抽一抽的，含糊不清地嘟囔，想大声骂几句混蛋，却怎么都不敢，何况她其实也没那胆子敢骂别的话，毕竟这人是她的义父……

孟萧岑解开她胸前的衣衫和裹胸布，只瞧一眼，便眉头紧锁，她小半个胸乳以上，不规则地瘀青了一大片，触目就令人心疼，他哪儿还会有心思把她当大姑娘看待？

只是，她确实说得对，昔日瘦瘦小小的丫头，如今真的长大了，因为常年裹胸，发育得虽然不是很丰满，但起码是个成年的大姑娘了……

耳根渐渐发烫，孟萧岑匆忙收回目光，只专注地定格在她的伤处，听着她口中的"讨厌鬼"，他不悦地道："长歌，我当爹又当娘的养你长大，你再恨我，便连声义父也不叫了么？"

说话间，他掀起一旁的锦被先给长歌盖严实，然后从带来的医箱里取出稀有的上好伤草药，坐在一边用工具捣了起来。

长歌半天不作声，哭声也渐小了，迷糊得快要睡着时，她突然记起什么，强打着精神质问道："你把我的离岸呢？弄到哪里去了？"

"城外候命。"孟萧岑头也不抬，只顾捣着药草，尹诺对他们无所怀疑，所以这小院的下人，因为长歌要静养，全都被遣走了，故四周静悄悄的，正好方便他们说话，他随口问她，"你何时认出我的？"

"第一晚就认出来了，你扮成离岸糊弄我，以为我就笨到会相信么？"长歌嗤之以鼻，她得意地道，"离岸与我朝夕生活十五年，我太了解他了，他通常一个眼神，我都知道他心里在想什么，何况是他的生活习惯？义父高高在上，平日言行举止皆高雅矜贵，可离岸不同，不说粗俗不堪，也起码没那么讲究，何况他给我收拾浴桶做活计十数年，熟练得像是

第十二章 挥泪断情

家常便饭，怎么可能像义父那么笨手笨脚？"

孟萧岑听到这儿，方才扭头看向她，他波澜不惊地道："既然早知，为何不拆穿我？"

"我想看你能装到几时！"长歌冷笑，若他是离岸，不论她在什么状态下，只要她一句话，离岸立刻就会带她走，离岸不会管她的仇恨，不会让她哭，不会考虑任何后果，只要她开心，他就会满足她成全她。

他不是离岸，所以他不会带她走，不会娶她，甚至连喜欢也不曾有过。

离岸……

想到离岸，长歌心下便一阵难受，那厮虽然毒舌，但真心把她看得比他的命都重要，在尹简欺负她之后，在孟萧岑重伤了她之后，此时此刻，她忽然好想见他……

孟萧岑不再言语，只加快了手中的动作，花了两刻钟，才捣好了药，他掀开被子，将糊状的药膏小心的涂抹在长歌的伤处，然后拿白纱绷带包缠好，再给她把衣衫一件件穿回原位，这才解开了她的穴道。

"回客栈吧，王府待的时间久了，万一被人怀疑你非离岸，那就麻烦了。"长歌忍着脸红娇羞，淡淡地说道。

孟萧岑点点头："好。"

找人请来尹诺，再三请辞，尹诺才松口放行，但细致嘱咐她："长歌，你这次彻底把伤养好再入羽林军，迟几日无妨，本王替你告假就成。"

长歌粲然轻笑："好，谢谢王爷。"

"管家，将药房的几种疗伤好药给长歌带上。"

"是！"

"备车，将他二人送回四海客栈，记着叮嘱车夫，驾车万般小心，以平稳为上！"

"是，奴才记下了。"

尹诺的关切之情，使得长歌心中百般不是滋味，就如同她待尹简，恨的同时，又被感动得一塌糊涂，矛盾极了。

余下的日子，波澜不惊。

孟萧岑整日监管着长歌，盯着她按时敷药喝药，不允许她再任性地像伤了左肩时那样满不在乎。

这期间，没有人再来打扰过长歌，宁谈宣不曾，尹诺不曾，尹简更不曾。

这一养，便是十日。

待长歌伤愈下地时，已是四月初了。

彼时，杜鹃花开得正好，姹紫嫣红，美不胜收。

客栈后院种植了好多，钱虎亲自端了两盆送给长歌："小公子，这花儿颜色好，提精气神儿，给您放桌上吧。"

"小爷是男人，你整盆娘气的花儿，合适么？"长歌翻个白眼儿，果断的交代："拿盆万年青，小爷要长生不老！"

钱虎被噎住，嘴角抽了抽，忙答应着端起杜鹃花闪人了。

孟萧岑坐在椅上，搁下手中的茶碗，淡淡道："长歌，你今日入宫，义父也得回大楚，出来太久，宫里已遣人加急催了两次，朝中政局多变，不敢再逗留了。"

长歌闻之一震，她默了一瞬，才点点头："好啊，义父一路保重。"

孟萧岑道："我走后，离岸会换回来，你二人在大秦务必谨慎行事，不可莽撞，各地的联络点，我会交代给离岸，他比你性子沉稳，遇到棘手的事情，你们多商量，你万不能感情用事，明白么？"

"嗯。"

"关于尹简，你小心对付，他既已怀疑你，那么你短时期内，就忍着不要有任何动作，等到他足够信任你了，你再行动。另外，必要时你可找替罪羊，撇清自己的嫌疑，无论使何种手段，都无所谓，重要的是保全你自己。而尹简必然会派人到大楚调查你，我会按你说给他的身世进行部署，让他什么异常也查不到，这点你不用担心。"

"义父……"长歌听此，黑眸定定看着孟萧岑，"倘若尹简有朝一日，知晓了我的女儿身，那该如何？"

孟萧岑微感意外："那人已经有所察觉了么？"

"嗯。"长歌苦笑着点头，想说尹简对她有色心，可话到嘴边，又默默的咽了回去，这种事情，怎么好意思说呢？

他又不喜欢她，就算知道也不会吃醋生气，所以她何必把自己最后的尊严也舍去呢？

孟萧岑忽然以审视的眼神打量着长歌："那日尹简支开我，你们在屋里谈了些什么？他为何生气离开？"

"没，没谈什么，就是他不准我进羽林军，我偏要进，最后僵持不下，他就生气的走了。"长歌连忙摇头，心虚之下，耳根有些发红。

"长歌……"孟萧岑眸子意味深长的凝视着她："你没骗我么？"

"没有。"长歌再次摇头，表情坚定。

那日，但凡他说一句愿意带她走，愿意娶她，哪怕是哄哄她的话，她也会将尹简对她做的事全盘告诉他，可是他没有，他完全不关心，甚至他的心里，只有为她报仇复国。

继续留在大秦，其实长歌是恐慌的，她害怕尹简对她暧昧，也害怕自己会控制不住地对尹简动心，她不能与那个仇人有任何感情牵绊，所以她想逃，甚至想放弃复仇，可孟萧岑不允许，她被逼得毫无退路，只有硬着头皮上阵。

"长歌，你必须牢记，尹简是你不共戴天的仇敌，不论那个人待你有多好，你也绝不能喜欢他，否则你九泉之下的父皇母妃，会死不瞑目的！"孟萧岑忽然用力握住长歌的肩，

第十二章　挥泪断情

眼中似充斥了什么东西，令他的情绪极度失控，他的眼神很迫切，几乎凌乱地说，"你不是喜欢义父么？既然喜欢上一个人，那就永远喜欢他，不许朝三暮四，听到了么？"

"我没有喜欢尹简，没有的，我……"长歌双手抱住头，整个脑袋都晕了，她似哭似笑，"可你又不喜欢我……"

孟萧岑一个激灵松开她，踉跄地后退了几步，他眸中浮起悲恸，喃喃地说："长歌，义父其实……"

"小公子！"

正在此时，门外突然传来了敲门声，钱虎在外面说道："肃王爷亲自来接小公子了！"

长歌一惊，连忙抬起袖子抹了几下眼睛，朝外答应着："我这就来了。"

"好的，肃王爷在楼下呢。"

钱虎说完，急匆匆地走了，长歌看向孟萧岑，强挤着笑问："义父，你刚说什么？"

"没，没什么。"孟萧岑摇头，扯了扯唇，将幽暗的眸光移向别处，"长歌，你去吧，若你女儿身被揭穿，无论你怎么圆谎，只消遣人报告给义父就可，善后的事，由义父来做。"

"好。那我走了。"

长歌拿起包袱，不舍地望着那个她刻在心底深处的男人，她几番唇动，却终是一个音也没再发出来……

孟萧岑侧身对着她，他如山般挺拔的身姿，一如既往地给予长歌足够的安全感，可他同时又是那样漠然，侧脸的线条那样僵硬，连半分柔和都吝啬得不肯展现，那薄削的唇紧抿着，一语未发。

"义父……"

长歌转身之际，忍不住又喃喃呼唤，她多想他能给她一个拥抱，只要给她丁点希望，她就可以不在乎他的绝情，可以如他所说，既然喜欢上一个人，那就是一辈子，而不计较任何回报……

然而，他一动不动，仿若不曾听到，依然冷漠如冰。

长歌一步步迈出，握住门把手，好久都使不上力气，她不死心啊，她怎能甘心？

她猛然回头："义父……"

"义父大婚的日期定下后，会传消息给你，很快你就会多一个义母。"孟萧岑终于开口，却是冷冷地打断她，在她千疮百孔的心上，又插上了致命的一刀。

"好……好，很好！"长歌惨然笑出声，她盯着他，清清楚楚地说，"义父，我死心了，从今往后，我对你不会再有儿女私情，我们只是父女关系！我若违誓……天打雷劈！"

语毕，她拉开门闩，背影决然地冲出，屋门在身后缓缓关合，她再也不曾回眸相顾……

一室萧索，半室寒；一世无缘，半世凉。

一点朱砂，两方罗帕，三五鸿雁，乱了四季杨花。

六弦绿漪，七星当挂，八九相思，懒了十年琵琶。

孟萧岑垂眸，凉薄惨笑，他伸手入怀，小心地取出一方雪白的锦帕，整块帕子干净得连半分装饰都没有，唯独右下角绣了歪歪扭扭地两个红色小字：长歌。

他犹记得，这是长歌八岁时，有一回瞧到他的侍妾给他绣锦帕，她便动了小心思，偷偷地学着也给他绣了一方，作为那年送给他的生辰礼物。

那一年，他舍了收到的各种名贵礼，只留下了她的帕子。

那一晚，他梦到了夙雪……

此时的孟萧岑，绝对不会预料到，自小任性的长歌，这一次，竟一语成谶……

他原以为，那般死心塌地爱着他的姑娘，会一直爱下去……

他原以为，他倾尽心血养大的小公主，会在他身边永远做他的公主……

可是，后来的后来，一切都变了……

他方才知晓，彼时的他，错得有多么离谱……

是他亲手，将揉进他骨血的丫头，推向了别人的怀抱……

情，不知所起。

一往而深。

第十三章　藏身羽林

入宫的马车，在宣华门停下。

侍卫例行检查后放行，马车驶向外九城的羽林军总营。

皇城，分内九城和外九城，大内侍卫镇守内九城，羽林军守外九城。

而皇帝与后宫，全在内九城。

也就是说，在一般情况下，羽林军是见不到帝王的，除非有诏谕。而暂时，长歌也不想见尹简。

思索了会儿，长歌朝对面坐着的尹诺说道："王爷，长歌会好好表现的，您放心吧，不用担心我闯祸，我会乖点的。"

"呵呵，那就好，多历练历练，对你的成长有好处。"尹诺微微一笑，目不转睛地望着这张刻在记忆中的脸，他只觉得，死寂了多年的心，又渐活了过来。

两人相视而笑，一路闲聊。

不多会儿，马车到达军营，长歌跳下车，朝尹诺挥手作别，尹诺又叮嘱几句，方才离去。

羽林军的营地很大，长歌大略扫视了一番，然后挎着包袱上前，给营地守卫的羽林军出示了她的入伍批文。

"哦，你就是孟长歌啊，跟我来，郎统领已经在等你了。"对方看到批文上的名字，立刻堆着笑说道。

长歌抱拳："谢过兄台！"

城外。

一株百年老树下，一队人马静候待命。

远处官道上，一骑快马乘风而来，马蹄扬起的沙尘，漫卷一方天地，教人无法看清马上之人。

但仅凭衣着与身姿，他们已认出了来人。

"吁——"

棕马近前，来人勒马停下，矫健地跳下马背。

"属下参见主上！"

数人跪地，齐声叩拜。

"起来吧！"

"谢主上！"

众武士起身，来人缓缓揭下脸上的人皮面具，露出他的本来面目，他一瞥旁侧的人，道："离岸，本王即刻回国，你即返回汴京，长歌已入宫，你在外面接应她。记住，舍你之命保她的命，本王不允许她再出半点差错！"

"是，属下谨记。"离岸拱手，垂首作答。

孟萧岑冷然的面容，在春寒料峭的劲风中，略显苍白，他默了须臾，方才又道："有关后续细节的事情，本王再跟你叮嘱一下。"

"是！"离岸道，"主上请吩咐！"

皇宫。

帝王的斥责声，从上书房频繁传出，尹琏在外面滞下步子，眉峰紧锁。

太后寿辰在即，今日朝上两派声音，吵得不可开交。

以宁谈宣为首的反皇派，坚决反对为太后贺寿，理由是先皇驾崩不足半年，太后仍在孝期，此举乃是对先皇不敬；而保皇派的宋承等人，则认为先皇逝后，举国悲恸，各地连续发生了几起风灾、瘟疫，借太后寿辰可为民请愿，祷告先皇保佑大秦国泰民安。

两方各自有理，中间派的大臣，便一半支持贺寿，一半支持守孝，最终未能达成统一共识。

而帝王心思，谁也琢磨不透，哪怕是宋承，都没品出他的真正意图，他整个过程，一言未发，神色不明，只在最后道了句："容后再议！"便宣布退朝。

近来，自从宗禄被李大鬼魂吓得病倒后，宁派党羽便加快了动作，户部掌管天下钱粮，账面做得滴水不漏，而户部尚书、侍郎，皆乃宁谈宣的人，朝上商议赈灾拨银，户部呈上账表，声称国库缺银，拿不出钱赈灾。

宁谈宣一党，树大根深，盘根错节，牵一发而动全身，十分棘手。

尹简怒极，那眼神令人不寒而栗："既然没银子，那就想办法筹银子，总不能看着老

第十三章　藏身羽林

百姓饿死病死吧？多死一个百姓，大秦就多一个冤魂，万一灾区的冤魂都飘到汴京来讨公道，朕是天子，朕责无旁贷，只恐诸位臣工也要受牵累了！"

此言一出，众臣脸上惊现异色！

"宗将军不就是个很好的例子么？胆小的人，可得注意了！"尹简沉沉发笑，蓦然一掌拍到龙椅扶手上，嗓音慑人，"三日之内，户部筹不齐十万白银，朕就治尔等失职之罪！谁敢扰民，罪上加罪，严惩不贷！"

众臣惊惶，户部官员跪地叩头，瑟瑟发抖。

此时，上书房内议的是朝廷如何督察灾区官员廉洁赈灾事宜。

听得里面声响渐消，尹琏收回思绪，方才令太监进去通报。

很快，太监来请，尹琏迈步入内，一众重臣皆在，他跪前见礼："微臣参见皇上！"

"平身！"

"谢皇上！"

尹琏起身，拱手道："禀皇上，通州守将黄权递折，请皇上过目！"

闻言，宁谈宣、李伦等宁党面色微变，个个心中起了疑。

高半山下得玉阶，从尹琏手中接过蜡封的折子，转身呈上，尹简拆阅后，冷冷一笑："黄权染病，暂不能来京拜寿，这倒是巧得很！"

众臣跪地："皇上息怒！"

"啪！"

一声重响，尹简将折子摔在了御案上，他脸色铁青道："太后寿辰，竟敢搪塞，真是大胆！"

"禀皇上，生老病死，乃人之常情。"宁谈宣一揖，淡笑道，"黄权因病无法进京为太后祝寿，也算无奈之举，并非有意为之。恰好微臣亦觉贺寿一事欠妥，请皇上明鉴！"

"请皇上明鉴！"

他话口方落，其余宁党异口同声，嗓音之亮，胜过鼓锣。

尹简勾唇一笑，褐眸幽暗深邃："太师言之有理，是朕过于敏感了，亏得太师提醒。"

"微臣不敢。"宁谈宣温颜如玉，唇畔一抹浅笑，端的绝世无双。

尹简身体向后靠在椅背上，微叹了声："朕乏了，今日先议到这儿，诸位退下吧！"

"臣等告退！"

众臣叩头，鱼贯退出。

尹琏侧身，静等所有大臣离去，才近前低声道："皇兄，黄权密信在此！"说着，他呈上一根小拇指般粗的竹筒，"飞鸽传书。"

尹简自竹筒内抽出一纸卷信笺，缓缓展开，阅毕挑眉道："黄权果然狡诈奸猾，倒是比朕还会作戏！"

"宁谈宣老奸巨猾，不如此，恐怕也不成。"尹琏道。

尹简颔首，沉吟稍许，道："对于黄权，不可全信，派人暗中监视，此人两面三刀，当年既能背叛前朝，暗投大秦，如今也能背叛于朕，暗投宁谈宣。是以，朕不可不防！"

"皇兄顾虑极是，臣弟明白了。"尹琏一凛，神色愈发凝重。

"皇上！"

莫麟自外面进来，见得尹琏，两方行礼后，拱手道："郎统领派人来禀，称孟长歌已入羽林军营。"

皇宫外九城，羽林军宿营区。

"啊——"

一道尖叫声，忽然从西厢的一间房子里传出来，震得院里的人、隔壁房屋的人，全体惊悚变色，纷纷拔腿跑向标识为"十五"号的屋子！

然而，一众羽林军刚奔到屋外，那屋门却被人从里面打开，一个少年抱着包袱冲了出来……

"孟长歌！"

人群中，有人认出了这少年，惊呼出声，旁人讶然，不等问个究竟，屋里又一人走了出来，男人边走边整理着白色中衣的带子，无比恼火地嚷道："孟长歌，你这人怎么回事？我训练时弄脏了衣裤，回来换一件，你鬼叫什么？大家都是男人啊，好像我欺负了你似的……"

闻言，人群中立即发出一阵唏嘘声，各种异样的目光，大剌剌地扫向那背对着众人，站在拐角的瘦小少年……

"这就是今天新报到的孟长歌啊，真是个奇怪的人呢！"

"可不是么？圣上钦点的，大名鼎鼎呢！"

"听说他箭术十分了得，徒手掷箭，可百步穿杨，那他的暗器功夫想必更是一绝啊！"

"有真材实料，再有皇上恩宠，平步青云是早晚的事……"

"不过这举动倒是矫情啊，谁脱了衣服不长那样啊……"

"……"

背后的议论声，淹没了长歌的耳朵，她颊上的红，渐渐消褪，可心里的郁闷，却令她想一头撞死……

见过郎治平后，她被编入了羽林中卫军，从底做起，吃苦头她不怕，对于郎治平的安排，她也没有任何异议，可是——

第十三章　藏身羽林

这段时日，她一心扑在武考上，竟考虑不周，忘了军营里全是男人，且是集体住宿！

她这一屋住四个人，拿着分配的钥匙，她刚寻到门号推门进屋，竟然就撞到同屋的人正在脱裤子……

长歌简直想哭，这以后可怎么办？

哪怕她不换衣、不洗澡，但同屋的其余三人呢，她怎么能避得开？

"长歌！"

正暗急时，一人过来，轻唤她的名字，长歌回头，见到来人不由一愣："林枫？"

"是啊，你在中卫军么？我也在呢。"林枫笑道。

长歌点点头，扫视了眼围观她的众人，摸了摸鼻子，尴尬道："我，我一个人住久了，不太习惯和别人一起住，所以……"

"呵呵，你可以试着接受，毕竟从军不比在家时，能克服的尽量克服一下吧。"林枫笑叹着说道。

长歌头疼不已，随口问他："那你住哪屋？"

"西厢十五号。"

"啊……"

"对，咱俩住一屋。"林枫眨了下眼，看着长歌吃惊的模样，他不禁戏谑道，"所以，你必须克服，不然我更衣时，你是不是也会大叫着跑人？"

闻言，长歌激动得语无伦次："我，我我……我不管，你们谁也不许当着我的面更衣！"

"长歌……"林枫略觉好笑地摇头，"你怎么了？就像鲁飞说的，咱们都是男人，你干吗害羞啊？"

"我……"长歌被堵得哑口无言，急得憋红了整张脸，她好想找尹简走走门路，给她弄间单人屋，但林枫和鲁飞的疑问，必然也会是尹简的疑问，她怎么给尹简解释？

那厮的头脑，可是超出她想象的睿智！

最终，经过一番深思熟虑，长歌决定忍，决定从今往后将她同屋的三个男人，全部当女人看待！

长歌喟叹一句："林枫，咱同屋的人还有谁？"

"我找找。"林枫转身，指向与鲁飞站在一起的瘦高个男子，"就是那人，叫苏炎。"

"回屋，跟你们三人商量个事。"

长歌说完，便拎着包袱，径自走向屋子，无视所有想说不敢说，想呕不敢呕的人，孤傲地推门进去了。

林枫跟过来，喊道："鲁飞，苏炎，先进屋说会儿话。"

此时，鲁飞已经系好中衣带子，听到唤他，脸色不大好看地点了点头，旁边的苏炎满脸莫名其妙，但外面人多，也不好问什么，便撇撇嘴跟着进门了。

屋门关上，挡住了一众好奇的视线，长歌将包袱搁在桌上，随便拉了张椅子坐下，不等她开口，鲁飞已额头冒着黑线道："孟长歌，你到底是不是男人啊？你别给咱这么矫情行么？"

苏炎抱胸站在一边，冷着脸不说话，林枫笑着做和事佬："鲁飞，你先消消火，长歌并非有意为之，他从军前独居惯了，一时不适应，你年长他两岁，就别跟他计较了罢。"

鲁飞哼了一声，走到他的床边，捡起凌乱的几件衣衫开始穿起来，苏炎开口，不咸不淡道："孟长歌，既然咱们分在了一间屋子，以后生活上的事儿，就互相担待吧，毕竟入了军营，可不比在家时可以享受的。"

"三位大哥，我明白，这事是我不对，但是我真的……真的习惯不了。"长歌挠挠头，神色无比纠结，"我可以跟三位商量一下么？就是你们……你们以后换衣、洗澡时，可以先通知我一下，我回避，等你们弄完我再回屋，如果我换衣洗澡，那么请你们三位回避，可以么？"

"孟长歌，你有病啊？"鲁飞刚压下的火气，又倏地蹿上来，他一步过来，怒道，"值夜时无所谓，不值夜呢？你大晚上的洗澡，赶我们三人去哪儿啊？让我们蹲在外面喂蚊子么？"

苏炎也道："就是啊，太不合理了。"

林枫皱眉："长歌，夏天时，大家忍一忍也行，但冬天时……"

"可不是么？天寒地冻的，待在外面谁能受得了？"鲁飞没好气地接下话，"这个孟长歌真是有病！"

见状，长歌无奈抱头，一入军营，一月才放一天假，她总不能一个月跑回客栈洗一次澡吧？整天训练、巡逻，不洗澡怎能行？臭死了……

苏炎是个话不多的人，直接无视长歌的请求，走到他的床上躺下了，今儿个是白日休整，晚上换班，所以他们得赶时间休息。

林枫过来拍拍长歌的肩，语重心长地道："别想太多了，我会尽量避开你的。"

"谢谢。"长歌看着林枫勉强挤出丝笑，语气不胜感激。

"酉时换班，你是今晚开始当值么？"

"对啊。"

"那就收拾好东西躺床上歇会儿，养足精神才能当好差。"

长歌点点头："好，我的床在哪儿？"

"那张。"林枫指着靠窗角的一张，"喜欢睡那边么？如果不喜欢，我的在中间，可以跟你换换。"

长歌望过去，发现她的床和林枫是相邻的，这屋子的格局是一进门，中间有一张大木桌，然后两边各安置着两张床，鲁飞与苏炎在那头，她与林枫在这头，两边各一个大衣柜，

第十三章　藏身羽林

两人共用。

"不用换了，我靠窗挺好的。"

长歌笑了笑，走向她的床位，军中的床都没有帷帐，一眼能看个通透，也就是说，晚上谁睡觉怎样，别人都能瞧到。

连半点隐私都没有呢，哎……

叹着气，将包袱里的衣物用品整理到柜子里，然后长歌出了趟门，询问到茅厕的地方，她小心翼翼地探问了一遍，发现里面无人，这才大着胆子进去解决生理问题，整个过程，心中忐忑得要命，只怕忽然闯进人来。

谁知，真是怕什么来什么，公用的茅厕，她完毕后刚准备提裤子，竟听到有两人的脚步声，很快速地往这边而来！

长歌吓坏了，抖着手匆忙系好裤绳，然后抱头蹿出，结果迎面就撞上了来茅厕的两个穿着铠衣的兵友，对方恼火地呵斥她，她只作听不见，头也不敢抬地奔出去了……

真是糟啊，长此以往，万一被人发现她是女子，该怎么办呢？

长歌欲哭无泪……

回屋躺下，长歌根本睡不着，乱七八糟地想了些事情，好不容易挨到下午，膳后，中卫军换班，她和鲁飞被派值守皇宫的神武门。

坚守一个时辰下来，天色渐黑了，整个皇城都笼罩在了昏暗的大网中。

长歌腰酸腿困，趁队长不注意，她忙弯了弯腰，活动下腰腿，谁知她刚揉了下腿肚，耳边便传来一声厉喝："孟长歌，立正！"

"是！"

长歌吓得魂儿差点飞出去，连忙抬首挺胸，大声应答，神经绷得极紧。失去尹简的恩宠，在大秦她便再没有了骄纵的资本。

其实，她懂得进退。

远处，宫墙拐角一隅，几抹身影，挺拔而立。

"主子，那小混蛋似乎累得不行了……"

莫麟嘟哝了半句，忽然记起了什么，连忙捂住了嘴巴，他可不想再因为"小混蛋"三个字而被掌嘴了！

"你不说话会死人啊？"莫影瞪了莫麟一眼，低声叱他，真是没眼力的家伙，没看到主子的脸色不太好看么？

莫可则暗叹，孟长歌那厮真是个害人的小混蛋啊！这一个时辰站下来，他的腰腿也酸疼得不行了……

然而，他偷瞥一眼主子，却见帝王始终伫立如山，一双褐瞳，定定地遥望着宫门口那抹单薄倔强的身影，表情漠然无温，不言不语，亦不知他心中在思索些什么……

一钩新月高悬，清晖洒满大地。

夜，愈来愈深，如浓稠的墨砚，深沉得化不开。

那抹纤小的人儿，身着厚重的红衣铠甲，笔挺而立，月光将她的影子，拉得很长很长。

生性好强的她，不甘被训斥，她收起了所有疲惫，站岗查哨，一丝不苟。

静凝视着她的侧脸，许久的时间里，尹简一动不动。

夜温愈凉，袍角被风吹带起，扬起肆意的弧度。

心思，亦愈发深重。

不久，一队羽林军到来，队目指挥调动，嗓音洪亮："换岗！"

"是！"

神武门羽林军高亢领命，井然有序地交接后，在队长的带领下，开始外九城的巡逻。

"皇上！"

高半山的声音，也在此时，传入耳中，他步履匆忙地赶来，躬身见礼，禀道："沐妃娘娘玉体抱恙，请皇上过去一趟呢。"

尹简眉峰一蹙，转身即走。

长歌巡逻路过此处时，只余下清冷夜风，从角落里灌出，钻入衣领，带起阵阵凉意。

子夜时分，当值结束，中卫军统一回到了宿营区。

陆续进屋，林枫、鲁飞和苏炎三人脱下铠衣，相继打水洗漱，而长歌一头倒在床上，像半个死人，疲惫得一动不想动。

男人女人天生体力上的差别，是无法克服的，哪怕长歌自小习武，比一般女子体质好，但和同军的男人一比，就显得太弱不禁风了！

"长歌！"

是以，林枫瞅她一眼，关切地问道："怎么了？身体不舒服么？"

"没事儿，我睡一觉就好了。"长歌摇摇头，有气无力地回答。

"第一次当班，累着了吧？"林枫走过来，笑着说话，"要不我替你端盆热水，你泡泡脚吧，这样能舒服些。"

长歌半眯的眼睛掀开一条细缝，审视地打量着站在她床前的男人，这人对她也太关心了吧？

林枫见状，笑意不变："干吗这么看着我？得了，知道你的毛病，我找块床单当帷帐，把你床的四周给你围起来吧，以后啊，你换衣洗漱，就尽管在你的隐蔽天地里折腾，我们谁也看不见。"

"那敢情好啊，多谢林兄！"长歌一听，顿时眉开眼笑，立马来了精神。

林枫笑着摇摇头，转身走开，忙碌干活去了。

长歌踢掉靴子，盘腿坐在床沿，若有所思地盯着林枫的背影，想理清什么，又觉得没

第十三章　藏身羽林

有头绪，脑子里乱糟糟的。

林枫的速度很快，麻利地找出两人的备换床单，又拿锤子在长歌木床的四周钉了螺钉，绑上绳子，再把床单搭上去，一个简易的帷帐就做成了。

鲁飞和苏炎都用无语的眼神瞪林枫："那小子有病，你也跟着犯病呢！"

"呵呵，个人生活习惯不同，大家既入了营，又住在一起，那以后就是兄弟了，互相迁就一下，也无妨嘛。"林枫这人脾气好，不论什么时候，都是笑脸迎人，仿佛从不会生气似的。

所谓伸手不打笑脸人，林枫的友好态度，搞得鲁飞那暴脾气也只得收敛了，哼了几声，道："孟长歌，那你快点钻进帷帐里，我可要脱衣服擦洗身子了！"

"幸亏知道你是男人，不然让外人一瞧，还以为我们屋子里藏女人了呢！"苏炎撇撇嘴，没好气地念叨着。

长歌脸色青红交错，她尴尬地抽搐着嘴角："你们若是想要女人，待到假日出宫，小爷出银子，请你们逛窑子，如何？"

闻言，三个男人瞬间满脸黑线，已经不知道该用什么言语来形容此不男不女的妖人了！

没错，苏炎和鲁飞今日私下讨论了一番，两人皆认为，孟长歌长相比起男人太秀丽，肌肤太白嫩，个头太小，身板太瘦，根本没有男人的英武之气，而说他是女人吧，明显又比女人雄壮，比女人有悍性，所以总结来说，那人就是不男不女，介于太监之外的妖人！

"长歌，你可别瞎折腾了，君子不可进那种地方，且羽林军有制度，你千万别犯错才好。"林枫语重心长地说完，就端了长歌的木盆出门打水去了。

鲁飞讥笑着说："孟长歌，该不是你想开荤了吧？"

苏炎没说话，却用那种眼神瞅着长歌，激得她一掌拍在床上，梗着脖子道："胡说！小爷是那种人么？小爷十八岁了，还是童子呢！"

闻言，鲁飞拉长了语调，作出恍然大悟的表情："哦，正因为你是童子，所以你才想……"

"混蛋！"

长歌被人羞辱，气怒之下，抄起枕头就扔了过去，鲁飞急忙一躲，枕头被苏炎接住，鲁飞大怒道："你找死啊？别以为老子不敢揍你！"

"鲁飞！"

苏炎忙扯住冲动的鲁飞，压低了声音道："你冷静点，那日殿试校场的事，你忘记了么？得罪了这小子，小心皇上……"剩下的话他没说完，只做了一个抹脖子的动作。

鲁飞经这一提醒，这才理智回归，他敢怒不敢再言地哼了一声，扭头坐在了自己床上。

长歌隔得远，听得不是很清楚，当下皱眉道："你们说什么校场的事？我怎么了？"

"你比我们更清楚！"苏炎冷冷回她一句，将枕头丢还给她，然后也不再理她了。

私下里，有关帝王和孟长歌的那种暧昧的流言蜚语早传开了，而鲁飞和苏炎皆是武考新进的羽林军，那日校场时，他们皆在场，作为男人来说，不免觉得这丢了男人的脸，是故心中对孟长歌充满了鄙夷。

长歌感觉莫名其妙，想多问几句，可那两人待她不友好，索性就住了嘴，寻思着找个机会问问林枫，那人定也知道的。

很快，林枫端了水盆回来，长歌道了谢，便端进帷帐里，避开他们，进行了简单的洗漱，当然，她只敢洗脸洗脚，身子是万万不敢洗的，一来担心有人突然掀帐闯入，二来她的羞耻心，也不允许她在男人面前脱衣解带，哪怕隔了帷帐也不行。

这一晚，长歌睡得很不踏实，换了环境，而且是与男人同宿，所以她始终保持了一份戒心，并不敢睡沉，这可不比在客栈时，不仅有离岸在守着她，还有靖王的死士暗中保护她。

如今，她是单枪匹马，凡事都得靠她自己。

这一晚，尹简歇在沐妃宫中，吃了药的沐静雪，早早就躺下了，沐浴后的身子，肌若凝脂，清香诱人。

尹简褪去龙袍，身着明黄色的中衣，他上床躺在外侧，与沐静雪中间隔了一个枕头的距离，宽大的锦被，两人各盖一头。

宫灯烛火燃烧的声音，清晰入耳，他盯着某一处，重瞳如墨，深沉晦暗。

沐静雪听得他半晌没有动静，不禁悄悄侧过头来，怯怯地望着他，紧张地小声唤他，"皇上……"

"时辰不早了，睡吧，养好身体再说。"尹简淡淡出声，斜睨她一眼，补充了一句，"日子还长着，不急于这一晚。"

沐静雪听出他话中深意，白皙的双颊染上娇羞的红，她轻轻点了点头："臣妾记下了。"

尹简随即闭上双目，很快便沉睡过去。

日子一天天重复地过，长歌自入军营，很快便过去了五天。

这几日，其实她很心惊胆战，不为别的，就为她的月事，算日子已经超出三四天了啊，可居然神奇地还没来报到！

这天中午，她依然在神武门当值，这会儿出入宫门的人、车、马都少，所以她不免走神了。

难道是她吃了御贡千年人参的缘故么？

长歌想不通，一颗心七上八下，实在不安，真怕身下突然见血，且又在她当值的时分，那可怎么办呢？

第十三章　藏身羽林

入宫时，她担心会被人发现，所以根本没带月事布，想着先看看情况再说，不行就告假出宫，可现在月事竟推迟不来，也不知何时会来，她就没法告假啊！

"见过太师大人！"

忽然，整齐划一的见礼声响起，长歌一个激灵回神，只见一辆马车停在了宫门口，除了她一人外，其他羽林军全跪在地上了！

"孟长歌，不许无礼！"队长见她鹤立鸡群，连忙怒叱道。

半开的车窗，车帘被掀起，宁谈宣温文尔雅的俊容，映入长歌眼帘，她咬咬牙，不情不愿地屈腿跪下："见过宁太师！"

"起来吧。"宁谈宣勾唇一笑，慵懒地道，"瞧你这勉强的样儿，本太师可受不起你的跪礼，以后甭跪了，免得给本太师添堵。"

长歌霍然起身，冷哼道："那烦劳太师大人走别的宫门好了，省得担个徇私的名声！"

被当众驳了脸面，宁谈宣竟也不生气，只哭笑不得地说："你这小祖宗，本太师专程绕过来瞧瞧你，你倒是蹬鼻子上脸了啊？"

长歌不理他，心想小爷懒得陪你玩，阴阳怪气的，哪天再一恼，又想砍小爷的脑袋呢，小爷不跟你来往，总行了吧？

孟长歌大胆狂妄的态度，宁谈宣放低身段近乎讨好的言行，简直让人感觉诡异，一干羽林军，都惊愕在场，半点声音不敢发出。

而宁谈宣说完后，竟从马车里拿出一个大包袱，唤道："长歌，给你的。"

长歌莫名，正待询问，宁谈宣已将包袱扔了过来，她只得伸手接住，才皱眉道："什么呀？"

"没什么，就是几包砒霜、鹤顶红而已。"宁谈宣言笑晏晏，雍容清贵的俊容，在午时的光照下，显得愈发公子如玉，夺目耀人。

闻言，羽林军众人，发出了不可思议的惊嘘声，长歌却爽朗大笑："好啊，这包袱小爷就收下了，回头尝出了味道再跟太师分享啊！"

宁谈宣满意地浮唇，方才放下车帘，吩咐车夫起程，往深宫驶去了。

羽林军陆续起身，然后皆以怪异的眼光看着长歌，队长再没敢张口训斥，宁谈宣待长歌的宠爱，明显得连傻子都能看得出来，谁敢去惹宁谈宣不快？

这厢，长歌打开包袱，顿时一股香味儿扑鼻，她愣了愣，着实没想到包袱里竟是好多精致的点心、水果、烧鸡、小吃食，以及用油纸包裹的几张王师傅的酱香大饼。

"咦？是吃的东西啊！"

旁侧挨着长歌的一名羽林军眼尖瞧到，惊讶地脱口而出，引得其余人纷纷探头望过来，眼中尽是艳羡。

长歌不着痕迹地暗叹一声，将包袱重新包好，然后挑了个地儿搁下，朝众人道："各

位兄弟，等当值结束，大伙儿分着吃啊！"

"好咧！"

一众人皆乐呵起来，队长严肃地道："都安分点儿，全体立正！"

"是！"

众人不敢再玩笑，忙兢兢业业地站岗查哨，只盼着时间能过得快一点儿，尽快结束今日的当值。

长歌心思却辗转，她不晓得宁谈宣究竟是什么意思，按照常理他不该讨好她一个小人物啊，若说利用她嘛，可到今天为止，宁谈宣也没利用她做过什么事呢……

怀着纠结的心思，坚持到申时换班，回营的途中，长歌忽然感觉腰酸腹胀，身体格外的难受，她心中隐隐升起一股不好的预感……

果然，回到西厢不多会儿，在众人正分着吃东西时，她肚腹渐渐开始疼痛，不动声色地起身，她从床褥底下偷偷拿出昨晚临时弄的月事布揣进了怀里，然后跑去了茅厕。

照例，她在外面唤了几声，里面有人声传出，她便继续等，直等到蹲茅坑的男人都走光了，她才跑了进去，然后将茅厕的门从里面锁死，这才放心地脱下裤子检查。

面对这迟到的月事，长歌当真欲哭无泪，她匆匆收拾着沾在裤子上的血迹，谁知，正在忙碌时，竟听到有人踢茅厕门，用粗大的嗓门吼着："谁在里面啊？锁门做什么？快开门，老子憋不住了！"

闻听，长歌魂儿都被吓出来了，她忙结结巴巴地回应："等，等等啊，我马上好了！"

外面男人听到长歌那特殊的音色，不由用力翻了个白眼儿："烦死，又是这个有病的孟长歌！"

长歌泪奔……

如今，整个羽林军的人，差不多都知晓了孟长歌的大名，她的各种事迹，包括各种变态的习惯，已经像滚雪球一样滚得全军皆知了！

是以，这位内急的汉子只能无奈地等待，再没敢催人，以免孟长歌在帝王面前告上一状，他就吃不了兜着走了！

终于，在汉子憋得快尿裤子时，长歌小祖宗总算打开门锁出来了，她红着脸低头说了句："兄台，对不起，让你久等了。"然后拔腿就跑……

那汉子顿时凌乱了……

长歌忍着腹痛，一口气奔出宿营区，她决定了，她要速战速决，尽快拿下尹简，让尹简将她升成御前行走，不然在羽林军待久了，迟早会露出马脚的！

如今，她已五天没洗澡了，且每日去公共的茅厕，恶心得她每次都想吐，现在闻闻她身上的味儿，真是臭死了！

长歌不能忍，她必须告假先回客栈住几天，最起码得熬过痛苦的生理期，以及痛快地

第十三章 藏身羽林

洗浴更衣，不然怎么劝说尹简？恐怕没等她靠近尹简，他便嫌恶地喊人扔她出去了！

然而，长歌运气不好，当她找到中卫军指挥长，以身体不舒服为理由告假时，指挥长赵宣却道："你才入营几天，怎么可能放你假？哪儿不舒服啊，可以请太医院派人过来瞧瞧。"

"我……"长歌哑然，腹部不断绞在一起的痛，使得她急出了一身冷汗："赵指挥长，请您通融一下，我真得告假六日，我的病比较难缠，是老毛病了，我家里有专治的药……"

赵宣蹙眉："孟长歌，我知道皇上看重你，但上头没指令，我哪儿敢私自放你的假？一入宫门深似海，你懂么？"

"那……那不是形容后宫妃子的话么？"长歌犯晕，她忍不住嘴角抽了抽。

赵宣被噎了一下，没好气地道："反正就这意思，我作不了主，你若真想告假，除非找郎统领批准！"

"啊……"

长歌崩溃，她按着腰，微喘着气道："好吧，我去找郎统领批假。"

"统领大人现不在！"

"呃，他去哪儿了啊？"

"应该是奉诏见驾去了。"

听到此，长歌一惊："奉诏？奉皇上的令？"

赵宣点头："所以，你等郎统领回来再说吧。"

"我等不了啊，我都快站不稳了……"长歌吸着气，她每次来月事，尤其是前两天，都得卧床喝药才能挺过去的，所以她根本不敢赌这次能站着当值。

赵宣被她烦得不行，不禁严厉道："孟长歌，你这人怎么如此固执？郎统领在上书房奉诏，那是你想让他回来，他就能回来的么？你若病得不行，我可立即派人去请太医，你少在这儿啰唆了！"

"我……我自己去找郎统领！"

长歌腹痛加剧之下，顾不得许多，扔下一句话，转身就跑，她佝偻着背，步履踉跄，几乎在下一刻，就能摔倒在地！

赵宣见状，想撒手不管吧，可忆起那日校场孟长歌昏倒时，帝王抱起孟长歌离开的惊人之举，他不禁心下顾忌，踌躇了数秒钟，毅然追了上去。

"孟长歌，你等等，我带你去找吧。"

身后，传来赵宣的声音，长歌停下步子回头，勉强挤出一抹笑："谢谢赵指挥。"

"喊，也就你小子胆大敢闯内九城，换了旁人，那就是在找死！"赵宣说着快步走过来，搀住脸色苍白的少年，他蹙着眉头道，"不过孟长歌，咱得先讲好，倘若上头怪罪下来，这责任你担着，可别连累了我。"

长歌莞尔："没问题，皇上要杀头的话，就杀我的头好了，只要我不死，保证赵指挥安全！"

与此同时，上书房。

"郎统领，继续看严孟长歌，正常五天一报，有异常的话，随时禀报给朕。"尹简靠在椅背上，语气恬淡，神色漠然。

郎治平拱手："是，微臣遵旨。"

"太后寿辰，必然会举办，你可早些部署。"尹简微微勾唇，眸中浮起沁冷的寒意，"呵，朕撒网等着大鱼上钩，可别教朕失望了才好！"

郎治平一凛："皇上的意思是……"

"通州城那夜，朕连遭杀手伏击，一日不除朕，那些人是不会死心的，所以明里暗里，你须得安排妥帖。"尹简道。

"微臣明白！"郎治平听此，脸上一片肃寒，重重点头应道。

尹简缓缓起身，唇角漾起冷邪的笑容："随朕去趟钦和殿，届时太后寿辰朕会先宣布在别处，到得最后一日再临时改到钦和殿。"

"如此甚好，可攻那些逆臣贼子一个措手不及！"郎治平墨眸炯亮，熠熠闪光。

步出上书房，君臣一行前往钦和殿。

而此时汉白玉的九重石阶下，长歌和赵宣却被大内侍卫拦下，对方铿锵有力地宣告，"来者不论何人，无诏令者，不可踏入一步，违者——斩！"

长歌额上渗出细密的冷汗，若非赵宣搀着她，她恐怕已站不稳地跌在地上了，这几年来，她每月都得忍受一次这样的苦痛，先开始时，每每都会痛得昏厥过去，经过孟萧岑几年的药物调理，现在的她，虽不至于昏倒，可足以疼得让人哭出来，但她不能哭，只能咬紧牙关隐忍，她喘着粗气，虚弱地道："侍卫大哥，我可以上不去，那你可以帮我通报一下么？只要告诉高公公就好，请高公公给郎统领转达一下。"

"孟长歌，你且在这儿候着吧，我替你通报可以，但私入内城，乃是大罪，你讨不了好的。"

大内侍卫面无表情地说完，便快步走上石阶。

赵宣不由紧张，搀着长歌肩膀的手，忍不住握得极紧。

长歌吃痛，皱眉道："赵指挥，请你放开我吧，我能撑得住。"

"好。"赵宣松手，不安地望向石阶上方。

步上九重石阶的大内侍卫，惊见到帝王一行，连忙跪地行礼："奴才参见皇上！"

"平身！"

"谢皇上！"

尹简略一停顿，然后继续前行，随行的郎治平等人有序地跟上。

大内侍卫见此，想喊住高半山或者郎治平，但他嘴巴张了张，却没敢发声，生怕扰了

第十三章　藏身羽林

帝王，遭到杖责。

良佑经过时，本已迈出一步，复又收回，沉着脸道："此时不换岗不换班，你怎可随意走动？杖责二十，自个儿去领罚！"

"总管大人开恩，奴才是……是那个孟长歌来寻郎统领，奴才是替他来通报的。"侍卫惊骇，仓皇跪下请罪。

前方的帝王，步履一滞，斜睨一眼郎治平，后者忙问道："孟长歌此刻在何处？"

"回郎统领，孟长歌就在下面。"侍卫抬手指了指，小声补充一句，"孟长歌言称有急事相禀，奴才瞧着他似乎是大病的模样……"

侍卫话未完，便见帝王已转身，阔步走向他所指的地方。

长歌终是忍受不了那股绞痛，她抱着肚子蹲在了地上，牙关咬了又咬，感觉身下的经血汩汩而出，全身的力气，都似要被抽光了……

"皇……皇上！"

耳畔突然传来赵宣的惊呼声，长歌一怔，本能地抬眸，当那抹熟悉的身影清晰地映入眼帘时，她莫名地就润湿了眼眶，好似忍痛了这么久，终于找到了解痛的良药般，一股激动的感觉，在胸中直涌而上……

长歌模糊的视线中，有好多人从石阶上大步而下，其中一人的速度最快，他明黄色的龙袍，被风卷带起，似俯冲而下的雄鹰，振翅而来！

转瞬间，他已到达她面前，俯身将她双肩一握，清俊的眉目，深深拧起，他语气略急："长歌，你哪儿不舒服？是否胸口又痛了？"

那日肃王府中，离岸的话，始终盘桓在脑中，令他连心都跟着揪起。

他知道，当年是他连累了她。

本不想害她，是以他伤未愈，便不告而别，谁知，她依然因他受苦。

"参见皇上！"赵宣原地跪下，一颗心悬得老高。

尹简只眼眨也不眨地盯着长歌："给朕说实话。"

"没有……"长歌唇色泛白，她摇了摇头，眸光落在随后下来的郎治平脸上，她急声道，"郎统领，我想告假六七日，可以么？我……我不大舒服，想回客栈找离岸。"

闻言，郎治平扭头看向尹简，以眼神示意长歌，能作主的人是谁。

"去朕宫里，朕传太医给你。"尹简沉目，以命令的语气道。

长歌忙摇头："皇上，我这是老毛病了，离岸手中有药，他最了解我的病情，也懂得怎么照顾我，你……求你准我假吧！"

尹简褐眸深邃地凝视着她，良久，缓缓道："朕送你出宫。"

他毫无温度的五个字，听在长歌耳中，却仿佛天籁。

她以为，自从那日决裂后，他不会再宠她了，因为她记得很清楚，他说："孟长歌，别太高看自己，你之于朕，其实什么也不算。"

是以，这段时日，她忍辱负重，少了以往的嚣张，只想着乖一点，兴许尹简就会消气。

可此时，他竟……竟一如既往地待她好。

哪怕他并不如以往的温柔，可他说出的话，却句句嵌着情义。

长歌润湿的眼眶，忽地就淌出泪来，她狼狈地慌忙低下头，鼻音浓重地说："不，不用了，我自己可以……"

尹简眸子一黯，起身，冷冷淡淡地道："既然可以的话，无须告假，归营！"

"皇上……"

长歌一惊，仓猝间抱住了男人的腿，抬起头，可怜巴巴地道："当我方才的话没说，好吗？"

其余众人，对这一幕，简直不忍直视……

孟长歌这小混蛋，没骨气且矫情！

尹简几不可见地挑眉，他复又弯下身来："能走么？"

"可以。不过……"长歌顿了顿，略觉不好意思地小声道，"得借条胳膊用一下。"

说完，她抓住他手臂，便借力站了起来，只是借完就扔，她松了手朝旁侧说道："赵指挥，今日真是多谢你送我来此，可以麻烦你再搀我走段路么？"

赵宣愕然，他至今还跪在地上，天子没叫起，他便不敢起身，听此他不知所措地点了下头："好。"

"平身吧！"尹简的目光，终于落在了赵宣头上，他淡淡出声。

赵宣欣喜，忙叩头道："谢皇上！"

然而，天子接下来一句话却是："郎治平，带他归营，朕晚些再传你。"

"遵旨！"郎治平拱手一揖，而后拎起赵宣，"回去。"

长歌傻愣在原地，眼睁睁地看着郎治平带走了赵宣，而后又听到尹简吩咐人备车出宫，等她反应过来时，竟是莫麟那厮表情嫌恶又隐忍地搀扶住了她手臂。

"你，你你干吗？"

长歌用惊惧的眼神猛瞪莫麟，脸上明显地写着防备两个字，她可担心这厮会趁她虚弱时，将她给暗杀了！

莫麟没好气地回答："马车得在宫道等，我奉旨搀你上马车，明白？"

长歌"哦"了一声，干笑不已。

"你先在马车里等，朕更衣，很快就来。"尹简温声道一句，便转身折返，朝寝宫而去。

长歌看着他的背影，有片刻的怔忡，这个男人可真好……倘若可以抛开他的身份……

"走吧。"莫麟催促，心道，但凡有眼光的女人，都会爱上我们主子的，可惜你不是女人，爱上也没用！

第十三章　藏身羽林

长歌迈开步子，顾忌着身下有经血，她走得很慢，时而缓和，时而加剧的腹痛，令她只觉做女人生不如死，下辈子一定要转世成男人，做个真男人才好！

莫麟边走边发出几句感叹："小混蛋，主子待你真是我从未见过的好，你可要有良心，要明白感恩图报这个理儿，你知道么？"

"你管得可真多！"长歌撇撇嘴，根本不想回答他，若他知道她的仇恨，他还会认为她没有良心么？

莫麟恼火："你这人怎么狼心狗肺啊？主子把你当宝，你却将主子当……"一个"草"字，他话到嘴边，又生生地咽了回去，这可是大不敬啊！

长歌懒得争辩，她默默地走着，心绪凌乱。

走了好久，终于到达宫道，莫影和莫可已驾了马车在等候，长歌爬上马车，没敢坐尹简的御榻，她坐在了旁侧的凳子上，心里惴惴不安，好担心经血会渗到裤子外面……

第十四章　为爱入局

等了一刻钟，尹简到来，他换了一袭墨蓝色的锦袍，掩去了帝王的威严，却也非温润的公子，而是周身冷冰冰的，令人心生怯意。

他撩袍在榻上坐下，瞥一眼长歌，并未言语。

长歌咽了咽唾沫，局促地亦低头噤声。

马车驶动，沿着宫道缓缓前行，高半山等人全在外头侍候，或骑马，或坐在车头。

车厢内，气氛紧张而压抑。

自那日决裂至今，整整半个月了，这是他们第一次相见，长歌心里说不出是什么滋味儿，有酸有甜，有苦有涩，而更多的，则是窘迫和尴尬。

小腹忽然又是一阵绞痛，长歌忍不住呻吟一声，抱着肚子弯下了腰，身子轻轻颤抖不停，颊上的血色，愈发地流失，白如薄纸。

下一刻，她肩上多了双大手，尹简半揽抱住她，剑眉拧成川字："你究竟哪儿不舒服？胸口疼还是肚子疼？"

"肚子。"长歌虚弱地答他，脆弱的她，几乎是出于本能地仰靠在了他身上，他身躯微微一震，陡然抱起她整个身子，将她放在了御榻里侧，他则在外侧坐下，温声低语："离岸那儿有现成的药么？你这毛病多久了？又是肠绞痛么？"

长歌微喘着说："有药，不是肠绞痛……"

尹简眉峰依然紧蹙："哪一块儿痛？朕给你揉揉。"说着，便将他温热的大掌轻轻覆在了长歌肚子上。

长歌浑身一震，她不可思议地望着他，连疼痛都忘了……

第十四章　为爱入局

"不是这儿么？"尹简却以为他按错了位置，隔着衣衫，掌心紧贴着她肚皮，在四周摸移，嘴里细碎地问着，"这里呢？这儿还是这儿？哪块儿疼你出个声……"

长歌空白的大脑回笼，她煞白的小脸，顷刻间染上胭脂红，羞赧地磕磕绊绊地道："不，不用揉……"

尹简大掌一顿，遂即泠冷一笑："孟长歌，你想多了吧？朕已说过，你之于朕，什么也不算，朕无非将你当作一个普通朋友罢了，你既不是朕的女人，又何必摆出这种娇羞的脸色？"

"我，我……"长歌被打击得失语，她死死地咬住下唇，一下一下喘着气，忽然她一把抓起他的手，直接按在了她冰凉剧痛的腹部，赌气地噘嘴，"就这里疼，你爱揉就揉，我不叫你停，你可千万别停！"

哼，让你揉到手断！

尹简不置可否地挑了挑眉，没理她的话，用了点力道，又不失轻柔地给她揉起了腹部，说来也怪，他的大掌，似带了股暖流，渗进了她冰凉的腹部，竟奇异地感觉疼痛稍减了，长歌舒服地嘤咛了声，但脑子里突然闪过什么，她心里一"咯噔"，忙不动声色地将双手按在了身下的重要部位，间接地挡住了他的大手，以免他下移，揉到与他不同的身体构造……

马车不知何时驶出了宫门，"嗒嗒"地行走在街道上，而长歌在他的侍候下，舒服得简直昏昏欲睡，她果真闭上了眼睛，但嘴里不忘交代他："别停啊，你揉着真不太疼了，千万别停……"

尹简狠狠瞪她一眼，手上的动作，却一刻未停，左手揉酸了，再换右手，如此反反复复，认真而耐心地做着这么微小的事情。

其实，想知道她究竟是男是女的法子很多，比如此刻，他可以趁她不备，直接封了她的穴道，然后上下其手一摸她身体，就可探明真相，这个念头，亦在他脑中闪过，可他下一瞬又打消了这个龌龊的想法，他是天子，怎可如此无礼于人？

若她有问题，迟早总会露出马脚的，不急于这一时。

"尹简，你似乎很有这方面的经验啊，是以前给别人揉过么？"长歌忽然好奇地睁开眼问道。

尹简闻听，默了一瞬，才漠漠地道："嗯，揉过。"

"哦……"长歌瘪了瘪嘴，"是女人吧？"

尹简点头，眼眸晦暗了几分，垂下的眼睑，遮掩住了他所有的情绪。

长歌莫名地心中有些不是味儿，她蓦地想起了曾在宣华大街见过的他的三个妃子，此时想来，个个风华绝代，姿态万千，他想必很宠爱她们吧？

长歌咬了咬唇，轻声问出："尹简，你……后宫那么多妃子，你最喜欢哪一个啊？"

"与你有关系？"尹简闻听，轻挑了下眉，似笑非笑道。

长歌干笑两声："没关系，就是随便问问。"

"既然与你无关，朕就无须回答你。"

"呃……"

长歌恼火："我不过就是想知道你给哪个妃子揉出的经验嘛，不说算了，我还懒得听呢！"

尹简眸中浮起促狭的笑意："哦？你确定不听了么？朕方才跟你玩笑呢，如此就算了……"

"听啊听啊，我也是玩笑！"长歌慌忙打断他，一脸期盼，就像是耍无赖的孩子，情绪说变就变。

尹简凝视着她晶亮的瞳眸，不觉宠溺地揉了揉她脑袋，温声道："那个女人，是我母妃，就是我生母。她在世时，肠胃经常会不舒服，我便跟太医学了揉肚的技巧，希望能为母妃减轻病痛。"

长歌不曾想到，除她之外，能让尹简亲手揉肚子的女人，竟是他的母亲。

她细细凝视着他，但见他眼神温柔似水，微翘起的唇角，扬起欢欣的弧度，整个人再不似先前的冰冷，仿佛浑身都浸在了暖阳中，让人忘了他是冷情的帝王，以为他只是一个翩雅如玉的佳公子，情不自禁地被他迷惑。

然而，令他改变的女人，并非她，而是生养他的母亲。

长歌不禁想，他很爱他的母亲吧。

年少时的他，一夜之间，父亲病死，母亲殉葬，他从高处跌入低谷，丧父丧母的他，其实未尝不可怜？他与她，命运不尽相同，却又有着惊人的相似之处……

十五年前，他才七岁，他又懂得什么呢？

是他的爷爷尹赤、父亲尹梨、皇叔尹诺，以及其他尹姓皇族率领的溯谟铁蹄毁灭了她的家国，与他，其实又有什么关系？

可是，他与她的出身，注定了他们的对立，她避不开，他亦躲不掉……

此时，他在回忆母亲，而她的母亲，她却毫无印象。

她只记得，她的母亲很早很早就死了，似乎那时她才刚刚满月，此后她的生命中，就只有父皇，所有人都说，她是父皇最宠爱的长生公主，父皇甚至不顾朝臣反对，大兴土木，挥霍金银，给她在宫中建造了长生殿，那时分，她真是最快乐的小公主，后宫无数妃嫔，连同皇后在内，无人敢给她脸色看，敢伤她半分，因为她见过父皇生气的样子，很可怕很骇人，一个父皇的宠妃，不过是夸她漂亮时，不小心将她的小脸捏疼了，父皇竟龙颜大怒，将宠妃打入了冷宫，但那还不算什么，她听到了一个传言，说是她母亲死后，父皇斩杀了皇贵妃，那位皇贵妃的父兄，乃凤氏王朝手握重兵的元帅和将军，而父皇竟不计任何后果地杀了贵妃，似是怀疑母亲为贵妃所害。后来，溯谟攻入中原，凤氏大军节节败退，江山危在旦夕，她偷偷听到有人骂父皇昏庸，说什么女色祸国，又说什么父皇与妹乱伦，生下孽种毁了

第十四章 为爱入局

凤氏百年基业……

长歌不懂，至今也不懂，没有人能为她解释这一切。

凤氏亡国，皇宫大火，所有人都死了，除了她逃出生天，再没有一个人活着，假如，太子皇兄凤寒天当年也逃掉的话，那么，她与凤寒天便是凤氏仅存的遗孤。

"长歌？"

耳畔，一道温柔的声音，将长歌唤醒，她迷茫的看着尹简，他笑着在她额头弹了一记："在想什么？朕唤你几遍了。"

"啊……"长歌讶然，随之便不好意思地讪笑，顺嘴说道，"我没想什么呀，就是发现你现在这样子好好看。"

尹简略感意外，他不禁浮唇，语带促狭地笑问："哦？你真觉着朕好看？"

"是啊。"长歌诚实地点头，并不作他想，尹简面色微喜，岂料，她思考了须臾，竟又补充一句，"你比我家离岸好看一点，但是大楚的靖王爷也很好看。"

话音方落，长歌明显感觉车厢内的冷气压上升，她不觉咽了咽唾沫，目光怯怯地看向头顶的男人："怎，怎么啦？"

尹简俊脸阴沉，大掌揉着她腹部的动作，缓缓停了下来，他面无表情地道："大楚靖王年岁已老，岂会好看？孟长歌，你是眼瞎了么？"

长歌一听炸毛："怎么可能？靖王才三十多岁，怎么就老啦？我觉着他……"

"倘若朕没记错的话，靖王至少比你年长十几岁吧？"

尹简冷冷一句，截断了长歌的激动，她愣了愣，忽然记起，她已发誓，再不想那个绝情男人了，孟萧岑相貌如何，与她无关，她又何必与尹简争个长短？

"嘿嘿。"想到此，长歌干笑两声，讨好地说，"皇上所言极是，靖王再好看，也是个老男人了，哪比得皇上年轻英俊啊。"

对于她的变脸速度，尹简已经无语，他没好气地狠捏了下她的脸颊，一针见血地指出："你这是在恭维朕！"

"哪有？"长歌忿忿地揉脸，"我说你不好看，你生气；说你好看，你以为我在讨你欢心，那我究竟该怎么说才对？"

尹简阴邪一笑："你该说，在你眼中，朕是全天下最好看的男人！且只有唯一，没有并列！"

闻言，长歌眼睛一翻，顿时有种想昏过去的冲动，这厮的脸皮，还能再厚些么？

"快说！"

"肚，肚子痛……"

"说了就给你揉，不说不揉。"

"喊，皇上您这是在逼我欺君……"

"嗯？"

"不，不是，那个……皇上您是我孟长歌活了十八年以来所见过的独一无二的相貌最……"

长歌违心奉承的话，并未说完，却教尹简冷冷一句噎回了喉咙，他道："呵，满口谎言，惺惺作态！"

"……"长歌半晌一动不动，她心头奔腾起无数怒火，但一个字也没敢发出来……

没法子，人在屋檐下，不得不低头！

这个男人嘛，其实真心很好看，剑眉星目，俊美邪肆，可她夸他的状态不对，所以他不信？

冰凉的腹部，经过摩擦起热，又渐舒服起来，她方才有所反应，竟是尹简覆在她肚腹的大掌，又开始动作了，她瘪了瘪嘴，没说话。

这男人，总是刀子嘴豆腐心，一边骂她讨厌她，一边又细致地关心她，所以，她就良心发现，不跟他闹腾了吧。

"还疼么？"良久，尹简轻声问道。

长歌点头："疼啊，不舒服。"

"你这究竟是什么老毛病？"尹简继续揉按，眸光凝在她的脸上，眼神中多了抹审视的味道，"这块儿既不是胃，也非肠部，如何会痛？"

长歌一惊："我，我怎么知道呀？反正就是痛。"

"好，朕与离岸讨论吧，回头再问问太医。"尹简道。

长歌心下暗紧，她转了转眼珠，扯唇道："你干吗这么关心我呀？你忙你的政事，别为我折腾了，那个你……对了，你把我放在客栈外面就好，我可以自己回房间，你树大招风，就不必进去了啊。"

"孟长歌，朕凭什么听你的话？你以为你是朕的什么人？"尹简冷嗤她，眼中是浓浓的讥诮。

长歌无语，她愣了半天，才反问出一句："我不算你什么人，那你为何待我这么好？"

"呵，朕待你好么？朕待你的好，远不及朕待后宫妃子的十分之一！"尹简冷冷一笑，那语气仿佛结了冰似的，冻僵了长歌的心……

"不用你给我揉了！"她猛然推开他的大掌，从榻上坐起身来，脸色青红交错，偏过脸，咬牙切齿。

尹简甩了甩酸困的手腕，波澜不惊地回她："正好，朕也乏了。"

长歌气结，心气儿高的她，哪能忍受得了欺辱，她脑子一热，竟身子一倾扑在了他身上，他不是想让她亲他么？好啊，她就"亲"给他看！

"孟长歌……"男人刚一张嘴，唇角便觉骤然一痛，他紧紧蹙眉，忍不住倒吸了一口冷气，这个小混蛋居然敢咬他！

第十四章 为爱入局

长歌一击成功,立刻便逃,然而她作了恶,男人岂会轻饶她,没等她逃下榻,纤腰便觉一紧,尹简竟从侧面箍住了她身子,一双健臂格外有力,他阴阴一哼:"孟长歌,命你马上给朕道歉,否则……"

"不!"长歌扭动着身体,嘴硬地道,"我没错,我就不道歉!"

"是么?"

尹简尾音一扬,眸中暗涌起精光,他薄唇忽然凑近她耳畔,轻咬住她圆润的嫩白耳垂,他含糊不清地说:"那朕也咬你,如何?"

长歌浑身一抖,身体瞬间僵硬……

尹简侧目,看到她染上绯色的娇艳脸颊,他心潮悸动,手臂不着痕迹地环抱紧了她软绵的身体,眸光悄然斜睨向她被衣领遮挡住的喉咙……

若她是男子,则必有喉结,若没有的话……

"下流!"

谁知,长歌陡然怒喊出一声,激烈地挣扎起来,他靠她太近,男性的滚烫气息,尽数喷洒在了她颈子里,令她只觉耳根痒痒的,似有无数虫蚁在啃咬,从身到心,都不可抑制地感到酥麻难忍,是以,她用力掐了下大腿,让自己清醒。

她这一动,尹简自然再无法偷看她有无喉结,她正面的衣领太高,根本看不到,难得从侧面看一次,竟泡汤了,这令尹简极为不快,他强忍住想扒掉她裤子看究竟的冲动,咬牙低叱:"别动!你想被人听到么?"

"那你不许下流!"长歌气冲冲地讲条件,整张小脸仍旧红彤彤的。

尹简无奈点头:"朕不咬你了,你想咬朕就继续咬吧。"

"我也不咬了,你快放开我!"长歌羞窘无比,急得浑身燥热。

尹简终于松开对她的桎梏,怅然地轻叹一声:"长歌,你就如此讨厌朕亲近你么?"

"你这不是亲近,是无耻,是下流啊!"长歌心有余悸地抖着唇瓣,惊惧地瞪着男人,她实在不明白,她扮的是男子啊,他怎么竟三番五次地亲她,调戏她呢?

难不成,她已经暴露了么?

长歌被这个念头,惊得脸色煞白,慌乱失措地揪紧了衣角,凌乱地说道:"停,停车,我要下车!"

尹简沉声道:"别闹,朕保证不会再对你无礼了,成么?"

长歌摇头:"你对天发誓!"

常说君无戏言,可这人的保证,往往都没什么信用可言。

"朕用大秦皇帝的身份保证,还不行么?"尹简薄怒,这个小混蛋,居然不信任他!

长歌点头,悬着的心,总算松懈下来。

两人这一路,闹腾了不少,等车厢安静了,方才发现马车不知何时已经停下了。

外面,众随从皆僵硬如石,连大气都不敢喘。

殊不知，长歌喊的那一声"下流"，声音过高，传入众人耳中，顿时震得这几个汉子脸上失了血色，一个个险些从马上滚了下去，这会儿正面面相觑，互相以眼神在交流——

莫麟：主子误入歧途了，怎么办啊？

莫可：孟长歌那个妖人，留着迟早是个祸害！

莫影：肯定是孟长歌先勾引主子的，然后那小混蛋欲拒还迎！

良佑：寻个机会，得劝劝主子了，哎……

高半山：不如想法儿把孟长歌阉成太监，断了主子的……特殊癖好？

四人目光齐刷刷地射向高半山：这个任务交给你，只要你敢，我们一致支持你！

高半山掩面泪流：咱家不敢，那是咱家的祖宗……

"来人！"

车厢内帝王一声令，惊得众人连忙应答："奴才在！"

"到了么？"

"回主子，已到四海客栈。"

"开门。"

"是！"

车厢门打开，高半山侍候尹简下车时，偷偷地狠瞪了几眼长歌，那眼神明白地写着两个字：妖人！

长歌觉着很委屈，她才是受害者好么？

正郁闷时，尹简立于地上，朝她伸出了手："过来。"

"我，我自己下车。"长歌顿时脸红，她忙拒绝着躬身出来，无视尹简伸在半空的手，径自跳下了马车。

尹简脸色一沉，倏地一把扯住她，低叱道："病着就别逞能！"

长歌愕然，不等她回答，他又道："能走么？用不用搀你？"

"可以走。"长歌立刻点头，他给她揉了那许久，小腹已经感觉好多了。

尹简没再言语，松开她迈步朝客栈而走，长歌愣愣地跟上，其余人也默默跟随。

"哟，几位公子，快里边儿请，是打尖还是住店啊……"

门口迎客的店小二，见到尹简一行，立刻堆着笑脸上来招呼，话到中途，眼尖地瞥到长歌，那小二哥激动地绕过尹简，飞快地迎过来："孟公子您可回来了啊，听说您入羽林军了，还是皇上钦点的呢，是不是啊？掌柜的说孟公子是有福气的人，您能在我们四海客栈住这么久，也给客栈沾了福气……"

"停！"

长歌听得耳朵发痒，不耐地道："你能挑重点说么？"

"咳，重点是你家离岸脑子不太对劲儿……"小二哥尴尬地挠头，总算省掉了一堆铺垫的话。

第十四章　为爱入局

"什么？"

长歌大惊，陡然揪住小二哥的领口，急声质问："离岸怎么了？"

闻声，已跨进客栈的尹简等人，皆停步转身，疑惑地望过来。

小二哥被骇到，目露惊色地说道："离岸这几日整天待在厨房熬药啊，弄得满厨房都是难闻的药味儿，他说是给孟公子你准备的，可孟公子都没回来啊，结果他等不上你就把药倒掉了，然后次日再接着熬……"

长歌不待听完，鼻头已酸，她一阵风似的冲进客栈，将其余人全部抛在了脑后……

莫麟气极怒喊："哎，你这小混蛋……"

"闭嘴！"

一声呵斥，来自于帝王，众人看去，但见尹简面色沉翳，目中冷意浸透。

长歌奔向后院的厨房，沿路撞飞了几个干活儿的伙计，身后传来的叱骂声，她充耳未闻，腹中的绞痛，她亦不在乎，此刻心中只有一个念头，她想马上见到离岸！

她不知，这是否真的是离岸，她迫切地想弄明白……

"砰！"

厨房的门，被她一脚踢开，她的声音，随之而出："离岸！"

满屋药味儿扑鼻，此时已近饭口，厨子和厨娘们正忙碌得不可开交，听到响动，纷纷一抖身子扭过头来，顿时惊呼四起："孟公子！"

角落一隅，原本坐在炉子旁正专心煎药的男子，闻声箭步冲出，数日未见，饶是他性子沉稳，可出口的声音里，亦忍不住透出几分激动："长歌！"

彼时，近黄昏，橘色的日光，从她头顶倾洒下，将她病态苍白的脸，掩映成绯色，她孤零零地立在门外，身子微颤，目中含泪。

"长歌……"

离岸从喉咙里，又溢出一句轻唤，他如鲠在喉，眼眶也润湿："是我……陪同你一起长大的离岸。"

半步之遥，长歌扑身过去，离岸将她纳个满怀，如同过去十数年，他总是这样抱住难过伤心时的她，给予她安慰。

长歌发疯地捶打他，将这段时日所受的委屈，无理地全数发泄到他身上，她无法说出被孟萧岑伤尽的情痛，口中只是一声声地重复着："离岸，我好疼，你救救我……"

院门处，尹简顿步而立，十指在身后攥紧。

离岸嗓音喑哑，语气是从未有过的温柔："长歌不哭，我把药煎好了，喝了药就不疼了。"

他懂她，她心里想的，身体痛的，他都明白。

可此时此刻，他能安抚她的只能是身，她心中所受的创伤，需要交给时间来抚平。

长歌胡乱地点头，离岸打横抱起她，垂眸道："我先送你回房。"

"把人给我，你去端药。"

一道人影，堵住了他们的去路，离岸惊怔，对上那人深邃的眉眼，他本能地抱紧怀中丫头，淡漠有礼地道："不敢劳烦，我乃长歌仆从，侍奉长歌为分内之事。"

尹简神色无波，却隐隐夹杂着一抹肃杀之意："离岸，若非念在旧情，朕绝不会容你放肆！"

长歌一震，忙抹了把眼睛，勉强笑道："离岸，有免费的劳动力，我们为何不用？放我下来吧。"

离岸迟疑一瞬，方才松手，将长歌小心地放在地上，他瞥了眼尹简，冷冷道："我端药，很快就来。"说完，他转身大步走进厨房。

趴在厨房门上偷看的厨子伙计，被院里侍卫亮出的刀，吓得瞬间缩回了脑袋。

"走吧。"尹简睇着长歌，面无表情。

长歌努努嘴："你背我。"

"能跑得飞快，却不能走？"尹简唇角轻勾，笑容涔冷，语毕他袍袖一甩，便迈步而出。

长歌咬牙，小跑几步追上他，她扯拽住他袖子，仰起小脸眼巴巴地看着他："尹简，你生气了吗？"

"朕的名讳，是你能叫的么？"尹简步子未停，脸色阴晴不定。

长歌不以为然地说："叫皇上多生分啊，你不是也叫我长歌么？不准我称呼你名讳的话，那你也该叫我全名或者孟公子才行。"

"放手！"尹简陡然滞步，厉声喝道。

"不放！"

长歌也杠上了，脾气一上来，她恼火地道："我走不动了！离岸抱我抱得好好的，你一句话将他赶走，那就换你背我啊！"

尹简缓缓眯眸，眼眨也不眨地盯着她，良久忽而扯唇一笑："好，你可别后悔。"

"呃……"

长歌不及反应，尹简已背朝她半蹲下了身体，她见状不曾多想，便喜滋滋地趴上他宽厚的肩背，他大手握住她两腿弯，轻松地背她站了起来。

"指路。"

"嗯啊，朝那边走。"

顺着长歌指的方向，尹简阔步迈出，他的怒气，来得快散得也快，情绪的好与坏，似乎都取决于她的态度。

良佑等人，则像吞了苦胆似的，一个个萎靡惆怅地跟在后面。

离岸端着红漆盘子，后面停顿了许久，目光怔忡，心神恍惚。

上到二楼，回到长歌的房间，尹简将她放在床上后，扫视了一圈屋中陈设，而后淡淡

第十四章　为爱入局

道："长歌，客栈鱼龙混杂，非久住之地，你搬离这里吧。"

"啊？搬走？"长歌一愣，随之目光闪烁着说，"不行啊，住客栈有宁谈宣掏银子，我不住白不住啊！"

尹简蹙眉，回头睇着她，一抹嘲弄自眼中浮起："你倒八面玲珑，既哄得朕待你好，又令宁谈宣看重你，两方都不得罪。"

"皇上，我冤枉啊！"长歌立刻不平，她急急地辩驳，"我可没主动招惹过谁，就算你认为有，那也并非我有意为之！"

尹简挑了挑眉，神色阴寒："你最好与朕一条战线，若真投靠宁谈宣，那你离死期就不远了！"

"尹简，你相信我么？"长歌沉寂下来，默了须臾，凝眸望着他，语气格外认真地问道。

"你认为呢？"尹简淡漠地反问，潋滟的瞳孔中，沉淀着令人难懂的深邃。

长歌摇头，自嘲地咧了咧唇："在你眼里，我恐怕是个十足的骗子吧！"

尹简既没承认也没否认，沉吟一瞬，却道："长歌，朕允许你与宁谈宣保持表面关系，不必彻底闹僵，以免你多一个敌人，就多一份危险，明白么？"

"嗯。"长歌点头如捣蒜，明亮的凤眸中，绽开殷切的笑意，"尹简，你对我真好，真是一代明君啊，感激不尽……"

"狗腿！"

尹简狠瞪她一眼，懒得听她虚情假意的奉承，他目光微眺，朝外朗声道："离岸，进来吧。"

离岸推门而入，端着托盘躬身行礼，尹简抬手免掉："无须多礼，先给长歌喝药。"

"是！"

平素长歌总是耍赖半天，骗得几颗蜜饯才肯喝药，今日她受够了腹痛的苦楚，竟不用离岸哄，端起药碗"咕噜咕噜"几大口就给喝进肚子里了，只是一喝完，便似快哭出来的模样："呜呜……"

"给。"离岸无奈地从袖中拿出一小包蜜饯给她，"就知道你这毛病，吃吧。"

他语气虽冷，话语虽淡，但倘若细看他眉眼，便不难发现，他坚毅面容上，晕染着浓郁的宠溺，甚至连嘴角都微微翘了起来。

尹简心下一沉，眸中划过一道冷意。

长歌连吃几颗蜜饯，离岸又侍候她漱了口，嘴里的苦味儿总算散去了，她便开始赶人："你们两个都出去吧，我要更衣了。"

"嗯。"离岸点头，没说二话便转身出去了。

可尹简纹丝不动，迎上长歌疑惑的眼神，他勾唇邪笑："你我都是男人，何须避讳？朕纡尊降贵，亲自为你更衣，怎么样？"

"什么?"长歌惊骇得两眼大瞪,"你给我更衣?你别开玩笑了!"

尹简敛了笑意,正色道:"朕没开玩笑,正好验个身,让朕瞧瞧你有无欺骗朕!"

闻言,长歌从床沿一跳下来,用力将尹简往外推:"你快出去,你别折我的寿,我一介奴才可担不起皇帝侍候!你若不信我,我也没法子,想验我身侮辱我,等我死了你再验!"

"长歌……"

"尹简,你别让我讨厌你!"

长歌陡然一声怒喊,令尹简强抱住她身体的动作停滞,两人四目僵持数秒,尹简缓缓松手,他捏了捏额心,轻叹道:"好了,朕不闹你了,你自己更衣吧。"

"流氓!"

长歌气不顺地伸手在他胸膛上捶了一拳,黑着小脸道:"你快点回宫啦,我休息好了就归营!"

尹简未答,目光环视着屋子,掠过仅有的一张床榻:"你与离岸怎么住?"

"我住这间,他住隔壁啊!"长歌自然而然地答道,感觉很莫名其妙。

门外,离岸脸色肃冷,杀气腾腾地盯着挡在他面前的两人,从牙缝里挤出两个字,"让开!"

"大胆!"良佑寒声一叱,嗓音压得极低,"皇上在内,你想找死么?"

离岸不惧,怒声道:"可你们皇上……"

正在这时,房门忽然打开,尹简出现在门口,将这剑拔弩张的场面收入眼底,旁人已快速见礼,唯有离岸孑然而立,倨傲不惧地与他对视。

"朕做什么,你有权力过问么?"尹简淡淡出声,眉宇间浑然天成的威严与霸气,尽显无遗。

离岸勃怒,方欲动手,一道人影蹿出来,死死地扯住他的手臂,朝他呵斥道:"离岸,你真脑子不对劲了么?我饿了,你快去厨房给我点膳,吩咐厨子给我做小虾包!"

"长歌,他……"

"你再不去,就别跟着我了!"

离岸内心挣扎片刻,终是忿忿地转身大步下楼,往厨房而去了。

长歌松了口气,一扭头竟见尹简冷睨着她,他说:"你以为支走离岸,朕就不能惩治他了么?"

"哎哟,我的好皇上啊,敢问您今儿个想不想让我活了?"长歌头痛,她握住尹简手臂,推着他往楼梯口走,"我身体难受死了,就想躺床上睡会儿,您大人大量,海纳百川,就别计较了吧?离岸是我的仆从,可我心里把他当亲哥哥一样看待的,您若杀我哥哥,不是等于在剜我的心么?"

身后,一干随从吸气吐气,恨不得掘地三尺,把孟长歌那个妖人给活埋了!

第十四章　为爱入局

高半山用口型无声地说：主子，您得争气啊，绝对不能损了男人的尊严啊！

然而，帝王偏偏不争气，听长歌说完，他竟抽回手臂，反搂住了长歌的肩，在她耳畔落下一语："朕可以饶离岸，但得看你的表现。"

"什……什么表现？"长歌顿时身体僵硬，结结巴巴地抖唇。

"第一，不准你和离岸过于身体接触；第二，归营后不准拒绝朕的亲近。"尹简勾唇低笑，语毕，他不待长歌作出反应，便松了她，大步从楼梯迈下。

长歌则目瞪口呆地立在原地，脑子"嗡嗡"作响，完全空白……

良佑等人从她身旁经过，一个个摇头叹息，其中喻意明显。

不知过了多久，直到楼下的纷沓脚步声全部远去，长歌才渐渐回过神来，而她双颊滚烫，似乎烫得连肌肤都快被燃着了……

那个臭流氓皇帝，他还想吻她不成？

长歌跺跺脚，羞愧地捂脸奔回房内，动作巨大地关闭房门，而后趴在床上，把脸埋进了床褥里……

晚些时候，离岸归来。

唤醒长歌用膳，他见她已换了衣衫，便道："月事布在床底的衣箱里，你自己找来用。"

长歌嚼着嘴里的饭菜，含糊不清地道："我找到了，已经在用了。"

离岸坐在她对面，眼眨也不眨地看着她，再不言语。

"你吃了么？"长歌讶然地抬眸看他，"怎么了？不高兴么？"

离岸摇头："我吃过了，等你吃饱我们谈谈。"

"哦。"

长歌快速扒饭，吃到小虾包时，明知离岸不喜吃虾，却故意夹了一个放在他嘴边，她笑眯眯地道："吃一个。"

"不吃。"离岸脸一偏，隐隐现出怒意。

长歌开始撒娇，软绵了声音："离岸乖，吃一个嘛。"

"不吃！"离岸咬牙，强忍着胸中的火气。

长歌嘟唇，语气也硬了起来："必须吃，有难同当，有虾同享！"

"孟长歌，你不闹了成不成？"离岸喘息不定，格外愤怒地低吼。

"我就想闹，你跟我生气着，我主动跟你讲和，你还要怎样嘛？"长歌委屈地指控，心里难受得眼圈泛红，鼻子一吸一吸的。

离岸瞪着她好半天，终是一口咬住小虾包，忍着胃里的翻滚，勉强嚼碎咽进了肚子。

"哼。"长歌破涕为笑，得意地哼了声，然后继续用她的晚膳。

离岸却抚着胸口，一副很想吐，又极力忍耐的痛苦模样，长歌则憋着笑，舀了一碗汤喂他喝："乖离岸，张嘴哦，喝点汤就不恶心了啊。"

离岸咬着牙关，用又恨又爱的眼神死死盯着她，这么些年来，她时常这样子欺负他，可他对她毫无办法，除了迁就她，再不知怎么才能治得了她。

"不给面子呀？"长歌见他紧抿着唇，不禁小脸一垮，故作惆怅地轻叹，"我孟长歌是轻易侍候别人喝汤的人么？不想喝算了，我改日侍候大秦皇帝……"

话未完，离岸忽然接过那碗汤仰头灌进喉咙，然后将碗重重地掷在桌上，冷怒地道："你给我说清楚，你与尹简究竟怎么回事？下午那时，他对你做了什么？"

闻言，长歌立刻条件反射似的辩驳："没怎么啊，我们两个男人，能做什么？"

"你少哄我！"离岸拔高了音调，一张脸涨得泛起红色。

长歌咬唇道："我奉义父的命接近他，我不跟他近乎些，能达成我们的目的么？我现在进入羽林军，仅仅是潜进皇宫的第一步，要想拿到军情机密，必须到得尹简身边才行，我不努力能成么？"

"可我觉着尹简对你心机不纯，我不想你军情没探到，先把自己给搭了进去！"离岸愤声道。

长歌抿唇，想了想道："离岸，我跟你说实话，尹简他……他确实待我不太正常，因为他怀疑我是姑娘，所以就……就不太检点。"

"什么？"离岸惊怔，脸色变了好几变，他猛然捉住长歌的手，急声道，"他对你做了什么？他是不是轻薄你了？"

长歌双颊又渐发烫，她尴尬窘迫地点了点头："他……他亲我了。"

"该死！我杀了他！"

离岸大怒，疯了般起身就往外冲去，惊得长歌仓猝间扯住他衣袖："离岸，不可！"

"尹简为大秦皇帝，身边高手如云，你只见到他表面这几个侍卫，他暗处的人马必然如影随形！离岸，你杀不了他，哪怕只有他一人，你也未必能胜得了他！"

长歌说到此，将离岸用力拽回到椅子上坐下，她接着道："我和尹简交过两次手，他的武功着实深不可测，似集众家之所长，绝对不在你之下！"

离岸幽深的墨眸，定定望着长歌："可你要以身为诱饵么？长歌，我不能容忍你受辱，哪怕搭上我这条命，我也在所不惜！"

"你不在乎，我在乎！离岸，你的命我很在乎，我不准你死，你听到没？"长歌严厉地道。

离岸眉头深锁："可你让我眼睁睁地看着你被欺负，而坐视不理么？长歌，大秦朝局正值混乱，我们为何不暗杀了尹简呢？他一死，尹姓皇族必有人跳出来争位，届时大秦兵权几分，群龙无首，我们主上趁机出兵，不是最好么？"

"不是这样的，离岸你不懂，大楚皇帝年事已衰，诸王争位夺嫡，朝局亦是混乱，皇帝平衡内政已费心思，根本无暇顾及外战，义父唯有登上太子之位，才能掌管大楚兵马大

第十四章　为爱入局

权，才能出兵伐秦，而皇帝最倚重的是左相大人，所以他才会请旨迎娶左相女儿为靖王妃，他需要借助左相的力量，来得到大楚的天下！"长歌幽幽而道，"义父以为我不懂，其实我只是装作不懂而已，我心里都明白，我手中无一兵一卒，凤氏王朝如何复国？纵使他日大楚军队攻克大秦，义父又岂会将大好河山拱手相让于我？就算他肯，大楚的子民、军队肯么？"

离岸沉思良久，道："长歌，你是凤朝公主，你可以振臂一挥，号召民间爱国的勇士，在民间起义复国，这法可行？"

"这法子我也想过，可我手中无象征凤氏公主身份的信物，如何取信于民？"长歌摇头，怅然一叹，"离岸，其实吧，你我都是棋子，我们是义父攻秦的先锋，我们探路，他铺路，等二者齐备，他挥师北上，若如愿灭秦，即便他扶我坐上皇位，真正作主的人还是他，我也不过是个傀儡。事到如今，我没有别的退路，命运早已由不得我自主选择，只是战火一燃，可怜了无辜百姓遭难，这是我不忍见到的。"

"长歌，既然你想得这么透彻，那么你还待在大秦做什么？你真想为靖王作嫁衣么？"离岸猛然握住长歌的肩，双目猩红，眸中透着明显的心痛。

"我的命是义父救的，我多活的这十五年，是义父给的，我欠义父的恩情，今生都无法偿还，我岂能弃他而走？我原想做他的女人，以情还他，可他不屑要，那我唯有以命相还，拼至我最后一分力气，报他救命之恩，养育之情。"

长歌笑，言语中苦涩浓浓："但是离岸，我不能让你陪着我死，将来黄泉路上，有我一人足矣，你得替我好好活着，你的生父生母还未曾找到，你怎能死？这十五年，你为奴为仆照顾我，让你受委屈了。以后的人生，则是你自己的，你得找到爹娘，尽你的孝道，得娶妻生子，过正常人的日子，如此我在天上看到，我也会为你开心的。"

"孟长歌，你闭嘴！"

离岸陡然将她纳入怀中，他抱得她极紧，双臂间那股力道，如铁钳似的，仿佛要将她揉入他身体中，他如鲠在喉："你胡说些什么？如果形势危急，我们就折回大楚，靖王不会让你死，你更不能以死相搏啊！长歌，我不可能离开你，永远都不可能，你再说这种话，我马上就去刺杀尹简！"

"不准去！"长歌挣了几挣，出口的话已带哭音。

离岸坚决得很："除非你收回那些话！"

长歌无法隐忍地伏在他肩上，身躯颤抖，眼中汹涌而出的热泪，浸湿了他的肩领……

人生得一知己，夫复何求？

第十五章　触怒帝王

春雨绵绵，连续几日的降水，将整个汴京城都笼罩在了水汽雾蒙中。

夜幕下，一辆马车，行驶在坑坑洼洼的积水道上，车轮所碾过之处，飞溅起大片水花，水光潋滟，折射出几分清冷之意。

不久，马车在太师府门前停下，车夫推开车厢门，一人快速钻出，矫健地跳下车来，随行的人欲替他撑伞，他挥手不耐地掀开，大步踏上石阶，走向朱红色的铜漆大门。

但见这人身形壮阔，身高六尺，虬髯满面，目中透着锐利阴鸷。

此人，正是病倒多日的宗禄。

府门被叩开，宗禄很快被人迎进去，管家朱允带他径自往书房行走："将军，老爷与左相大人候您多时了。"

宗禄不语，眉头锁得死死的。

到达书房外，朱允通报一声，后将宗禄请进。

宗禄入门后，果见宁谈宣与李伦正在品茗下棋，三人目光对视，他抱拳道："太师，左相，让两位久等了。"

"坐吧。"宁谈宣微微一笑，"看你今日气色好多了。"

宗禄落座："谢大哥挂念。"

李伦目光精锐，看着宗禄说道："恢复了就好，你的职务须得尽早揽回来，不能给尹简太久部署的时间，因为肃亲王有意入朝了！"

"我听说了，尹简欲夺我虎符，暗中似在搜罗我的罪证，若尹简让肃亲王重掌兵权，不论是取代于我，抑或是取代太后娘家所掌的京畿八营，对我等来说，都形势危矣！"宗禄

第十五章 触怒帝王

说道。

李伦道:"不错,尹简出手果决,狠辣不留情面,沐长泽乃沐妃亲父,亦被逼得三日筹齐了十万两银子,他若向我等下手,必定会筹划缜密,一击即中,绝不给喘息的时间!"

"尹简年少时便已显睿智,这五年筹谋下来,愈发地深暗难测,令人不可小觑。好在现今三方相互牵制,他想重用肃亲王,短期内是不可能办到的,所以我们仍有时间谋划,这次太后寿辰,便是个好机会。"宁谈宣拈起棋盘中央的一颗黑子,缓缓冷笑,"摘掉龙首,散沙难成气候,仅太后手中少数兵马,宗贤弟你还抗衡不了么?"

宗禄一震:"大哥的意思是……"

"今日朝上,尹简已颁下圣旨,将在太和殿为太后贺寿。"李伦解释道。

宁谈宣道:"宗贤弟,恐怕你得再联络一番那个人了,不论索要多少金银,皆可。"

宗禄恍悟,凝重地点头:"大哥放心,我会办好的。"

"李相,令郎即将回城了吧?"宁谈宣侧眸,望着李伦唇角勾起浅笑,"挑个时间,安排我与令郎见个面,尹婉儿回宫了,相信以他对齐南天的仇恨,他会想要夺回婉郡主的。"

长歌休养余日,天气放晴的这天,她的月事也完全送走了,又活蹦乱跳地恢复成了以往的小混蛋。

明日得入宫,于是晚膳后,长歌拽着离岸出门了。

这一晚,两人竟未归来。

翌日,尹简派人一早来接她,没想到竟会扑空。

莫影皱眉,不耐地询问道:"钱掌柜,孟长歌在哪儿?"

"昨儿个孟公子带着离岸逛……"钱虎迟疑不决,脸色很不自然,似是为难地不好意思说的样子。

"到底逛什么?"莫麟是个急性子,一听就暴脾气了。

钱虎抖了抖身体,以手掩嘴,极小声地说:"那两人去逛烟柳巷的青楼了,到现在还没回来呢!"

"青楼!"

莫麟失声惊呼,莫影忙捂住他的嘴,朝钱虎道:"哪家青楼?确切么?"

"具体哪家小人不知,只听孟公子说,他要找京城最漂亮的姑娘共度良宵哪!"钱虎一脸羞涩,叹气连连,"这小年轻公子真是没自制力啊,要想风流,娶个姑娘进门就好,何必流连烟花之地呢?年纪轻轻的,得以身体为重……"

他话未完,莫影已拽着莫麟闪身出了客栈,直奔烟柳巷。

一路上,莫麟气青了脸:"这个小混蛋,明明跟主子……他,他再沾得一身胭脂脏,不是玷污主子么?"

"少胡说！"莫影狠狠瞪莫麟一眼，"这种话敢乱讲么？不怕主子割了你的舌头？"

莫麟捏着拳头，愤慨道："我是为主子抱不平！"

"主子也就是跟那混蛋搂搂抱抱罢了，不至于那什么……什么的！"莫影别扭得说不出口，嘴上在训莫麟，心中亦觉得屈辱和怨恨，后宫女人不少，三位封妃的娘娘更是国色天香，所以他就不明白，怎么主子的性取向就不正常了呢？

哪怕再丑的女人，起码也是个女人，怎么着也总比男人好吧？

可尹简偏偏跟中了邪似的，做出来的事情，让人摸不着头脑！

清晨的烟柳巷，一片寂静。

吃喝玩乐到半夜，甚至到黎明的嫖客小姐，此时睡得正熟。

莫影与莫麟望着巷子两边，数家挂着红灯笼的妓楼，竟茫然地立在原地，感觉无从下手……

"这么多家，怎么找啊？"莫麟挠挠头，完全没了主意。

莫影亦头痛："我怎么晓得？谁知道那小混蛋在哪家妓院鬼混着！"

"那咱挨家挨户地搜么？"莫麟扭头看向主心骨莫影，拿手比画了一下，"你搜左，我搜右？"

"行，主子还等着呢，动作迅速些。"莫影一声应下，阔步朝巷子左边第一家"怡红院"走去。

莫麟摸了把腰上的佩剑，没什么脾气地走向右边的"兰香坊"，满腔的郁气直堵心肺。

晨光倾洒而下，雨后的空气格外清新，但行走在这烟柳巷里，鼻息间混合吸入的脂粉味儿，却令人难受得很，心头仿佛烧了把火般，烦躁不堪。

两人各自连敲三四家的门，一无所获，莫麟气得想拔剑砍人，他本来是兄弟几人中脾气最大的，但自从出现了孟长歌小混蛋后，他的脾气就被一点点地磨平，可现今又被挑了起来！

"莫麟，你冷静些！"

听到莫麟踹门的声音，莫影忙扭头呵斥："你是来找人的，不是来杀人的！"

"吱——"

正在这时，红门从里面打开，龟公打着哈欠出来："大清早的，谁在敲门啊？生意晚上才做……"

"做你娘的头！"

莫麟没好气地怒声一句，令龟公的抱怨硬生生地吞回了喉咙，只见他身板一抖，迷糊的脑子瞬间清醒，本能地退回半步，诧异地道："你，你是谁？"

无怪龟公惊惧，此时的莫麟劲装裹身，浑身透着精锐肃杀的锋芒，尤其腰间的那柄寒剑，仿佛随时会出鞘夺命，令人不寒而栗！

第十五章 触怒帝王

"跟你打听个人,此人姓孟,个头不高,是个俊俏的少年郎,喜欢自称小爷,说话行事很嚣张,昨夜是否留宿你处,你想好了再回答。"不待莫麟说话,莫影抢先过来,冷冷地问道。

龟公咽了咽唾沫,呆滞了稍许,忽而作出恍然大悟的表情:"二位爷是来寻孟长歌公子的么?"

"对,就是他,此人现在何处?"莫麟急声插话。

龟公指了指身后,语气变得阴阳怪气起来:"孟公子在我们春兰姑娘的屋里歇着呢,不过二位爷,孟公子欠银三百两,他交代了,今日谁来寻他,就替他付嫖资,不然他可是离不开这儿的!"

闻言,莫家兄弟二人先是一喜,后是一惊,继而心头的火噌噌冒上头,莫麟"刷"地拔剑往里冲:"老子宰了那个不要脸的混蛋!"

"哎哎……"龟公急声大喊,"快来人,有人来闹事了!"

莫影到底沉稳,箭步上前扯住莫麟,他怒叱道:"你做什么?那混蛋该杀该剐,得由主子定夺,你敢动他一根手指头,当心主子降罪于你!"

"哥,这种没良心的烂人留着就是个祸害,主子现在被迷昏了头,可……"

"闭嘴!"

莫影一声喝断:"主子是你敢妄议的么?你不想活了是不是?给我滚回去复命,立刻、马上!"

莫麟急喘几下,转身就朝外走。

而当莫影回过身来时,龟公已唤来了十几个打手,将他团团围住了,他冷冷一笑:"好大的狗胆,你这青楼是不想开了么?"

龟公有了帮手,自然不再惧怕,他张狂地质问道:"小子,你到底什么来头?孟长歌交代,凡来寻他的人,如果是他朋友,定会很大方地替他付银子,如果来闹事,就是他敌人!"

莫影听得脸色泛青,他极力隐忍着道:"将孟长歌喊出来,我是友是敌,让他自己告诉你们!"

"呵,我敢么?那孟公子是什么人?那位小祖宗发起火来,他敢拆了我这飘香院呢,人家有太师大人的后台撑腰,谁敢惹?"龟公冷哼道。

莫影的极限终于被挑破,他不再废话,一个旋身抬起一脚便踢翻了龟公,只听一声惨叫,龟公抱着肚子倒在地上痛苦得四肢痉挛:"啊——"

众打手见状,一拥而上!

莫影的剑,始终藏在剑鞘中,对付这帮喽啰,他赤手已是绰绰有余,铁钳般的大掌,捏住一人挥过来的拳头,用力一拧,那人哀号尖叫,手臂无力垂下,已然脱臼!

不死心的其余人,仗着人多抄起手中的木棍从四面八方袭向莫影,他眉头微皱,没什

么耐心陪这些人玩儿，遂心下一狠，一招撂倒一个，很快就将这十几人叠成了罗汉，一个压着一个，惨叫连连！

老鸨带人冲出来，一见这架势，便知遇到砸场子的狠角色了，她忙迎上来，花枝招展地笑说道："哟，这位爷，您消消火，看上哪位姑娘爷就直说，我花妈妈分文不取，免费让姑娘陪您啊！"

老鸨身上那刺鼻的脂粉味儿，呛得莫影险些咳出来，他退后半步，嫌恶地冷声道："带我去找孟长歌！"

"咦？找孟公子的啊，他欠我三百两……"

"走！"

一柄剑搁在了脖颈上，顿时将老鸨吓白了脸，余下的话再半个字也吐不出来，她忙不迭地点头："好，好……爷您别动怒，孟公子在楼上呢。"

莫影厉喝一声："快走！"

"是是，这边走。"

老鸨惊骇得赶忙带路，心想她这造了什么孽啊，昨晚摊上孟长歌那个小祖宗，挑了她楼里最贵的姑娘，竟分文不给，她动文的，他遣她去太师府要银子，她动武的，他身边的保镖一人抵她楼里几十号人，谁也拿不下，最后霸占了春兰不说，还交代她找今日来寻的朋友要银子，结果呢，这朋友更狠，连她自己都搭进去了！

寻到楼上时，莫影一眼便看见离岸如木桩子似的守在一间房门口，他狠狠地咬牙，大步过去，将剑指向离岸："孟长歌呢？"

离岸波澜不惊地扭头望向门："在内。"

莫影收剑，飞起一脚踹开门，他箭步而入，却被眼前的景象惊怔住，只见红绡帐里，长歌外衫不整地靠坐在床头，一把玩着美人如瀑布般的头发，一手摸着美人的裸肩，笑吟吟地与美人调笑，美人穿着绿色亵裤，上半身只着一件粉色肚兜，正在给她按摩着腰腿……好一幅奸夫淫妇的画面！

一向文雅的莫影，终于忍无可忍地爆了粗口，勃然大怒地吼道："孟长歌，你给老子滚出来！"

"啊……"春兰被这突如其来的闯入者惊吓到，连忙抓起床上的被子遮挡住裸露的身体，花容失色地尖叫，"你，你是什么人？"

"孟长歌，你等着被拓跋公子收拾吧！"莫影尴尬愤怒地转过身，抛下一句，便大步出门，守在了外面。

"美人不怕啊，没事没事的，今儿不行了，以后有机会小爷还会来找你的。"长歌风轻云淡地嘻着笑，安抚了美人几句，然后慢条斯理地下床穿靴，将敞开的外袍带子系好，再整理了一番仪表，这才不慌不忙地推开门走出去。

"孟长歌，你可真有本事！"莫影阴鸷的目光，紧锁在长歌的脸庞上，好似淬了毒的

第十五章　触怒帝王

利箭，令人心头发怵。

老鸨腿软地扶在门框上，不明白这究竟唱的哪一出，男人逛青楼，不是很正常么？怎么瞧着来人像是捉奸似的……

长歌凤眼挑了挑，她浑不在意地笑了声，转身朝楼梯方向走去。

莫影握着剑柄的手背青筋突起，他顿了顿，才阔步跟在了后面。

离岸唇角浮了浮，希望长歌闹的这一出，能达成目的吧。

下楼时，长歌步子微顿了顿，待莫影经过她身边时，她方才低声道："我知道你们都讨厌我，为他抱不平，但我明白我在做什么，如此风流的我，他不会再想不该想的了，你们不也能松口气么？"

语毕，她快步下楼。

莫影望着长歌的背影，却陡然怔住，心头划过丝什么，令他心绪急速起了变化。

孰料，院里突然传来阵阵纷乱的响动，夹杂着几道命令，以及哭求声，长歌一惊，飞跃而出，却见整个飘香院都被官兵包围了，青楼里的龟公、妓女、仆奴等等，正一个个被押出来，还有部分官兵正往楼里冲！

领头的大人，严肃铁面地喊着："一个不留，全部抓出来！"

长歌秀眉紧蹙，正待询问，突然瞥见了莫麟，而莫麟亦瞧到了她，几步便蹿过来，一脸凶神恶煞地道："孟长歌，主子命我即刻抓你入宫！"

"怎么回事？"莫影的声音，自身后响起。

莫麟冷哼道："主子有命，封了飘香院，这里所有人投入京兆府大牢，孟长歌昨夜所嫖的姑娘，充入军营为军妓！"

"什么？"长歌大惊，这充了军妓还有活路么？听说一个军妓得侍候一个营的士兵，好多女人一晚上就被折磨得死掉了！

莫麟讥诮地挑唇："孟长歌，你后悔也迟了，现在还是想想你会怎么死吧！"

长歌脸色渐渐泛白，她没想到尹简会发这么大的火，会迁怒旁人，她只以为，她嫖了妓，他就能相信她是男子，不再怀疑她的性别，不再对她流氓，谁知……

莫影二人奉旨带长歌入宫，说好听点是请，说现实点就是抓！

由于目标太张扬，为免引起各方猜测，莫麟不知从哪儿弄来一辆马车，把长歌毫不客气地丢进了车厢，虽然没有给她戴镣铐，可莫影封了她穴道，令她动弹不得，然后那高大的男人，像门神般坐在她身边，全神贯注地监视着她。

飘香院交由京兆府处理，莫麟驾车，以最快的速度向皇城奔驰而去！

"我不会跑的，你解开我穴道行么？"体内气血不流通，着实难受，长歌不禁试图劝说门神。

莫影视若无睹，连眉头都没动一下。

长歌不死心，她放软了语气，讨好地讪笑："通融一下嘛，我知道莫影哥是大好

人……"

"咳咳咳……"

门神汉子冷不丁被呛得猛烈咳嗽,他挥挥手,涨红着脸道:"孟长歌,你可别害我,不许叫我哥,我不吃你这套!"

长歌翻着死鱼眼瞪他,内心奔腾起熊熊怒火!

但转瞬想到被连累的美人春兰,长歌便有些垂头丧气,她还是多考虑一下该怎么求尹简高抬贵手吧!

马车顺利入宫,直奔含元殿。

长歌被押下车时,脑子蒙了片刻,望着气派宏伟的宫殿,她木讷地问:"这是哪儿?"

"皇上寝宫。"莫影冷冷地答她。

长歌吃了一惊:"不是该带我归营么?来他这儿做什么?"

然而,没人理她,莫麟、莫影一左一右架起她,将她连拉带拖地弄进了含元殿,身上穴道未解,长歌这只满身刺的小刺猬完全变成了待宰的羔羊,毫无攻击力。

殿中无数的太监宫女,惊见到这一幕,人人都瞪圆了眼珠,但究竟是侍候皇帝的人,不过须臾便调整好了情绪,淡定从容下来,只当作没看见似的,各做各的事。

良佑守在殿前,淡扫了几眼受制于人的长歌,没什么表情地说道:"皇上口谕,将孟长歌软禁在东偏殿,任何人不得靠近,不准孟长歌踏出半步,违者重惩!"

闻听,长歌暗舒了口气,还好只是软禁,没啥大不了的,不过失去自由而已,她能忍!

"带下去!"

"是!"

莫影莫麟听令行事,立刻将长歌拖进了东偏殿,扔她在地毯上。

"给她解穴。"良佑看出门道,眯了眯眼。

莫影"啪啪"几下解开长歌的穴道,她欣喜地马上蹦跳起来:"皇上在哪儿?我去找他认错。"

她想着,既然手脚能动弹了,那么她主动请罪,兴许能争取到宽大处理呢?

然而,良佑接下来的一句,将长歌的热情,迎头浇熄!

"皇上有旨,若孟长歌胆敢抗旨,即刻抓捕离岸处以宫刑,充入敬事房为太监!"

冷冰冰的侍卫总管大人宣读完毕,便一甩袍袖带人出去了,厚重的雕花门随即被关闭,整个偏殿里,就只剩下了长歌一人……

呆呆愣愣地在原地站了好半天,长歌郁闷得想撞墙,尹简这混蛋,太过分了,动不动就拿离岸威胁她,简直卑鄙无耻!

可惜,她再骂他祖宗十八代,也改变不了她被软禁的命运,冷静下来后,长歌打量了

第十五章　触怒帝王

一番东偏殿的华贵陈设。

当地摆着一张花梨大理石大案，案上设着大鼎，旁边立着斗大的一个汝窑花囊，插着满满的粉红桃花。西墙当中挂着一大幅《烟雨图》，左边紫檀架上放着一个大观窑的大盘，盘内盛着数十个娇黄玲珑大佛手。右边洋漆架上悬着一个白玉比目磬，旁边挂着小锤。东边则设着卧榻，榻前明黄色绣双龙的纱帐，揭示了这偏殿的主人身份。

长歌并非见识短浅之人，皇帝的龙床，必然在正殿大房，且龙床大得可以并排躺四五个人呢，所以她猜想，这儿该是尹简的临时休憩处所。

参观完毕，瞧了眼外面的日头，已是日上三竿。

长歌早膳没用，被折腾到此时，饿得饥肠辘辘，她揉揉肚子，扯开嗓子朝外喊："来人啊，端膳来，小爷饿了！"

第一遍喊完，无任何回音。

长歌恼火地继续喊，可怜她一连喊了十多遍，皆没有人理她，再仔细找了一圈，这房间里别说吃食，就连半盏茶水都没有！

"可恶！不给吃不给喝，这是在逼小爷绝食吗？"

长歌一怒之下，一脚踹翻了那个名贵的汝窑花囊，粉红桃花顿时零落满地，她仍不解恨，又跳上去狠狠地踩了几脚，桃瓣、桃枝、桃叶尽数被踩成肉泥，惨烈地黏在了地毯上……

立在窗外偷窥的莫麟见此，倒吸了口冷气，感觉一阵寒气从脚底蔓延到头顶，他脸色变得极为灰败……

里面的长歌，在盛怒之下，天不怕地不怕，她心想着非得出了这口恶气不可，于是逡巡了一圈，大步走到床榻边，冷冷地哼唧："臭尹简，你的床归小爷了！"

睡着了暂时就不饿了吧？

怀着这样的想法，长歌连靴子也没脱，便蹦跳上了帝王的御榻，性子顽劣的她，一贯是睚眦必报，她连续几脚给干净的床褥上留下了几个显眼的脏鞋印后，这才和衣躺了下来，跷着二郎腿，闭上眼睛呼呼大睡。

与此同时，上书房。

年轻的帝王伏案奋笔疾书，专注忙碌地批阅着奏折，从下朝至今，成堆的朝政大事，压得他连喝茶的工夫，都几乎腾不出来。

莫影静候在一旁，小心地观察着帝王的神色，等待复命报备。

"半山，将这几份折子速发往各部，传谕按旨办事，不得延误！"

"是！"

高半山取了折子便走，尹简提笔欲批下一封奏折时，眼角余光瞥到了莫影，他方才忆起旧事："他人呢？带回宫了么？"

"奉皇上旨意，孟长歌已被软禁于东偏殿。"莫影立刻拱手答道。

尹简沉吟一瞬，道："你寻到他时，究竟是怎样的境况？"

闻言，莫影记起他闯进去时，那个美人春兰半裸的娇躯，脸色便不自然地微微泛红，他轻咳了声，尴尬地低语道："回皇上，那孟长歌的确嫖妓了，且嫖的是霸王妓，强欠妓院三百两银子不给，还赖到奴才头上，让奴才替他付嫖资。"

"你亲眼所见？"尹简褐眸一眯，眼中划过危险的暗芒。

莫影点头，如实作答："是，奴才捉到他时，他正与青楼女子在床上……那个，他二人皆衣衫不整，孟长歌举止放浪形骸，简直有辱斯文！"

"斯文？"尹简尾音上扬，一字一字似从牙缝中挤出来，"你瞧着那小混蛋是个斯文人么？"

莫影果断摇头，根本无须考虑。

"朕问你，孟长歌他究竟……"尹简话到此，十指禁不住紧攥成拳，他盯着桌案上的奏折，略为艰难地接下去，"究竟是不是男子？"

莫影一愣："不知皇上何意？奴才瞧着孟长歌是男子啊，当时他外衫敞开，前胸扁平，一手摸着青楼女子的身体，言语动作淫荡下流，怎么看都是男子啊！"

"啪——"

尹简一掌拍在案桌上，陡然起身，孤冷的俊容铁青森寒，眸中残卷着阴鸷的风暴，他龙袖一甩，大步朝外走去。

莫影胆战心惊，与随侍宫人匆忙跟上。

宫道上，尹简健步如飞。

他脑中盘桓的，全是莫影所描述的场景，他怎么也无法相信，他的判断猜想会出现错误，更不能相信，那混小子居然是好色之徒！

"参见皇上！"

踏入含元殿，无视一众请安见礼的宫人，尹简满身戾气地快步走向东偏殿。

"皇上！"莫麟闪身出来，一拱手道，"孟长歌发飙，那小子竟……竟踹翻汝窑花囊，毁了皇上的桃花！"

尹简飞掠而过的身影，倏然停滞，他利如刀刃的眸子射向莫麟，听似平静的声音里，夹杂着噬骨的冷意："你说什么？"

然而，不待莫麟答话，他又迈开大步，如风般瞬间消失在走廊，到达了东偏殿。

"开门！"

"是！"

在外看守长歌的良佑，听命打开雕花门，尹简跨进门槛儿，入目便是狼藉一片，那原本娇艳欲滴的桃花，早已被摧残成泥……

尹简眼眨也不眨地盯着地上的残迹，眸色寒凉，仿佛有什么东西，从心脏深处被剥离，他薄唇抿成了一条直线，许久一动不动。

第十五章　触怒帝王

床榻上，长歌熟睡的呼吸声，寸寸入耳，他垂在袖中的大手，亦寸寸收紧。

霍然间，他长腿向前迈出，跨过那一片，快步来到床边，一眼扫视到床褥底部的鞋印，冷眸落在长歌侧身酣睡的脸上，他扬起大掌，便毫不留情地甩在了她臀上！

"唔……"

长歌被突来的疼痛震醒，她张嘴便骂："哪个混尿敢揍小爷？不想活……"

"啪啪啪！"

可怜她话未完，臀部又连挨几巴掌，这一下打得她眼睛大睁，脑子清醒得不能再清醒，她扭头望着尹简满是肃杀之气的俊容，惊骇得再连半个字也说不出来了！

"来人！"

尹简一道怒吼，门外立刻冲进来几人："奴才在！"

"拿根鸡毛掸子给朕！"

"是！"

长歌目瞪口呆，听到良佑等人奔出，她一骨碌爬坐起来，望着尹简冷寒无温的俊脸，她轻抖着唇瓣，不可思议地说："尹简你……你打我？准备打死我么？"

尹简眸中喷火，双目猩红得骇人："对！今日朕不教训你，不打得你长记性，知错认错，朕就一直打，打死你也活该！"

"好啊，我让你打，你今儿若打不死我，你就不是男人！"骨子里骄傲的长歌，硬脾气地脱口大吼。

"孟长歌，朕成全你！"

尹简被她一激，心头的火气，如沸腾的滚油，到达了忍耐的临界点，这一刻全数爆发开来，他连声朝外吼着："东西呢？快点儿！"

宫人取来鸡毛掸子，莫麟匆忙送进去，看到长歌被揍，心下又有些不忍，他不禁小心地劝道："皇上，您息怒啊，孟长歌他嘴巴不讨好，但他其实……"

"滚！"

尹简一个字，骇得莫麟抱头就跑，根本自顾不暇了！

长歌跪坐在床榻上，昂头仰视着立在床边的男人，眼神桀骜，叛逆不羁！

"认不认错？"尹简一抖手中的鸡毛掸子，眼眸充血地吼她。

长歌咬牙，语气斩钉截铁："不认！"

尹简握拳："裤子脱掉，趴下！"

"不脱！"长歌怔愣一瞬，脸颊臊红地大声喊。

尹简一掸子抽在她腰臀上，狠声道："你脱不脱？朕打一次就要结结实实地打，让你死都忘不了！"

"不脱！"长歌忍着疼，拽紧裤腰带，喘着粗气决然道，"你敢扒我裤子，我决不饶你！你最好给我个痛快，一剑杀了我！"

她话音方落，盛怒疯狂的男人，一掌将她推倒，按她趴在床上，手中的鸡毛掸子如雨点般挥下，狠狠地一棍接一棍地抽在了她臀部！

巨大的痛楚，传入四肢百骸，疼得长歌忍不住蜷缩起了脚趾头，十指揪着床褥，额头渐有冷汗渗出，可她倔强地紧咬下唇，愣是一声不吭，任凭嘴唇被咬破，口中血腥味儿弥漫⋯⋯

那一次在宣华大街挨板子，同样肉体疼痛，却远不如此时来得痛，因为这一次痛的似乎还有她的心，他每打一下，她的心脏就跟着颤抖一次，痛得她连呼吸都觉不顺⋯⋯

果然没有谁会一直宠着谁，什么一世长安，全是骗人的，而可笑的是，她居然信了，所以她才敢胆大包天。

她以为，他会一直记着那个承诺，原来，她才是傻子⋯⋯

长歌缓缓闭上了眼睛，眼角有泪痕滑落，浸湿了鬓发⋯⋯

其实痛到麻木，就不觉得痛了⋯⋯

不知何时，身后抽打的力道渐渐消失，长歌看不到，火辣灼痛的臀部，令她感觉他仍在继续，她亦始终隐忍着，哪怕痛死也不肯发出半句呻吟。

她不能向仇人示弱，他是高高在上的皇帝，她也曾是出身皇室的公主，他有他的尊严，她亦有她的傲骨，所以她绝对不能服软！

尹简眸中的血色，猩红得瘆人，他死死地盯着长歌臀部渗出来的血点，在白色裤子上缓缓晕染开来，妖冶如花⋯⋯

他右掌一松，鸡毛掸子掉落在地，所有的怒火，所有的肃杀顷刻间消褪，转而换上颓丧的灰败之色⋯⋯

屋中，静寂无声，只有血腥的味道，不断地刺入鼻中⋯⋯

此后经年，当尹简再回忆起往昔这一幕时，他依旧难掩此时的心慌意乱，心痛如绞。

什么叫做打在她身，痛在他心，他方才领悟。

因为这一刻，他以为她真的死了，一动不动的她，如死人般失去了生机⋯⋯

长歌⋯⋯

一个激灵清醒，尹简猛然扑过去，抱起长歌的身子，看着她汗水、泪水以及血水交织的脸庞，他出口的声音里夹杂着凌乱的悲怆："长歌！长歌你别死，朕不准你死，你⋯⋯"

长歌睁开眼睛，虚弱地挤出抹苍凉的冷笑，她断断续续地道："小爷还活着呢⋯⋯你继续打，千万别停⋯⋯"

"长歌⋯⋯"尹简心下一松，大掌轻抚上她的脸，他微哽着嗓音低喃，"朕不打了，朕认输。"

长歌眼神凶狠地盯着他，呼吸紊乱，言语偏执："打不死我⋯⋯你就不是男人！"

"你能不能别这么倔！"尹简脸色瞬间铁青，他咬牙低吼，"孟长歌你装死耍赖不是最在行么？你不是最喜欢骗朕么？怎么这次骨头硬成这样子？你但凡服一句软，朕能舍得下

第十五章 触怒帝王

手打你么？"

长歌忽然用尽全力地推开他，她亦同时重心不稳地栽回床上，冷冷地道："你是皇帝，生杀予夺都在你手中，我不过一根杂草，你要杀要剐，悉随尊便，我就是骨头硬，死也不求你！"

"你……"

尹简气得身躯轻颤，帝王的尊严，令他转身便走，来时的心头火非但没散，反而更添了几层怒气！

步出东偏殿，良佑等人立了两排，个个垂头低眉，如履薄冰，担心一不小心变成帝王的出气筒。

"传太医！"

经过众人身边时，尹简抛下了三个字，一贯杀伐果决的他，第一次背影留给人一种萧索的无力之感……

良佑侧身望向屋内，眸光扫过地上残破的桃瓣，再凝向床榻上的长歌，他不禁在想，如今在主子心中，是旧时的采薇重要，还是孟长歌重要？

答案不得而知。

长歌在尹简走后，一头软趴在床上，疲累地闭上了双目。

饥饿、疼痛，以及心伤，令她真想一睡不醒，逃开所有的恩恩怨怨，一死百了。

可惜，愈是想死的人，愈是死不了，在太医的脚步声到达时，她竟警觉地醒了过来，斜睨着年老太医，她面无表情地问："做什么？"

"孟长歌，老夫奉旨为你治伤，你趴着别动。"

太医温和地说着，背着医箱走了过来，伸手准备撩长歌的袍子，长歌惊得急喝一声，"不许碰我！"

太医吃了一惊，手臂僵在半空，他不解地说道："孟长歌，你这裤子已经黏在血肉里了，得剪破裤子给你臀部止血上药，不然伤口溃烂，你是想残在床上么？"

"你管我！"

长歌咬着唇齿，像头受了伤的豹子，她近乎歇斯底里地吼着："给我滚！小爷死了也不要人管！"

太医惊悚地身板发颤："孟长歌，这是皇上的旨意，你敢抗旨……"

"你再不走，信不信小爷一掌拍死你！"

长歌凶狠的目光，似要吃人般，她满身狼狈，却杀气十足，震得太医终于背着医箱落荒而逃……

门外拐角处，尹简双拳握得极紧，脸色亦难看到极致，跟跄奔出来的太医见到他，"扑通"一声就跪下了："皇上，微臣无能，孟长歌他……"

"在此候旨。"

251

尹简淡声吩咐一句，转身迈入门槛儿，神情沉郁地走向长歌。

长歌瞧到他，抄起床头的枕头就砸了过去，此时的她，本见人就咬，何况是见到罪魁祸首尹简，她恨不得扑上去咬死他方才能解恨！

迎上她欲撕裂他的眼神，他不冷不热地说道："不论你想怎么回报朕，都得你伤愈了才行，否则你也只能趴在床上过过嘴瘾，不是么？"

"滚！"长歌回敬他的，只有这一个字。

尹简隐忍着脾气，退了一步，温声劝道："你不准太医碰你，那离岸如何？朕可以传他入宫。"

"滚！"

然而，长歌听后反应竟更为剧烈，她甚至用双臂撑着，从床上半爬起来，讥讽地骂他："尹简，你有意思么？打一巴掌给一甜枣，你当我是你的玩物，想捏就捏，想宠就宠么？我孟长歌今儿个就求一死，你倒是给我个痛快啊！"

"孟长歌，你适可而止！别仗着朕宽容你，就胆敢骑到朕头上无法无天！朕对你已仁至义尽，你一定想死的话，朕也不会再拦你，随你便！"

尹简忍无可忍，这辈子没跟任何人低过头的他，为她放低身段到如此地步，已是他的极限，是以他再无法拉下脸来哄她，袍袖一甩，便决然离去。

两扇雕花门自外面关闭，长歌满头汗水，她抬起袖子胡乱擦了把脸，可泪水却忍不住汹涌而出，就算她不想死，可她伤在臀部，谁能给她治伤？就是离岸也不行啊，她自己又看不见探不着……

门外，莫影莫麟听着那细碎的呜咽声，心下皆不好受，尤其莫影忆起长歌在青楼跟他说的那句话，便更加百般不是滋味儿，现在主子和长歌闹得这么僵，如愿倒是如愿了，可看着主子心情不好，眼见长歌拿命在赌，他不由跟着心焦，正郁结时，脑中突然闪过一个人来，他精神陡然一振！

莫影在正殿追上尹简，语速飞快地说道："主子请留步，奴才有事奏禀！"

"凡有关孟长歌的话题，一概闭嘴，朕一个字也不听，待他死掉直接拖乱葬岗！"尹简头也不回，声色俱厉。

莫影震在原地，望着帝王踏出殿门的狠决背影，不觉无奈叹息，若真想孟长歌死，随便安个大不敬的罪名，一个斩立决就处置了，何必等他自然死亡呢？

可是，如今在气头上，再说什么都没用。

莫影略为揪心地转身回走，良佑和莫可今日随侍君王，他与莫麟还得继续监守孟长歌那个小混蛋。

说来，他也着实没见过像孟长歌那么胆大的佣人，真以为自己长了九颗脑袋敢跟皇上叫板啊，给台阶都不下，难不成还想等皇上给他下跪请罪么？

造成今日这个局面，怪只怪帝王平日太过于娇宠孟长歌，这才惯得孟长歌不知进退。

第十五章　触怒帝王

只是这些话，莫影不敢说，除了暗自腹诽，嘴上一个字没敢提。

所谓周瑜打黄盖，一个愿打一个愿挨，大抵就是如此吧。

"莫影！"

高半山办差归来，目光逡巡着大殿，疑惑地追过来问："皇上呢？"

莫影摇头，将方才发生的事大略讲述了一遍，高半山听得咂舌："怎，怎么这样啊？皇上该用午膳了，这一生气……"

"多半吃不下。"莫影低叹，"孟长歌与肃亲王处得不错，我原想跟皇上提议请肃亲王入宫劝劝孟长歌，可皇上正值盛怒中，根本不许提。"

高半山眉头紧蹙，思索着说："咱家去找皇上，有机会就提一下。"

"好。"莫影抱了抱拳，快步走向东偏殿。

高半山寻遍尹简常去的几个宫殿，竟全然不见人影，他甚至去了寿安宫打听，惊动了惠安太后，可得到的答案依然是皇上没来过，眼看午时早过，他焦心得如热锅上的蚂蚁，在内宫中胡乱地串行。

派手下太监到几个宫门打探，同样得到皇上不曾出宫的消息后，高半山急得几乎泪奔，再找不到人，太后那边交代不下去，全皇宫就会翻过来了！

一晃又找了半个多时辰，太阳渐渐西沉，高半山满头大汗地归来，径直冲进东偏殿，喘着粗气道："咱家翻遍了各宫，可就是找不到皇上啊，怎么办？"

莫麟一听就急："皇上会去哪儿呢？这孟长歌我瞧着也快不行了，人早昏过去了！"

"请太医给治吧，皇上在气头上让那小子死，可他若真死了，恐怕皇上会不高兴。"闻言，高半山惊愕不已，他嘴里快速说着，抬脚同时往屋内迈去。

身后莫影说道："太医在这儿等了几个时辰了，根本就靠近不了人，那小子警觉得很，哪怕昏睡过去了，谁一碰他，他就能立马醒过来，完全像个疯子，乱吼乱叫，不听劝告，也不用膳。"

高半山环视着屋子，只见狼藉的地毯已被宫人拾掇整洁，而那个比牛还倔强的少年，如半个死人似的趴在床榻上一动不动，正处于昏睡中，他臀部渗出的血迹已干涸，那一大片殷红色，看得人心头发怵。

高半山抿抿唇，转身迈出，当眸光无意间扫到墙角的汝窑花囊时，他脑中突然闪过了什么，双目陡亮："咱家想起来了，皇上一定在那个地方！"

"什么……"

莫影才张嘴，高半山已狂奔而出，转瞬间就消失在了走廊。

第十六章　女身暴露

衡芜殿，是皇宫西南方向最偏僻的一处宫殿，因常年无人居住，殿内杂草丛生，冷冷清清，破败而荒凉。

此殿，亦是冷宫。

半黄昏的日头，从天际点点西沉，暮色弥漫，光线逐渐黯淡。

早已干枯的池子，散发出阵阵腥臭味儿，飘荡在空气中，令人隐隐作呕。

一道颀长的身影，久立在池边，一动不动，仿佛石化般，对那股恶心的气味儿浑不在意。

良佑和莫可二人，停在一丈外，沉默等待。

曾经的荷花池，如今的废臭坑。

过往种种，以最残忍的方式，涌入脑中，挥之不散。

一隔多年，再次踏入旧地，尹简已无法理清，他此时此刻的心境为何。

时间冲褪了那些青涩年月，却冲不淡刻骨的仇与恋，爱与恨。

采薇。

他心中咀嚼着那个名字，幽暗的眸子里，浮起萧索的凉薄。

高半山一路马不停蹄地寻过来，当这一幕落入眼帘时，他胸中似有什么东西在涌动，撕扯着他的心肺。

"皇上。"

高半山轻步上前，低声道："皇上当保重龙体，过去之事，不必太介怀。"

"告诉朕，采薇的尸体，葬在何处？"尹简久未说话，开口的声音沙哑干涩。

第十六章　女身暴露

"奴才不知。"高半山摇头，回想了一番，方才详细说道，"那夜形势混乱，奴才等皇上逃出冷宫后，才跑到外面喊人救火，以此引开侍卫的注意力，但当奴才返回时，采薇的尸体却不见了，后来奴才多方打听，无人得知。或许，采薇姑娘已经被那场大火烧为灰烬了。"

尹简沉默，经久再未言语。

高半山几番欲言又止，在帝王心念采薇之时，他不知提孟长歌合不合适。

夕阳西下，橘红色的霞光漫过来，凉风吹带起阵阵冷意。

高半山愈发心急，他终是忍不住开口："皇上，时辰不早了，该回宫用膳了。您出来这么久，太后那边……"

"谁给太后多嘴了？"尹简霍然回身，眉峰锐利。

"奴才该死！"高半山大惊，匆忙跪地请罪，"孟长歌奄奄一息，奴才急寻皇上不得，便到各宫打听，是以寿安宫太后她……"

他话未完，只觉眼前劲风掠过，帝王袍角扑到脸上一瞬，待他眨个眼的工夫，那人已运起轻功，飞纵出数丈，几个起落，便不见了踪影。

下一刻，有两道影子急速追去，正是良佑与莫可。

高半山站起身，喘了喘，也忙借助轻功飞快离开。

东偏殿。

整整一日，长歌没吃没喝，时醒时昏，到得此时，她已被磨得精疲力竭，似只有出气，而无进气，连眼珠都涣散无光。

臀部的疼痛，早麻木得没有了知觉，她脑子不清，浑浑噩噩，只感觉身体一会儿冷一会儿热，她闭着双眼，干裂带血的嘴唇，一翕一合，发出无意识的呢喃："离岸……义父……小锤子……"

她快死了吧，这一次真在鬼门关转悠呢……

也好，一死百了，早该死的她，多活了十五年，已经够奢侈了……

不过好遗憾，来不及寻找小锤子了……

"参见皇上！"

殿外突然响起的见礼声，隐约入耳，长歌迷糊晕眩的大脑，恍惚间闪过了什么，她早已哭干的眼睛，陡然涌出滚烫的泪水……

原来，他真是故人……

她寻找的人，原来竟是他……

所有不解的谜团，到此时才霍然开朗……

"长歌！"

尹简一冲而入，步履声重，似将踩破这偏殿，他一声唤出，人亦停在了床榻边，身躯

255

隐隐颤抖。

长歌无声而泣,她紧闭着双眸,从喉咙里用力挤出几个字:"我真后悔当年……救了你,小锤子……"

怎能不悔?

她豁出性命救回的人,竟是她不共戴天的仇人,她如何不悔?

凤长歌,你真是个傻子,天生的蠢货!

她在心中一遍遍地骂着自己,而床榻边的男人,已被她的这句话,震得俊脸失了血色,他薄唇一抖:"长歌,你……你记起了朕?"

"小锤子……我不该救你,真的不该……"

长歌似哭似笑,尹简猛然俯身抱起她,他大掌胡乱地抹着她的泪水,眼角润湿,"不,长歌,是朕对不起你,朕不该打你,你原谅朕一次,好么?你听话治伤,待你伤好,朕让你打回来,朕欠你太多,若没有你,尹简早变成了一堆白骨……"

他说得凌乱,不停地为她拭泪拭汗,掌心传来的滚烫温度,令处于愧疚中的他,陡然一震:"长歌,你发烧了!"

"太医!"

"太医快来!"

尹简嘶声大吼,他怀中的长歌却惊恐地挣扎大叫:"我不要太医!不准碰我,谁也不准碰我……"

太医急忙奔进来,见长歌反应仍是剧烈,他抹着冷汗说道:"皇上,已经延误太久,引起高烧的话,他伤口必定发炎了,再耽误下去,恐怕真有性命之忧!"

闻言,尹简赤红了双目:"长歌,朕不能容你任性,你想死,朕不准!"语毕,他朝外急喊:"来人!给朕按住孟长歌双腿!"

"我不要!不要碰我!尹简你混蛋,你去死,我杀了你……"

在长歌绝望的哭喊声中,莫麟和莫影迅速入内,两人一左一右紧箍住长歌的下半身,尹简则抱牢了她的上半身,并且控制住她的双手,而后沉冷着声音命令:"太医,扒下他裤子,给他治伤!"

彼时,尹简已认定长歌为男子,是以在急切救人的心情之下,他根本考虑不了太多,完全无视她的威胁和拒绝,语气果决坚毅!

在他眼中,五年后的长歌,与十三岁时的长歌一样,依旧是长不大的顽劣少年,同时自尊心高于一切,性子骄傲而倔强。

太医得令,立刻搁下医箱,绕到前方来,挽起袖子,麻利地撩开长歌的外袍,打算解她的裤绳,谁知,手脚不能动的她,竟不管不顾地铆足力气,一头撞了过来!

"哎哟!"

太医吃痛,惨叫一声,一屁股坐在了地上,他揉着被撞得七荤八素的脑袋,不满地呻

第十六章 女身暴露

吟道，"小祖宗，你跟自个儿身子有仇啊？皇上一心为你，你不能辜负皇上……"

"滚！"长歌发疯似的吼叫，"谁敢碰一下小爷的身子，小爷就杀了谁！"

"孟长歌！"

尹简隐忍的耐心，濒临崩溃，他掐抬起长歌的下巴，褐眸狠戾地锁着她涣散的瞳珠，"朕最后警告你一次，不要再挑衅朕的底线，否则朕封你全身穴道，将你衣衫扒个精光！"

"不要……"长歌惊惧地猛烈摇头，他的决心，令她泣不成声，"尹简，我的命……是我自己的，你别理我好不好？这种羞辱我不要，哪怕你治好我的伤，我也会死给你看……"

尹简不为所动："长歌，朕一言九鼎，你说什么都没用，你现在气血不足，但凡你听话一点，朕就不会封你穴道，可你冥顽不灵的话，朕只能出此下策！"

语毕，他双指并拢，迅捷地出手，飞快地点在了她身体的几处大穴上，她全身血液顿时僵凝，再动弹不得。

长歌瞠目，唇瓣抖得厉害，一股从未有过的无力感，令她整颗心陷入了绝望悲凉中……

尹简不看她，只睨着太医："继续！"

太医爬站起来，紧张地抹了把汗，找到长歌的裤绳，费力地解了几下，继而眉头皱得极紧："死结，解不开，得用剪刀。"说着，他又忙去医箱里翻找剪刀。

"小锤子，我求你……"长歌忽然又泪崩，她咬着唇极用力地说，"我治伤，可是……求你让离岸给我治，不能让太医看我身体……"

尹简心烦意乱，随口道："为什么？不都是男人么？"

长歌本就因发烧而脸色泛红，闻言又染上了一层羞窘的红，她结结巴巴地找着理由，"不一样，太医他，他太……太丑了！"

此言一出，刚拿出剪刀准备动手的太医，不由僵在了原地，一张老脸红得滴血，他极度崩溃地说："我，我……我的医术与我的相貌有关系么？"

莫影和莫麟互相翻着白眼儿，表示格外不能理解孟小混蛋的脑子是怎么长的。

尹简气到无奈，本想吼她几句，可瞧她楚楚可怜的模样，他心头的火气，不禁又压了回去，他刻意放柔了嗓音，轻哄着她："长歌，你别闹了好么？张太医是太医院的老院主，治外伤一顶一的拿手，你放心，朕会交代他很小心的，不会弄疼你。"

"不要！"长歌连考虑都不用，一口回绝，她泪眼迷蒙地瞅着他，"我就要离岸。"

尹简脸色一沉，冷声道："来不及宣离岸入宫了，你不要张太医，那朕宣其他太医！"

"都不要！"长歌激烈地反对，几乎口不择言地胡乱说话，"太医全部太丑了，我一个也不要！"

张太医险些呕血而亡……

莫麟没什么耐心磨叽，忍不住插话道："皇上，奴才也会处理外伤，奴才这长相不太俊，但起码年轻，就让奴才给他治……"

"你更加丑得像猪！"

可怜莫麟还未说完，就被长歌一句话打击得脸红耳赤，表情跟吞了苍蝇般难看……

莫影则嘟哝了句："幸亏我没傻得自荐啊！"

"朕来！"

僵在此时，忽然一道声音似重锤般敲在了长歌心上，只见尹简凝重着神色，将她小心放在床上，然后定定地看着她道："长歌你自己说过的，说朕在你眼中是最好看的男人，对不对？"

长歌愣愣地点头，眼皮很沉重，她努力地撑着，可意识也开始涣散，她想说他同样不能碰她的女儿身，可话到嘴边，她竟眼前一黑，再次昏了过去！

"长歌！"

尹简心下一紧，立刻吩咐道："剪刀给朕，你们全背转身体，朕不叫你们，谁也不准回头看！"

"遵旨！"

其余三人即刻领命，纷纷以背示人。

"皇上，得端盆热开水，还得用好多干净的布巾，剪刀剪在臀上黏连的裤子时，得先拿火烤一下消毒，以免感染加重发炎。"张太医及时说道。

"莫麟莫影，备水备布巾，再吩咐下去，无朕旨意，任何人不得擅入东偏殿半步，谁敢扰到朕，斩！"

"是！"

两人领旨，忙松开禁锢长歌双腿的手，快步而出。

既然长歌人已经昏了，还被点了穴道，就无须再桎梏，所以两人不用担心那只发疯的豹子会抓伤他们主子了。

想着长歌宁死也不愿别人看到她身体，尹简略一沉吟，将帘帐尽数放下，且道："太医，你退远几步，万不可回头！"

"是！"张太医连忙遵旨而为。

帷帐内，尹简沉吸口气，一剪刀下去，剪断了长歌的裤绳，然后小心地褪着她的裤子，她一寸寸雪白的肌肤裸露出来，他眉眼暗沉，这少年身体倒是如女子般细腻白皙，像是上好的羊脂玉，指尖不小心触碰到，很是舒服柔软。

裤子褪到腹部以下，他抬了抬她的后腰，发现臀部黏连的部分根本褪不下来，那就只能从正面将长歌的裤子全部剪碎，因为目前她这种状况，是无法穿裤子的。

尹简屏息凝神，生怕弄疼长歌，他剪裤子的动作更加温柔。

他喜欢亲吻她的感觉，那时总怀疑她是姑娘，他亲她时亦将她想象成了姑娘，所以他

第十六章 女身暴露

会情动，会想要更深地拥有她，可今日……他叹笑，他吻的人，竟真是男子。

随着剪刀的移动，布帛裂开的"嗞嗞"声，长歌最私密的部位，一点一点地裸露出来，那浓密的黑色丛林，令尹简不觉喉头滚动了下。

尹简轻呼口气，强稳住心神，手上继续动作。

然而，当他的眸光跟着继续下移几寸，当不属于男人的生殖部位猝然落入眼底时，他陡然一震，瞠目大惊之下，整个人僵在了那里，连呼吸都在顷刻间停滞了！

孟长歌竟是……她竟是女子！

怎么会……怎么可能？

尹简心脏跳动的频率不断加快，他猛然间清醒过来，颤着大手将她前面的裤子全部飞快地剪碎，然后他扒掉碎布，甚至半跪在床上，一手撑着她侧趴的身体，一手扳开她的双腿，仔细察看她的私处。

没错，她是女子，他后宫已有妃嫔，自是见过女子的身体，怎会不认识？

尹简不敢相信，他之前的怀疑竟是真的……

他霍然甩了自己一巴掌，脸上的疼痛提醒着他，这不是在做梦，这是真的，那个无恶不作的小霸王孟长歌——是如假包换的姑娘！

她的固执胡闹，他终于可以理解，伤在臀部，除非是自己的相公，否则怎可让别的男人看？

不过……

尹简眼眸倏地一沉，她不许包括他在内的男人看，竟准许离岸碰她？

再忆起她之前左肩和胸部受伤，全是离岸所治，尹简捏着剪刀的右手背上，青筋突起，他冷冷一喝："来人！"

"奴才在！"莫影在外答道。

尹简面无表情，眼中充满残冷的狠戾："抓离岸进宫，给朕押到敬事房阉了他，废他作太监！"

莫影一惊，随即道："是，奴才这就去办！"

张太医一头雾水，完全不知道出了什么变故，紧张得大汗淋漓，半个音也不敢发出。

帐里，尹简收起心思，将长歌下体扒了个精光，然后放她平趴好，按太医嘱咐，清理了黏血的碎布，然后给她止血、清洗、上药、包扎，每个步骤都独自完成得有条不紊。

等到完全处理好，他抖开锦被盖在了她身上，又命人换了盆水，浸湿毛巾亲自给她洗脸洗手，再给她额头敷上热毛巾。

"太医，按平常高烧开个方子，吩咐人即刻煎药，莫麟你仔细盯着，煎药过程中，不许出任何差错！"尹简步出帷帐，沉声道。

"遵旨！"

张太医一揖应下，莫麟领会了尹简的意思，拱手郑重说道："奴才明白！"

259

上次校场长歌被下药的危险，只能有一次，绝不能出现第二次！

"皇上，太后驾到！沐妃、宋妃、齐妃三位娘娘也来了！"正在这时，高半山急步入内，神色匆匆。

尹简一凛，侧睇望了眼帷帐中昏睡中的长歌，他心思斗转，唇角紧沉道："良佑、莫可，命你二人守在帐外，寸步不离地保护孟长歌，她若出事，你们提头谢罪！"

大殿中，惠安居上而坐，身后立着麻姑，两侧端庄静立着三个貌美如花的女子，锦衣华带，雍容金贵。

而地上则跪着无数宫女太监，正瑟瑟发抖着身体叩头请罪："太后饶命！奴才（奴婢）们该死，皇上……"

事实上，无人知道帝王下午去了何地，但面对太后的怒气，谁也不敢答不知道，只能停顿着说不下去，紧张惶恐到极致。

尹简携高半山从东偏殿出来，见到的便是这样一幅画面。

"皇上驾到！"

高半山一声高喊，将所有目光吸附过来，尹简唇角含笑着迈步上前。

"奴才（奴婢）参见皇上！"

"平身！"

"谢皇上！"

宫人终于得以起身，小心翼翼地退到了旁侧。

三个后妃盈盈一拜，媚眼流转，嗓音娇若出谷黄莺："臣妾参见皇上！"

"爱妃免礼！"尹简温柔一笑，虚扶起三女。

三女桃腮粉红，娇羞可人："谢皇上！"

尹简转身，朝惠安一揖："儿臣给太后请安！"

"听说皇上不见了，哀家在寝宫坐立难安，高半山那该死的奴才寻到皇上，竟不曾禀报哀家，沐妃、宋妃和齐妃也在担心皇上，所以哀家便带她三人一起来到含元殿问问情况，好在皇上已归，哀家也就放心了，只是扰了皇上清静，皇上不会见怪吧？"惠安略皱着眉头，语气中是浓浓的担忧。

闻言，尹简愧疚得又是一揖："儿臣多谢太后挂念，不敢怪责。"

"奴才该死！"高半山忙跪地磕头，头上冒冷汗，"是奴才的疏忽，请太后责罚！"

尹简眉心微微一蹙："太后莫怪，儿臣这边事忙，高半山抽不开身，一时忘记给太后报平安，望太后饶恕高半山一次。"

惠安冷哼一声："这狗奴才有皇上爱护，哀家就且饶他一回，敢有下回，严惩！"

"谢太后！"高半山欣喜谢过，退到了一边。

惠安看着尹简，终于问出了重点，语气略感严厉："皇上下午究竟去哪儿了，怎么遍

第十六章 女身暴露

寻皇宫不见人呢？哀家还听下面的人说，皇上午膳晚膳都没用，这龙体不当心么？"

"回太后，儿臣到冷宫去了一趟，一时心情不悦，是故晚膳没用，儿臣明白太后苦心，待会儿就用膳。"尹简不紧不慢地回答。

惠安一震，眼中浮起几分道不明的情绪，她紧了紧十指，才扯唇一笑："那种地方，皇上以后还是不要再去了，不吉利，以免冲撞了皇上龙运。"

尹简神情谦恭之极："是，儿臣谨记太后教诲。"

"皇上，哀家有几句话，望皇上能记在心里。"惠安缓缓起身，掷地有声地道，"我大秦入关衍至皇上第三代，天下百姓皆盼得皇上能励精图治，振兴社稷，大秦皇室子嗣兴隆，人才济济。可皇上纵宠孟长歌一介男子，是何故？作为一名羽林军，乘马车进宫，且私入皇城，还大胆入住皇上寝宫，这算什么？历史上不乏红颜祸水，这孟长歌算是妖人祸国，不除有违朝纲！"

此言一出，高半山心口一跳，紧张得魂儿都快飞了出去。

宋妃宋绮罗媚眼一挑，似嗔含怨地说道："皇上，您这段时日鲜少在后宫走动，是臣妾们做得不好么？"

"皇上，臣妾好多日没见着皇上，这心里一直念着皇上呢。"齐妃齐缩心委委屈屈地低声说道。

沐妃沐静雪未言语，静静地立在一旁，恬淡娴雅。

听得此，尹简神色不变，目光在三妃脸上逡巡而过，最后望向惠安，他唇角轻勾起一抹不明深意的笑，"太后消息灵通，教训得极是。不过太后误会，这孟长歌入宫、入皇城，甚至进得元殿，皆是朕的旨意，他只是奉旨而为。朕与孟长歌颇为投缘，乃为知己朋友，何来妖人祸国一说？太后言重了，朕知分寸，断不可能做出有悖常理之事，请太后安心！"

"是么？若果真如此，哀家自是放心，皇上一向懂事明理，相信皇上不会让哀家失望的。"惠安揪着帕子，缓缓溢出笑来。

尹简微一点头："是。"

"皇上年纪不小了，闲时应在后宫多多走动，各宫妃嫔雨露均沾，方能稳得社稷。"惠安又道。

尹简深深一鞠躬："儿臣记下了，谢太后为儿臣操心劳累，儿臣过意不去，这就亲送太后回宫。"

"好。"

惠安笑容可掬，麻姑扶她起身，尹简立刻上前搀住她另一条手臂，三妃亦跟其后，一众人慢步走出大殿。

另一边，四海客栈。

莫影带十数侍卫来拿人，动静之大，惊骇到了客栈的住房客人，以及整个客栈的伙计、掌柜等人。

离岸本在后院练剑,闻听收剑而出,看着这阵仗,不解地询问道:"莫大人,这是何意?"

莫影面无表情,只冷冷宣告道:"离岸,在下奉皇上旨意,捉拿你入宫净身,你束手就擒吧!"

"净身?"离岸一时没反应过来,他蹙着眉道,"究竟什么意思?我犯了何罪?皇上为何抓我入宫?"

"净身为太监!"莫影淡淡解释,眼中多了几分同情,"理由在下也不知,无法回答你。"

离岸一惊,他眸色急剧变化,本能后退几步,怒道:"皇上凭什么处我宫刑?长歌在哪儿?她被你带入皇宫,究竟发生了什么事?"

莫影抿唇:"抱歉,无可奉告!"

"若我见不到长歌,绝不会束手就擒!"离岸冷眉一挑,目中桀骜之气尽显。

莫影大掌朝后一挥,一声令下:"拿下他!"

"是!"

大内侍卫洪亮高喊一声,训练有素地拔剑攻向离岸,动作之快,配合之默契,皆不比平常侍卫,端的威力无穷!

离岸大怒,手中长剑出鞘,只见银光一闪,人与剑瞬间合一,带着肃杀之气卷入了剑圈中!

莫影立在一旁观战,离岸的剑法让他心惊,没想到这人的武功比孟长歌要高出许多,但他的剑法招数,明显与孟长歌师出同门,可在成就上,明显比孟长歌强几个段位。

十数大内侍卫围攻,离岸应付地游刃有余,人在暴怒之下,威力是无穷的,他一剑横扫,杀气惊人,四五名侍卫倒地,不同程度受伤!

莫影眉目一沉,提剑纵身一跃,加入了战圈!

离岸顿感压力陡增,这莫影身为御前侍卫,绝非泛泛之辈,武功不容小觑,抛开其他侍卫的合攻,仅仅莫影一人,离岸都没有把握能赢!

这一场打斗,从客栈内到客栈外,称不上惊天动地,也算刀光剑影,令百姓胆战心惊,抱头鼠窜!

钱虎心知不妙,思索再三,却也不敢贸然出手,这一暴露,可是牵一发动全身的事,连身在宫中的孟长歌也会被牵连!

终于,离岸寡不敌众,被莫影一剑刺穿肩胛骨,然后数把长剑搁在了他脖颈间,再无还手之力!

"抱歉,在下奉旨行事,身不由己!"

莫影收剑,抱了抱拳,上前封住了离岸周身穴道,一来恐防他失血过多死掉,二来以

第十六章　女身暴露

免他反抗逃跑。

右肩的血，汩汩而出，离岸纵声冷笑："这个仇，我离岸记下了，尹简他有本事就直接杀了我！爷要是怕死，就不是汉子！"

莫影不动声色地叹了口气，命令人带离岸回宫。

钱虎揪心到脸部扭曲，可除了按兵不动，他什么也不能做！

皇宫，含元殿。

长歌醒来时，头亦昏沉无力，嗓子干得似着了火，她难受地发出微弱的呻吟，"水……水……"

良佑一怔，知她已醒，忙将宫女备好的白开水兑成温水，然后掀起帘帐一角，将水碗递进去。

此时的长歌，趴在枕头上，身体自胳膊以下，锦被盖得严实，可良佑记着尹简的嘱咐，没敢多看一眼她，只将水碗送到她嘴边，便偏过了脸。

长歌接过水碗，一口气喝了个底朝天，这才感觉稍稍好些了。

莫麟送来煎好的药，本欲送进帐里，良佑拦住他，取过药碗，使个眼色让他退下，同样地送给长歌后，便扭头不敢多看。

"这是什么？"长歌沙哑着嗓子问。

良佑答道："退烧和止痛的药。"

闻言，长歌秀眉紧蹙，闻到那股恶心的药味儿，她就自然地想到了离岸的蜜饯，便说道："我不喝。"

"孟长歌，皇上特意让人给你熬的药，你可别拗了！"良佑语重心长地劝说，他就晓得这头倔驴子不会听话的。

听到"皇上"两个字，长歌下意识地瞅了一圈，方才发现尹简不在，她一时没想起之前被强扒裤子的事，只负气地说道："把离岸给我找来，不然我就不喝。"

"这……"

不待良佑想出推却的理由来，帐外的莫麟已嘴快地插了一句："离岸被皇上阉做太监了，你再找他，得去敬事房找人了！"

莫麟一语，激起千层浪，仿佛平地一声惊雷，炸得长歌脑子轰轰作响，她眼前一黑，险些又昏厥过去……

良佑暴怒，抬起一脚踹向莫麟："成事不足，败事有余！滚出去！"

莫麟很委屈："我……"

不给任何辩解的机会，莫可拽起莫麟的肩领将他往外拖，恨铁不成钢地叱他："你不说话，没人当你是哑巴！"

"孟长歌，你……"

"说！"

良佑方才开口欲安抚，长歌已厉喝一声打断他："离岸被阉了么？快说！"

"不知。"良佑摇头，答得很隐晦。

长歌心急如焚，她残存的意志，全线崩溃，她"啊——"地长啸一声，满面泪流，"离岸……不可以，绝对不可以……"

良佑立在帐外，面对此情此景，一贯处事精明镇定的他，竟手足无措，着急的频频回头张望，盼着皇上快点来……

长歌忽然撑着身体往起爬，她得去找离岸，得去救离岸，这世上没有人真心待她，除了离岸，他是拿性命在守护她的人……

"孟长歌，你做什么！"良佑见状，急急喝止，"你臀部刚上药没多久，不能下地！"

闻言，长歌一震，一些零碎的记忆片段从脑中划过，她手臂一软，虚弱的身子复又跌趴回了床榻，她颤抖着手，不敢置信地伸入锦被，缓缓摸向她的下体……

下一刻，她脸色大变，慌乱羞愧地抖着唇激动地质问："谁给我上的药？谁脱了我的裤子？哪个混蛋……我杀了他！"

"是皇上。"良佑不明所以地盯着她，语气含怒，"不就脱个裤子么？都是男人，你矫情什么？皇上纡尊降贵，亲自给你上药，这是你祖上修来的福气，你不知感恩便罢了，还敢说些大逆不道的话，孟长歌你当真以为你的命很值钱么？你再这么不知好歹，吃亏的只能是你自己，倘若这种话传到外面，哪怕皇上有心保你，恐怕也难！"

长歌无视他一堆教训的话，只纠结着她的问题："你……你们别的人有没有看到我的身体？"

"经你这神经病一闹腾，皇上纵容你，自是遂了你的心意，不准任何人看你，所以扒你裤子，给你上药，拾掇你这身狼狈，都是皇上一人亲力亲为，我们也懒得瞧你！"良佑道。

长歌听得呼吸紊乱，羞得双颊臊红，脑子乱成了一团麻线，尹简发现她是姑娘了，把她下身脱得一丝不挂，那个流氓竟然看光了她的身体……

以后，她该怎么见人！

那么私密的少女身体部位，居然被男人看到，这跟被人强暴有何区别？

嫁不了孟萧岑，虽然她再没想过要嫁给别人，可毕竟……她骨子里是女儿家啊！

"啊——"

长歌崩溃地尖叫一声，抄起枕头砸在了地上，她的女儿身暴露，之前编造的所有谎言不攻自破，尹简将会如何处置她？

良佑见她情绪不稳，又担心药凉了失去药效，便斟酌着说道："孟长歌，你好歹先喝药……"

第十六章　女身暴露

"离岸……"长歌涣散的眸子，忽然凝聚了光，她急切地问道，"离岸在哪儿？他现在究竟在哪儿？"

良佑皱眉："我不知道……"

长歌不耐地歇斯底里地咆哮开来："快说离岸在哪儿！他真的被阉了么？莫麟在骗我对不对？尹简不会这么狠心的，你们都在骗我……"

正在这时，门外有脚步声急促而来，良佑迅速退出数步，面朝门口，待来人阔步迈入，他躬身一揖："皇上，奴才无能，孟长歌不肯吃药。"

尹简俊颜阴沉，一刻不停地走向床榻："全部退下！"

"是！"

良佑等人快速退出，且将雕花门从外面关闭。

长歌伤心到极致的呜咽声，从喉咙里压抑地发出，她揪紧了身上盖的锦被，浑身发抖，一向天不怕地不怕的她，此刻脆弱无助得竟如同毫无攻击力的小兔子，泪水弥漫了双眼……

秘密暴露的恐慌，占据了她整个心神，她不怕死，可是却连累到了离岸，那比剐她的心还令她痛苦，一个男人，被残害成太监，尊严全无，活着还有什么意义？

帷帐被掀开，尹简高大的身形闯入，长歌狼狈的模样，清晰地落入他眼中，他心脏处仿佛被尖锐的利爪忽然刺入，蓦地一疼！

长歌喃喃唤他："尹简……"

"朕在！"

尹简喉头涩痛，他一撩袍角，在她身边坐下，小心抱起她的身子，让她趴在他怀中，她哭得不能言语，他大掌轻抚上她的背心，柔声道："怎么不喝药？你放心，朕没打算追究你的欺君之罪。"

长歌是聪明人，有些话不需要说得太直白，他相信她听得懂。

在这深宫中，眼线密布，没有一处是私密安全的地方。

方才，太后的兴师问罪，便是最好的证明。

"小锤子，我求求你……"长歌听到他的保证，心中的不安，落下了一半，她焦急地双手揪住他的龙袍，泪眼迷蒙地看着他，"求你放过离岸好不好？他不能做太监，真的不能……小锤子，你念我年少救你之恩，可当年救你的人，不仅是我，还有离岸啊！你满身毒疮躺在棺材里，我抱不动你，是离岸搭的手，我们俩将你辛苦抬下山，离岸虽然不乐意，可他还是听我的话，没日没夜地跑了几百里路请来神医给你解毒……小锤子，你怎能这么狠心？怎么能忘恩负义！你把离岸还给我，他是我的亲人，是我最亲的哥哥啊！求你……"

"长歌……"尹简身躯微僵，他顿了顿，才脸色难看地道，"朕就是念着他对朕的恩，才留他一命。朕阉他是因为……长歌，你真的只当他是哥哥么？他见过你的身体，你们……男女有别！"

265

"尹简！"

长歌泪珠停留在眼睫上，她不可思议地瞪圆了眼睛看着他："你也见过我身体了，而且是我最难堪的私密部位，那我也阉了你，你答应么？"

尹简微怒："你怎能拿朕和离岸对比？朕亲过你……"

"废话少说！"长歌心知时间宝贵，她猛然松开他，抬起右掌对准自己的天灵盖，表情决绝阴狠，"你若不放过离岸，我立马就给他陪葬！"

"长歌，你别乱来！"尹简惊喝一声，眼中浮起痛心的凉薄，他缓缓道，"在你心中，朕远不如离岸重要，对么？"

"你到底答不答应我？"长歌不想跟他说些没意义的话，每迟一秒，离岸就多一分危险，所以她急不可耐地吼他。

尹简忽而冷冷一笑："孟长歌，你越在乎离岸，朕就越容不下他，你想救他，用自杀威胁朕没用，来点实际的，你知道朕想要什么！"

长歌一怔，高举的右掌缓缓落下，她双目从迷茫到清明，最终化为蚀心的冷意，她机械地点头，笑得悲怆："好，我答应……"

语毕，她爬起来，双手捧住他的俊脸，将她的双唇主动送上，如果这是他想要的，那么她给！

尹简一动不动，幽深的褐瞳紧锁着她，任她青涩地吻他，任她干裂的唇瓣磨得他生疼，他的心亦在泛着疼……

她吻得很卖力，她学着他吻她时的技巧，伸出舌尖舔抵他的唇，试图撬开他的牙齿，可他始终紧抿着唇，如雕像般毫无反应……

为了离岸，她出卖自己，不惜主动取悦他。

尹简忽然狠力甩开她，她的头磕在墙上，晕晕沉沉，他霍然起身，嘲弄地冷声道："孟长歌，我尹简女人多的是，你以为朕瞧得上你？若非你救过朕，你以为朕会平白无故待你好？与她相比，你在朕心中，什么也不是！"

语毕，他扬长而去，再未回头。

长歌缩在床角，将被子蒙在头上，失声痛哭……

"她"是谁，她不晓得，只知道他的话，字字伤人，戳得她满目疮痍的心，裂开了更深的血口……

与此同时，莫影带人入宫，到达敬事房时，竟碰到高半山等在外面。

"高公公！"

莫影上前，抱了抱拳："离岸我已抓来了，是皇上有新的旨意下达么？"

"人呢？伤着没？"高半山瞅了眼马车，随口问道。

莫影道："在马车里，刺穿了右肩胛骨。"

"放人吧，皇上交代吓吓离岸，给他个教训就行了，真阉他做太监的话，以后皇上该

第十六章　女身暴露

头疼的事就更多了！"高半山叹着气说道。

"啊？"莫影吃了一惊，"皇上什么时候吩咐的啊，我一刻也没敢耽误呢。"

高半山道："送太后回宫的途中，皇上秘密交代咱家的，命咱家守在这儿接应你。"

"好吧，我再把人送出宫去。"莫影格外郁闷，这闹的什么事啊？

"你快去吧，咱家还得回含元殿侍候皇上用膳呢。"

"好。"

目送莫影离去后，高半山也急急忙忙往回赶，他有种不好的预感，皇上今晚恐怕不会用晚膳了！

第十七章　离宫养伤

夜幕昏沉，静寂无边。

一弯新月划过精致的角楼，金黄色的琉璃瓦重檐殿顶，亦被月光染得清亮。

高半山归来时，尹简正在寝宫独饮。

梨花木案几上，两壶御酒已经见底，他盯着空酒樽，沉声吩咐："沁蓝，给朕再拿几盏酒来。"

"是！"沁蓝迟疑着欠身应下，然后朝外而去。

高半山近前，恭谨见礼后，忧虑地道："皇上，您午膳晚膳皆没用，这空腹喝酒，很伤龙体啊！"

"危言耸听。"

"皇上，奴才为您传膳吧，今儿奴才特意交代御膳房做了皇上爱吃的松鼠鳜鱼、清炖蟹粉狮子头、西芹虾段……"

"朕没胃口。"

尹简声音冷冷淡淡，修长白皙的长指，缓缓沿着酒樽壁反复摩挲，褐色的重瞳中，盛满令人看不懂的深邃，隐隐还有几分凉薄的自嘲。

高半山心头有些堵，一个采薇已经让帝王心门封闭了，现在又出现个妖人孟长歌，这……

提到那个妖人，他脑中忽然想到了什么，连忙劝道："皇上，孟长歌也没用膳呢，整整一天了，那小身板挨了打，再不吃不喝估计撑不住的，不如皇上跟孟长歌一起多少吃点吧？"

第十七章　离宫养伤

尹简终于有所触动，他抬眸锐利地盯着高半山："长歌午膳没用么？"

"听莫影说没用。"高半山摇头。

尹简沉目："截住离岸了么？"

"是，已经截回，莫影现送离岸往返客栈，说是离岸的右肩胛骨在打斗中被他刺穿了。"高半山如实禀道。

尹简沉吟一瞬，道："传膳，送到东偏殿，太油腻的菜不要，留下清淡的就可。另外请婉郡主过来一趟。"

"是！"

高半山喜出望外，忙答应着往外退。

长歌哭哑了嗓子，巨大的悲痛，令她整个人颓废绝望地只想闭上眼死去，可是她死前，好想见离岸一面，见不到离岸，她怎么能瞑目？

她欲到敬事房找人，可一掀被子，看到她不着寸缕的下体，她怎么能走得出去？她原本的衣裤，已经被尹简剪碎不知丢哪里去了，偌大的东偏殿中，她竟找不到一条裤子可以穿。

趴在床上整整一天，哪怕她现在想上茅房，都无法下地，小腹憋得她难受不已。

不得已，长歌只好朝外唤人："有人么？"

"我在，孟长歌你有什么事？"

莫可的声音从外面传进来，长歌忙大声道："请你给我拿套衣服，可以么？"

"得请示皇上。"莫可答她，安抚了句，"你先等等，我这就去找皇上！"

语毕，他交代了莫麟几句，便快步离开了。

长歌怔忡地望着帷帐，心情说不上来是恨是伤，对于尹简，她已失去了判断力。

不多久，莫可回归，他推开门，侧身而立，朝随后跟来的女子躬身作请："婉郡主，孟长歌就在里间。"

"你把东西放下就出去吧，我不唤人，谁也别进来。"尹婉儿嗓音娇柔清润，语气温和，无半分倨傲。

"是！"莫可点头，入内将一个包袱放在了殿中案几上，然后垂首退出，将雕花门关闭。

长歌掀起帐帘，茫然地望着尹婉儿："你是……"

"我叫尹婉儿，是皇上的表妹，你可以叫我婉儿。"

女子姗姗而来，一袭白色繁花抹胸，外披一件白色纱衣，那如雪的肌肤透亮，泛着珠玉般的光华，三千发丝散落在肩膀上，没有任何多余的发饰，只是带了许多繁花，红白的繁花衬托着那张雪白透亮的脸庞，十分惹人怜惜。

她绯唇微含着笑意，清灵透彻的一双灵珠，如同冰下的溪水，不染一丝世间的尘垢，有种超脱世俗的美。

长歌怔怔地端详着她,脱口赞她:"你好美呀。"

尹婉儿凝视着她,笑痕浅浅:"你也不赖,果然是个特别的美人儿,怪不得表哥这么上心。"

"你……你别胡说,尹简他……"长歌脸庞泛红,一时不知该用什么词语来描述她与尹简的关系,顿了顿,她忽然睁大眼道,"婉儿,你,你知道我是……"

尹婉儿轻轻点头:"表哥告诉了我,所以我才方便来此探望你。"

"哦。"长歌想了想,又不解地问她,"那你看我干吗?我现在这样子……这么狼狈丢脸!"

尹婉儿拿过那个包袱放在床沿,她微笑着打开,只见包袱里整齐叠放着一套男装,与长歌身上所穿的衣衫同色系,可她并未交给长歌,而是从男装最底层抽出了一条白色半身女裙,对上长歌不解的眼神,她柔声说道:"你臀部有伤,断然不能穿裤子的,得穿宽松的裙装才可以。"

"什么?我……"长歌闻听大惊,她本能地拒绝,"我不穿女装,我要做男孩子!"

尹婉儿人如其名,性格十分柔软,她慢声细语地安抚她:"长歌别急,表哥的意思,是为了方便你下地行走,你总需要出恭的对么?"

"对,我现在就想那个……"长歌做少年郎太久,面对男人不拘小节惯了,换成女子,反倒有些拘谨和窘迫了。

尹婉儿了然地笑:"呵呵,那我现在帮你换上裙子,那边侧门应该就有恭桶。"

"我……我自己换就好,你别看我。"长歌小脸红彤彤的,很不好意思。

"好,如果需要帮忙,你就喊我一声。"尹婉儿善解人意地说着,放下帘帐背转过了身体。

长歌忙掀起被子,强忍着臀部的痛感爬起来跪在床上,她倒腾了好半天,才勉强把裙子穿上了,当下也不管别不别扭,急忙爬下地,赤着脚往侧门方向走。

见她走路姿势不对,明显受痛的样子,尹婉儿忙挽上她手臂:"我扶你。"

长歌不是个矫情的人,在她不舒服的情况下,才不会太爱面子,所以直接点头,由着尹婉儿将她扶进侧门,然后等尹婉儿关上门,才算是解决了憋了一天的生理问题。

重新回到床上时,长歌忽然抓住尹婉儿的手,她殷切地说:"婉儿,你可以带我去敬事房么?"

"敬事房?"尹婉儿一愣,"那是太监待的地方,你去干吗?"

长歌语气急切:"我哥哥离岸被尹简抓走了,他要阉离岸做太监,我不知道离岸现在是否已经被残害,我得赶紧去找他,求你帮帮我好么?"

"长歌……"尹婉儿迟疑着说道,"这件事情,我恐怕没办法帮你,既然是表哥下的令,那么你就算去了敬事房也根本救不了离岸的啊,除非表哥收回成命。所以,你得求表哥

第十七章　离宫养伤

才有用。"

长歌急不可耐："我求过他了，可他狠心不答应啊！"

"表哥的性子，吃软不吃硬，你想求他办事，那你得先哄他，等他高兴了，那就好办了。"尹婉儿微笑说完，侧眸瞧到床头搁着的早已凉掉的药碗，她伸手在长歌额头探了探，然后语气较为严肃地说道，"看吧，你现在还发着烧，可你不喝药不用膳，表哥生着气怎会答应你呢？"

长歌立刻点头，信誓旦旦地道："我听话，我喝药用膳，他让我怎样我就怎样，只要他肯放过离岸，我什么都答应他！"

"那就好，你且等等，我让人给你重新热一下药。"

尹婉儿暗舒了口气，她端起药碗，慢步走出，外面莫可听到声响，打开门，她将药碗递给莫可："拿去加热。"

"是！"

莫可领命离开，尹婉儿刚欲关门，突听得走廊里阔步而来的脚步声，她步子微顿，当看清来人后，她退出来，与来人一番耳语，然后她等在了外面，换那人进去。

高半山指挥太监宫女将膳食一一摆好在案几上，而后快速退出，带上门把。

长歌听着声响，她隐隐猜到了什么，下意识地钻进锦被，把自己裹得严实。

帘帐被掀开，不出所料，尹简面无表情的俊脸出现在她眸底，想起尹婉儿交代她的话，她暗掐了下掌心，逼自己忍耐求全，放低姿态地小声说道："皇上，长歌认错，请您高抬贵手，饶过离岸，长歌感激不尽！"

尹简负手立在床边，高大的身影，将娇小的她包裹其中，他眼眨也不眨地凝视着她，缄默许久，气氛压抑得令人呼吸一下都觉困难。

长歌心里七上八下，她不知他在想些什么，亦不知他预备怎么处置她，可她现在能争取的就是讨他欢心，如果她想保全她与离岸，那就别无选择。

"先用膳。"

尹简终于开口，清冷的三个字，听不出任何情绪，他转身走出，俯身端起整个案几，将一桌的菜肴搬到了床榻边，又将帘帐两端系起，然后问她："喜欢吃哪个菜？"

"都，都可以。"长歌木讷地回答，有什么不一样的情绪，这一瞬从心头滑过。

尹简端碗，先盛了半碗清淡的鲫鱼豆腐汤，他垂头吹了吹，似是确定不烫了，才舀了一小勺送到她嘴边，他神色依旧冷峻，嗓音无温地道了句："喝慢些。"

长歌唇瓣颤了颤，才缓缓张开嘴巴，将那勺带着不明意味的鲫鱼汤喝进了胃里，她心跳得很快，尹简的言行，愈来愈让她不知所措，甚至慌乱紧张，她不明白他待她究竟何意。

仅仅……是为了报恩么？

可他若真念着那份恩情，就不可能残忍地对待离岸啊！

长歌想不通，当年救尹简的人，不单单只有她，而是她和离岸两个人，可他为何只待她好，而对离岸充满敌意呢？

　　她太过神游太虚，以致他第二勺汤喂到她嘴边时，她连反应都没有，突听得一声脆响，她一个激灵回神，方才发现他将勺子摔进了汤碗中，对上他含怒的眉眼，她惊惧得连忙道歉："对不起，我不是故意的，我喝汤，我马上喝。"

　　她说着，半撑身子爬起来，怯怯地伸出手握住汤碗的另一端，可尹简却不松手，只沉目盯着她，亦不言语，重瞳中闪烁的幽暗光芒，令人心悸。

　　长歌急得不知该怎么办才好，她语无伦次地说："你是皇上，我不敢劳烦你纡尊降贵地侍候我用膳，我自己来，可以么？"

　　"你几时将朕看做过皇上？"尹简沉沉吐息，他受不了像刺猬似的她，可她变得这样乖顺小心翼翼，他反而更加不习惯。

　　似乎，还是以前那个混账的孟长歌比较顺眼。

　　长歌哑然，被他一句话噎了半晌答不上来，而他的汤勺又已霸道地送到了她唇边，她机械地张嘴，再不敢走神怠慢了他的殷勤。

　　半碗汤下肚，尹简作主挑了几道容易消化又比较清淡的菜，拌着米饭喂给她吃，看她吃得过于听话，像完成任务似的，他又不悦地开口："不喜欢吃的菜，就不要勉强！"

　　"我……我不爱吃鱼。"长歌很小声地答他，那副如履薄冰的模样，仿佛她面对的是一只吃人的老虎。

　　尹简忍不住怒道："朕吃不了你！"

　　"那你别吃离岸！"长歌立刻接话，她可怜兮兮地看着他，眼中泪水盈眶，"小锤子，我真的不是故意惹你生气，我都不明白你为何生气，离岸对你来说，死不足惜，可对于我，你伤害他就是在剜我的心啊！我从小就是孤儿，这些年来，他与我相依为命，我们视彼此为手足亲人，我满心盼着他有朝一日能成婚生子，你若废他做太监，他就绝后了，我就看不到他的小宝出世了……"

　　尹简斜睨着她，挑眉淡淡重复："手足亲人？"

　　"嗯，我们亲如兄妹啊！"长歌点头，她完全实话实说，他不会又以为她在欺骗他吧？

　　尹简勾唇，冷冷一笑："你确定不是爱人？"

　　"什么爱人？"长歌先是一怔，忽而她明白过来，"你的意思是，我喜欢离岸？"

　　尹简瞳中的色彩愈发浓郁深重，他讥诮地反问她："难道不是么？"

　　"我何时说过我喜欢离岸？我一直将他当作是我哥哥呀！"长歌用莫名其妙的眼神瞪他，不满地嘟哝，"而且我跟你解释过好几次了！"

　　闻言，尹简紧蹙的眉头，缓缓舒展开来，他不动声色地追问了句："那你有喜欢的男人么？"

　　"……"长歌愕然，继而明显病态的小脸上，渐渐爬满了羞涩的红晕，她咬了咬下

第十七章　离宫养伤

唇，含糊不清地嘤咛出两个字："有啊。"

她决定了忘记，可是在没有彻底忘记之前，她对孟萧岑还是喜欢的，不是么？

尹简清俊的脸庞，忽然凑近她，他目不转睛地凝视着她，语气略带急促："长歌，你喜欢的男人是谁？"

长歌不吭声，她垂下脑袋，不好意思见人，属于少女的娇羞感，将她整颗心占据。

尹简抿唇："是宁谈宣么？"

"不是。"长歌摇头，这次回答得很果决，"我才不可能喜欢他！"

"那你究竟喜欢谁？"

"不说！"

"孟长歌！"

听得尹简语气加重，长歌羞恼地抬眸："这种事情，你叫我怎么好意思说嘛？哪有你这样逼人的！"

尹简忽而笑开，他唇角勾起的弧度，明显是愉悦的，低头在她唇上飞快地轻啄了一下，他柔声道："朕了解了，你别担心离岸了，朕没阉他，已经命莫影送他回四海客栈了，不过……他与莫影在交战中，被莫影伤了右肩。"

"啊？真的么？他没做太监？"长歌闻听，巨大的喜悦充斥了整个大脑，根本没在意他的窃玉偷香，她激动地抓住他手臂，双目熠熠璀璨，"尹简，离岸伤得重么？你一个字也没有骗我么？"

尹简摇头："没有，莫影还未归来，朕不知离岸的伤势情况，但想必不严重，练武之人，伤不到要害部位，就没多大的问题。"

长歌顺势接话："尹简，你看我现在也无法归营，不如你继续放我假，让我回客栈吧！"

"不行，你不能住客栈，眼下你与离岸皆有伤在身，住客栈太危险，朕等会儿送你去南郊别院暂住。"

"呃……"

"离岸那边，朕会命莫影看顾，你不必再担心。"

话说到这分上，长歌已无法再得寸进尺，惹怒尹简的下场，她深刻体会过了，难得他这会儿不知什么原因，突然对她这么温柔，所以她还是乖一点免得自讨苦吃。

虽然，对于他用鸡毛掸子狠心抽打她的事，她心里仍然很介怀，很难过很伤心，可现在并非算账的好时机，刚刚保住了离岸，不能再节外生枝了！

反正他欠她的太多，她君子报仇，十年不晚！

"用膳。"

尹简两个字，拉回了长歌的思绪，她的心理包袱放下了，心情自是轻快起来，她顺口问了一句："你用膳了么？"

"没有。"尹简一边答她，一边将鱼刺挑出去，然后又喂给她吃："鳜鱼滋补，你不爱吃也得勉强吃点儿，对身体好。"

长歌吃下这一口，摇头说道："剩下的我自己吃吧，你也趁热快点吃，我自己可以的。"

"好。"

尹简浮唇轻笑，给她荤素搭配好饭菜，让她趴在枕头上吃，然后他才拿起筷箸优雅地吃起了这顿难得畅快的晚膳。

膳后，长歌乖巧地喝了药，尹简吩咐人撤了案几，又唤尹婉儿进来，他道："动作迅速些。"

长歌莫名，尹婉儿却点头微笑："表哥且稍等，我们很快就好。"

尹简颔首，大步出去。

长歌看着复又关闭的雕花门，她迷茫地眨眨眼："婉儿，你们在做什么？"

"你换上我的衣服，我更换那套男装，表哥现在带我们出宫，得送你到别院养伤，这段时日，将由我照顾你。"尹婉儿说着，飞快地褪着她的衣裙，见长歌表情很费解的样子，她耐心地又补充了一句："长歌，你在宫中不能久留，尤其是不能在含元殿过夜，若被传出去，兹事体大，你的处境将会很危险！"

"你说的我懂了，可是我们……为什么要互换衣服？"长歌脑子有点乱，一时跟不上节奏。

闻言，尹婉儿眼神闪烁了下："这个我不太清楚，你待会儿应该会明白的。"

"哦。"

长歌再无话可说，她决定配合尹简，可是她拿起尹婉儿换下的繁复女裙根本不会穿呀，倒是尹婉儿很麻利地就换好了男装，并且将披肩的长发照着长歌的样子绾在了头顶。

"咦？好俊的少年郎呀！"长歌摸摸下巴，看着尹婉儿翩翩如玉的模样，禁不住双目放光。

"漂亮又怎样？没意思。"尹婉儿双颊染上绯色，她不自然地笑了笑，"长歌，我帮你穿裙子吧，估计你不怎么会。"

"嘻嘻，好啊，谢谢婉儿！"长歌开心地笑起来，不遗余力地夸赞对方，"你好冰雪聪明哦！"

尹婉儿一边给她穿戴，一边柔柔地说道："你刚刚把抹胸拿反了，所以我猜你不会穿。"

长歌尴尬："咳……我从来没穿过女装，从我记事起，我就被人当成男孩子养，凡是女孩子会的，我一概不会。"

"哦？怪不得呢。"尹婉儿讶然，心里存在着好多疑问，但她蕙质兰心，不该多嘴的绝对不会多问。

第十七章　离宫养伤

很快，长歌便站在了地上，长这么大，生平第一次穿女装，她心里别提有多别扭了，因为是临时将就一下，所以她的裹胸布也没有拆，胸前扁平得极为难看，头发放了下来，随便挽了一个花髻，大致装扮成了尹婉儿的样子。

刚弄好，外面尹简已等不及问道："可以了么？"

时辰已不早，南郊尚远，须得尽快出宫。

尹婉儿打开门，朝尹简点点头，彼时，他已换了身藏蓝色的锦袍，大步入内，看到长歌时，他明显一震，盯着她仔细瞧着，薄唇吐出两个字："不错。"

"不许看我！"长歌羞得一扑上前，踮起脚尖伸手去捂他的眼睛，口中娇嗔道，"我知道我好丑，你不许看！"

"不会的。"尹简顺手抱住她的纤腰，拿下她的小手握在掌心，他垂眸看着她羞窘泛红的脸庞，勾唇浅笑，眼中涌上淡淡的宠溺，"你素颜就已经很美了，若精心打扮一番，便天下无双。"

这般赤裸露骨的夸赞，听得长歌耳根子都发烫了，双手被他大掌所包裹，她便抬起额头轻撞他胸膛，羞赧地嗔他："花言巧语，你故意哄我的！"

然而，话是这么说，可长歌心中竟甜滋滋的，女孩子天生爱美，这点无可厚非。

长大后，她懂得了女为悦己者容，所以她经常偷偷地拿自己跟孟萧岑的女人相比，然后满心期待地问孟萧岑："义父，你觉着长歌好看么？"

"好看。"孟萧岑睨她一眼，敷衍般地回答。

长歌乘势追问："那我和你的姬妾相比呢？谁更好看？"

"你烦不烦？"孟萧岑放下手中的公文，眼中明显不耐，"你一个黄毛小子有什么好看的？出去练剑！"

长歌失落而出，她找到离岸，不死心地又问："我长得好不好看？"

离岸白她一眼，冷冰冰地道："跟我有什么关系？无聊！"

长歌拎起搁在花架上的一盆水仙花，顺手就扣在了离岸头上，她不敢对孟萧岑施暴，可她能饶过离岸么？

结果，那一天，离岸和她进入冷战，她心情很不好地窜到京城大街上欺男霸女，无恶不作……

今儿个，尹简竟夸她漂亮，夸她天下无双。

哪怕真是哄骗她的话，她也开心。

此刻，被他圈抱在怀中，吸闻着他身上的男性气息，她一颗心像小鹿般乱撞，跳动的频率很快，那种娇羞的感觉，在心底里慢慢滋长，理智上她应该推开他，可手脚却绵软无力，仿佛踩在了云端上，整个人轻飘飘的。

突然，她身子一轻，被腾空抱起的她，本能地揪住了男人胸前的衣衫，尹简低下头，对上她慌乱无措的眼神，他唇畔溢笑，薄唇覆在她耳际，喃喃轻语："长歌，朕没哄你，不信的话，朕命人给你量身定做几套女装，给你精心打扮一番，你瞧瞧你自己美不美？"

他倾吐出的热气，喷洒在长歌耳廓里，弄得她痒痒的，全身的血液都在瞬间加速流动，她涨红了小脸，结结巴巴地说："我，我才不要……你，你抱我干吗？快放我下来。"

尹简凝视着她羞涩的模样，胸内仿佛有热流在奔腾，他喉咙干涩地发出音来："长歌乖，把头埋进去，别让人看到你的脸，你臀部有伤不能走，朕得抱你出宫。这一路上，朕不让你开口，你千万得装成哑巴，一句话都不能说，明白么？"

长歌诧异，想询问原因，可记起尹婉儿方才凝重交代她的话，她便没再任性，认真地应他："好，我明白了。"

说完，她便把头紧贴在他胸前，散落在肩的长发，遮盖住了她整个脸颊，如此让外人一看，自以为尹简抱的是尹婉儿，从而不会疑心到她头上。

因为目前来说，除了尹简与尹婉儿，再无一人知晓她女扮男装的身份。

她的乖顺识大体，令尹简会心微笑了下，然后大步迈出东偏殿。

候在外面的众人，立即将已换成男装的尹婉儿护在中间，尹婉儿低着头，作出一副闷闷不乐的模样，这才一行朝外走去。

到得正殿，高半山在候着，迎上来道："皇上，婉郡主的药材、食物、衣物都备好了，马车也已备妥，这就启程么？"

尹简颔首，逡巡一圈大殿的宫人，朗声道："朕送婉郡主出宫养病，早朝前回宫，高半山你稍后便去寿安宫禀报太后，以免太后挂心。"

"奴才遵旨！"高半山躬身领命。

"另外，明儿个通知郎治平，孟长歌朕暂时调走了，婉郡主养病期间，由他负责守卫！"

"是！"

交代完毕，尹简便抱着怀中的人儿，阔步而行，身后宫人、大内侍卫跪倒一大片，"恭送皇上！恭送婉郡主！"

先皇在世时的婉郡主，根本就是个下人般的存在，空有尊位，无人重视，且她又拒不嫁给齐南天，所以连平常的太监宫女都敢欺凌她。

如今却大不同，新皇承登大宝，婉郡主被迎回宫，帝王亲自接到寝宫照顾，对这位表妹宠爱有加，更有传言不日便会封妃，那么谁还敢造次？

今日，听说婉郡主玉体微感抱恙，帝王便留太医一整日在含元殿侍候，此时夜深，竟依婉郡主所求离宫养病，且帝王亲自相送，这是多大的恩宠？

在各种惊诧的心思中，尹简一行已出含元殿，良佑带着数名铠甲护卫，神情肃穆地立在一辆由两匹马驾着的超大马车四周，见到帝王，整齐划一地单膝跪地："参见皇上！"

"平身！"

"谢皇上！"

第十七章　离宫养伤

见礼毕，良佑打开车门，扶尹简上车，尹简将怀中的人儿放在软榻上后，朝外道："孟长歌，给朕在车里侍候。"

"是！"尹婉儿头垂得很低，匆忙踩着马凳爬上马车。

一众侍卫上马，护送着马车徐徐驶向宫门。

高半山在不久后，带着手下太监去寿安宫禀报。

谁人身边无眼线？谁人又不给别人安插眼线呢？

这宫里，细作不少。

四海客栈。

离岸被送回房间，莫影解了他的穴道："我会找大夫给你疗伤的。"

"告诉我，长歌目前处境怎样？她在哪里？"离岸忽略他的话，语气焦灼，迫不及待地询问道。

莫影冷然道："孟长歌无碍，与其担心她，你还是多担心你自己吧。有皇上宠着他，他死不了。"

"宠？怎么宠？"离岸心下一凛，冲过来赤红着双目，"尹简与长歌究竟发生了什么事？他应该不会这么无聊地耍着我玩儿！"

莫影眯起了眸子，语中寒意阵阵："敢直呼皇上名讳，你找死？"

"皇上！"离岸咬了咬牙，"好，我改口，我尊称他为皇上，那你可以说了么？"

"无可奉告！"

莫影冷冷一哼，执剑转身就走。

离岸气怒，将凳子一脚勾起踢向了莫影的背心，莫影警觉地回身一剑，凳子被劈成两半，砸落在了地上，他长剑一指离岸，眼中杀意尽现："你的命根子是孟长歌救回来的，如果你不想要，我即刻成全你！"

"你杀啊！"离岸嘶吼着冲过去，将胸膛抵上莫影的剑尖，龇目欲裂的表情，狰狞得可怕，"长歌若有三长两短，老子拼了这条命不要，也要杀了你们给她陪葬！"

"疯子！"

莫影从牙关里挤出两个字，收了剑扭身就走，头也不回地抛下一句："孟长歌嫖妓，死不认错，被皇上抽了几掸子，没杀他就算留情了，你若想害他，就尽管闹！"

最后一个尾音落下，莫影已迈出了房门，身影消失在了离岸的视线中。

离岸高大的身躯猛然晃了几晃，无力地跌坐在了地上，右肩胛骨疼痛难忍，亦血流不止……

夜，愈来愈深，汴京的街道上，已少无人烟。

马车行走在青石板上，发出的响声，格外清晰。

车厢里，长歌趴在软榻上，身上盖着厚毯，头枕在尹简大腿上，舒服得昏昏欲睡。

初始，她感觉很难为情，枕男人的腿，这是多么暧昧的行为，可面对尹简暴君独裁的霸道决定，她根本没有拒绝的余地，只能逆来顺受，忍着心跳脸红的难堪，闭上眼睛装睡，这装着装着，再被马车摇晃着，就真的想睡了。

半睡半醒间，她忽然听到了一段压低声音的对白……

"表哥，看得出来，你很喜欢她。"尹婉儿坐在旁侧，看着长歌轻声说道。

尹简一怔，默了半晌，才垂眸否认："没有，你想多了。"

"可是表哥对她很特别，很上心的样子。"尹婉儿微笑，大着胆子说，"如果她能代替那个人陪着你，不是挺好么？"

"婉儿，你不懂。有些人……"尹简微顿了顿，略为惆怅地扯唇，"那是无法替代的。就像你，李霁尧早已成婚多年，你为何还放不下他？齐南天与你，是孽缘，但事已注定，你何不退而求其次？依朕看，齐南天待你真心，相貌亦不俗，官爵功名，任何一项都在李霁尧之上，你为什么不考虑他？"

尹婉儿沉默，灵动的眸子灰败落寞，毫无光彩，她怔怔地望着自己的手掌心，许久才幽幽地轻喃："表哥，我天生断掌，生命线、智慧线、感情线三条线的起点相互交接，佛理说，男儿断掌千斤两，女子断掌过房养。我有这掌纹，果然父母缘薄，命硬克亲，情路崎岖，婚姻不顺。我与李霁尧无缘，清白偏生被齐南天所毁，你知道么？我好恨啊！齐南天原本与姨父交好，拜为异姓兄弟，他常来太子府中，对我温言和善，长我十岁，我便尊称他为叔叔，可那一日，他竟禽兽……我怎能不恨他？若非他害我不贞不洁，我又怎会离开李霁尧？如今，我明白，这是我的命，我不强求什么，也不想改变什么，我只愿青灯古佛了此残生，请表哥别再替齐南天说话，我此生断不可能嫁与他！"

尹简眉头紧锁："婉儿，你心中还爱着李霁尧，对不对？"

"爱不爱，又能怎样呢？我已经不再想了。"尹婉儿苦笑，绝美的她，眉宇间那抹忧郁，孤弱得令人心疼。

尹简捏了捏额心，语重心长道："婉儿，你还年轻，别这么悲观，你看朕不也一步步挺过来了？哪怕你不嫁齐南天，那也别出家，容朕考虑考虑，给你安排个妥帖的去处，好么？"

尹婉儿摇头："表哥，你正值乱局，朝政不稳，我不能总给你添麻烦，太后可以抓我威胁你一次，就会有第二次，所以……"

"呵呵，太后抓你威胁的不是朕，是齐南天。婉儿，你以为你躲到寺庙，就能躲开这些纷扰了么？普天之下，莫非王土，你躲不过的。与其放你在外面，不如在朕的眼皮子底下，朕才能保得住你。"

"表哥！"

"好了，别再胡思乱想了。你是朕最亲的表妹，朕曾答应母妃要照顾好你，所以你是

第十七章　离宫养伤

朕的责任，但并非负担。"

尹婉儿眸子发酸，她抬手捂住唇，用力地点头，孤寂了多年，自以为家破人亡时，竟等回了她唯一的亲人。

此时心中，酸苦甜涩，五味杂陈。

长歌听到这儿，心头冒起无数个问号，尹简的那个她是谁？尹婉儿的清白怎么会被齐南天毁了？李霁尧又是谁？多年前具体发生了什么事？太后威胁……

太多问题了，想得长歌头疼，她暗咬了咬牙，决定先睡一觉再说，烧还没退，身上一会儿冷一会儿热的好难受。

但是眼睛用力一闭，她心又揪了一下，方才尹简说……他不喜欢她。

那么他是喜欢那个"她"么？记得在东偏殿时，他说："与她相比，你在朕心中，什么也不是！"

所以，他说有些人是无法替代的。

她……不可能替代"她"！

长歌心有点酸，闷闷地想，既然不喜欢她，那他总亲吻她干吗？报恩需要这样么？

噢，对了，义父曾说过，男人哪有那么多时间去喜欢女人？男人和女人亲热、圆房、生子，和喜欢不喜欢没关系。

所以，尹简亲吻她，也是和喜欢没关系的。

弄懂了这点，长歌自嘲地悄悄捏紧了拳头……

一只略带冰凉的大掌，忽然覆在了她额头，她一个激灵睁开眼，头顶尹简面色温和，看着她微蹙眉说道："还有点烧，等到时辰烧不退的话，再喝一碗药。"

"哦。"长歌意兴阑珊地应了一声，收回视线望向尹婉儿，她由衷地道谢："婉儿，我一个小人物，劳你堂堂郡主照顾我，我真是受宠若惊，谢谢你。"

尹婉儿嫣然一笑，戏谑地瞅了眼尹简，她道："我照顾你，你受宠若惊，那皇上呢？皇上可比我地位更尊贵，他悉心照顾你，你怎么谢他？"

闻听，长歌细长的眉毛微微拧起，她状似思考了一番，才抬眸看向尹简："你需要我的谢意？"

"虚情假意的感谢，朕不需要。"尹简唇角微翘，一抹笑痕淡淡溢出，这只白眼狼的心思，他岂会猜不透？

果然，下一刻，她抡起一拳，便狠狠地捶在了他腿上，咬牙切齿地说："你让我拿鸡毛掸子抽你一百下，然后换我悉心照顾你，你对我再心存感激，如何？"

尹婉儿见状，脸色惊变："长歌，你不能打……"

"无碍。"

尹简浑不在意地笑了笑，大掌轻巧地捉住长歌行凶的小拳头，对上她怒气腾腾的眼神，他剑眉一挑，语中带了几许威严："长歌，朕承认，是朕下手太重了，但朕打你的原因是什么，你需要朕重复么？朕若有心治你，单凭你欺君这一条，就能活活打死你！"

长歌的倔脾气又被挑起，用力地甩他的大手："那你干吗不打死我？我求饶了么？是你自己停手的！"

"对，你骨头硬，活该朕心软，所以才让你得理不饶人！"尹简沉目，紧攥着她的手不放，若非顾忌着尹婉儿在场，他直接就封了她那张欠揍的嘴巴！

长歌气鼓鼓地指控："我怎么不讲理？是你太过分了，我嫖妓是我的自由，关你什么事？我又没犯法，也没在当值期间玩忽职守，你凭什么抓我打我？就算是犯人到饭点时也该给吃顿饱的吧？我饿得要命，可你的人都不给我吃饭，我一生气肯定就砸你的东西了……"

"停停，全算朕的错，好了吧？"尹简耳旁聒噪得很，他忙喊停，无奈道，"午膳没给你吃，是朕交代的，原本朕打算处理完政事回宫跟你一起用膳的，谁晓得你这副臭脾气，动不动就像火药似的，一点就炸，而且你说你什么不能砸，偏偏砸了那株桃花……"

说到这儿，尹简话语忽然一顿，眸中有什么东西一闪而逝，他眼神黯了黯才接下去："朕给你机会，可你死不认错，话赶话到了气头上，朕可不就下重手了么？"

长歌何其聪慧，她一下子就听出了"桃花"的诡异，当即冷冷一笑："小爷脾气就不好，你要么除掉我以绝后患，要么下回小爷专挑桃树砍，连根拔起，让你再连一株桃花也见不到！"

她这么气势胆大的挑衅，将尹婉儿惊骇得几乎花容失色，震惊得说不出话来！

尹简亦被气得够呛，他极力隐忍着，才没让自己一怒之下再揍她一顿！

这笔糊涂账，此时他俩都发现根本就没法清算，越算越恼火，越算越仇恨对方！

可饶是气氛不美好，长歌的脑袋却始终枕在尹简大腿上，她的手也被他握着不松开，两人互相怒瞪了半天，尹简终是一声叹息，将所有火气压了下去，拍拍她的脑袋："小心脖子。"

长歌立刻耷拉下脑袋，可不是嘛，一直梗着脖子跟他对战，酸死了！

一只大手适时地揉捏上她的后颈，她舒服的同时，也别扭地躲他，负气地嘀咕道："干吗呀？别碰我。"

尹简浮唇，继续着手中动作，噙着笑道："给朕讲讲，你孟小爷是如何嫖妓不给钱，又是如何跟烟花女子共度良宵的？"

闻言，尹婉儿终于吃惊地发出音来："长歌，你……你嫖……"她是大家闺秀，所受的良好教养，令她怎么也说不出"妓"这个字来。

而尹简对长歌的点滴，亲眼所见之下，亦令尹婉儿心中震动，其实有些情，还是可以替代的，只不过当局者迷吧！

事已至此，长歌也没什么好隐瞒的了，她率性地说："是啊，我就是嫖霸王妓不给钱，我又不真嫖，况且我哪有多余的银子挥霍啊！"

"好，你厉害，那你具体怎么嫖的？"尹简颔首，目光灼灼地盯着长歌，他当真佩服

第十七章　离宫养伤

这个小混蛋,肚子里怎么有那么多花花肠子?

长歌得意地摇头晃脑:"很简单,给美人酒里下点迷药啊,然后扒掉她的衣服,等睡到天亮醒来,她不就以为给我失身了嘛。"

尹婉儿被雷得绯唇张开半晌合不上,尹简彻底无语,沉思须臾,他叹道:"你这么做的目的,是为了让朕相信你是男子么?"

长歌眼神躲闪,撇撇嘴没吭声。

"唔,此计甚妙,偷鸡不成蚀把米,反倒送上门来让朕看了个……"尹简挑眉,故意顿下话语,唇角噙起一抹邪气的笑。

长歌小脸顿时红透,双手被他控制着不自由,她便嘴巴一张,咬在了他手背上,他吃痛蹙眉,却不曾阻止,只无奈地气笑道:"孟长歌,你这是恼羞成怒么?"

"流氓!无耻!"

长歌松口,恨恨地骂人,羞得简直无地自容。

尹简眉目舒展,清隽的俊容上,笑容缱绻,这一刻,眼中除了孟长歌,再无任何一人。

尹婉儿识趣地悄悄侧过身,背对他们而坐,垂眸看着掌心的断纹,她思绪渐渐被拉得很远……

第十八章　同床共枕

尹珏回到府中，已是掌灯时分。

管家迎上来，贴着他耳语几句，他脸色微微一变，快步朝偏厅走去。

厅中一人，背对着门口，一袭绛紫华袍，衣袂飘飘，身姿卓尔，玉树临风。

听到厅口的脚步声，他并未回头，信手摘了一片盆栽的叶子，淡笑出声："这家花养得再好，也只能供在家中观赏，缺了鸿鹄之志，终难成大器。"

尹珏上前，语气隐隐含怒："宁谈宣，你不请自来，究竟想做什么！"

"四爷，我是何意，你应该明白。"来人回过身来，现出一张绝色无双的脸，唇畔噙着慵懒的笑。

尹珏冷冷叱道："本王没有夺位之想，既然已效忠了尹简，就没打算背叛于他，你死心吧！"

"四爷，先皇驾崩，先太子谋逆被处死，按大秦祖制，长幼之序，该四爷继位，四爷为何退缩？"宁谈宣咄咄质问，目光逼人。

尹珏道："本王无先皇传位诏书，如何继位？而尹简为皇长孙，手中握有太祖爷承继大统的密旨，他做皇帝名正言顺，本王如何与他争？事到如今，你不必再劝本王，且回吧！"

宁谈宣跨前一步，眉目阴郁："先皇稳坐的江山，为他的后世子孙积下的福，四爷就甘心拱手相让？"

尹珏面无表情："没有什么甘不甘心，无论尹简还是本王，都是尹姓皇族子孙，都是太祖爷的嫡孙儿，这江山还是尹家的！"

第十八章　同床共枕

宁谈宣神色肃冷，忽然道出一句："如果我说，先皇的驾崩，与尹简有关，四爷的决定会改变么？"

闻言，尹珏脸色惊变，他唇瓣嚅动了几下，猛然揪住了宁谈宣的领口："没有证据的事情，你休想让本王相信！"

"本太师会找到证据给四爷的！"宁谈宣缓缓一笑，拿掉尹珏的手，抬步大步离开。

尹珏浑身似被浇了盆凉水，僵在原地好半晌，一动未动……

马车到达南郊别院时，已近子夜。

齐伯被惊动，披衣起来开门，见到尹简一行，吃了一惊："少爷，您怎么这半夜的过来了？"

夜幕下，尹简打横抱着长歌，翩然玉立，他微笑着说："朕的表妹婉郡主身体抱恙，送来养几日，少不得又要叨扰齐伯了。"

齐伯闻听，也没多看尹简怀中的女子，连忙说道："少爷快请进。"

长歌把脸藏在尹简的胸前，听话地一个音也不敢发出，毕竟外面护卫众多，她不能暴露了自己。

一行人进得院里，尹简将长歌直接抱往他上次住的屋子，那间屋子是专属于他的，不论他在不在，齐伯每日都会打扫得干干净净。

烛台燃亮，闲人退出，屋中只留下了齐伯与尹婉儿，当尹简将长歌放在床榻上时，齐伯才瞧出了不对："这不是上次那个……"

"齐伯，实际上是长歌伤在了臀部，婉儿替朕过来照顾她几日，长歌她是姑娘。"尹简低声解释。

齐伯惊怔须臾，便恢复了淡然，他笑了笑："我就说这孩子得是个姑娘，不然少爷也不能那么宠她。"

"才不是！"长歌激动地插话，忿忿不平地道，"他哪里是宠我？他报恩都没好好报，他若宠我，能把我打成残废么？"

齐伯又愣住："报恩？"

"长歌就是大楚那个救朕的小恩人。"尹简淡笑着说道，并且顺手拍了拍长歌的脑袋，"别动不动就发火，齐伯年纪大了，经不起你的一惊一乍。"

长歌哼唧了一声，看在齐伯的分上，暂时关闭了嘴巴。

齐伯点点头，看着长歌的眼神中，明显多了激动和感激，他道："我明白了。少爷放心，这孩子送到这儿，我会好好照料的。"

"齐伯，时辰晚了，你就休息吧，需要什么朕吩咐人做。"尹简温声说话，只言片语中，处处可见他对齐伯的敬爱，完全是晚辈对长辈该有的态度。

"我给少爷烧些热水，斟壶茶，再拿……"

"齐伯！"

尹简打断齐伯喋喋不休的关切，他和煦地笑道："您老快去就寝，朕带来这么多人，还侍候不了朕么？朕可盼着齐伯长命百岁，好让朕以尽孝道呢！"

齐伯眼眶一热，他抬手揩了揩眼角："那好，我给婉郡主把屋子拾掇好就休息。"

"一起吧。"尹简起身，轻揽了下尹婉儿的肩，"婉儿，朕送你过去，再嘱咐你几句话。"

"好。"尹婉儿点了点头，很是柔顺的样子。

三人刚刚出去，莫可便推门进来了，他身后跟着两名侍卫，搬进来不少配好的药材、衣被等等。

长歌伸长脖子看去："没有男装么？得给我弄两套衣衫呀！"

"今儿晚了，等明日给你量尺寸做成衣。"莫可难得好脾气地说道。

长歌莞尔一笑："哦。那谢谢啦。"

莫可抬眸看她，忽然说出一句："孟长歌，没想到你扮成姑娘还挺像回事的。"

长歌泪奔，无言地瘪瘪嘴，只能悄悄腹诽，人家本来就是姑娘好吗？

"不过……"莫可迟疑稍许，竟然肯定地给出总结，"你男不男女不女的，还是像妖人！"

这话完毕，他便率人离开了。

长歌则一头杵在枕头上，嘟哝着骂人："小爷想当妖怪，一张血盆大口，将你们咔嚓咔嚓全吃掉！"

"莫可，把人撤远些，这间屋子无须警戒。"

没多久，便听到外面传来了尹简的声音，然后便是侍卫领命换防的窸窸窣窣声，紧接着门打开，尹简踏步而入。

长歌单手撑着下巴，斜目看向他："皇上，我住哪间屋子啊？你三四更天还得赶回皇城吧？这么晚了，我不影响你就寝，你快洗洗睡吧。"她记得，这间是他的屋子。

尹简唇角微翘了翘，眸底暗藏着一抹笑痕，他撩袍在床沿坐下，大掌覆上她的额头，淡淡地答她："你就住这儿。"

"啊？那你呢？你是现在就回宫么？"长歌讶然，睁着晶亮的凤眸，一眨不眨地望着男人清隽的俊容。

尹简眉头却蹙起，"还有点儿低烧。"说着，他朝外唤道，"药一煎好就端来！"

"是，主子！"

听到有人应了声，尹简回过头来，方才说道："长歌，朕四更天启程，这几日你好好养伤，别再使小性子，身体是你自个儿的，你不珍惜的话，也没人心疼你，知道么？吃喝用度方面朕都给你安排好了，莫可会留下来看护你，朕若政事稍松，也会来探望你的。"

长歌机械地点头，懒洋洋地道："明白，我都明白，皇上您忙国家大事吧，不用操心

第十八章　同床共枕

我，出不了几日，我就又是活蹦乱跳的孟长歌了！"

"那就好，希望你能长点心，少给朕惹乱子。"

"喊。"

长歌不以为然的一记白眼，换来尹简狠戳的一指头，他冷声道："你嘴巴尽管得意，等着屁股受罪！"

闻言，长歌下意识地伸手护在臀上，一脸戒备地瞪着他："不许你再打我，不然我真的不理你了！"

尹简阴哼一声，直接动手撩她裙子，长歌惊骇得立即尖叫："你干吗？流氓混蛋，不许碰我！"

"给你换药。"尹简没好气地道。

长歌拍打着他，死命地往床榻里面躲："不是说婉儿给我换药么？你快出去，我不用你管！"

"婉儿太累，已经睡了。"尹简耐心地解释，唇边却勾起邪肆的笑，他凑近她，压低了声音说，"你羞什么？反正朕已经看过了，你现在臀上的药，不也是朕所为么？"

"不……不要脸！"长歌双颊绯红，耳根烧得似乎全身都要燃着了，她结结巴巴地说着，忽然扯过被子蒙住了脑袋，难为情得没脸见他了。

只要一想到她下体的前后私密部位，都被他看得精光，而且他的手在她臀上……她就有种想自刎谢罪的冲动！

在她看不见的外面，尹简眉眼舒展，愉悦非常，及地的长裙子里，为了不碰到伤口，她下体全裸，此时，她只顾着藏脸，却忘了下半身没在被子里，所以他不动声色地猛然一掀裙角，她莹白的玉腿，以及她圆润的俏臀，便呈现在了他眼前……

蓦地感觉到凉意侵袭，长歌后知后觉地反应过来，她瞬间惊呼一声，手忙脚乱地拽被子遮掩，羞愤的叫骂声，同时不绝于耳："色狼混蛋！尹简你这个登徒子……"

为免她音量过大被人听到，尹简俯身，将她连人带被子抱在了怀中，她激烈地挣扎，脸红得能滴出血来："放开我！你快点儿放开我，唔唔……"

剩下的话，来不及发泄，全被男人霸道地封在了唇齿间。

尹简的吻，突然而强势，他大掌扣着长歌的后脑，让她的头连摇晃都不能，她的双手亦被他桎梏纠缠在被子里，此刻全无了作用，两人的身体紧密相贴，唇齿相依，火热而缠绵。

长歌很青涩，除了尹简以外，她没有被任何一个男人吻过，所以他们哪怕已经有过几次亲吻的经历，她仍然毫无经验，僵硬木讷得如同被摆布的娃娃，在反抗无效的情况下，她只能被动承受着，任由他蹂躏着她，在他激狂又不失温柔的吻中，渐渐无力地瘫软了身子……

然而，这一次的吻，和以往相比，又有很大的不同，或许是知晓了长歌真实的性别，尹简明显激动得很，他尽情地汲取她的芳甜，放开手脚地占有她的唇舌，两人的舌头纠缠在一起，呼吸亦相缠，悱恻缱绻……

静谧的屋中，女子的呻吟，男子的粗喘，点燃了一室暧昧……

直到，长歌身子软下去时，臀部碰到了凌乱的被褥，疼得她娇躯猛然一激，含糊不清地溢出破碎的音："呜呜……痛……"

"长歌！"

尹简一惊，匆忙结束这通意犹未尽的吻，幽深浑浊的褐眸中，涌起关切："怎么了？哪里痛？"

长歌大口大口地喘着气："屁……屁股痛……"

"快趴下。"尹简小心放她趴好在枕头上，喑哑的嗓音里，不难听出情欲的味道。

一次次被强吻，长歌已经无力指控尹简的暴行了，她额头杵在枕头里，心中不知是什么滋味儿……

尹简长长地舒了口气，极力地克制隐忍，才勉强压下了体内燎原的欲望，他半趴在她身侧，揉了揉她的小脑袋，轻语道："长歌，别再抗拒朕，好么？换药很快的，朕会小心不弄疼你的。"

他这一提醒，长歌方才感觉到她的裙子半撩着，不该他看的地方，又被他全看遍了……

既然已经这样了，她还矫情什么？再矫情也挽回不了了！

长歌悲哀地瘪起了嘴巴，出于女儿家的尊严，令她极想说就是不让他换药，可没等她开口，他已不耐烦地出声威胁："你不听话，朕就再吻你，一直吻到你听话为止！或者，朕还有下下策……封你穴道！"

"暴君！"

长歌被激得咬牙切齿，索性把头整个埋进枕头，不管不顾了，随便他怎样！

尹简无声地笑，他在她发顶轻吻了下，喟叹一声："长歌，朕对不住你，这次打你这么重，朕很后悔，但朕宠你是真的。"

说罢，他起身坐好，将她的裙子彻底掀开，以免她受凉，他拉过被子遮盖住她臀部以下的身体，然后取来刀伤白药和绷带，动作格外温柔小心地给她换药。

长歌一颗心"扑通扑通"跳得飞快，她感受着他的动作，脑中想象着他此刻的眼神和表情，禁不住羞赧无比，心中，也在悄然悸动……

她亦陷入了迷惑不解中，按照以前，谁敢动她一根手指头，反过来再跪下给她磕一百个响头，她都不可能原谅，可现在……

他打她时，她伤心仇恨得要命，但他方才一句道歉的话，就令她的心轻易动摇了……

这究竟是怎么了？

长歌不明白，她只能逼自己牢记他的身份，狠狠地咬了咬唇，孟长歌，你这是被仇人

第十八章　同床共枕

打傻了么？

换好药，尹简差人端来两盆热水，他浸湿帕子，细心地给她擦洗了双腿和双脚，然后自己也简单地洗漱了一番，整个过程中，他们谁也没再说话，她沉默以对，他默默地做着这些本不该他做的杂事。

莫可端了药送进来，尹简方才出声道："长歌，该喝药了。"

长歌从枕头里抬起脑袋时，尹简分明看到她白皙的脸蛋绯红得诱人，水汪汪的凤眸中，染着娇羞的色彩，他浮唇一笑，愉悦欣然。

"笑什么笑？讨厌！"

长歌羞嗔一句，接过药碗埋首喝药，借以掩饰她的尴尬。

殊不知，她不经意间流露出的小女儿姿态，却令尹简格外地迷恋和喜欢，唇边的笑痕，不断扩深。

浓郁的苦药下肚，长歌眼泪都飙了出来，尹简适时地端给她一杯温水，等她漱口完毕，他又拿来一颗削了皮的苹果给她："齐伯窖藏的，味道很不错，吃一个祛祛苦味儿。"

啃着苹果，长歌含糊不清地提醒他："你可以就寝了，再不睡天都快亮了。"

尹简"哦"了一声，竟脱掉龙靴上了床榻，将长歌往里边移动，这一举措，惊得长歌一口果肉险些卡在喉咙里，她花容失色地瞪圆了双眼："你，你你想做什么？你别太过分……"

尹简挑眉，泰然自若地反问她："你目前这样子，你觉着朕可以做什么？"

长歌哑然……

"放心，朕对你的身体没兴趣。"尹简不咸不淡地说着，放她靠里趴好，然后和衣在外面躺了下来。

长歌怔怔地看着他，好半晌都回不过神来……

"被子给朕盖过来一点，冷。"

许久后，男人低沉的声音，将长歌神游的思绪缓缓拽回，她看了眼床榻四周，木讷地说："再没有多余的被子了啊。"

尹简无语，直接扯过她身上盖的宽被，将两个人的身体全部盖住，他与她之间，近得只有一个拳头的距离。

"哎，这样不行啊，我……"长歌偏过头看他，急得脸红耳赤，"我哪能跟男人同床共枕呀？这于礼不合……"

"闭嘴！"

尹简沉声打断她，不悦道："别院一共只有四间可以住宿的屋子，你一间，齐伯一间，婉儿一间，再余一间给侍卫轮休。不许朕跟你挤一张床，那你让朕睡院子里头么？"

长歌一时被堵得哑口无言，迟钝了片刻，她才忽然说道："不对呀，那你可以跟齐伯或者婉儿挤一下嘛，你干吗跟我挤呀？"

尹简理由充沛，振振有词："齐伯年纪大了，又是下人，朕去找他，指不定他一晚不睡，把床全部让给朕，如此你让朕于心何忍？再说婉儿，她是未嫁女子，朕与她男女有别，怎能同宿？"

"我操你大爷的！"长歌听得勃然大怒，她一骨碌爬坐起来，抡起拳头晃在男人眼前，气呼呼地道，"小爷我难道不是未……未嫁女子么？你狡辩！"

尹简冷冷一笑："对外谁知道你是姑娘？你的意思，是想让朕公布于众么？"

一句话，令长歌再次被堵得无言以对，凌人的气势也在瞬间蔫掉了，她挫败地摇头："别公布，我不想恢复女儿身……"

尹简勾唇笑："那你说，朕与你一介'男子'同床共枕，有问题么？"

"没有。"长歌很悲壮地咬牙吐出两个字，简直欲哭无泪，她赫然发现，她斗不过尹简，武功、智谋，她都远不如他……

尹简深眸中，隐隐浮起得意的笑痕，他长臂一伸，勾下她的脑袋："这就对了，睡觉。"

对什么对呀？长歌心里郁结得要命，跟一个男人躺在一张床上，盖着同一床被子，并且她下体全裸，她紧张得岂能安心睡觉？

这男人的兽性，长歌很不放心，万一趁她睡着，他对她禽兽一把……

长歌想到那个可能，便惊出了一头冷汗，初吻已经失了，她不能把清清白白的少女身体也莫名其妙地失掉呀！

用力咽了咽唾沫，长歌干笑了两声："那个……我还不困，你先睡吧。"

"不困？那正好，咱们来聊聊天。"尹简偏过脸看着她，两人咫尺相对，呼吸相缠，他褐色的深眸，在烛火映照下，流转着潋滟的光："为何女扮男装？你扮了多少年？你的身世究竟是怎样的？"

长歌眼珠转了转，将早已想好的措词托出："我也不清楚啊，反正从我记事起，我就扮着男孩子，那时候，我还以为我真是男孩子呢，直到后来上茅房时，偶然看到别的男孩子跟我……嗯，那个不太一样，我才意识到我其实是女孩儿，可我父亲不准我换女孩儿的衣服，说男孩子讨生活比较容易，运气好的话，卖给大户人家可以值不少银子，所以我就一直女扮男装。再到后来，我父亲死了，我被靖王府的人捡回去，我记着父亲的话，始终不敢说出我是女孩儿，就一直以男孩儿的身份生存在王府。"

"随着年岁的增长，跟我同龄的男孩子都长得好高了，我还是小不点，然后十四岁时他们长出了喉结，我却没有，这个奇怪的现象，终于被靖王发现了，他严厉地质问了我，万幸的是，靖王一向宠我，没有怎么处罚我，只叫我既然扮了男子，暂时就一直扮下去，等有合适的机会，再恢复女儿身。"

听到这儿，尹简犀利地问道："离岸与你在一起多久？他几时知道你是姑娘的？"

"离岸比我早入王府，我们俩被分配住在一间屋子里，天长日久，他……他自然就发

第十八章　同床共枕

现了，不过他嘴严，帮我保密，从没说出去，也从没欺负过我，就像大哥哥一样对我照顾有加。"长歌说道。

尹简神色肃冷，眸光锐利得很："那你怎么会姓孟？怎么会是通州孟郎中之子？是大楚靖王给你做了假身份么？"

"这个事嘛，我骗了你。"尹简很是愧疚地说，"我确实姓孟，五年前我们相识时，我就叫孟长歌，因为我亲爹姓孟，但我亲爹并非孟郎中，事实上，离岸才是真正的孟郎中之子，靖王在得知离岸的身世后，决定遣送离岸回大秦，原因就是我之前告诉你的，而我舍不得跟离岸分开，就哀求靖王准许我们一起走，因为我恰好姓孟，离岸反倒没有姓氏，所以靖王就让我顶了离岸的身份，摇身变成孟郎中之子，而离岸则作为我的仆从，同我一起回大秦。"

闻言，尹简利眸锁着她，似笑非笑："长歌，你这一次所言，有几分真话，几分假话？"

"字字为真，若有半句假话，我愿天打雷劈！"长歌铿锵有力地道。

孟萧岑告诫过她，若想骗过尹简，就先得骗过她自己，尹简既能重夺政权登上帝位，就足以见得此人不简单，她一个眼神一句迟疑的话，就可能让尹简起疑心，所以，她不惜发下重誓！

尹简屈指揉了揉眉心，沉默许久，未发一言，不显情绪的眸子微敛着，不知在思考些什么，长歌静静地等待，心中忐忑不安，可表面上她镇定自若，半分心虚的表情也不敢有。

终于，尹简在静谧中沉息一叹："那你日后打算如何？长歌，女子不能从军，你退出羽林军吧！"

"我不！"长歌执拗地摇头，"只要皇上不公开，就没人知晓我是姑娘呀，我学得一身武艺，满心就想着报效朝廷，你总不能让我留着武功防身吧？"

尹简蹙眉，不悦道："朕不指望你上阵杀敌，建功立业，只要你保护好自己，朕就烧高香了！"

"喊，你看不起我！"长歌不服气地吹胡子瞪眼，"我是女子怎么啦？天下兴亡，匹夫有责！我既有本事，你就不该迂腐地拿规矩教条埋没我的才华！"

尹简哼笑一声，不紧不慢地道："你也说了，是匹夫有责，而非匹妇有责！"

"我……我不管，我就要在羽林军发展，你把我仍然当男子看待不就得了么？何必这么斤斤计较？"长歌一急，忍不住无赖道。

"朕与你亲过、抱过，现在又一起睡了，你教朕继续当你是男子？"尹简用不可思议的眼神看她，"长歌，你身子都被朕看过了，你就没想过你嫁人的事么？"

长歌一怔，讷讷地道："嫁人做什么？好男儿志在四方，功名未得，何以为家？"

"你又不是男子，你争什么功名啊？"尹简听得气怒，这丫头就没想过在他的后宫争上一争么？

长歌也气："我打小就当我是男子啊，我的生活轨迹全是沿着男子路线发展的，你让我现在放弃，我怎么能甘心？总之，我不折腾一番，不干出点大事，我就不嫁人！"

尹简彻底无言，对长歌他总是无奈得很，但话说到这分上，他也知一时半会儿难以改变长歌的决定，得细水长流慢慢来。遂略一思索，道："好吧，朕依你，等你伤养好了再归营。"

"呵呵，尹简你真好！"长歌目的达到，立刻狗腿地笑开，一脸讨好的模样。

"这下开心了吧？睡觉！"尹简心情不爽，没好气地叱她。

长歌毫无睡意，她忽然想到了什么，抱住他手臂，好奇地问道："小锤子，你明明是大秦的皇长孙，为什么五年前会流落到大楚呢？而且还中了毒，被人埋在了大楚的荒山野岭呢？"

尹简闻听，眸子缓缓黯然，思绪一下子飘出很远……

余晖斜照的傍晚，黄昏挟着习习凉风飘然而至。

蝉鸣鸟虫的欢叫声，在死寂静谧的冷宫中，显得尤为清晰。

衡芜殿，一如既往的荒凉。

那年，正值初夏。

夕照的橘光，从破败屋顶的一角倾洒而下，自敞开的窗户透入，染了半室胭脂红。

虚掩的门，"咯吱"一声，从外面被人推开，一道身影，匆匆入内。

来人眸光逡巡一周，表情略显急慌，他口中轻唤着，"皇长孙！皇……"当视线落到某一处时，他话语忽然一顿，几步奔至内室桌前，俯下身体，将躺在地上的粗布蓝衫少年扶抱起。

"皇长孙！"

"皇长孙！"

连续几声急唤，少年终于悠悠转醒，褐色的眸子里，闪烁着浑沌迷茫的暗光，那张清隽的俊容，染着苍白的颜色。

"皇长孙，您怎么睡在地上了？"来人不解地询问，眸色极为深沉，不待少年回答，他忽然追问一句，"采薇呢？"

尹简摇摇头，感觉昏沉无力得很："我也不知，午膳后，我犯困，本想上床躺一会儿，可不知怎么就晕倒在地上了。高公公，现在什么时辰了？"

"太阳落山了。"高半山搀扶着尹简站起，让他坐在椅子上，"皇长孙，您先休息会儿，奴才找采薇问问。"

尹简道："我跟你一起。"

整个冷宫，除了在外把守的大内侍卫，宫中只有他们三人，偌大的宫院，冷冷清清，凄凉衰败。

第十八章　同床共枕

"采薇——"

两人出得屋子，沿着长廊而下，一路呼喊着采薇的名字，却只闻回音阵阵，而不见其人。

时间流逝，暮色侵袭。

天边最后一道光束，被黑暗缓缓吞噬，瑰丽的晚霞散去，天地披上了夜的黑。

尹简焦心不已："怎么回事？采薇到底去了哪儿？她平常是不会走远的。"

"皇长孙别急，我们慢慢找……"

高半山说到这儿，话语忽然顿下，眼中的深戾渐渐加重，神色严谨肃穆，尹简奇怪地问："怎么了？"

"皇长孙，奴才觉得不太对，采薇怎可能失踪寻不见？就算她在做活计，可这个时辰早该用晚膳了，她能不回来侍候您么？而且您怎会无缘无故晕倒？"

高半山一番分析，令内心凌乱的尹简冷静下来，他思索了片刻，突而寒声道："我的午膳被人下药了！"

"采薇？"高半山惊怔，"会是她么？"

尹简步子踉跄了下，不敢置信地摇头："不可能！采薇不会害我的，她怎么可能！"

"找到人一问就知。"

高半山冷着脸，点亮火折子，快步朝后园走去。

尹简深吸口气，提步跟上。

暮色下的破败园子，举目皆黑，凄清萧索，无半分生机，唯有荷花池水面波光粼粼，大片的荷叶，簇拥着粉红色的荷花，美不胜收。

采薇爱采荷，遇到下雨天，她喜欢头顶一片荷叶作伞，纤细的身影在雨中欢快地奔来跑去，往往这时分，尹简那恒久阴郁的俊容，便会难得展颜一笑，而后长臂揽住她的腰肢，运起轻功带她在园子里飞翔。

可此时，并非怀旧的时机。

采薇失踪了！

尹简长腿穿梭在杂草中，一声声地呼唤着："采薇！采薇，你在哪儿？"

"啊——"

突然，高半山惊呼了声："池里有人！"

尹简一震，匆忙奔到池边，顺着高半山手指的方向看去，竟见池水里，漂浮着一具女尸，腿脚被荷花的根茎纠缠，有几片荷叶落在了她身上，半张脸被浸湿的发丝遮挡，容貌看不真切。

"采薇！"

尹简大惊，本就苍白的俊容，瞬间失去了全部的血色，他嘶吼一声，纵身跳进了荷花池，巨大的冲力，使得水花四溅！

冷宫中唯一的女子，便是采薇。

所以不用怀疑，他遍寻不见的大活人，原来竟已死在荷花池！

高半山紧跟跳下，帮忙把尸体抬上了岸，尹简抖着手指，拂开女子脸上的发丝，那张熟悉的容颜映入眼帘，他痛彻心骨，将怀中的女子紧抱入怀，近乎歇斯底里地仰天悲鸣，"采薇——"

"采薇……已经死了，似乎是溺水而亡。"高半山探了探采薇的呼吸，沉重地说道。

处于巨大悲痛中的尹简，连思考都不会了，喃喃地道："她怎么会死？为什么……"

高半山沉蹙着眉："皇长孙，奴才大胆猜测，采薇给您下了药，然后失足溺水。"

"不可能！"

尹简一语否决，赤红噙泪的双目，迸射出骇人的冷光："采薇在冷宫三年，她每日都来荷花池洗衣，对这里的地形可谓熟悉入骨，她怎么可能失足溺水？"

高半山陷入了纠结："那就是负罪自杀？"

"哈哈哈……"

尹简忽然狂笑开来，怀中冰冷的尸体，连同他的心一起冻僵，他笑中带泪："我已经不具备什么威胁了，为何皇上就是不肯放过我？他想以绝后患，斩草除根……"

"皇长孙……"高半山失措地瞪大了眼睛，想说什么，嘴唇抖动了几下，却终究一个音也没发出来。

尹简望向他，语气哀戚而坚定："高半山，烦劳你帮我葬了采薇，尹简感激不尽！"

"奴才听命！"高半山立刻跪下，磕头道。

尹简将采薇平放在地上，然后起身，头也不回地离开！

不久，冷宫起了大火，冲天的火光，映红了半边天际，高半山寻过来时，眼前的一幕，令他震惊在原地！

尹简举着燃油的火把，点燃了所有易燃物，他五官狰狞，面色可怖，仿若从地狱中走出来的阎罗！

"皇长孙，您快逃吧！活着……比什么都重要！"高半山冲过来，突然压低声音，恳切地说道。

尹简深深看了高半山一眼，抛下火把，纵身没入了黑暗中……

那一夜，可谓惊天动地！

冷宫大火，惊动了整个皇宫，皇帝尹晗下令救火，并调派无数大内侍卫和羽林军，全力堵截皇长孙尹简，对外则声称，救皇长孙于水火，万死不辞！

尹简放声大笑，他仗剑杀出冷宫，于数以百计的刀剑中，豁出性命地往前冲，身边一声声的惨叫，身后的人一个个地倒下，他则一步步往前迈！

血，尽染衣袍，猩红夺目！

杀红了眼的少年尹简，亦身中数剑，可他心里明白，今日若出不去，必然会死在皇

第十八章 同床共枕

宫!

前日尹哈便携皇后来找过他一次，言语之间，数次暗示，若他不交出太祖爷尹赤的密旨，便不会留他活命，而今日，他竟巧合地出了意外!

他的皇叔尹哈，早欲置他于死地，只要他一死，再无人能撼动尹哈的皇位!

然而，侍卫越来越多，仅凭尹简一人，实难逃脱险境，危难之时，后宫竟也突然起火，侍卫大惊，立刻撤了一部分人赶去后宫救火，而就在这混乱之中，有数名黑衣人竟从四面八方冲出来，将尹简护在中央，阻住了侍卫的截杀，其中一人架起受伤的尹简，以绝顶的轻功，带着他凌空飞出了宫墙!

夜幕下，两人疾步如飞，黑衣人带尹简藏入了一家宅院，那人将脸上黑巾拿下，尹简惊愕："齐南天!"

"皇长孙，时间紧迫，我长话短说。"齐南天语速飞快，"我与你父亲尹梨实乃结拜兄弟，为免遭人猜忌，所以从未曾公开过。你是尹梨长子，又是大秦皇长孙，所以我必须救你，不能让你死在尹哈手中，方才同我一起救你的黑衣人，他们是你父亲的暗卫莫家三兄弟，以及你皇叔肃亲王手下的旧将良佑等人，明面上我们不能跟尹哈对抗，所以只能救你到这里，你今晚连夜逃出京城，我已安排了人手护你出京，大秦你暂时不能待，一直往南走，可到大楚避一避，只要留得性命在，总有一天可东山再起!"

尹简听得震惊："齐南天，你提前就计划了救我出宫么?"

"对，我已经计划很久了，尹哈关你在冷宫三年，未有丝毫放你的意思，若不救你，迟早尹哈会杀了你。莫家兄弟以及良佑，我早已安插进了大内，只待时机成熟，就将你从冷宫救出，今晚正是好时机。"年纪不过二十五岁的齐南天，心思缜密，性格果敢，一身正气。

尹简顿时明白，是他父亲广结善友种下的因，才结出了今天的果，齐南天义气，皇叔为着亲情，所以他算幸运的!

"采薇死了，这是你的计划么?谁下的手?"尹简忽然记起，急迫地问道。

齐南天眉头一拧："此事我不知，并非我计划之内。"

尹简身子摇晃了几下，嘴一张，猛然喷出一大口血，他惨白着脸，喃喃道："采薇死了……不论她有没有害我，她已经死了……"

"皇长孙，我给你简单包扎一下剑伤，你不能久留，须马上出京!"齐南天扶住他，眉宇间涌上担忧。

尹简沉重点头，从此刻起，他便要亡命天涯了……

从大秦到大楚，两个多月的逃亡生活，从开始的十多人，到进入大楚境内时，竟只剩下了尹简一人。

尹哈并未放弃追杀，从汴京开始，杀手一路跟着南下，穷追不舍，双方交战数次，齐南天安排的人，舍命相护，陆续战死，却也终是拼尽最后一分力气，护送尹简到达了两国边境。

尹简持齐南天给的通关文牒入境，浑身伤痕累累的他，勉强支撑到边陲小镇，休息一天后，他买了匹马，快马加鞭的赶赴大楚京都。

他心想，京都乃天子脚下，杀手们总不会胆大到敢深入大楚腹地来杀他吧！

然而，尹简预估错误，在他到达京都的次日，杀手便截堵到了他！

此时的尹简，孤掌难鸣，面对包围他的十数名杀手，他疲累到极致，可却冷傲地昂立于天地间："我乃太祖爷嫡孙，有着世袭的爵位，尔等胆敢听从尹哈之命诛杀于我，便是大逆不道！如此乱臣贼子，他日必遭天谴！"

"皇长孙殿下，小人等听命行事，身不由己，望皇长孙殿下恕罪！"杀手们脸上微有动容，其中一人抱拳道。

其余人纷纷效仿，心怀羞愧。

"来吧！"

尹简长剑一抖，一身傲骨，率先出剑，攻向了杀手！

这一番恶战，尹简寡不敌众，加之原本有伤在身，他勉力重伤三人后，身体骤然一晃，杀手的两柄大刀，砍在了他的腹部！

尹简手中的剑，再也拿捏不住，"咣当"一声掉地，他高大的身子仰面倒在了血泊中……

这两刀不致命，可流出的血，却是黑色的，沾着致命的剧毒！

这毒发作得很快，五脏六腑顷刻间就绞到了一起，好似心肺全被捅破，痛得尹简扭曲了五官，薄唇动了几动，竟连一个音都没来得及发出，便闭上眼睛停止了呼吸！

先前说话的那个杀手上前，在尹简鼻下探了探："他死了！"

"我们终于可以回去复命了！"其余幸存的杀手，感慨地放松下来。

一人问道："皇长孙的尸体怎么处理？带着死人出境，会有大麻烦的。"

"肯定带不了，在大楚境内杀人，大楚皇帝追究下来，暗杀皇长孙的事便会天下皆知，那我皇就没法给朝臣和百姓交代了！"另一人附和道。

最终，杀手们确定尹简已死，念及他是皇长孙，尹氏皇族最尊贵的人，便没有凌虐他的尸体，而是将他厚葬于棺内，决定埋在大楚京师的山头。

彼时，正是半下午，山林里的气候格外凉爽。

山腰后面，有两株参天古树，高耸入云的顶端大树枝杈上，懒洋洋地躺着两名少年，其中一位个头娇小，双眸紧闭，听着那呼吸声，便知正在舒服地睡大觉，而另一位却大睁着双眼，警惕地注意着四周的动向，为睡觉的少年守护放哨。

毕竟这山里时不时会有野兽出没，虽然他们是常客，可也不敢太掉以轻心。

忽然，一队抬着棺材的人远远映入眼帘，少年眼角一扫，屏住了呼吸，并且将同伴的口鼻轻轻捂住，然后目不转睛地盯着那队人。

第十八章　同床共枕

正常葬人，都是在早上，并且会戴孝哭丧，洒纸线，抬纸火等等，可下午这个时间葬人，且只抬一副棺材，无任何孝子，来的人又个个精锐，一看皆是练武之人……

少年不由眉头紧锁，这里面处处透着蹊跷啊！

"咦？好奇怪哦！"

一个瓮瓮的声音，从手掌心传出来，少年一惊扭头，这才发现身旁的小少年不知何时已经醒了，正睁着乌黑透亮的大眼珠，似看热闹般地瞅着大树下方三丈远的那队人马！

少年收回手，小小声地警告道："长歌，你不许胡闹，那些人武功不俗！"

"喊，我看得出来，不用你废话。"长歌翻个白眼儿，微微起身仰靠在身后的粗树干上，笑嘻嘻地说，"离岸，你猜棺材里的死人是男是女，是老是少？如果猜对了，小爷今晚捏肩捶腿侍候你！"

"滚！"离岸的冰脸，万年不化，一个字就堵回了长歌。

长歌伸手拽了拽他耳朵，生气地瘪嘴："你这人有病，玩儿一下嘛，怎么脾气那么大？"

闻言，离岸忍不住咬牙切齿："孟长歌，你打赌输了多少次？你有兑现过一次么？每回都拿什么女子和小人的屁话涮我玩儿，你才有病！"

"嘿嘿……"

长歌干笑两声，摸了摸鼻子，凤眸狡黠地一转，她忙信誓旦旦地作保证："我发誓，我今日绝对是君子，一言既出，驷马难追！"

然而，她的诚意，只换来离岸嗤之以鼻的一哼，人家根本不理她，高贵冷艳地直接转过了头去，剩下她气得干瞪眼！

他俩在树上偷窥了半个时辰，愈看愈奇怪，只见那帮人随便找了块空地，拿铁锹在地上挖了一个大坑，把棺材埋进去后，并没有立刻填土，而是全体跪地，恭敬地磕了三个响头，其中一人嘴里念念有词，等他说完后，他们才起身填土，然后没有立墓碑，也没有作任何记号，便果决地离开了。

"那人方才说了些什么？"长歌疑惑地挠挠头，拿手肘拐了一下离岸。

"隔这么远，我怎么听得清？"

离岸不耐地答她，说完便纵身一跳，从高耸的大树顶端稳稳地落在了地上，长歌紧跟而下，凤眸中闪烁着兴奋的光芒："离岸，咱们盗了这个墓，怎么样？"

"没劲儿。"离岸拍了拍身上的灰尘，扭头就走。

长歌急忙追上去："哎，你别走呀，我现在很好奇这坟里埋的是什么人啊，咱们扒开棺材瞧瞧嘛！"

"孟长歌，你少干点混账事，不行？那死人刚入土为安，连环境都没熟悉呢，你就想扒了人家？"离岸无奈止步，很头疼地看着这位小祖宗，不惜出言恐吓她，"当心晚上那死人变鬼来找你算账！"

长歌不以为意："喊，我怕么？我盗墓几年了，哪个鬼来找过我？像我这种把盗墓挖来的宝贝，再施舍给穷人，救济活着的苦命人，老天都是支持我的，所以鬼都不敢来找我的！"

离岸抚额，一脸郁闷："孟长歌，你明明是丫头啊，怎么胆儿就这么大？"

"我是寻常丫头么？我骨血里可是凤朝公主，我岂是贪生怕死的胆小鼠辈？"长歌龇牙冷笑，凤眸一挑，语气坚决道，"你到底给不给我帮忙？不帮我盗墓，那你就先回去！"

离岸气得用力喘了几下，而后回头往坟地走去。没办法，遇到这祖宗，他除了妥协再没别的选择。

长歌变脸极快，立刻跟在后面讨他笑："嘿嘿，别生气嘛，等会儿扒开棺材，如果那死人是个姑娘的话，就送给你哦！"

这话不说还好，一说气得离岸扭头就踢她屁股："孟长歌，你讨打是不是？"

"哈哈哈……"

调皮捣蛋的长歌，闪身一避，娇小的身影向前奔去，将欢快的笑声洒了一路……

来到那座新坟前，离岸先在四周巡视了一圈，确定那帮人走掉了，才回来道："扒吧，没人了。"

"好咧，开工！"

长歌兴致高涨，她袖子一挽，先朝坟头拜了三拜，然后便退开两步，右掌凝聚了力，以十成的力道，一掌拍向坟头！

只听"嘭"的一声，坟头炸开了一个土坑，黄土飞扬，呛得人睁不开眼！

离岸接着再拍掌，一掌连一掌，很快棺材上面覆盖的黄土基本全被拍散，只剩下了薄薄的一层，长歌跳进坟坑，在棺材板上用两手快速扒拉了几下土，嘴里喊着："离岸，来帮忙！"

离岸跳下来，两人合力掀开了棺材盖子，然而，入目的尸体，却将两人吓了一大跳！

"这……这死人怎么……"

长歌吞咽着唾沫，巴掌大小的脸上，第一次浮起了惊惧，她害怕地抱住了离岸的手臂，离岸虽然是男子，但毕竟年纪小，此时也不过才十五岁，他本能地揽住长歌，呼吸微重地说，"我们走！"

棺材里的尸体，看不出年纪，只能从衣着上看出是男子，甚至看不清模样，因为这人脸上竟已脓肿溃烂，除了眼睛和口鼻部位外，其余脸部的肌肤呈绿褐色，正往外流着脓水，而他垂在身体两侧的双手，也和脸一样，可以猜测，这人大概全身都是这样子，而且他腹部明显有刀伤，伤口也正往外流着黑血……

"等等，他……他这是死了多久啊？"长歌声音微微发抖，可脚下却一步未移。

离岸皱眉："谁知道呢。应该不久，谁家会放着死人个把月不葬呢？并且这人还在流黑血。"

"对了，人死了还能流血么？血不是应该凝固了么？"长歌忽然眼亮了一下，满心疑

第十八章　同床共枕

问。

离岸将她往外带，随口答她："也许刚死没几个时辰，过一会儿血就凝固了。"

"等下啊。"长歌不走，她止不住好奇地指着那具尸体说道，"离岸你看，这人身上穿的，并不是丧衣，而且正常人家埋葬亲人的话，肯定得给收拾干净啊，哪有像这人这么惨的呢？"

离岸拧着眉头："然后呢？"

"以我的判断，我觉着埋他的那帮人，不像是他的家人，不然哪能不立碑，不给换丧衣，不给拾掇一下呢？就算是家人，也肯定不是亲近的，或者是不喜欢他的家人。"长歌开动着她聪明的脑袋，有理有据地分析道。

离岸又拉她，不耐地说道："你管他怎么样？总之这个死人太恶心了，这个墓不盗了，咱回去！"

"哎呀，这人死得好蹊跷，明显是被人拿刀砍死的嘛，兴许凶手就是埋他的人呢？"长歌死活不走，若说刚开始害怕的话，这会儿看久了，竟也不怎么恐惧了，她的兴致和同情心被勾起，急切地说，"离岸，我想给他验尸，然后报官，让官府逮那帮人问案，给这人申冤！"

"什么？"离岸吃了一惊，他不可思议地瞪着长歌，"你敢验尸报官？你不怕官府先追究你个盗墓之罪？"

"怕什么？"长歌翻个白眼儿，"有义父给我撑腰，官府敢问我的罪么？"

离岸长长地吐息，格外无奈地道："孟长歌，你就慢慢玩儿吧，哪天惹恼了靖王，当心你被他埋了！"

"嘻嘻，才不会啦，义父那么疼我，根本不会生我气的，何况他早知道我盗墓的事了，他不也没责骂我么？"

长歌自信地扬起笑靥如花的小脸，她松开离岸，对着尸体抱拳，郑重地说道："兄台，在下孟长歌，今日叨扰得罪了！我瞧你死状不正常，该是被奸人所害，现欲为你验尸申冤，请你切莫生气，予以配合！"

说完，她便抽出靴子里藏的匕首，弯腰探进棺材，用匕首挑开尸体的衣衫，当真细细检查起来。

离岸完全无语，他根本就拿这个丫头毫无办法，只要她坚持的事情，他就别想改变她的决定，只能陪她一起胡闹。

尸体的衣衫，破烂不堪，剑痕、刀痕密布，所以长歌没费什么力气，便将尸体的外衫全挑开了，匕首在他胸膛按了按，竟很快便渗出了血水，只是这血同样泛着黑，疑似中毒的样子。

长歌不由蹙眉，她不是仵作，无法验出这人死亡的时间，可她总觉得不对劲，这人至少也死了几个时辰吧，从山下抬上山，再埋葬，再到被她扒开这么久，为何这血还没有凝固呢？

心里狐疑着，长歌手中的匕首，也胡乱地移动着，她想看看这人身体里还能渗出多少血来，可当她的匕首移到他心口位置时，匕首忽然起浮了一下，尽管这个变化很微小，可对于习武的她来说，立刻敏感地察觉出了什么，眸子瞬间陡亮，她不敢置信地发出声音："离岸，这个人……他的心脏似乎在跳动！"

闻言，离岸神色一变，忙俯身下来，伸指探向尸体的鼻息，这一探，他惊得失声叫出："这人没死透！一息尚存！"

"天哪！"长歌震惊得目瞪口呆，"人没死，就给埋了？这是活埋呀！"

离岸沉蹙着眉头，分析着说道："可能他的呼吸和心跳当时停止了，后面又缓过来了，那帮人没发现。"

"快把他抬出来，既然没死，咱们得救他！"长歌激动不已，她今日真是撞好运了，盗墓竟然盗出了活人，这是积功德啊！

离岸却有些迟疑："长歌，此人身体溃烂，这绿褐色的脓疮不晓得是什么，万一传染怎么办？"

"那想办法也得把人抬出来啊，总不能见死不救吧？"长歌说着，爬出坟坑朝四周张望，忽然她灵机一动，"离岸，我们割几根藤条绑在他身上，将他给拉出来，尽量别沾到他的脓疮就好了！"

于是，离岸负责砍藤条，不多会儿，就完成任务归来，两人用随身带的剑，把这个活死人身体撑起来，再拿藤条绑了个结实，然后一人拽住一头，费劲地将他拉出棺材，放到了平地上。

"接下来怎么办？"离岸问道。

长歌道："当然是弄他回去啊，既然人还没死，肯定得先找大夫给他疗伤，把他的命先救回来再说。"

"回哪儿？靖王府么？"离岸皱了皱眉。

长歌嘴角一抽："怎么可能？我敢把这么个来历不明的活死人弄回王府么？义父会揍死我的！"

"行了，就知道你没胆儿。"

离岸白她一眼，又跳进了坟坑，拿匕首拆棺材板，长歌则蹲在地上，看着那位活死人自言自语道："兄台，看在小爷这么费心费力的分上，你得争气点，可别走到半路挂掉啊，那样小爷就竹篮打水一场空了！"

然而，那活死人一动不动，一张脸脓肿得几乎连人样都看不出来。

离岸很快就麻利地拆下了棺材盖，两人把那人拉到了棺材盖上，再用藤条把人和棺材盖绑在一起，然后离岸在前面拉，长歌在后面控制下坡的速度。

就这样，两人披着夕阳的霞光，带着拖油瓶下山回家去了。

第十九章　追忆当年

　　长歌和离岸在郊外有一处田园小院,两人不想回王府的时候,就住在小院里,用篱笆圈的院墙,正东有两间屋子,南北各一间厨房和杂房,院里种着几样蔬菜,一个不大的小池塘里,还养了几条鲤鱼,小日子过得很是惬意。
　　回到家,离岸欲将这活死人放进杂房,长歌拦住他:"你干吗啊?这人伤着呢,杂房连床都没有,你让他睡地上么?"
　　"睡地上,总比睡棺材强吧?"离岸不以为意,理直气壮地说道。
　　长歌黑了小脸,语气强硬道:"不行,得放进住人的屋子,这人需要照顾的。"
　　"这儿就有咱俩的屋子,你想放谁屋里?我可不想冲了晦气!"离岸道,他自小被靖王教导得骨子里冷漠无情,除了对待长歌和靖王,其他人一概不在他的考虑范围内。
　　长歌秀眉紧拧,想了想,说道:"那放我屋里,我的床让给他睡,我睡藤椅,我不怕晦气,人是我坚持救的,我就负责到底!"
　　"孟长歌!"
　　"就这么定了,快点把人安放好,然后你骑马去请神医师傅,我估摸着这人是中了剧毒,一般大夫治不了。"
　　"我不去,神医师傅离这儿几百里,我丢下你一个人能行么?"
　　"怎么不行?我能有什么事?叫你去就去,少废话!"
　　"……"
　　"离岸!"
　　长歌怒了,一巴掌拍在离岸肩上:"你再不动弹,小爷自个儿去!"

离岸气到无语,他赌气地将人弄进长歌屋子,再粗鲁地将那人摔在了长歌床上,然后扭头出了门,牵出院里的马,一跃跳上马背,策马离去。

长歌舒了口气,心中无比盼望神医师傅能快些赶来,每迟一分钟,那个人就会多一分的危险。

她也相信,以神医师傅出神入化的鬼才医术,定能治活这个人的。

很小的时候,她得过一场重病,宫里太医束手无策,靖王孟萧岑情急之下,遍访民间高手,结果打听到京城外三百里,有座灵珠山,山上有位遁世的老人,能治百病,能解百毒,但灵珠山极其广袤,地形复杂,老人终年不下山,踪影实在难寻。

孟萧岑得到消息,立刻带人赶赴灵珠山,辛苦寻找了七天七夜,终于被他寻到了那位传说中的神医师傅,跪请相求之下,神医师傅答应出山,她的小命,这才被捡了回来。

"兄台,看你造化啦,小爷我已经给你尽全力了哦,希望神医师傅能解得了你的毒吧,不过……"长歌挠了挠头,这人的血一直在流,可别没等到神医,自个儿先失血过多死掉啊!

思考了一番后,长歌快速烧了盆热水,拿了干净的布巾,先给那人清洗伤口,然后给他进行简单的止血包扎,也亏得这人身体强壮,受了这么重的伤,又中了毒,竟支撑到现在,还留有一口余气没死。

半夜的时候,离岸终于带回了神医师傅,长歌激动得简直要喜极而泣了,她一把拽住神医师傅的袖子,语无伦次地说:"师傅,您……您快救人,您再不来,他就咽气了!"

神医师傅是个年过九旬的老头儿,白花花的胡子,一直拖到了胸前,他将了捋胡子,笑眯眯地道:"小长歌,师傅可以救人,但你得陪师傅在灵珠山住一阵子,如何?"

"哎哟,师傅您可真会趁火打劫!"长歌郁闷到无语,但她眼珠子狡黠地一转,便笑吟吟地勾起了唇角,"我陪师傅住没问题,那师傅就教我几招剑法,如何?"

神医师傅气笑不得:"小长歌,你这丫头也太过精明了吧?"

"嘿嘿,师傅给义父教了好多医术,怎么不给我也教几招呢?我不贪心,我就学武功好了。"长歌讨好地笑,一脸俏皮的样子。

神医师傅瞪她几眼,笑着往床边走去,边走边道:"再说吧,容师傅考虑考虑。"

长歌开心地跟在后面,她有把握,师傅心软,她多磨一磨,师傅肯定就会松口啦!

"这是中了曼陀毒虫草的毒啊!"神医师傅坐在床边的凳子上,只大致瞧了瞧床上男子的症状,便皱起了眉头,"此毒很辛辣,中毒者会全身溃烂起脓疮,若无法解毒,十二个时辰内必亡。"

"哦,那这个人应该没十二个时辰,我是下午才从坟墓里扒出来的,他大概就是白日中的毒吧。"长歌凑到跟前说道。

神医师傅把上那人的脉,片刻后点头:"确实如此,所幸他一来时辰未到,二来他身上有伤,血管被割破了,毒素反而随着血液流出一部分,所以才能支撑到现在还没死。"

第十九章　追忆当年

"这毒疮传染么？"久未说话的离岸，忽然低沉着声音问道。

神医师傅道："不传染，但是治起来麻烦，得泡药浴。长歌，你负责烧水捣药，离岸给师傅打下手。"

"好！"长歌一口应下，便跑出门去了。

离岸郁郁地叹了口气，只见神医师傅先给那人嘴里喂了一颗解毒黑药丸，然后吩咐他："将他身上所有衣衫都脱掉，先缝刀伤剑伤，再泡药浴。"

这一晚，三人一直忙碌到天亮，长歌是姑娘，不方便近前，就在外面忙里忙外，离岸和神医师傅则轮流守在浴桶前，将解毒疮的药水不断地泼在那人身上。

但是只敢泡了几个时辰，便将人拉了出来，因为他身体上伤口太多，尤其是刚处理的刀伤口，生怕浸水太多发炎，所以就只能靠离岸拿着药浴巾辛苦地给他不停地擦洗身体了。

凌晨的时候，神医师傅累得睡着了，离岸也疲惫地倒在一边闭眼去睡觉，只有长歌半夜休息了两个时辰，所以精神奕奕，她禁不住好奇地掀起帘子一角，偷偷看向床上的男子。

此时，男子赤裸的身体上盖着一条薄毯，大概是离岸担心她偷看，所以不惜贡献出了自己的毯子，将男子全身上下都遮掩住了，只露出了那张布满毒疮的脸。

长歌轻步走到床前，她俯身仔细瞧着他的脸，试图想象还原一下这人的模样，可惜实在难看呀，就连嘴唇都因为中毒，而泛着黑色。

"兄台，你快点醒来吧，你的小命保住了哦，你得记住，我是你的救命恩人，所以你绝对不能是个坏人，不然小爷一锤子锤死你！"长歌很无聊，没人和她说话，就只能跟这个活死人自言自语。

说完，她便转身出门，烧火做早膳。

次日下午，那个昏迷的男子，才算是醒了过来。

此时，神医师傅和离岸进城采购药材和食物，只余长歌一人在看护，她正专心地捣药，忽然听到了男子的呻吟声："嗯……"

长歌惊喜回头，明媚的小脸上，绽开欢欣的笑容："咦？你醒啦？"

男子褐色的瞳孔中，满满倒映着她的容颜，他茫然地望着她，嘴唇动了几动，才发出音来："你……是人？"

长歌爽朗一笑："呵呵，小爷当然是人啦，告诉你哦，你没死，被小爷给救活了！"

"你……救的我？"忆起围攻他的杀手，尹简眼中现出不可思议的神采，"你……你在哪儿救的我？"

眼前这个小少年，看起来不过十多岁的样子，怎么可能打得过尹哈手下武功绝顶的杀手？

"在棺材里救的你啊，我和我的伙伴离岸盗墓扒了你的坟，开棺后发现你死得很蹊跷，猜测是被奸人害死的，所以我就验尸，这一验，结果验出你没死透，还留有一口气，于是我就把你弄下山，弄到我家里来了。"长歌一口气说到这儿，忽然拍了下脑门，"对了，救你的人，还有神医师傅哦，你中了曼陀毒虫草的剧毒，身体也被人砍得乱七八糟的，若非我找了神医师傅救你，这会儿你早就死了，一般大夫是解不了你的剧毒的。"

尹简仔细消化着长歌的话，许久不曾言语，褐眸微敛着，不知在思考些什么，性子格外地沉稳。

长歌继续捣药，耐心地等他接受这个事实，毕竟从鬼门关走了一趟，换成谁心里都不会平静的。

"小兄弟……谢谢你。"尹简再度开口，诚挚的目光中，充满了感激，心中亦激动异常，没想到，居然能死里逃生。

看来注定的，他命不该绝，中了剧毒，身负重伤，当时已死掉，被杀手葬进了棺材，竟然也能恰巧遇到这个盗墓的小贼将他救回，还找来神医给他解毒，他这是……修了几辈子的福气？

长歌"哈哈"一笑："不客气啦，我反正顺手而已。你叫什么名字啊？多大了呢？你现在这副鬼样子，我没法看出你的年纪。"

"我十七岁，名字……"尹简迟疑了一下，神色黯然道，"我没名字。"

"没名字？"长歌讶然，她抽搐着嘴角道，"一个人怎么会没名字呢？那我该怎么称呼你？"

尹简低声道："随便你怎么称呼。"

"喊，你这人……"长歌急躁的抓了抓头发，忽然眼前一亮，"看你这么木木愣愣的，像个棒槌似的，那我就叫你小锤子？刚好我在你昏迷的时候说过了，如果我救的是个坏人，我就一锤子锤死你！"

尹简原本沉重的心情，因她的话，眉角忍不住抽动，他冷静地说："我不是坏人。"

长歌鼻子一哼："反正我暂时就叫你小锤子，等我考察过你不是坏人后，再重新给你取名！还有哦，你得时刻记着，小爷我是你的再生父母，知道么？"

"哦，敢问大恩人尊姓大名？年纪几何？"尹简嘴角一抽，有些许的哭笑不得，这个小少年可真是嚣张得很。

长歌一拍胸脯，傲气的宣布："小爷孟长歌，今年十三岁！"

"才十三岁，你就敢盗墓？"尹简再次不可思议，愕然地问道。

长歌挑着眉，眼中尽是得意："呵，小爷胆小的话，能把你盗回来么？"

尹简无语，只觉人生如戏，他的救命大恩人，竟是个比他小四岁的少年，这个大恩，他要怎么报呢？

"对了，可以给我喝点水么？"想了会儿，尹简觉着喉咙干得很，不禁客气地询问道。

长歌起身，倒了杯温水送到他嘴边，等他喝完后，她恶作剧地说："小锤子，你长得漂亮么？"

第十九章　追忆当年

"还行吧。"尹简愣了愣，保守地回答她。

长歌又问："那咱俩相比，谁长得好看？"

"这……"尹简愕然，他抿了抿唇，为了迁就这个性子古怪的少年，他答道，"我长得很普通，当然是你漂亮。"

"错了！"长歌摇摇头，扭身就跑到外间拿了一面镜子回来，她放在尹简面前，翘着绯唇笑，"看看你自己，你不单是普通，而且是丑八怪！"

尹简望着镜中自己的脸，眼神急剧变化，他忽然叫了一声："这不是我……这是谁？"

"笨蛋，都说了是你呀，你中毒了，浑身上下包括脸全部是这样子！"长歌拿走镜子，将他的手臂从毯子里拽出来，指着脓肿说道，"看看，就是这种，目前已经算是好些了呢，原来比这严重多了，溃烂、脓疮、毒血，简直能恶心死人，这两日神医师傅给你药浴，毒是解了，但皮肤要想恢复正常，起码得个把月才行。"

闻言，尹简脑中猛然闪过了什么，脸色惨白无比……

太祖爷尹赤年老薨后，他父亲当朝太子尹梨本该登基为帝，却生怪病，一夜之间全身脓肿溃烂而死，当时他年仅十四岁，身为皇长孙的他，本也有皇位继承权，可惜他空有爵位，手中无任何实权，最后二皇叔尹哈顺利继位，登基为帝。而他父亲亡故后，他母亲竟被逼殉葬，他亦被尹哈猜忌，落得了个发配冷宫的命运，在冷宫里度过了三年光阴。

如今，他中毒的症状，竟与父亲当年一模一样，这证明了什么？证明父亲尹梨并非自然病故，而是被人为害死的！

他中的毒，是尹哈的人所投，那么父亲，也必然是尹哈所害，为了争夺皇位，尹哈竟谋害了尹梨！

父亲、母亲，全部死于尹哈手中，他在冷宫受了三年苦楚，被一路追杀到大楚，这笔血海深仇，他记下了！

尹简死死地攥紧了双拳，他身躯隐隐颤抖，眸中迸发出噬骨的恨意，父母死了三年，他竟在今日，方才知晓他们死得多冤枉！

"小锤子，你怎么啦？"

"小锤子……"

长歌略带焦急的声音，松松软软地落入耳畔，尹简一个激灵，方才回过神来，他快速掩藏好情绪，淡淡地道："我没事。"

"你当我傻呀？我孟长歌是天下第一聪明人，你能瞒得过我么？"长歌冷哼，一副洞悉他心事的表情。

尹简浮了浮唇，没搭理她。

长歌不甘心地凑到他跟前，喋喋不休地说道："你刚刚脸色好难看，是不是被自己的丑样子打击到了？放心啦，我不过开个玩笑，等你的脓疮治好了，你就变回以前的漂亮样子了！"

尹简别过了脸，他心不在此，根本没有情绪同她说笑，以他平日的脾气，必定叫她滚，可现在不行，她是他的救命恩人，且他身在她的地盘。

"小锤子，你是不是在想那帮毒杀你的人啊？你知道谁是凶手吧？那我帮你报官，让官府抓了凶手给你讨个公道，怎么样？你别担心，官府肯定会给你作主的，官老爷他若敢庇护凶手，小爷我就砸了他的公堂，揍得他满地找牙！"

长歌说这话时，那神情动作，就像个伸张正义的女侠，英雄气概十足！

"你敢揍官老爷？"尹简听到这儿，终于扭头看向长歌，将眼前的小少年上下打量了好几遍，但见长歌穿戴很普通，可相貌确实俊俏，唇红齿白，就像姑娘家那么秀气，气质也非常人，他不由猜测，这少年究竟什么来历？

"我怎么不敢？"长歌神气地一甩头，"我孟长歌横行京都，哪个人敢对小爷指手画脚？倘若官老爷判得不公，小爷就敢揍他！"

"你……你是谁家的孩子？你盗墓本身就是犯法的啊！"尹简满腹狐疑，这个少年太令人感到惊奇了！

长歌绯唇勾笑，一双灵动的凤眸，狡黠地眨了眨："你是大楚京都人氏么？有没有听过靖王府？"

尹简心下一紧，眸色深了几许："你是靖王之子？"他方才反应过来，这少年姓孟，孟乃大楚国姓！

"不是，我只是靖王府的食客，也是孤儿，被靖王府养大的。"长歌说道。

闻听，尹简嘴角一抽："那你就敢这么横？"

"呵呵，你没听到我姓孟吗？我跟靖王爷一个姓，又长得好看，能讨靖王喜欢，所以靖王爷就宠我喽！"

"哦，那靖王把你宠成什么样了？"

"小霸王！"

"扑——"

尹简一个没忍住，竟喷笑开来，他那么沉重的心情，居然被长歌逗得轻松起来，这个少年，真有意思！

"哈哈，你笑了啊！"长歌抚掌欢叫，她眉眼弯弯的模样，煞是好看，只听她得意地说，"我终于让你笑了哦，看我厉不厉害？"

尹简勉力敛了笑，无奈道："你故意逗我的？"

"也是，也不是。"

"此话怎讲？"

"因为我讲的全是实话啊，没骗你呢，我真是靖王府的小霸王，靖王太过宠我，所以京都无人敢惹我的！"

第十九章　追忆当年

"所以……"

长歌不再笑了，小小年纪的稚嫩脸庞上，竟是超脱成熟的严肃与认真："所以你老实给我交代，你究竟是什么人？为何被人毒杀？杀你的人又是什么人？你有何来历？若你是好人，身家清白，那我必定帮你讨回公道，若你敢撒谎骗我，哪怕你离开这里，我也能让靖王爷下令全国通缉你，让你再死一次！"

尹简陷入短暂的沉默，他定定地看着长歌，心中难以想象，这个才十三岁的少年，为人处世竟如此果敢聪慧，谋略有余！

长歌与他四目交接，她不闪不避，眼神坚持而执着。

良久，尹简淡淡扯唇，嗓音清冷地道："我的私事，我自己作主，不劳烦你报官了。至于我的来历，很抱歉，我记不得了。"

"你——"

长歌被气到，她拳头一扬，便欲揍他，可他仍是那副从容不迫的淡漠表情，并且幽幽地道了一句："我是重伤患，作为一个救人于危难的大侠，你忍心打我么？"

"我……"长歌被戴了高帽，这拳头便怎么也挥不下去了，她痒痒地收回，挺翘的小鼻子哼哼作声，"暂时饶了你，但是你最好给我保证你没问题，不然小爷有的是办法收拾你！"

"我没哄你，因为我真不记得了，连我的名字都想不起来，我好像失忆了。"尹简眸中有丝隐忍的笑意，这孩子真好玩儿！

长歌龇牙，禁不住又扬拳头："什么玩意儿？你没伤到头，怎么会失忆呢？"

"我也不清楚，反正就是想不起来。"尹简状似难过地敛了敛眸，落寞地说，"所以我不晓得是谁毒杀我，也不知这里头有什么恩怨，等我回忆起来后，我再看情况要不要报官吧。但不论怎么说，我都要谢谢你！"

长歌一向伶牙俐齿，可对方一口咬定失忆，她还能怎么说？难道挖开他的脑袋检查么？

暗自生着闷气，长歌不理他了，坐在板凳上继续捣药，可眼角余光在瞥到尹简的动作时，她又连忙出声："你做什么？"

"出恭。"

尹简淡淡两个字，神色很坦然，可听到长歌耳中，她先是脸一红，而后便似想起了什么，惊呼道："小锤子，你出身贵族么？"

"怎么？"

"我认识的大楚贵族人氏才会说出恭，像我们这种平民，一句上茅坑就好了！"

经长歌这一提醒，尹简不动声色地蹙眉，他习惯成自然，脱口而出的两个字，就引起了这个少年的猜疑，看来以后在行为语言上，得多加注意了！

略一思索，他平淡地解释道："我故意这么说的，想看你会不会一惊一乍，果然……"

"啊……"

"现在，我要上茅坑！"

尹简说完，便继续撑着双手想坐起来，可他稍稍一动，便扯得全身疼痛，头上瞬间便冒出了冷汗，长歌急忙起身："你不能下地啊，哎……"

"那我憋不住了啊。"尹简咬牙，眼神终于浮起几分尴尬。

"得，我帮你吧。"长歌也无奈，解决生理问题是头等大事，总不能让他尿在她床上不是？

尹简没想到，长歌所谓的帮，居然是袖子一挽，大义凛然地俯身抱住了他，这少年竟胆大得不怕他这幅人不人鬼不鬼的样子？

可惜，长歌高估了这人的体重，抑或是她年纪太小，骨子里又是女孩子，力气存在悬殊差别，所以她尝试抱他起来，竟感觉蛮困难的，最崩溃的是，她刚抱到半截，脚下却突然一滑，他俩复又重跌在了床上！

隔着毯子，长歌趴在尹简的胸口位置，清楚地听到了他的心跳声，一下一下的，好似震在了她的心上，出于少女心境的本能，她小脸不由红了红，她是假小子，可这人是真男子啊！

"孟长歌，你……"尹简胸口却痛得倒吸冷气，他那里受过的剑伤还没好呢！

长歌听他声音不对，连忙抬头看他，笑靥如花地表示她的歉意："嘿嘿，不好意思啊，我不是故意的。"

她的笑容，太过纯净美好，令尹简一怔，心上似有什么激流滑过，他被毒疮遮掩的俊颜，竟觉微微发烫，他摇了摇头，轻声道："没事儿。"

长歌被鼓舞，她咬了咬牙，一把掀开毯子上半部，猛然一用力，将他抱着坐了起来，他低头看到自己布满绿褐色毒疮的身体，脑子一蒙，自己都有些恶心地闭了闭眼，他推她，"我自己来！"

尹简的自尊心很强，他狼狈的这一面，真心不愿意被人看到，哪怕他的身体早被救他的人看遍了，可那时他在昏迷，此刻清醒着，就无法忍受。

他亦心觉震惊，这个少年，大楚靖王宠溺的孩子，竟丝毫不嫌弃他的恶心，这份恩情，比海深比天高，就如长歌所说，她是他的再生父母！

"那好啊，你先下地，我给你找马桶，你别出屋子，你身上那个……咳，一件衣服也没穿。"长歌说完，便飞快地跑出去了。

她也尴尬，毕竟她是姑娘嘛，真让她侍候他如厕，她的脸往哪儿搁？

尹简经她一说，嘴角抽了抽，忙把毯子全部掀起一看，果然……

幸亏孟长歌是个少年，不然他的脸，也没地儿搁了！

长歌从外面拎了马桶回来，捂着眼睛放在床边，脸颊发烫地说了句："你完事后喊我

第十九章　追忆当年

一声啊，我回避了。"语落，便又转身逃掉了。

尹简狐疑地挑了挑眉，这少年看起来性子极为洒脱，不拘小节，可现在怎么给他一种羞羞答答的感觉？

不久，长歌听到呼唤，回来见尹简已经躺回了床上，身上盖好了遮掩的毯子，她二话没说，拎起盛着污秽的马桶就出门了。

忙完杂事，想着尹简两天没吃没喝了，长歌便净了手，烧火做饭。

她不怎么会烧饭，平常都是离岸侍候她，现今离岸不在，为了不让自己辛苦救回来的人饿死，她勉强烧了两盘素菜，又从池塘抓了一条鱼，做成了红烧鱼。

"开膳喽！"

帘外传来长歌一声欢呼，尹简侧头，便见那抹娇俏的身影端着托盘走了进来。

她眉眼弯笑，白皙的脸庞，被烟火熏烤得微黑，一双乌黑的瞳仁，晶亮璀璨，好似天上的星子，照亮了他心头的黑暗，让他觉得，在他的人生失去所有光明后，这世上还有这样一个人，无偿待他好，悉心照顾他，视他为亲人……

尹简眼眶微微发热，采薇死了，老天又给他送来一个孟长歌，他真幸运……

"小锤子，我做的菜不太好看，但离岸不在家，你只能将就一下了，总比饿肚子的好，对不对？"

长歌笑眯眯地说着，将三道菜摆在床头的小桌子上，她盛了一碗白粥给他："你两天没吃，先喝点容易消化的，不然对肠胃不好。"

"菜挺好的，我能吃。不过……我想先净手。"尹简低声说道，他不着痕迹地敛去了眼底波动的情绪，三年的冷宫生活，早已让他习惯了各种苦日子，在最艰难的时候，他连宫人的剩饭剩菜都吃过，何况现在长歌做的这么美味的菜呢？

哪怕再难吃的东西，只要融进了心意，便堪比山珍海味。

"你手上有药呢，不能净手的。"长歌皱了皱眉，想着他那会儿如厕了，大概嫌脏，便慷慨道，"那我喂你吃吧，我净过手了。"

尹简一愣，嘴唇动了动，刚想说什么，长歌已舀了一勺粥，低头吹了吹，然后便送到了他唇边，他木讷地张嘴，心中溢满了感动。

这一刻，他便暗暗发誓，若他终有一天能夺回属于他的权力，他必会宠长歌入骨，要比大楚靖王待长歌好千倍百倍，要护她一世长安！

这世上，若没有孟长歌，尹简早已不复存在！

长歌不爱吃鱼，可她给尹简挑鱼刺却极为耐心，边挑边说："小锤子，你快点儿养好伤，我带你到城里玩儿哦，上次跟张老板讨要了一只鹦鹉，不知道那厮有没有给鹦鹉教会说话呢，我得去瞧瞧……"

她喋喋不休，讲着她在京都的种种趣事，尹简只吃不插话，却听得很认真，沉重的心情，因为身边有了这个少年，好似暴风雨过后，一道彩虹升起，晴空万里……

离岸和神医师傅归来时，已经黄昏时分了。

一进小院，便听到了长歌爽朗的大笑声，离岸当先冲进屋子，入目的便是长歌坐在床边，尹简不知说了什么，她笑得前仰后合的样子。

离岸的出现，令尹简的目光，猜疑着望了过来，长歌起身，一把拽过面无表情的离岸，笑着介绍："小锤子，这就是离岸，你别看他冷得像块冰，但他外冷内热，昨晚他可守了你一夜，给你辛苦泡药，衣不解带地照顾你……"

"你不用谢我，我不是为了你，实在是长歌坚持，我嫌她烦。"

她话未完，便被离岸冷声打断，他朝尹简抛下一句话，大手扯起长歌，扭头就朝门外走去。

长歌不明所以，她拍打离岸："哎，你干吗呀……"

神医师傅绕过他俩，乐呵呵地说了句："离岸，你赶紧把小虾包拿给丫头吃，别饿着她了。"

屋里的尹简，模糊地听到"丫头"两个字，他心中一震，待神医师傅进来，迫不及待地便问道："孟长歌是丫头么？"

"嗯？那个……长歌是男孩儿啊！"神医师傅一愣，知他方才说漏了嘴，他眼神躲闪着，费心找着借口，"你听错了，我是叫她鸭头，她的脑袋比较像鸭头，所以我经常这么叫她。"

闻言，尹简眉头深深拧起，他略带惋惜的口吻轻叹了声："原来是这样，我还以为长歌是姑娘，不过……他长得很细腻，真像姑娘。"

神医师傅捋着白花花的胡子，干笑两声："怎么可能呢？那臭小子是个名副其实的男孩儿，老头子我看着长歌长大的。"

"哦。"

"来，我给你再把把脉，看看伤口恢复得怎样了。"

院子里，长歌被离岸带到了池塘边，他怒冲冲地质问道："那人的底细你了解么？怎么熟得像认识八百年似的！"

"他失忆了啊，我怎么了解？"长歌翻了个白眼儿，她挣脱离岸的手，拧眉道，"我的直觉告诉我，小锤子不是坏人，如果是坏人的话，在我的各种试探下，他眼神肯定会躲闪，可他没有，很坚定。"

离岸脸黑得像锅底："知人知面不知心，你的直觉有用么？既然他醒了，就赶他走，这种不明来历的人，不能久留！"

"你说的什么话？小锤子毒疮还没好，身上的剑伤、刀伤也没好，怎么能赶他走呢？救人救到底，你别这么冷血无情！"长歌忿忿地指责道。

离岸气得不行，一把拽住长歌肩领，低声咆哮道："孟长歌，你知道你是什么身份么？你是不是昏了头，连你自己是谁都忘记了？靖王时常告诫的'谨慎'二字，你也抛到九

第十九章　追忆当年

霄云外了么？"

　　长歌沉默，她抿着唇许久没言语，她承认离岸的话句句正确，理智上她不该留小锤子，可小锤子那么可怜，现在赶走他，无疑是置他于死地……

　　经过一番内心的挣扎矛盾，长歌最终一咬牙："不管怎么样，暂时先留下小锤子，等他伤势痊愈了，再撵他走！"

　　说完，她扭身朝屋子走去。

　　离岸怒得想杀人，那具该死不死的尸体，真是……

　　余下来的日子里，尹简和离岸相处得并不太好，离岸时刻摆着一张充满戒备的冰脸，对于尹简也愈来愈没有耐心，尹简看得出，离岸对长歌的保护欲，强大到就像长歌的亲爹，护犊子得很。

　　他心中苦笑，他的来历的确不为人知，但他怎么可能伤害长歌？反之，谁若想对长歌不利，他可以为了长歌豁出性命。

　　神医师傅在确定尹简的伤不会恶化后，便留下药材归返灵珠山。

　　尹简每日占着长歌的床，长歌就在屋子里又搭了一张小床，离岸不允，撵长歌去他屋里睡觉，长歌否决，坚持留下照顾尹简，她担心离岸那厮趁她不在，会偷偷一剑杀了尹简。

　　一晃半个月过去，尹简的各种伤好得七七八八了，脓疮已经结痂，有的地方正在慢慢脱落，他脸上的疮，也结成了好多的痂，下巴那里褪掉了些，露出了光洁白皙的肌肤。

　　"嘿嘿，小锤子，我等着看你的脸全部恢复后，到底长什么样哦，倘若很丑的话，我会一脚踢你出门的！"长歌撑着下巴，目不转睛地盯着尹简的脸，唇畔的笑意，格外惹人心暖。

　　尹简从毯子里伸出大手，轻巧地捏了捏长歌的脸颊，他笑道："原来你是以貌取人的大侠！"

　　"讨厌，捏我干吗？我的脸让你捏变形了！"长歌拍掉他的手，小嘴一瘪，"是你自己说你长得不错的，我不喜欢别人骗我，所以你最好不要太丑，不然我真会踢你的。"

　　尹简莞尔，清冽的嗓音，徐徐说道："一个人相貌如何，相对而言。你可听过一句话，叫做情人眼里出仙子。若你喜欢一个人，哪怕那人丑得不能见人，在你眼中，也会是最好看的一个。"

　　长歌翻翻眼皮，信口道："可你又不是我的情人，我才十三岁，现在找媳妇儿太早了。"

　　尹简哭笑不得："我是男子，肯定不能给你当媳妇儿。"

　　"那我给你当媳妇儿？扑哧……"长歌口无遮拦，说到这儿，自己便笑喷了。

　　尹简唇畔笑意深浓，他眼眨也不眨地盯着长歌："我觉着，你很像姑娘，虽然行为举止和姑娘大相径庭，但模样真像。"

"喊，胡说什么？小爷我长得是秀气了点，但跟你一样是如假包换的男子，你身体下面长了什么，我一样不少！"长歌闻言，脸蛋顿时涨红，情急地张嘴乱说道。

尹简闷声一笑，没再多说什么。

又过了几日，尹简可以下地了，可他原来的衣衫早破得不能再穿了，长歌偷了离岸的一套衣衫递给他："你先凑合着，我带你到城里买几身。"

尹简抿唇，深目凝视着长歌，诸多感动的话语，憋在他心里，最终也没说出来。

长歌以为他拘谨，便豪爽地笑道："哈哈，放心啦，小爷有的是银子，你也别怕离岸，有我在，他不敢对你怎么样的。"

尹简点点头，眸底浮起淡淡的氤氲。

结果，两人刚出院子，恰巧就碰上了练剑回来的离岸，一见尹简的打扮，离岸气得七窍冒烟："孟长歌，你太过分了！"

"啊哈哈，离岸你别生气，就借穿一会儿啊，我带小锤子进城买衣服，你一起去吧，给你也买，好不好？"长歌干笑几声，忙挽住离岸的手臂，安抚着离岸受伤的心。

"我不买！"

离岸涔冷地回答着长歌，一双利眸，却死死地盯着尹简，恨不得在尹简身上戳几个血窟窿！

自从这个不明底细的人到来后，长歌的目光，已悉数被转移，每日从早到晚，只围着尹简转，将他完全冷落，现在居然连他的衣衫，都偷拿给了尹简，他怎能不怒？

"离岸，你别这样嘛，咱们救人……"

"我没你那么傻缺！"

一句话，将长歌堵死，离岸大步朝屋子走去，背影冷然。

长歌原地跺脚，气得小脸涨红："这个臭离岸，你才傻呢，小爷是天下第一聪明人！"

"走吧。"尹简伸手扯过长歌，表情淡然，并未受到半分影响。

两人边往外走，长歌边安慰尹简："小锤子，你别多想啊，离岸那人就那副不讨喜的样子，不过他……"

"我明白。"尹简轻点下头，眸底浮起丝丝笑意，只听他淡声道，"离岸是吃醋了。"

"呃……"长歌一愣，不解地眨着眼睫毛，"他为什么吃醋？他怎么不吃酱油呢？"

尹简哭笑不得，大掌拍了拍长歌的后脑勺，他耐心地给她解释："离岸对我敌意一直很深，我想，他大概除了担心我会伤害你外，再就是介意我抢了他的位置，他觉着你只对我好，心里没有他的存在了。"

"啊……"

闻言，长歌愕然，她忍不住回头看向小院深处紧闭的屋门："真是这样么？"

第十九章　追忆当年

件靖王府的古玩玉器拿出去卖钱，往往她撒娇几句，靖王爷一边训她，却一边拿银子给她，连带恨声说，他养了一个败家的祖宗！

"够了。"尹简接过银票，眸子微微发热，他像是对她作保证，又像是给自己发誓，他说，"长歌，我一定会活着报答你，一定！"

长歌笑了笑，她帮过的人太多了，其实她想要的报答很贪心，那就是助她复国，可惜，人各有志，谁也强求不得谁……

翌日，清早。

长歌一觉醒来，发现床上空无一人，尹简不见了踪影。

她心下一沉，一边喊着小锤子，一边奔到院子里找人，她从不曾想到，尹简会突然消失。

直到，遍寻不见人，离岸自尹简枕头下发现了两样东西，长歌才确定尹简离开了。

一封书信，一个木鱼。

长歌急忙拆开书信，白纸上只有寥寥几句话。

长歌：

见字如晤。

抱歉，请原谅我的不告而别，亦请原谅我的隐瞒欺骗，因我实属万分无奈，不得已而为之。

其实我非大楚人，实乃大秦京畿汴京人氏，被人追杀逃至大楚，万幸得你相救，感激之情，无以言表，木鱼为鉴，佛祖为证，他日若我荣耀，必结草衔环以报大恩！望后会有期！

信纸从手中滑落，长歌愣在原地，目光凝视着尹简睡过的床榻，好半晌都一动不动……

而这一别，竟是五年。

（第一册完）